Infiniti

AREAZE JIUARE

1.

Stepenice

Zovem se Sebastijan Braun, to je ono što sigurno znam o sebi.

Ne sećam se mnogo detalja o svom prethodnom životu. Znam još i da sam čovek u svojim četrdesetim godinama, sasvim dobrog zdravlja i, mislim, izgleda. Voleo bih da vidim kako zapravo izgledam, ali moram da priznam, ovde mi nedostaje ogledalo.

Neobično je ovo mesto na kojem se sada nalazim.

Vidim da mi je linija prilično vitka, gotovo sportska. Ruke su mi negovane, ali ne i mlohave. Izgleda da volim fizičke vežbe, možda se bavim nekim sportom. Dlake na rukama su mi riđe boje, dakle, i kosa mi je riđa, mogu pretpostaviti. Tršava, rekao bih, dok prolazim prstima lagano kroz nju.

Ali dosta o mom izgledu. Vreme je da se posvetimo problemima koji su se isprečili između mene i mog povratka kući.

Iz nekog meni nepoznatog razloga, želim da se vratim kući.

Prvi problem: izgleda da sam doživeo amneziju. Ne znam gde je, ni kako izgleda, niti šta je to moja kuća, ali siguran sam da je to bolje mesto od ovoga na kojem se sada nalazim, čim želim da odem tamo.

Možda Vam amnezija deluje kao prilično nezgodna pojava koja bi mogla da Vas snađe, ali postoji i mnogo veći i neprijatniji problem, naspram kojeg gubitak pamćenja deluje samo kao mala neprijatnost.

Drugi problem: preda mnom je izbor.

Stojim na stepenicama. Veoma visokim, vijugavim stepenicama. Ispred mene je uspon. Iza mene nalazi se ponor. Moram da odlučim. Da li da se penjem do vrha? Za to će mi biti potrebno zaista mnogo energije, stepenice su veoma visoke. Njihov vrh se ne vidi odavde. Ne mogu da procenim koliko dugo bi trajao moj put. Možda dan? Dva?

Ne znam da li sam to već spomenuo, ali kod sebe nemam ni hrane ni vode.

Ili da ipak krenem da se spuštam?

Pogled mi klizi ka bezdanu.

Izgleda zastrašujuće, kraj vijugavim stepenicama ne nazire se ni dole. One nestaju u ponoru, poput izuvijane tračice istanjuju se sve dok se ne pretvore u jedva vidljivu nit koja se polako gubi u izmaglici.

Sa strane, ni levo ni desno, nema ničega. Baš ničega.

Odlučujem da izaberem teži put, put uspona. Trebaće mi mnogo snage da se popnem do vrha, znam. Sa druge strane, ukoliko bih odlučio suprotno i počeo da se spuštam niz stepenice, a zatim na dnu shvato da je moj izbor bio pogrešan i da dole nema izlaza, trebalo bi mi mnogo više vremena i energije da se popnem do vrha. Nisam siguran da bih mogao da izdržim ponovni uspon.

Ukoliko se, pak, ispostavi da je penjanje bilo loš izbor, lako ću se spustiti dole. Mislim, ne baš lako, ali sigurno lakše nego da se naknadno penjem uz sve ove stepenike koji nestaju dole, u ambisu.

Dakle, put do vrha je racionalan izbor.

To je ono što znam, i znam svoje ime.

Sebastijan Braun.

Počinjem da se penjem. Nemam više vremena za gubljenje.

Ne želim da budem ovde, sam, na napuštenim stepenicama.

Želim da izađem.

Nazad.

U život.

Da se vratim kući.

Kuća zvuči kao dobro mesto.

2.

Video-poziv

Sebastijan Braun je sedeo potpuno sam u zamračenoj prostoriji, dok mu je lice obasjavala plavičasta svetlost ekrana laptopa, čiju površinu je zauzimalo nekoliko otvorenih prozora. Na manjim prozorima bile su prikazane brojke i kardiogrami koji su izvodili svoj sablasni ples piksela, prikazujući statuse tajanstvenih procesa pokrenutih u srcu elektronske mašine, procesa koji Sebastijanu, ruku na srce, u ovom momentu nisu bili od velike važnosti. Njegov pogled bio je fokusiran na najveći prozor, u kome je bio aktivan video-poziv. Sa tog prozora nemo ga je posmatrao lik formiran od miliona raznobojnih tačkica, organizovanih tako da se u svesti Sebastijana Brauna formira predstava lica koje neopisivo podseća na njegovo.

Zapanjujuća sličnost dva čoveka bila je posebno neverovatna s obzirom na prostorno-vremenski jaz koji je zjapio između njihova dva sveta. Iako do sada nisu imali priliku da se lično upoznaju, mnogo toga je povezivalo njihova dva bića. Zurili su sada jedan u drugoga preko ekrana, svesni da upravo proživljavaju jedinstven trenutak – trenutak u kome se odlučuje sudbina.

Nije se radilo o sudbini Sebastijana Brauna.

Niti o sudbini njegove zemlje.

Pa čak ni sudbina planete nije bila u pitanju. Radilo se o nečemu mnogo većem.

Odlučivalo se o budućnosti čitavog jednog univerzuma.

Da je neko slučajno banuo u prostoriju, verovatno bi pomislio da je zatekao dva brata blizanca kako ćaskaju neobavezno, koristeći magiju dobro sakrivenu u pljosnatim metalnim kutijicama koje su, iako su na prvi pogled izgledale kao najobičniji laptop računari, bile nešto mnogo više od toga.

Te malene kutije su imale neverovatnu moć da spoje dva potpuno različita sveta. A sada, bilo je dovoljno da jedan od sagovornika, čija pažnja je bila zaokupljena pogledom kroz prozor u drugu dimenziju, dodirne dugme iscrtano na svom ekranu i...

3.

Poruke prošlosti

Jutarnje sunce odbijalo se o zatamnjena stakla crne, luksuzne, blindirane limuzine koja je klizila niz uglavnom prazan auto-put ka jednom od predgrađa rasutih oko spoljašnjeg prstena, ušuškanih u okolne šumarke. U vreme jutarnjeg špica, kolone automobila su se nervozno stiskale u trakama koje su vodile ka centru grada. Nedugo nakon izlaska sa auto-puta, limuzina je skrenula sa lokalnog puta ka izdvojenoj grupi poslovnih zgrada, a zatim, pošto je prošla kroz rampu koja se podigla čim su skrenuli ka ulazu, zamakla u unutrašnjost garaže ispod jedne od zgrada.

Nekoliko minuta kasnije, petorica članova tajne službe obučenih u skoro istovetna tamna odela, i dvojica civila, od kojih je jedan hodao blago povijen u desnu stranu pod teretom viktorijanske Gladston torbe, čvrsto stisnute ispod miške – gazili su žurno kroz dug hodnik ispresecan sigurnosnim vratima od debelog neprobojnog stakla. Pored svakih vrata nalazila se po jedna mala tamna metalna kutija. Kada su stigli do prvih vrata, jedan od agenata prišao je kutijici i šapnuo nešto u nju. Vrata su gotovo bez šuma skliznula u stranu.

Nekoliko trenutaka kasnije našli su se ispred svog cilja – kancelarije na čijim vratima se nalazila pozlaćena pločica koju je krasio veoma kratak natpis ispisan diskretnim slovima: „Šef”.

Osoba kojoj je njihova poseta bila najavljena, a čija funkcija je bila opisana kratkim natpisom na pločici, već ih je očekivala u svojoj kancelariji. Najmoćniji čovek tajne službe sedeo je ugodno zavaljen u svoju, kožom obloženu, kancelarijsku fotelju. Nakon što je i poslednji član neobične skupine ušao u kancelariju i zatvorio vrata za sobom, civil sa torbom se izdvojio i prišao šefovom stolu. Dragoceni teret je spustio, ne bez napora, veoma oprezno, na radni sto ispred osobe čiji autoritet je izbijao iz svakog pokreta koji bi i nehotice napravila.

Mrzovoljno lice šefa gledalo ih je neko vreme, i gotovo da nije izmenilo svoj izraz kada je konačno progovorio: „Gospodo, šta je to toliko bitno u ovom torbi da ona, po hitnoj proceduri, uz ovoliku pratnju i ovoliku dozu drame, mora da dospe na moj sto?"

„Šefe, ubeđeni smo da će Vas veoma interesovati sadržaj ove torbe. Gospoda koja su je donela naši su najbolji kriptoanalitičari. Postoji jedna stvar koja ih muči već godinama", progovorio je konačno jedan od ljudi iz tajne službe.

Šef je slegao ramenima. Bio je poznat među saradnicima kao veoma nezgodan sagovornik, ne bez razloga.

„Zaista ne razumem kako ja mogu da pomognem vrhunskim kriptoanalitičarima. Moje znanje o šiframa, spram njihovog, na nivou je petogodišnjeg deteta."

Dva civila su se pogledala među sobom, a zatim je onaj koji je doneo torbu polako izvukao maleni ključ iz džepa i ubacio ga u bravu. Kada je brava tiho kliknula, otvorio ju je.

„Mislim da bi bilo najbolje da pogledate ono što je u njoj."

Okrenuo ju je ka šefu, koji je zapanjeno zurio u njen sadržaj. Pred njim se nalazilo nekoliko zlatnih ploča naslaganih jedna na drugu, obavijenih zaštitnim, tamnocrvenim platnom.

Pogledao ih je zbunjeno.

„Gospodo, ja nisam bankar. Čemu ovo?"

Šef je danas bio dobro raspoložen. Nije previše očekivao od ljudi koji su ušli u kancelariju, niti predmeta koje su želeli da mu pokažu. Silvia, direktorka koja je zakazala ovaj sastanak, bila je poznata kao kraljica drame, i obično se iza njenih paničnih najava dešavalo... uglavnom ništa. Bar ne ništa bitno.

„Ne radi se o vrednosti samog zlata", izgovorio je civil, podižući jednu od ploča i skidajući sa nje zaštitno platno. Kada ga je uklonio, na jednoj strani ploče se ukazao utisnut natpis.

„Pogledajte ove simbole. Da li Vam nešto znače?", upitao je civil šefa, prinoseći ploču sa simbolima pred njega na sto, gledajući ga pritom u oči sve vreme.

Šef je gledao natpise, ali nije odavao utisak da prepoznaje njihovo značenje. Uz to mu se ponašanje civila koji mu je prineo zlatnu ploču uopšte nije dopalo.

„Hoće li mi neko, dođavola, reći o čemu se ovde radi?"

Konačno se uključio jedan od članova tajne službe:

„Šefe, problem je u tome što su ove zlatne ploče izlivene pre više hiljada godina. Arheolozi nisu mogli da odrede tačno vreme njihovog nastanka, ali sigurno postoje već vekovima."

„Pa?"

„Pronađene su pre nešto više od dve stotine godina i od tada se čuvaju daleko od očiju javnosti. Dospele su u ruke jedne od najmoćnijih porodica na planeti, koja ih je, sa ostalim tajnama, prenosila iz generacije u generaciju. Njihovi vlasnici pokušavali su da odgonetnu natpis na njima. Bez ikakvog uspeha. Na kraju, posle pada te porodice, završile su kod nas, ali i dalje jako uzak krug unutar tajne službe zna za njih. Većina ljudi koja ih je posedovala ili imala dodir sa njima, verovala je da ploče kriju neku veliku tajnu, lokaciju blaga skrivenog posle nekog velikog pohoda, ili eliksir života ili... opis nekog moćnog oružja. Međutim, značenje teksta ispisanog ovim neobičnim simbolima ostalo je do dana današnjeg nerazjašnjeno. Naši najbolji kriptografi su takođe pokušali da se uhvate ukoštac sa neprobojnom šifrom kojom je tekst kriptovan, ali bez uspeha..."

„I sada ste ih doneli kod mene. Kako mislite da ja mogu da vam pomognem, ako najbolji krirptografi nisu uspeli... šta ako natpisi jednostavno ništa ne znače? Ako su najobičnije škrabotine?", brecnuo se šef.

Nejtanu je čitava situacija već počela da ide na nerve. Od kada je postao šef tajne službe, sada najmoćnije organizacije na planeti, niko se nije usudio da mu donese poluzavršene ili neobrađene predmete. Sve bi bilo analizirano i izveštaji svedeni na ključne činjenice bitne za odlučivanje pre nego što bi njegovi saradnici došli na konsultacije sa njim.

Drugi civil je izvukao ostale ploče, dok su mu ruke vidno drhtale, a zatim sa poslednje skinuo zaštitu.

„Zlato ima jednu divnu osobinu da ne oksidira. Zato natpis izliven u zlatu može da traje vekovima, milenijumima, pod uslovom da ne dođe do mehaničkog oštećenja. Verujemo da natpis nije utisnut bez smisla. Neko je hteo da ostavi poruku.“

Spustio je poslednju ploču pred šefa.

„Pored toga, postoji detalj koji baca potpuno drugačije svetlo na ove ploče. Možda je slučajnost, ali izgleda da su one namenjene jednoj osobi. Jednoj konkretnoj osobi.“

Šef je gledao u zlatnu ploču koja je stajala na stolu pred njim. Na njoj je bio urezan portret čoveka srednjih godina.

Morao je da prizna da je osoba čiji je portret drevni umetnik utisnuo u zlato neverovatno ličila na njega. Da nije šef tajne službe, i da ovi ljudi koji sada stoje pred njim nisu svesni da bi zbog takvog gafa ostatak života mogli provesti izolovani u klaustrofobično malom ali dobro ograđenom prostoru, udišući ne previše svež vazduh, pomislio bi da se radi o šali.

Pogledao ih je ovlaš, i isključio šalu kao mogućnost. U prostoru zdrave logike ostala je još samo opcija neverovatne koincidencije. Jedan detalj na portretu mu je posebno privukao pažnju – na levom obrazu izlivenog lica nalazio se ožiljak. Istovetan ožiljak kakav je i njemu ostao, na istom mestu, nakon manje saobraćajne nezgode koja mu se desila pre dva meseca.

„Sigurni ste da niko nije menjao tu grafiku u poslednje vreme?“, upitao je, bez ironije u glasu.

Pogledao je civila koji je otvorio kofer, pravo u zenice. Želeo je da vidi i najmanji nagoveštaj refleksne reakcije prilikom odgovora.

Civil je zadržao kontakt očima, znao je da ga šef skenira, i želeo je da razveje svaku sumnju u verodostojnost materijala koji su doneli.

„Jedan od prethodnih vlasnika ovih ploča je uradio njihov otisak na hartiji. Imamo te hartije, i date su na procenu starosti vrhunskim stručnjacima u toj oblasti. Utvrđeno je, iz više nezavisnih izvora, na osnovu analize papira i mastila, da su stare više od dve stotine godina. Baš kao i otisak.”

Šef je još neko vreme gledao u grafiku na zlatnoj ploči, a zatim i misteriozne simbole koji su se nizali u redovima jedan za drugim formirajući reči njemu nepoznatog jezika.

„Za ovo zna samo uzak krug ljudi, rekoste?”, izgovorio je pogledavši ih iznad naočara, dok je u rukama držao jednu od zlatnih ploča sa neobičnim zapisom.

„Da, veoma uzak krug ljudi.”

„Dobro onda, neka tako i ostane.”

Pokušao je da u ruci proceni težinu ploče, činilo se da ima oko pola kilograma.

„Nažalost, gospodo, moraću da vas razočaram. Nemam ideju šta bi moglo da bude ispisano na pločama. Kako god, ostaće kod mene, za sada. Kriptoanaliza vremenom napreduje. Valjda ću jednoga dana saznati šta su autori ovog teksta želeli da mi poruče.”

Neko vreme civili su stajali nepomično i gledali u šefa, očigledno iznenađeni razvojem situacije.

„Donećete mi i sve zapise vezane za njih, a sve što je ostalo u računarima – obrišite. Ne sme da ostane niti jedna kopija!”

Nakon izdatih naredbi, pridošlice su se lagano okrenule i napustile kancelariju.

Šef se zavalio u fotelju i prekrstio noge. Uzeo je zlatnu ploču sa svojim portretom.

„Dvesta godina...”, izgovorio je, trljajući rukom potiljak.

Gledao je u nju još neko vreme, prevrtao je u rukama, a zatim je umotao pažljivo ploče u zaštitno platno i vratio ih nazad u torbu. Torbu sa zlatnim pločama je odneo u masivni sef koji se nalazio u susednoj prostoriji. Nije znao šta da radi sa njima, i bio je potpuno svestan toga da neće uspeti da ih dešifruje, kada to već njegovi najbolji ljudi nisu uspeli da urade. Ipak, nadao se da će se vremenom pojaviti neki trag koji će razotkriti značenje misterioznih poruka upisanih na njima.

U svakom slučaju, ako je poruka bila namenjena meni, bilo bi najbolje da ploče ostanu tu – na sigurnom, daleko od radoznalih očiju, pomislio je.

4.

Proviđenje

Sebastijan Braun je sedeo udobno uvaljen u svoju ležaljku na zlatnopeščanoj plaži ispod starog bora čije se stablo razdvajalo iznad njega u splet nepravilnih grana, dovoljno gustih da naprave prijatan hlad koji mu je godio tokom vrelog letnjeg dana, a u isto vreme raštrkane rupe u krošnji ostavljale su prostor da kroz njih može da posmatra komadiće neba iznad sebe. Uživajući u opojnom mirisu četinarske smole koji se mešao sa šumom talasa, slušajući hor cvrčaka koji je boji mora dodavao još jednu nijansu, Sebastijan je pijuckao ledenu limunadu i posmatrao kroz rupe u krošnji plemenitog drveta ples oblaka koji je počeo da se odigrava na nebu iznad njega. Levu ruku je zaronio u suv, vreo, krupan pesak koji bi povremeno podizao uvis, a zatim puštao da mu njegova raznobojna zrnca polako cure kroz prste, kao u peščanom satu, podsećajući ga da je sve prolazno, pa i ovaj trenutak užitka, koji bi – da se on pita – potrajao večno.

Koristio je nekoliko preostalih dana odmora, i želeo je da, za razliku od prethodnih radnih odmora, ovog puta zaista predahne – izabrao je prvo letovalište u turističkom pamfletu koji je usput zgrabio na ulici dok se vraćao sa posla i uplatio sebi put. Odlučio je da zaboravi na sve projekte na nedelju dana, da se izvali na prvu veliku peščanu plažu iz prospekta i da se opusti uživajući u zvuku morskih talasa i plavetnilu svojih misli.

Sada je, zureći u nebo, pustio te nusprodukte životnih procesa njegovih moždanih ćelija da vrludaju svojim tokom, oslobođene okova koje su im nametali projekti instituta. Iz tog položaja mogao je samo da nasluti snagu vazdušnih struja koje su se sudarale na velikoj visini. Iako je plažu dodirivao samo blagi povetarac, visoko iznad vetrovi su vodili pravi mali rat razvlačeći oblake koji su se mukom probijali preko vrhova masivnih planina iza njega. Osetio je na momenat nekakvu ezoteričnu povezanost svog duha sa slikom koju su struje vetrova razmazivale po nebu. Podigao je ruke nagore, i njima izvodio prokrete slikara kojima bi razvlačio belu boju po prozračnoplavom platnu.

Uživao je u toj detinjastoj igri koju je upravo smislio.

Dok je izvodio svoju tačku pantomime, osetio je jak, zvonak udarac mekanog, okruglog, ne previše teškog predmeta o glavu.

„Ema, izvini se čoveku i donesi loptu", doviknuo je mladi ženski glas iz daljine.

„Izvinjavam se u Tarino ime...", izgovorila je kroz kikot devojka koja se očigledno zvala Ema, dok je uzimala loptu negde iza njegove glave.

Nije dozvolio da mu ova neprijatnost prekine tok misli.

Kada se buka malo stišala, Sebastijan se vratio svom zamišljenom platnu i sivkastobeloj temperi.

Iako je imao predispozicija za to, Sebastijan Braun nije bio slikar. Čak se nije bavio umetnošću uopšte. Njegova struka su bile astronomija i računarstvo. Radio je u timu koji je izučavao astronomske pojave koristeći mrežu opservatorija rasutih diljem planete. Diplomirao je astronomiju na Univerzitetu „Nebula Dva" sa prosekom 11, i kao jedan od najboljih studenata osvojio *Crni Kristal* u izučavanju astronomskih pojava.

Kada je na svečanoj ceremoniji dodela diploma izašao na podijum da primi tu, u papir utisnutu, potvrdu svojih kvaliteta, pogledao je u ljude ispred sebe koji su mu glasno aplaudirali, sa široko razvučenim osmesima na licima. Svi su znali koje su njegove sposobnosti i kakve je uspehe nizao tokom školovanja. Pomislio je tada: „Budućnost je preda mnom!" Čitav svet je bio pod njegovim nogama. Bio je spreman za velika dela.

Budućnost je zaista bila pred njim, ali ne onakva budućnost kakvu je očekivao u tom trenutku. Posle svih odricanja tokom školovanja, preskočenih razuzdanih studentskih žurki, zamenjenih besanim usamljeničkim noćima provedenim uz knjige, rešavanja nerešivih problema, osvajanja zlatnih medalja na takmičenjima iz astronomije, matematike... posle sveg uloženog napora, zaglavio je na margini naučne zajednice. Radio je prilično rutinske poslove za koje mu nije bio potreban ni deseti deo sivkaste materije koja je ključala u njegovoj lobanji.

Pored toga, oduvek ga je pratio prilično neugodan osećaj nepripadanja. Činilo mu se da ne pripada ovde. Ne ovom gradu, ovoj zemlji, već svemu što ga okružuje – ovom svetu. Ljudi koje je poznavao, koje je sretao na poslu, na ulici, u metrou, izgledali su mu strano. Stvari koje ih oduševljavaju, običaji koje imaju, rutine koje upražnjavaju delovali su mu neobično i nerazumno. Nekada bi se zapitao da li je on u stvari vanzemaljac poslat kao prethodnica opšte invazije na ovu stranu planetu, nastanjenu tim čudnim i potpuno iracionalnim bićima.

Ako bi to i bilo tačno – prepustio se mašti – verovatno bi, nakon invazije, on i ostatak vanzemaljske armade pokupili sve zlato koje je ljudska rasa tako pohlepno skupljala hiljadama godina da bi ga, na kraju, nagomilala u velikim trezorima, uredno pazeći na svaki gram, olakšavši tako posao svemirskim kolekcionarima. Zatim bi Sebastijan sa svojim malim zelenim kompanjonima otišao dalje u duboki svemir, do sledeće planete naseljene populacijom gramzivom i nezajažljivom kao što je ova. Ovakav ishod jedini je imao smisla, i učinio bi stvari logičnim, dao svrhu vekovnim aktivnostima sakupljanja tog bezveznog žućkastog metala, čak i u vreme kada on nije imao apsolutno nikakvu praktičnu, upotrebnu vrednost. To je bila samo jedna od čudnih i besmislenih stvari kakve ti iracionalni višećelijski organizmi koji, ruku na srce, pomalo formom podsećaju na njega, svakodnevno rade.

Odvojio je malo svog vremena da razmisli šta bi bilo dovoljno prigodno da se napiše na papiriću kao zahvalnica čitavom ljudskom rodu koji se toliko potrudio da se gomila zlata nađe na jednom mestu, spremna za transport.

„Hvala drugari!", zvučalo bi sasvim O. K.

Kada je, nakon toga, počeo da prelistava svoju unutrašnji album sećanja na sve čudne običaje lokalnih organizama koji povremeno pokazuju blage znake inteligencije, nevidljiva ruka nebeskog slikara otela je zamišljenu četkicu iz njegove ruke i provukla je hitro kroz oblak iznad njega. Sivkastobeličasta masa je počela da kipti, ubrzano se komeša i pretvara u nešto što je Sebastijanovom umu počelo da deluje prepoznatljivo.

U početku, oblaci su poprimali grub oblik koji je, uz dosta mašte, podsećao na neku prilično nezgrapno formiranu ogromnu zmiju, ali već par sekundi kasnije, veličanstvena pufnasta kobra uvijala se nad njim, okružena nebeskim plavetnilom. Činilo se kao da je ušao u neki od 3D bioskopa koji svojim projekcijama gledaoca ubacuju u virtuelne svetove, ali je ovaj put umesto jahanja zmaja koji leti nad šumama i zamkovima, gledao trodimenzionalnu projekciju stvorenu prirodnim procesima, bez pomoći kompjuterskih obrada, mašte programera i grafičkih dizajnera. Sebastijan Braun se na momenat usredsredio na jedan detalj na kobri i prepoznao vazdušnu struju koja razvlači sitne vretenaste oblačiće, da bi potom obuhvatio pogledom celu sliku i video vrlo jasno beličastog reptila kako se lagano okreće licem prema njemu, kao da je živ. Pogledao je oko sebe i shvatio da jedino on posmatra magični prikaz na nebu. Ljudi oko njega su uglavnom čitali knjige ili zurili u svoje telefone. Poneko bi gledao u daljinu u more ili u ljude oko sebe. Jedino je Sebastijan sedeo na ležaljci i gledao u krajičak neba kroz krošnju borovog drveta.

Možda se kroz rupe u krošnji iznad njih ne vide oblaci, pomislio je, *stvar je u perspektivi.*

Uživao je momenat u predstavi nastaloj pod uticajem prostih fizičkih sila, spletom slučajnih okolnosti koji su milione malenih kapljica vode rasuli na takav način da je slika oblaka u njegovom oku njegov um gotovo ubedila da sve vreme gleda u živo stvorenje. Gigantska glava zmije se polako izvijala ka njemu dok je rep plesao i uvrtao se u pozadini. Na glavi su se oformile zlokobne oči koje su pri tome bile uprte pravo u njega.

Dok je gledao neverovatan prizor na nebu, osetio je na trenutak blagu nervozu, kao da je kroz njega neko propustio slabašnu struju, stvorivši pritom bezbolan osećaj neprijatnosti koji se širio po čitavom telu. Trenutak kasnije nervoza je nestala, ali je njegov duh upao u čudno stanje nirvane, osetio je sirovu energiju kako direktno iz zmijskih očiju ponire u njegovo biće i širi se od torza ka udovima.

Možda se radilo samo o najobičnijoj optičkoj varci, iluziji, ali ovaj događaj je doveo do prelomne promene u životu Sebastijana Brauna. Kao da je neko pritisnuo skriveni prekidač negde duboko sakriven u njemu, njegov život se razdvojio. Na deo pre i deo koji upravo sada počinje.

Nekoliko trenutaka kasnije, koji su potrajali možda i čitav minut, sivkastobeličasta kobra koja se izvijala iznad njega rasplinula se i pretvorila u rascepkane vatice. Mlečni tragovi rasuli su se svaki na svoju stranu, natapajući se plavom bojom, sve dok se nisu potpuno stopili sa okolinom. Uskoro, topao morski vazduh je odneo pobedu nad hladnom strujom koja se probila preko vrhova planina iza mora, i nebo se pretvorilo u prazno kristalnoplavo platno bez ijedne nepravilnosti.

Nevidljivi umetnik je, očigledno, produžio dalje u potrazi za novim materijalom za oblikovanje.

Neko drugi bi možda pomislio da je prikaz zlokobne zmije na nebu znak užasa, mračno predskazanje, glasnik loših vesti. Ipak, upravo je ova pojava otvorila skrivena vrata u svesti Sebastijana

Brauna i, kada su misli poput bujice jurnule kroz njih, shvatio je da je došao na fantastičnu ideju.

Sebastijan je već neko vreme bio deo astronomskog tima koji je izučavao tajne dubokog kosmosa. Iako je na univerzitetu bio jedan od najboljih studenata, i pored rada na doktoratu, bilo je teško probiti se pored već zvučnih imena sa kojima je sarađivao. To ga je, priznao je sebi, malo frustriralo. Ipak, mnogo veći izvor unutrašnjeg nezadovoljstva bio je nedostatak neke velike ideje, vizije koja bi pomerila nauku za jedan veliki stepenik napred. Nije da njegov um nije generisao ideje. Imao ih je puno, ali su one bile male i, u suštini, nebitne. Dopunjavao je postojeće radove, usavršavao ih, činio efikasnijim, ali ništa fundamentalno mu nije padalo na pamet. Nekada bi mu sinula lampica u glavi i, u potpunoj euforiji, počeo bi da razvija novu zamisao, novi koncept. Međutim, kasnije bi pretragom interneta utvrdio da je neko tako nešto već stvorio, da ideja nije tako nova, samo nije toliko popularizovana preko medija. Ili bi, pak, otkrio da je neko nešto slično pokušao, ali je na kraju shvatio da je koncepcija zapravo neostvariva. Ili bi jednostavno uvideo da je suviše bizarna i da nije nešto što bi njegovo ime upisalo u knjigu slavnih pronalazača i nahranilo njegovu posrnulu naučničku sujetu. Ipak, neke od njegovih umotvorina bile su dovoljne za popunjavanje kvote naučnih radova, ali ništa zaista veliko, novo i ostvarivo mu jednostavno nije padalo na pamet. Osećao se kao samo jedan od vojnika astronomije u dugom stroju istraživača koji su sporo i mukotrpno potiskivali svod znanja ka tami neotkrivenog.

Sve do ovog momenta.

Veliki zlokobni beli reptil mu je bukvalno poslao znak sa neba. Putokaz. Upalio je pravu sinapsu zakopanu negde duboko u sivoj masi njegovih fino podešenih neuronskih veza.

Razmišljao je o projektu na kojem je poslednjih godina radio na institutu.

Snažni teleskopi, koje je koristio sa svojim kolegama u astronomskoj laboratoriji, hvatali bi u zamke svojih osetljivih senzora i najmanje svetlosne impulse, a zatim bi ih slali u moćne računare, gde bi se nakon obrade složenim algoritmima za eliminaciju šuma i dodavanja boja, pretvarali u fantastične svemirske pejzaže, gigantska umetnička dela velikog praska – praiskonskog vajara vasione. Nakon računarske obrade, na ekranu su prikazivani sudari udaljenih galaksija koji su razarali na milione svetova, ples dvojnih zvezda ili spektakularni praskovi supernova. Prizori koje su formirali iz gomile brojki dobijenih na osnovu očitavanja superosetljivih senzora, uz pomoć kompjuterske tehnologije, oduzimali su dah čak i neukima, dok su astronomima, pored prostog divljenja i iskonskog osećaja strahopoštovanja prema nedostižnoj veštini tvorca ovih kosmičkih remek-dela, poslužili i kao osnov za mnoga otkrića, proračune i izgradnju novih teorija o nastanku i razvoju svemira. Sebastijan Braun je konačno shvatio da su skupoceni uređaji kojima su raspolagali mogli biti iskorišteni i na drugi, nešto maštovitiji način.

Dok je gledao predstavu iznad sebe, uvideo je da se on i njegove kolege sve vreme fokusiraju na minijaturne delove neba tako što senzorima prikupljaju svetlost foton po foton i dobijaju slike koje golo oko nikada ne bi moglo da vidi, a zatim pokušavaju da ih uvećaju, približe, izoštre i očiste od šuma da bi dobili krajnji rezultat. U tim posmatranim delićima kosmosa videli bi glamurozne prizore koji se odigravaju u dubinama vaseljene. Ovu tehnologiju su praktikovali i usavršavali astronomi diljem planete već decenijama. Prizori su bili sve lepši i raskošniji, uređaji koji su korišteni su postajali sve osetljiviji i precizniji, algoritmi za obradu sofisticiraniji, ali nije bilo nekog velikog, suštinskog pomaka. Bar do sada.

Baš kao ljudi oko njega na plaži, i astronomi su ponavljali slične stvari koje su radile njihove kolege pre njih, i vraćali se sa sličnim utiscima, zapravo su tapkali u mestu, vrteli se ukrug. Za razliku od ljudi oko njega, Sebastijan je uradio nešto drugačije, zauzeo drugi položaj, dobio potpuno drugačiju perspektivu i – nagrada je stigla.

U vidu pitanja.

Šta bi bilo, zapitao se, ako – umesto da izabere svoje majušno parče nebeskog svoda i fokusira se na njega, grickajući ga zvezdu po zvezdu, galaksiju po galaksiju – sledećih nekoliko godina usmeri senzore teleskopa prema tamnim oblastima u svim pravcima iz jedne tačke? Šta ako jednim pogledom obuhvati čitavo nebo, i to baš najtamnije tačke na nebu, a zatim, umesto da uveličava deliće slike, prikupi svetlosne signale iz svih pravaca, foton po foton, i čitav nebeski svod smanji u jednu mapu od trista šezdeset stepeni?

Iz prikupljenih informacija bi, pomoću superkompjutera, kreirao veliku sliku univerzuma. Baš veliku sliku! Ono što je očekivao da vidi na njoj bio je oblik čitavog univerzuma, onog univerzuma čije postojanje može da dohvati koristeći svoja čula, uz malu pomoć vrhunske tehnologije, naravno.

Šta ako je naš univerzum samo trunka u nekom većem univerzumu, pomislio je Sebastijan. *Možda otkrijemo da smo samo dugme na košulji nekog gigantskog mrzovoljnog šalterskog radnika koji se iz čiste pakosti pravi da slabije čuje i na taj način tera svoje klijente da se sagnu i govore pokorno kroz maleni otvor na staklu, klanjajući se njegovom visočanstvu, gospodinu svemoćnom.*

Ova pomisao mu je izmamila jedan kiselkast osmeh. Asocijacija, koliko god delovala duhovito, ugurala je njegov um u malu zagušljivu prostoriju iz koje bi najradije želeo da što pre izađe. Kako god, rezultat eksperimenta koji je upravo smislio mogao bi da bude jako interesantan. Šta god se bude prikazalo na ekranima, moći će da se tumači i da dâ neku novu informaciju o vaseljeni, njenom nastanku, možda i njenom mestu u nekoj većoj stvarnosti.

Dakle, Sebastijan Braun je konačno verovao da ima sjajnu ideju. Međutim, između njega i ostvarenja ideje koja ga je sada potpuno zaokupila postavila se jedna, ne mala, prepreka. Ideja je podrazumevala grandiozna ulaganja na nacionalnom nivou, a on nije imao sredstava da svoju zamisao sprovede u delo. Bio je samo jedan od članova tima na prilično niskoj grani drveta moći u astronomskom svetu, a za ovakav projekat bila su potrebna ogromna sredstva. Poluga koju je on imao u rukama jedva da je mogla da donese neki novi server u laboratoriju koju je vodio, a o floti raketa-nosača koji bi u svemir iznela gigantski teleskop mogao je samo da mašta u najluđim snovima.

Ipak, ohrabrujuća činjenica je bila da je poznavao nekoga ko se nalazi na vrhu drveta, kome su nadohvat ruke bile i najzrelije banane. Nekoga ko je veoma moćan i može da ubedi kongres da mu odobri fondove za ovakav poduhvat.

Tomas Guliver, sinulo mu je.

Tomas Guliver je bio njegov prijatelj iz studentskih dana koji je zaista daleko dogurao u životu. Nije bio ni blizu najboljim studentima, ali je imao ono što najbolji studenti nisu imali – bogate i uticajne roditelje, sa još bogatijim i uticajnijim prijateljima na veoma bitnim mestima u društvenoj hijerarhiji.

Sebastijan Braun je znao da ostvarenje ove ideje neće biti lako – on nije imao nikakvu moć nad Tomasom Guliverom.

Poznavao je Tomasa Gulivera, i iako je nekada moglo izgledati da su Sebastijan i Tomas iskreni prijatelji, to nikada zaista nisu bili. Pomogao je Tomasu par puta oko studentskih radova, kada bi ovaj zaglavio na nekoj žurki koje je bratstvo na univerzitetu pravilo, pa bi ujutro pozvao Sebastijana, mamurnim ali ne sasvim iskrenim glasom proklinjući žurke, alkohol i... eh te žene. Na kraju bi obavezno spustio ton i zamolio ga da ga izvuče samo još ovaj put i završi za njega rad koji je trebalo da preda tog dana.

Zauzvrat je Sebastijanu velikodušno ustupio svoje pretplate na naučne časopise, koje Tomas ionako nije koristio. Za njega su one bile samo jedan od brojnih statusnih simbola koji su ljudima oko njega stavljali do znanja ko je on i kakva mu se budućnost smeši, dok su Sebastijanu ti časopisi bili nepresušan izvor informacija i ideja za seminarske radove. Doduše, zvao ga je Tomas i na poneku žurku, ali ga je Sebastijan redovno ljubazno odbijao jer, jednostavno, nije imao vremena za gubljenje na besomučno ispijanje alkohola i pravljenje gluposti.

Sebastijanu je sada bilo pomalo žao tolikog žrtvovanja. Verovatno bi i sa lošijim prosekom završio na sličnom mestu – nebitnom, u svakom slučaju. Bio je samo jedan od hiljada istraživača koji su sistematski češljali svemirsku kupolu nad planetom, vršili merenja nad svakom svetlom tačkicom i popunjavali formulare sa dobijenim brojkama. Propustio je priliku da okusi bar malo studentskog raskalašnog života, natopljenog pićem, nespavanjem, grubim šalama... i ostao je sam, potpuno posvećen svom mizernom istraživanju.

Ono što je Sebastijan zasigurno znao jeste da je Tomas Guliver bio poligon na kome su se neprestano borile sujeta, pohlepa, želja za vlašću i popularnosti, i na sve to – bio je veoma moćan u svetu nauke. *To je dobar početak*, pomislio je Sebastijan. Analizirao je situaciju, u tome je bar bio dobar – još od malih nogu je umeo da potpuno isključi emocije iz svog rasuđivanja i svoje razmišljanje čak i o ličnim problemima svede na prostu matematiku.

Imam sjajnu ideju, pomislio je. Bar mu se činilo da ima sjajnu zamisao, i hteo je da je sprovede u delo. Želeo je da svetu podari sliku univerzuma kakvu još niko nije uspeo, da potpuno promeni perspektivu iz koje su ljudi gledali na kosmos. Nije hteo da ostane do kraja života na margini nauke, baveći se rutinskim, dosadnim poslovima iz dana u dan. Nije želeo da zauvek ostane samo potrčko koji odrađuje sitne zadatke u okviru velikih projekata koje je smislio neko drugi, da bude samo mali zupčanik u velikoj mašineriji kojom upravljaju neki drugi ljudi. Konačno je dobio priliku da učini nešto veliko, nesvakidašnje. Ovo je bio njegov projekat, njegov pečat koji će ostaviti trag u istoriji nauke, a ti drugi, svi oni koje je ostavljao u prašini na takmičenjima za vreme studija, konačno će se naći na pravom mestu – radiće za njega.

Sebastijan Braun je bio spreman na žrtve da bi njegova ideja zaživela.

„Slava mi nije potrebna, a ni novac...", izgovorio je naglas nesvesno.

Ljudi oko njega su se pravili da ga nisu čuli, dok se on pretvarao da nije primetio da se ljudi oko njega prave da ga nisu čuli.

Slava je bila jedan od motiva koji su terali kreativne ljude kroz istoriju da stvore mnoge fantastične stvari – od likovnih ili muzičkih remek-dela do matematičkih teorema ili novih mašina koje su dovodile to tehnoloških skokova čitave civilizacije, pomislio je.

Naravno, novčana kompenzacija je bila bitna, ali slava je bila gorivo koje je potpaljivalo njihovu sujetu, cigla koja je zidala gordost i podizala njihove noseve iznad drugih ljudi. Koliko bitaka se vodilo da bi se dokazalo čiji je patent predat prvi, ko je prvi izmislio neki uređaj, iako je nekada bilo jasno da su dva pronalazača došla na istu ideju gotovo u isto vreme. Ali, slava bi pripala samo onome kome je priznato prvo mesto.

Sebastijan Braun se podsetio velikana nauke i umetnosti o kojima je slušao tokom čitavog školovanja. Čitao je svojevremeno njihove biografije, što ga je nagnalo na razmišljanja o kontrastu koji je postojao između njihove slave i života kojim su živeli. Šta su oni imali od toga što su postali velikani i što im se svaki smrtnik danas, mnogo godina posle njihove smrti, divi par sekundi dok sluša o njima ili se hvali svojim znanjem pred društvom, obično pogrešno izgovarajući ime tog i tog pisca, pesnika, fizičara... Mnogi od tih genijalnih ljudi čija su imena krupnim slovima zapisana u školskim knjigama u stvari su imali prilično mizerne privatne živote, ali su naporno radili da bi im se jednog dana ime izgovaralo sa poštovanjem, uz posebnu intonaciju u glasu.

Pa tek oni silni slikari koji svojim delima, koja su se graničila sa nestvarnim, nisu uspeli da otplate ni kiriju za neku bednu mansardu, a sada te iste slike presipaju milione iz džepa u džep, po umeću i mašti sasvim ispodprosečnih jedinki, koje je zrak prosvetljenja promašio. Za dlaku, doduše, ali ipak promašio.

Dakle, on, Sebastijan Braun, želeo je da vidi veliku sliku univerzuma, kakva god ona bila. Odlučio je da ne razmišlja o tome ko će i kako da profitira na toj ideji, imao je sasvim dovoljno novca za pristojan život. Nije ga bilo briga čije će ime biti zapisano u istorijskim udžbenicima koje će deca čitati kada njega već uveliko ne bude bilo. Čije god ime bude bilo zapisano, on, Sebastijan Braun, znaće da je taj uspeh njegovo delo. Konačno je imao veliku ideju, nešto što je bilo samo njegovo, i želeo je da dođe do rezultata. Želeo je da on sam živi sa saznanjem da je učinio nešto veliko, napravio neki pomak u nauci. Verovao je da će taj osećaj ispuniti teskobnu prazninu koju oseća u svom životu već godinama, još od kada je završio studije.

Sebastijan Braun je bio potpuno ushićen jer je shvatio da se u njegovom umu stvorilo nešto potpuno novo, dosada neviđeno u svetu. Negde u dubini njegove svesti proklijalo je ono seme koje je oduvek osećao da ima u sebi, seme koje je čitav život čekao da se pojavi i svem trudu koji je uložio u sebe podari neki smisao. Od malih nogu je znao da njegov život nije isti kao životi ljudi iz njegovog okruženja. Ma koliko bili uspešni, njihovi životi su mu delovali kao trupci koji su upali u reku i plutali po njoj do svog mizernog kraja. Neki bi upali u brzake, vratolomno se probijali čitavim tokom i na kraju dospeli do mora, dok bi drugi, pak, zapeli za neku šikaru uz obalu i tu ostali da tavore dok ne istrule u potpunosti. Za razliku od njih, njegov život ima misiju, on nije plutao nizvodno već se probijao uzvodno, do izvora. Znao je da mora da uradi nešto, znao je da ima neki zadatak! Sve vreme ga je pratio taj osećaj, osećaj da mora da uradi nešto veoma bitno, ali nije znao šta! Pomisao da je konačno otkrio nešto veliko, nešto drugačije, poterala je krv da, poput uzavrele bujice, prostruji njegovim venama. Osetio se kao lokomotiva koja polazi iz stanice dok para šiklja na sve strane.

Sebastijan je znao da je njegov poznanik Tomas Guliver dovoljno ekscentričan da prihvati njegovu ideju bez ikakve naznake da će ona dati bilo kakav smislen rezultat, jer je ideja bila toliko smela da će u svakom slučaju podići prašinu u medijima i Tomasovu sliku postaviti na naslovne strane, a Tomas je, opet, na dovoljno važnom mestu da ima mogućnost da tu ideju sprovede u delo. Uz to, dolazilo je vreme reizbora, kada je Tomasu Guliveru medijska pažnja bila potrebna kao bebi majčino mleko.

Ustao je sa ležaljke i otresao pesak sa sebe.

Dosta je lenčarenja, vreme je da se vratim poslu, pomislio je.

5.

Prva kapljica nadolazećeg uragana

Semjuel je otvorio vrata i zakoračio u svoju novu kuću u Nejpervilu, idiličnom američkom gradiću nadomak Čikaga. Prolazio je kroz prostorije koje su mirisale na svežu farbu i lak, provlačeći se pored nameštaja još prekrivenog zaštitnim najlonom. Ušao je u dnevnu sobu, zidovi su bili oblepljeni novim, modernim, cvetnim tapetama, dok je na sredini stajala neotpakovana sofa, i pored nje lampa za čitanje. Došao je do prozora i pogledao napolje, prema ulici. Gradić u koji je došao da živi podsećao ga je na sliku iz dečije slikovnice. Široke, uredne, asfaltirane ulice, uz koje su se prostirali održavani svetlozeleni travnjaci, koji su razdvajali ulice od betonskih stazica za pešake i te stazice od privatnih kuća. Duž staza se pružao drvored čije lišće je bilo rasuto po travnjacima, kao da je neko već idiličnu sliku želeo da upotpuni prefinjenim detaljima. Tek će imati prilike da upozna gradić, ali je već bio oduševljen njime. Bio je relativno blizu centru Čikaga, gde su se nalazile kancelarije agencije, a opet je uživao u pitomoj prirodi koja ga je okruživala. Video je da kroz gradić prolazi reka uz koju se pruža šetalište, nekoliko jezera u okolini, i da su u centru kuće napravljene od cigala, što je bila retkost u ovim krajevima. Novije kuće su uglavnom građene od drvenih greda i panela. *Drveta u ovoj zemlji bar ima u izobilju*, pomisliio je.

Upravo je promenio poziciju u agenciji, i sa promenom pozicije dobio i premeštaj, koji mu je godio. Nakon razgledanja nove kuće, seo je na neotpakovanu stolicu, izvadio notes i počeo da piše. Pre premeštaja odslušao je kratak kurs kriptografije. Kriptografija nije bila primarno polje njegovog interesovanja, ali su zaposleni u agenciji kroz kratke kurseve stalno proširivali svoje znanje u raznim oblastima, što ih je vremenom činilo efikasnijim u svom poslu.

Dok je slušao kurs, pala mu je na pamet ideja kako bi mogao da napravi svoj algoritam za kriptovanje. Algoritam je bio potpuno nov, bar je mislio da je bio nov, nije bio ekspert za kriptografiju. Na kursu su krenuli od samog početka nauke o šifrovanju, od Cezarove šifre, koja je dugo bila veoma efikasna i nedokučiva za protivnike. Razlog je bio vrlo logičan – ljudi iz vremena Cezarove šifre uglavnom nisu ni znali za kriptografiju, u stvari, malo ko je uopšte znao da piše, pa stoga čak i ako bi neka Eva došla u posed šifrovanog teksta koji je neki Adam poslao nekom Bobu, ne bi joj palo na pamet da nasumično ispisana slova mogu predstavljati smislene reči zapisane na ovaj neobičan način. Cezarova šifra je, prisetio se, bila krajnje jednostavna. Dovoljno je bilo da se slovo A u originalnom tekstu zameni na primer, slovom B, a slovo B slovom C i tako dalje. Dešifrovanje se vršilo jednostavnim obrtanjem ovog procesa. Svako ko bi naslutio da je tekst koji je pronašao kodiran Cezarovom šifrom, mogao je vrlo lako da dođe do originalnog teksta isprobavanjem slovne zamene.

U međuvremenu su kriptografski algoritmi napredovali – *Vižner*, *Enigma*, simetrični ključ, asimetrični ključ, kvantna kriptografija, od cele stvari napravljena je čitava nauka, koja je Semjuelu bila jasna koliko je i Ajnštanova specijalna teorija relativnosti bila jasna Šredingerovoj mački – baš nimalo.

Ono što ga je impresioniralo nisu bile same šifre i algoritmi, već načini na koje su bili korišteni. Iznenadilo ga je što je *Enigma*, čuvena mašina koju su nemački kriptografi koristili za šifrovanje komunikacije tokom Drugog svetskog rata, bila provaljena gotovo od samog početka postojanja. Britanski kriptoanalitičari su napravili mašinu za dešifrovanje, ali je ta informacija čuvana kao najveća tajna. Koristili su saznanja do kojih su došli zahvaljujući dešifrovanju *Enigminih* tekstova onda kada im je to najviše odgovaralo i na takav način da druga strana ne posumnja u neprobojnost *Enigminog* kriptografskog oklopa. Čak i kada je rat završen, saznao je Semjuel na kursu, britanski vladari su nemačku mašinu dali na korišćenje prijateljski nastrojenim zemljama, uveravajući ih da je šifra i dalje neprobojna, prikrivši pritom od njih činjenicu da sami mogu da dešifruju svaki tekst kodiran *Enigmom*.

Ova poslednja anegdota, koja i nije bila toliko bitna za sam kurs, izdigla ga je iz prašine u kojoj se do tada nalazio i otvorila mu jedan mnogo prostraniji pogled na svet.

Više nismo postojali mi i oni.

Postojao je samo on i svi ostali.

Nakon ovog saznanja postalo mu je jasno da mora sa rezervom uzeti bilo koji uređaj koji bi dobio za kriptovanje komunikacije od agencije. Ukoliko želi da bude siguran, moraće da osmisli svoj algoritam.

Nije bilo bitno da algoritam bude bolji od postojećih, dovoljno je bilo da se razlikuje i da bude dostupan samo izabranima.

Ono što je najbolje čuvalo šifrovan tekst od otkrivanja bila je mogućnost da se on kamuflira, poput kameleona, i stopi sa nekom pozadinom, pomislio je. *Na primer – pozadinom neke slike ili pesme.*

„Slike i zvuci imaju jednog neprijatnog pratioca, a to je bio pozadinski šum – šum koji je nervirao slušaoce radija jer je oduzimao kristalnu boju njihovim omiljenim pesmama, ili iritantni šum koji se pojavljivao kao sneg na TV ekranu, ponekad sakrivajući bitne detalje u filmu ili prenosu utakmice", setio se rečenice predavača.

„Upravo taj šum je skriveno bogatstvo za kriptografe. Šum preveden na jezik brojeva nije bio ništa drugo do niz nasumično izabranih cifara. Sakrivanje šifrovanih poruka u formi pozadinskog šuma nije ništa novo – grana kriptografije koja se bavi tom veštinom naziva se steganografija."

Semjuel je pokušao da reši problem kako da se sačuva slučajnost u rasipanju tih brojeva prilikom kriptovanja, jer je upravo pojavljivanje pravilnosti u šumu bilo prva indicija da se ne radi samo o posledici nesavršenosti elektronskih uređaja već da se u šumu koji prati medijski zapis krije nešto mnogo interesantnije.

Uzeo je svesku, olovku i jednu kockicu za jamb i počeo da baca kockicu, a zatim da zapisuje u svesku redom brojeve koje bi dobio. Radio je to sve dok nije popunio čitavu stranicu ciframa od jedan do šest. Trajalo je, ali – imao je vremena. Van posla i nije imao mnogo obaveza.

Ako kriptujem binarni zapis, imam samo nule i jedinice na ulazu. Mogu da izaberem bilo koji broj od jedan do šest kao čvor, na primer: tri. Svaki put kada naiđem na čvor u mojoj svesci, ako hoću da kriptujem cifru nula, potražiću prvi paran broj posle čvora i umetnuti ga odmah iza čvora. Za jedinicu ću uraditi isto, samo sa neparnim brojem i ,voilà' – eto algoritma za kriptovanje. Svi brojevi koje sam zapisao su isti oni slučajni koje je izbacila kockica, samo sam ih malo prerasporedio.

Za nekoga ko ne pretpostavlja o čemu se radi, šifrovan tekst bi bio samo niz nasumičnih brojeva. Mogao bi vrlo lako da se sakrije kao šum, gomila nasumičnih šarenih tačkica, ukoliko bih ga ugradio u neku digitalnu fotografiju već razrađenim metodama steganografije.

Nakon par dana rada na unapređivanju ovog algoritma, shvatio je da je upravo napravio svoj prvi digitalni mač, magično oružje koje mu daje prednost nad drugim igračima u velikoj igraonici.

Dok je držao papir sa algoritmom u ruci, razmišljao je o onome što bi mogao da učini sa ovim tajnim alatom. Već neko vreme u glavi je formirao plan, ali jedan novi algoritam nije bio dovoljan za njegovo ostvarenje. Odložio je papir u fioku radnog stola – za sada je imao samo jedan komadić velike slagalice koju je želeo da napravi. Moraće narednih godina strpljivo da prikuplja i ostale, ako želi da ostvari svoj krajnji cilj, cilj koji je upravo postavio pred sebe. Cilj za koji će znati on, i niko drugi osim njega, čak ni najbliži prijatelji.

6.

Nulta tačka

Kristofer je pešačio uz ivicu asfaltnog puta koji je vijugao kroz šumu. Bio je sam, ali ga to nije plašilo iako je još bio dečak, i to prilično krhke građe. Poznavao je dobro ovaj put i ovu šumu. Gotovo svaki dan je prolazio njim pri povratku iz škole, osim danima kada je imao trening u košarkaškom klubu. Tada bi otac došao po njega automobilom, ne bi li stigli na vreme u sportsku halu koja je bila desetak kilometara udaljena od škole.

Dok je koračao po asfaltu, boja neba se razlivala oko njegovih sitnih zenica, koje su upijale odraz bajkovite prirode što je uz lagani bat patika prolazila pored njega. Osim odlaska u školu, često bi prolazio ovuda kada bi šetao po šumi sa ocem. Išli bi stazicama koje su ugazili pešaci i džogeri, i usput razgovarali. Tada bi, dok su borove iglice krckale pod njihovim nogama, mogao da otvori svoju dušu, da priča o stvarima koje je doživeo u školi, koje ga tište ili raduju, o svojim otkrićima, željama, snovima, strahovima. Otac, koji je drugim prilikama obično bio veoma zauzet svojim istraživanjima, u tim trenucima bi ga pažljivo slušao, davao savete, radovao se njegovim zrelim razmišljanjima, i – učio ga veštini orijentacije u šumi. Ta šuma je postala njegovo omiljeno mesto, i često bi i sam prošetao njom. U njoj se osećao sigurno.

Sada je uživao u šetnji ka kući. Dok je udisao jesenji miris mahovine i zimzelenog drveća, razmišljao je o sutrašnjoj predstavi u kojoj je trebalo da igra jednu od glavnih uloga. Jedva je čekao da stigne i još jednom ponovi svoj tekst pred ukućanima.

U jednom trenutku, iza sebe je začuo policijsku sirenu, koja je postajala sve glasnija. Znao je da treba da se odmakne od puta, jer ga vozač policijskog auta možda neće videti zbog krivina na putu. Trenutak kasnije, plavo-beli automobil sa sirenom na krovu je u punoj brzini proleteo pored njega. Sačekao je malo da sirena utihne u daljini, a zatim se vratio na put i nastavio dalje.

Desetak minuta kasnije, iza jedne krivine naišao je na nekoliko parkiranih policijskih automobila sa upaljenim rotacionim svetlima. Kada je prišao bliže, primetio je i grupu policajaca koji su bili okupljeni oko automobila parkiranog uz put, odmah iza policijskih vozila. Tek kada se jedan od policajaca izmakao u stranu, video je da na prednjem sedištu auta leži čovek.

Sledećeg momenta su trnci prostrujali kroz njegovo telo. Prepoznao je automobil. Prepoznao je i čoveka koji je ležao u njemu. Ni sam ne znajući kako, stvorio se pored otvorenih vrata automobila. Dok su ga snažne ruke odraslih ljudi vukle dalje od kola, gledao je krvavu glavu svog oca i pištolj u njegovoj ruci. U drugoj, čvrsto stisnutoj, ruci je držao nekakav papirić.

Kasnije, kada bi se u mislima vraćao na ovaj događaj, nije mogao da se priseti ni zvukova, ni reči, ni mirisa. Prva sledeća slika koja je zauvek ostala urezana u njegovom umu bilo je izbezumljeno lice njegove majke koja je dotrčala do automobila.

U narednim danima slike pred njegovim očima su se haotično smenjivale, kao i rođaci i prijatelji koji su prolazili kroz njihovu kuću. Sve do pogreba. Nakon toga je sve utihnulo.

Ostao je sam.

Otac je to sam sebi uradio, saznao je, niko drugi nije bio umešan u njegovu smrt.

Napustio ga je.

Izdao.

Ostavio je nekakav papirić, oproštajno pismo. Nije mogao da izdrži više, napisao je. *Da izdrži šta*, pitao se dečak. Njemu se nije žalio da ga nešto muči, izgledalo je kao da imaju savršen život. Pričali su o svakodnevnim problemima, o nauci, o uzbudljivim stvarima koje ih čekaju u budućnosti. Sve ovo vreme otac se pretvarao, glumio pred njim. U šumi, dok su šetali, u kući, dok ga je u igri jurio po hodnicima ili vežbao tekst predstave. Posmatrao ga je kako glumi svoju ulogu za predstavu, vešto prikrivajući činjenicu da je on u stvari bio taj koji je sve vreme i sam glumio.

Glumio je čoveka koji će biti tu i sutra. Za njega.

7.

Proslava

Sebastijan Braun nije morao dugo da čeka na povoljan trenutak da stupi u kontakt sa svojim starim poznanikom, Tomasom Guliverom. Udruženje astronoma je organizovalo godišnju proslavu u jednom od boljih restorana u gradu. Tomas Guliver je bio među najvišim zvanicama koje su učestvovale na tom skupu i pripala mu je čast da održi uvodni govor.

Sebastijan je znao da ne može samo da priđe Tomasu Guliveru i tresne ideju pred njega, izgledalo bi kao da ga moli za fond za svoj projekat. Tomas ga verovatno ne bi ni saslušao do kraja. Tomasa Gulivera je gotovo svako iz okruženja molio na ovaj ili onaj način za odobravanje nekog fonda, i on je uglavnom izbegavao takve razgovore. Vrlo brzo bi našao neki izgovor i napustio društvo u kojoj mu je takva molba naznačena direktno ili indirektno, kroz šalu ili prijateljsku molbu. Sebastijan je znao da će morati da mu svoju ideju prepusti nehotično. To je bila mnogo bolja strategija – dopustiti Tomasu da sam shvati kako je to sjajna ideja koja će mu doneti preko potrebnu medijsku pažnju.

Dok su zvanice sedale za svoje stolove u iščekivanju uvodnog govora, pogledao je oko sebe, uhvatio momenat kada ga niko ne gleda, uzeo malo viskija i prosuo nekoliko kapi po košulji. Otpio je jedan gutljaj da bi sve izgledalo uverljivije. Nakon govora, kada se završio formalni deo i ljudi počeli da se šetkaju po restoranu u potrazi za poznatim društvom, pićem, i ukusnim zalogajem, Sebastijan se spontano priključio grupici od nekoliko ljudi okupljenih oko njegovog poznanika koja je čavrljala na terasi ispred restorana. U jednom momentu, momentu kome se potajno nadao, ostao je nasamo sa svojom žrtvom.

„Sebastijane, stari astronomski vuče, pa iza kog si se ti teleskopa sakrio?", uzviknuo je Tomas, kada ga je konačno prepoznao. „Ti si bio najveća nada naše generacije, na kakve fantastične vizije trošiš procesorsko vreme ovog superkompjutera ovde?", dobacio je pokazujući prstom na Sebastijanovu glavu.

„U svari, radim na analizi spektra dalekih galaksija, pravimo katalog...", promumlao je Sebastijan posramljeno. Nije ga slagao, zaista je radio na tom, sizifovskom, projektu.

„Da li je moguće da se neko razbacuje ovim blagom na tako neracionalan način? Pa to je neverovatno na šta se troše naši fondovi. Uložimo tolike novce da naše društvo izgradi briljantne umove koje posle trošimo na slaganje papira po fiokama. Ko je direktor tvog projekta?", Tomas se već prebacio u ulogu političara, uostalom, to je manje-više i bio dvadeset i četiri sata dnevno.

Sada je došao momenat za glumu, znao je. Sebastijan se okrenuo par puta oko sebe kao da mu je neprijatno, a zatim se primakao Tomasu Guliveru.

„Pssst...", Sebastijan je pisnuo prinoseći kažiprst nespretno usnama, unoseći se Tomasu u lice, dovoljno da ovaj oseti oštar miris viskija.

„Ne bih da pravim probleme direktoru projekta. Istina, to jeste zvaničan projekat na kojem radim, razumeš? Dok se bavim njime par sati dnevno, usput radim nešto mnogo interesantnije, ali onako, više za sebe. Razumeš?", izgovorio je Sebastijan u poverenju, uz prenaglašen mig na kraju rečenice, na šta se vilica Tomasa Gulivera blago spustila, ostavivši usta otvorena, ali bez ideje šta da izgovore.

„Seti se priče o Ernestu Matematičaru", podsetio ga je Sebastijan.

Pokušao je da ga podseti na razgovor koji su vodili jednom prilikom tokom studija, dok je bio u poseti Tomasovoj kući. Ta poseta se desila sasvim slučajno u vreme kada je bila prisutna i

Tomasova lepuškasta sestra Vivijen, što je Sebastijan doduše i očekivao, jer mu je tu informaciju prenela njegova najbolja prijateljica Emili, a koja je, sasvim slučajno, bila i dobra prijateljica Vivijenina, te je Sebastijan otkrio da baš tada ima nešto slobodnog vremena da završi Tomasov rad. Istini za volju, za ovu uslugu Tomas ga je zamolio još dve nedelje ranije.

Tom prilikom, Sebastijan se ni sam više nije mogao setiti kako su došli na tu temu, Tomas mu je ispričao o Ernestu Matematičaru i njegovoj lukavoj taktici prikrivanja projekta na kom je radio.

„Ernest je radio kao univerzitetski profesor, i dok se zvanično bavio nekim manje bitnim i ne previše zahtevnim projektima, krišom je svoje vreme koristio da se uhvati ukoštac sa jednim od najvećih problema matematike, od kojeg su odustali i najblistaviji umovi sadašnice, ali bogami i prošlosti. Ernesta je, sa jedne strane, bilo sramota da obznani na kojem problemu radi, jer bi time verovatno samo izazvao podsmeh zajednice. Ni mnogo veće ikone matematike nisu ni pokušavale da reše tako nešto, a šta bi tek tu tražio jedan potpuni autsajder poput Ernesta? Sa druge strane, strahovao je da ne dođe do nekog polovičnog rezultata koji bi drugi matematičari poput pirana opkolili i tako vrlo brzo došli do finalnog rešenja. Onda bi oni pokupili lovorike slave a Ernesta ostavili u prašini anonimnosti, da pati doveka zbog propuštene šanse da svoje ime upiše u knjigu velikih matematičara", završio je svoje izlaganje tada Tomas, teatralno gestikulirajući rukama.

„Da li je Ernest Matematičar uspeo, da li je rešio taj problem?", upitala je zaintrigirano lepuškasta sestrica podižući obrve, čime je stvorila niz simpatičnih linijica na tufnastom čelu, iznad para hipnotišuće plavih očiju.

„O ne. Totalno je promašio temu. Ali je zato otkriven u svojoj prevari i izbačen sa univerziteta jer je potrošio silne novce praktično ni na šta", zaključio je anegdotu Tomas Guliver. „U svakom slučaju, imao je bar jednu dobru ideju. Druga je bila potpuni promašaj i ostavila ga je u prašini totalne anonimnosti, ali bar niko nije pokupio lovorike. Lovorika nije ni bilo!", dokrajčio je Tomas jednu od polubesmislenih anegdota koje je pričao kada je samo želeo da ispadne interesantan u društvu.

„Ernest Matematičar?", Tomas Guliver je gledao Sebastijana pomalo zbunjenim pogledom par trenutaka, dok mu se zenice konačno nisu skupile, otkrivajući događaj koji se odigrao duboko u slojevima Tomasove svesti.

Ipak se setio, pomislio je Sebastijan sa olakšanjem.

„Nadam se da imaš nešto interesantnije na umu od sirotog Ernesta", kroz smeh je progovorio Tomas, bacajući nevidljivu rukavicu Sebastijanu u lice.

Upravo je na tu kartu igrao Sebastijan Braun dok je glumio pijanstvo pred Tomasom. Tomas se setio priče o taktici prikrivanja projekta i Sebastijan je bio siguran da će Tomas, čim čuje ideju, već videti sebe kako daje intervjue najmoćnijim medijskim kućama, objavljujući svoje najnovije dostignuće, čime bi, praktično, kupio sebi kartu za reizbor na mesto savetnika za nauku u kongresu.

Riba je zagrizla mamac, Tomasove oči su postale još sitnije i sirovo koristoljublje je prosto zračilo iz njih. Nije bilo lepšeg prizora u ovom momentu za Sebastijana Brauna.

Počeo je da mu obrazlaže ideju o kreiranju velike slike univerzuma, grandioznom projektu, slanju flote satelita sa teleskopima u Zemljinu orbitu, analizi dobijenih signala, preskočivši naravno događaj koji je isterao njegove misli iz žbuna letargije i naterao ih pravo na ovu, do sada neotkrivenu, teritoriju. Kada je nešto kasnije završio razgovor i srdačno se rastao od Tomasa, Sebastijan je toliko bio ubeđen u uspeh da se vratio u restoran, prišao stolu sa pićem gde su bile poređane čaše napunjene viskijem i ovaj put se zaista pošteno ušljiskao.

8.

Upozorenje

To je to, pomislio je Teodor Marković, dok je stajao ispred ogledala i nameštao kravatu. Već duže vreme je pokušavao da napravi dupli čvor – on mu je delovao nekako ozbiljnije i prikladnije za ovu priliku, ali bi mu, kod svakog pokušaja, tanji deo zlobno provirio ispod šireg dela kravate. Konačno je, nakon više neuspelih zaplitanja prstima oko parčeta tkanine, uspeo da zaveže kravatu tako da nema previše nabora na čvoru i pritom idealno pada preko košulje.

Teodor Marković se već duže vreme pripremao za događaj koji je sledio. Znao je da će njegove reči izazvati nevericu, poricanje, nervozu, a zatim i strah kod ljudi. Nebrojeno puta je vodio dijalog sa zamišljenim sagovornicima, pokušavao da uđe u njihovu kožu, ne bi li pretpostavio šta bi mogli da ga pitaju, o čemu bi razmišljali za vreme njegovog izlaganja, kako da im odgovori, koju grimasu da napravi. Naravno da se kolebao i razmišljao da odustane i sačuva svoje saznanje za sebe. Ali nije mogao. Bilo je to nešto tako veliko i tamno, preteće. Kao Damoklov mač, problem je visio nad sudbinom čitave civilizacije. Čitavog sveta.

O sastanku na koji ide izveštavaće televizija. Znao je da se njegov govor ne uklapa u agendu skupa, ali cilj mu je bio da poruka stigne do što većeg broja ljudi.

Obukao je svoj najbolji kaput i krenuo ka zgradi u kojoj se održavao sastanak.

Kada je sat vremena kasnije ušao u zgradu, sala je već bila puna. Zvanice koje su pristigle nešto pre njega zauzimale su poslednja slobodna mesta u sali. Nije želeo da izađe prvi za govornicu, više mu je odgovaralo da se prvo razvije rasprava sa nekom drugom temom, da se ljudi u publici smeste, obave sve sitne radnje koje im odvlače pažnju od govornika i njegovog izlaganja i konačno fokusiraju na dešavanja na podijumu. U uglu je ugledao TV kameru i kamermana koji je bio okrenut na drugu stranu i razgovarao sa nekim iz publike. Ni on još nije obraćao pažnju na ono što se dešava za binom.

Razmišljao je kojom rečenicom da započne govor. Mogao bi uvodnim rečima da šokira prisutne, da im privuče pažnju. Ljudi su obično bili letargični na sastancima sa uobičajenim temama. Ukoliko ih ne bi nečime razbudio, mogli bi da prespavaju otvorenih očiju čitavo njegovo izlaganje. Tema nije jednostavna i trebaće mu njihova puna koncentracija.

Sada je bio momenat!

Podigao je ruku. Nakašljao se.

„Uvažena gospodo! Imam jedno malo bezobrazno pitanje! Dozvolićete mi da ga postavim?", izgovorio je glasno, posebno naglasivši reč „bezobrazno".

Sala se uskomešala, čuo se blag žamor i poneki kikot, ljudi su upućivali jedni drugima zbunjene poglede. Dešavalo se upravo ono što je i planirao – bezobrazne stvari uvek privlače pažnju mase.

„Izvolite", rekao je posle kratke pauze predsedavajući.

Nastavio je:

„Svi vi koristite platne kartice, zar ne? Ima li nekoga ko ih ne koristi? Neka podigne ruku!"

Niko nije podigao ruku.

„Tako sam i mislio. Pored toga, koristite internet: surfujete na vebu, kupujete preko interneta, koristite imejl, proveravate stanje na vašem računu, plaćate porez."

Napravio je kratku pauzu da ljudi prihvate temu, a zatim udahnuo duboko i nastavio:

„Čitava naša infrastruktura elektronskog poslovanja je izgrađena na temeljima enkripcije. I to asimetrične enkripcije. Ukratko – koriste se privatni i javni ključ. Ni jedan ni drugi nisu ništa drugo do brojevi, a sigurnost enkripcije se zasniva na činjenici da je sa sadašnjom tehnologijom nemoguće faktorisati broj na dva prosta broja ukoliko su ti brojevi baš baš... veliki. To je dokazano matematički i nemamo razloga da ne verujemo u dokaz."

Pogledao je u masu staklastih očiju uprtih u njega.

„Dakle, sve ovo što radite, svakodnevno radite, jer mi NE MOŽEMO ni sa najjačim računarima da razbijemo šifru."

Moraće malo da uprosti stvari ako želi da razbudi publiku.

„Zahvaljujući tome što su današnji računari POTPUNO NEMOĆNI da razbiju šifru, mi danas kupujemo preko interneta, plaćamo račune, uzimamo novac sa bankomata umesto da čekamo u dugim redovima ispred šaltera banaka. Većina tih šaltera je poslednjih godina ukinuta. Banke, privatne kompanije, kao i mnoge državne službe, u potpunosti se oslanjaju na ovu moćnu šifru."

Napravio je još jednu pauzu kako bi slušaoci obradili informaciju.

„Zamislite da sve to jednog dana nestane!", raširio je dlan i povukao ruku kroz vazduh, poput mađioničara koji izvodi trik nestajanja.

„Abrakadabra", prošaputao je u mikrofon i nastavio sablasnim glasom: „Probudili ste se ujutro, sredili, krenuli na posao, svratili do bankomata i – PUF! Bankomat ne radi! Dešava se, šta ćete, krenete do drugog, ni on ne radi. Krenete redom, nijedan bankomat ne radi. Ne mari, reći ćete, uđete u prodavnicu da kupite već šta vam treba ali, ne lezi vraže, ne možete da platite karticom!"

Opet je napravio pauzu, priča mora da deluje što uverljivije kako bi publika mogla da se saživi sa problemom.

„Hvatate se za mobilni telefon, ali vaš nalog u banci ne radi! Ne radi više nijedan drugi nalog koji ste imali."

Teodor je sada počeo da šeta levo-desno po bini, poput glumca unoseći se u lice ljudima u prvim redovima, uzvikujući rečenice.

„Odlazite na posao, ali sistem više ne funkcioniše. Ne možete da se ulogujete na računar. Kome šaljete robu? Koju robu? Po kojoj ceni? Ko vam duguje, kome vi dugujete? Sve je pisalo u kompjuteru, papira više nema! Papire više ne koristimo, jer je sve sačuvano u kompjuteru. A kompjuter je MRTAV!"

Zastao je na momenat, a potom tiho ponovio u mikrofon, gledajući pojedinačne učesnike skupa pravo u oči: „Kompjuter je mrtav."

Na trenutak je zavladao tajac u sali, a onda se oglasio jedan prilično hrapav glas iz publike:

„Teodore Markoviću, Vi tvrdite da bi nešto moglo da uništi sve kompjutere na svetu? Šta to? Nekakav kompjuterski virus? Pa njih viđamo svaki dan, to nije neka novost. Stalno se pojavljuju novi, podigne se panika oko njih, i uvek ih nekako zaustave."

Publika se konačno probudila i prvo pitanje je pristiglo od gospodina u trećem redu, koji je Teodora, primetio je to, sve vreme popreko gledao. Upravo ovom pitanju se najviše nadao, jer će mu dati odličan uvod da objasni suštinu problema.

„Ne radi se o virusu. Nikako o virusu, tu ste potpuno u pravu, za kompjuterske viruse imamo leka, postoje ozbiljne kompanije koje se bave razvojem antivirusnih programa. Radi se o nečemu mnogo opasnijem, nečemu za šta lek ne postoji."

Teodor se sada okrenuo na stranu, želeo je da shvate svu nemoć i očaj ljudske civilizacije pred pretnjom koja se nad njom nadvila.

„Sada dolazim do mog bezobraznog pitanja, koje glasi – šta ako neko ipak uspe da nađe način da probije neprobojnu šifru sa početka priče?", izgovorio je praveći grimasu lisice.

Posle kraće pauze, konačno se neko od prisutnih okuražio da postavi logično pitanje:

„Zar niste rekli da su naučnici utvrdili da je šifra neprobojna?"

Tu ih je čekao! Bilo mu je drago da nisu prespavali uvodni deo.

„Jesam", izgovorio je hladno. „Rekao sam da su naučnici dokazali da je nemoguće probiti šifre POSTOJEĆIM računarima."

Svi pogledi su bili sada uprti u njega u iščekivanju.

„Ono što nisu mogli da znaju jeste koje su mogućnosti budućih računara. Kada govorimo o budućnosti, obično mislimo na nešto što će se dešavati za nekoliko decenija, ili stoleća. Ali, dragi moji, ta budućnost dolazi mnogo pre nego što smo je očekivali!"

Prošarao je očima s kraja na kraj sale gledajući u lica prisutnih.

„Za dve nedelje je najavljeno puštanje u rad jednog potpuno novog računara. Najbržeg do sada! Sigurno ste videli najave na televiziji..."

„Videli smo nešto od toga, nismo baš toliko neobavešteni...", dobacio je neko kroz žamor u sali koji je usledio.

„Računar je najavljen kao novo svetsko čudo i napravljeni su veliki planovi kako da se iskoristi njegova moć da bi se otkrile osnovne sile univerzuma, napravili novi lekovi za borbu protiv do sada neizlečivih bolesti, i tako dalje, i tako dalje. Ali niko ne spominje mračnu stranu ovog izuma!", nastavio je Teodor Marković.

Neki od slušalaca su počeli da zevaju...

„Svaki izum u istoriji je imao i mračnu stranu, ali mračna strana ovog izuma će dovesti do katastrofalnih događaja širom planete!"

Sada je podigao glas da razbudi pospane.

„Zamislite ljude bez novca kako upadaju u supermarkete i tuku se oko hrane. Zamislite kompanije koje propadaju i ljude koji ostaju bez posla na ulici. Ti isti ljudi neće imati čime da plate račune, kiriju, dolazi do opšteg haosa i anarhije u čitavom svetu..."

„I to smo već gledali mnogo puta, u filmovima", stigao je pomalo podrugljiv komentar praćen smehom, a zatim i pitanjem. „A zašto bi sve prestalo da radi?"

„Pa zato, dragi čoveče, što će najmoćniji od svih računara, a koji počinje sa radom za samo dve nedelje, moći sa lakoćom da razbije šifru na kojoj je izgrađena čitava ova kula od karata u kojoj mi sada živimo. Za taj računar šifra, koja je za sve današnje kompjutere nedokučiva poput kineskih slova prosečnom Evropljaninu, za taj računar, dakle, čitanje te šifre biće kao prelistavanje dečije slikovnice. Nakon toga čitava kula od karata u kojoj živimo će se urušiti, a to neće dovesti samo do pada tamo nekih računara u naučnim laboratorijama, već i do svih ovih dramatičnih, filmskih, kako kažete, događaja koje sam vam malopre opisao."

Podigao je čašu koja je stajala na stolu ispred njega i otpio malo vode.

Gledao je sada pojedinačno ljude u publici u oči, šarao je po sali i osećao kako neurončići u njihovim glavama pucketaju u pozadini. Konačno shvataju veličinu problema.

„Pa to je zaista strašno!!!", konačno je neko progovorio. „Prestaće da rade banke, svetske berze će biti u padu, ljudi neće moći da kupe hranu, mnogi će ostati bez posla, kuća, automobila... doći će do nemira! Možda ratova! To može da dovede do potpunog haosa na čitavoj planeti!"

Teodor je bio ponosan na sebe. Govor je u potpunosti uspeo. Skrenuo je pažnju ljudima. Dugo se spremao za ovaj događaj i već bezbroj puta se zapitao da li će ga proglasiti za još jednog čudaka koji prognozira kraj sveta, da li će uopšte moći da shvate razmeru čitavog problema.

Pogledao je u kamermana koji je stajao u uglu iza kamere i nešto kuckao na mobilnom telefonu. Kamera je bila uperena ka Teodoru. Nadao se da neće izgledati suviše uštogljeno sa kravatom na televiziji.

„Ali, šta mi tu možemo da uradimo?", upitao je jedan farmer. „Mi smo ipak prost svet, pretpostavljam da u tom belom svetu postoji neka pamet koja će to da reši. Mali smo mi i neuki da rešimo toliko veliki problem. Ja imam drugi mali problem kojim bismo mogli da se pozabavimo", nastavio je. „Poslednja poplava je odnela most koji spaja moju farmu sa glavnim putem i od tada idem dvadeset kilometara da bih došao do centra sela, a i meštani koji dolaze iz sela prema jezeru moraju da idu putem koji vodi kroz šumu!"

U sali se čuo žamor.

„Mislim da je vreme da se organizujemo i popravimo taj most", sigurnim glasom je zaključio farmer, uz burne ovacije iz publike.

Kamerman je sada ostavio telefon i dohvatio se kamere.

Farmer je nastavio govor o važnosti lokalnog mosta, a Teodor Marković je krenuo ka svom mestu kako bi na njemu sačekao kraj seoske skupštine. Dogovori oko gradnje mosta su se pretvorili u pozadinski šum, prekriven pulsirajućom tutnjavom koja je odzvanjala u Teodorovoj glavi.

Osetio je veliko olakšanje što je konačno saopštio svetu kakva katastrofa mu preti.

Sa druge strane, mnoge košnice u kojima je gajio pčele su ostale bez rojeva, neko od farmera je koristio neko hemijsko sredstvo koje ubija njegove pčele. Ali nije želeo da sada pokreće i to pitanje, da razvodnjava mnogo bitniju stvar.

Posle energičnog govora, seo je na stolicu, ruke su mu pale mlitavo sa strane – osećao se kao izduvan balon. Izbacio je iz sebe otrov koji mu je izjedao um. Nije želeo da saznanje o ovakvoj pretnji sačuva samo za sebe.

Pogledao je oko sebe, u ljude koji su se sada prepirali oko mosta. Pogledao je ta gruba, izbrazdana, sirova lica: da li će se uveče uopšte setiti šta im je saopštio danas? Možda ovo i nije bio pravi skup za njegov govor.

Srećom, tu je bila televizija, pa će tema koju je načeo stići do šire publike. Bilo mu je bitno da se poruka, koju je upravo poslao, proširi, i stigne do ušiju nekoga ko bi mogao da spreči katastrofu.

9.

Danima nakon razgovora sa Tomasom Guliverom, Sebastijan je kao hipnotisan pratio vesti na portalima i televiziji, ne bi li uhvatio neku naznaku da je njegova ideja pustila korenje u stvarnom svetu, van njegove glave.

Nekoliko nedelja kasnije, na popularnom portalu „Astronomija sutra” konačno je ugledao vest koju je tako čežnjivo očekivao. *Riba je definitivno zagrizla mamac! I to kakva riba*, pomislio je.

Tomas se razmetao svojim potpuno novim i sasvim genijalnim izumom koji bi mogao da napravi revoluciju u načinu na koji posmatramo svet oko sebe, naše poimanje fizike moglo bi iz korena da se promeni, a mnoge pojave koje su za nauku ostale misterije nakon Tomasovog eksperimenta bile bi u potpunosti objašnjene. Najavio je megaprojekat koji je podrazumevao slanje čitave flote raketa-nosača u svemir, sa zadatkom da iznesu u orbitu novu teleskopsku stanicu sastavljenu od hiljada teleskopa koji bi, kada se povežu jedan sa drugim, formirali jednu ogromnu teleskopsku loptu čiji senzori bi prikupljali svetlost iz najvećih dubina svemira, napravljenu po njegovoj, Tomasovoj, zamisli.

„Za nas je ovo astronomska Terra Incognita! Došlo je vreme da osvojimo potpuno nepoznatu teritoriju u svetu nauke!”, bile su reči kojima je zaključio intervju.

Tomas je već ubedio svoje prijatelje u kongresu, i fond za ovaj megalomanski poduhvat je bio odobren. Sada je samo izvodio svoju cirkusku tačku pred predstavnicima medija, koja mu je, u stvari, bila važnija od samog eksperimenta.

Već narednog dana, Sebastijan je posmatrao na TV-u Tomasa kako u trku kroz hodnike ministarstva odgovara novinarima na pitanja u vezi sa velikim projektom koji je upravo predstavio. Blicevi su bleskali po njegovom zajapurenom licu dok je vizionarski najavljivao šokantne događaje koji ih čekaju, u želji da privuče što više pažnje na sebe. Iako je ponešto od onoga što je ispričao imalo neke logike, većinu stvari koje je izgovorio jednostavno je izmislio. Vrlo dobro je znao da glasačko telo u stvari nije ništa drugo do krezuba, vašljiva publika velikog cirkusa, željna galame i vratolomija, i rešio je da odigra svoju klovnovsku tačku kako treba.

„Naši inženjeri vredno rade i prvi deo opreme biće u orbiti već za mesec dana! Svi znamo da je naša zemlja velika i sposobna za ovakve projekte!", izjavio je ushićeno, dok je napuštao zgradu ministarstva, novinarima koji su trčali za njim i gurali mu mikrofone u lice.

„To je to, dragi prijatelji, lep dan vam želim!", bile su poslednje reči Tomasa Gulivera izgovorene u kameru pre nego što su se zatvorila vrata limuzine, koja je lagano napuštala kadar.

Ubrzo nakon intervjua dramatični događaji su počeli da se nižu jedan za drugim.

Dok je svemirska agencija objavljivala snimke poletanja raketa-nosača koje su iznosile delove gigantskog satelita-teleskopa, armija inženjera i tehničara radila je na ostvarenju ovog impozantnog i, kako su svi verovali, vizionarskog projekta. *Poslednji put je toliko ljudi bilo angažovano na jednom projektu verovatno prilikom izgradnje velikih piramida*, pomislio je Sebastijan dok je gledao u kiosk okićen časopisima i novinama. Fotografija Tomasa Gulivera krasila je naslovne strane dnevnih novina, naučnih mesečnika ali i listove žute štampe, gde se njegov lik, koji je preklapao nevešto umetnutu fotografiju bustera raketa iz kojih šiklja plamen i ogromna količina belog dima, nalazio pritešnjen između prsate Lole, blajhane starlete u usponu, i Džeka 2.0, tetoviranog serijskog ubice prilično zlokobnog izgleda. Ukratko, uspeo je da prodre do svakog od pola milijarde stanovnika ove planete koji su znali da makar sriču slova.

Dva meseca kasnije, nakon više desetina uspešnih lansiranja, sve neophodne komponente teleskopa-satelita su bile u svemiru. Besane noći su bile iza operatera na lansirnim rampama i navigatorima koji su pratili let raketa, dok su ekipe inženjera zaduženih za teleskope preuzele štafetu. Oni su sada grozničavo sklapali deliće uređaja u orbiti, pazeći da im ne promakne neki detalj koji bi mogao da čitav projekat vrati na početak i sav novac koji je Tomas Guliver svojom veštom i slatkorečivom, ali zapaljivom i zavodljivom retorikom obezbedio – takoreći oteo od ostalih, isto tako gramzivih političara – raspe po nebeskoj praznini. Samo jedna mala greška bi mogla da grandiozni teleskopski uređaj pretvori u svemirski otpad koji bi bio koristan koliko i mobilni telefon u kamenom dobu.

Konačno, nakon nekoliko nedelja filigranskog rada, sve je bilo na mestu i eksperiment je mogao da počne. Za tu priliku organizovan je direktan prenos, koji je u studiju, zajedno sa voditeljem, komentarisao Tomas Guliver lično.

Eksperiment je krenuo veoma uspešno. Kamere su se iz studija prebacile na laboratoriju gde su inženjeri pratili misteriozne nizove brojki na svojim monitorima, dok je voditeljka oštrih crta lica i blago promuklog glasa vodila kamermana od stolova sa računarima, za kojima su sedeli timovi inženjera, do centralnog mesta u velikoj sali, gde se nalazio veliki monitor na kome su očekivali pojavljivanje prvih rezultata – prve slike koju je uhvatio sjajni metalno-stakleni buket načičkanih teleskopa stacioniran u orbiti.

„Teleskopi su aktivirani i kontrole podataka su upravo završene. Svakog trenutka očekujemo pojavljivanje prve velike slike univerzuma na ovim monitorima iznad nas", izgovorila je teatralno, praveći poluartikulisane grimase i mašući rukama, baš onako kako su je naučili na kursevima za voditelje.

Za to vreme, u studiju, Tomas Guliver je, u iščekivanju da ih uključe u program, razmrdavao vilicu oponašajući žvakanje krave, ne bi li njegov govor bio što izražajniji. Nije mogao da dozvoli sebi da mrmlja pred kamerom ili, ne daj bože, zapliće jezikom, oči čitavog sveta biće uprte u njega.

Na monitoru iznad voditeljke se pojavila slika. Prvi obrisi su delovali pomalo mutno, ali kako je vreme odmicalo, slika je postajala sve čistija i jasnija, i činilo se da stvari postaju više nego neobične. Čak bizarne. Tomas Guliver je prekinuo svoje vežbe i naslonio se na stakleni sto ispred sebe ne bi li se nekako približio monitoru. Bez treptanja, neko vreme je gledao širom razjapljenih usta u sliku koja se pojavila.

„Dođavola!", izletela mu je reč, potpuno spontano i nekontrolisano.

10.

Sebastijan Braun je osetio kako ga je stvarnost, poput kofe ledene vode, tresnula u lice. Otvorio je oči i, iako još mamuran i dezorijentisan od sna, skočio iz kreveta. *Danas je taj dan*, pomislio je. Pogledao je na sat. Uspavao se! Prokleto se uspavao! Iritantni zvuk infatilne melodije mobilnog telefona ga je probudio na vreme, ali je zažmurio samo na još jedan minut, jedan jedini maleni, malecki, minutić koji se razvukao na dvadeset i tri minuta.

Teturajući se na ukočenim nogama ka kupatilu, otvorio je dečiju sobu i doviknuo mališanima da se spreme na brzinu. Ni oni se nisu probudili lagano. Izgleda da buritosi za večeru i nisu bili tako dobra ideja.

Dok je u kući trajao jutarnji stampedo, prigušen šištanjem mlaza vode iz tuša koja je prštala po njegovoj glavi grčevito se boreći da razbije jutarnju letargiju u kojoj se nalazilo čitavo njegovo biće, razmišljao je o fantastičnom događaju koji bi danas trebalo da se desi. Na Institutu za prediktivno programiranje konačno aktiviraju projekat koji su pripremali već više od dve godine. Na pripremama je bilo angažovano na hiljade ljudi, vrhunskih stručnjaka iz svojih oblasti. Budžet koji im je bio odobren nosio je odliku samog projekta – bio je astronomski, jer je ono što su pokušavali da naprave bilo zaista nesvakidašnje. Dok se brijao, pokušavajući da bar danas ne ostavi neku crvenu štraftu ili tačkicu na bradi, gledao je u ogledalu svoje podbulo, tufnasto lice koje je upotpunajvala crvenkasta grgurava kosa. To lice će biti upamćeno u istoriji po onome što će se danas desiti. Sebastijan je samurajskim pokretima dovodio bradu u red, skidajući pufnaste komadiće pene brijačem dok su svetle plave oči pratile strogo svaki pokret nervozne ruke, mršteći se svaki put kada bi ruka, u brzini, ipak napravila grešku i iza sebe ostavila bolan trag ogrebotine.

Dok je lepio komadiće toalet-papira na crvene tufnice na bradi ne bi li sprečio pojavu krastica na mestima na kojima se posekao u žurbi, pogledao je u Džonatana. Džonatan je obukao gaće naopačke, i tako obučen tražio je svoje pantalone među razbacanim stvarima po podu.

Dečaci, pomislio je, *može valjda da izdrži jedan dan u izvrnutim gaćama u vrtiću, dečaci su otporni na te stvari. Nemam sada vremena da ga ponovo oblačim.*

Sebastijan je zatim bacio pogled na ćerku. Zoji je virio jedan simpatičan čuperak iz kose vezane u rep. Njena majka bi verovatno izludela zbog ovoga. Srećom, sada nije bila tu.

Bio je nestrpljiv da vidi prve rezultate višegodišnjih fantazija izlivenih u stotine hiljada linija kôda, matematičkih i fizičkih formula koje će danas dobiti priliku da prodišu svojim digitalnim plućima. Svaka aktivnost do dolaska u kancelariju je bila samo prepreka koja ga odvaja od cilja, prepreka koju je trebalo što pre preskočiti. Projekat na kojem je radio u poslednjih nekoliko meseci postao je njegova potpuna opsesija. Svaka misao mu je bila usmerena na detalje tog projekta. Budio bi se usred noći sa idejom kako da nešto unapredi ili reši problem na koji je naišao prethodnih dana. Svet oko njega je živeo svoj život, skoro potpuno nezavisno od njegove stvarnosti. Tu i tamo bi se susreli, kada bi morao da izvrši neku od svojih elementarnih bioloških funkcija. Na primer: da odveze decu u vrtić i školu.

„Svi u auto!", izdao je komandu koja je pokrenula lavinu niz stepenice.

Par sekundi kasnije, vriska i svađa oko toga šta će večeras gledati na TV-u u dečijoj sobi se preselila u prepun automobil. Automobil je, u stvari, imao još jedno slobodno mesto, ali je odavao utisak centralne ulice u glavnom gradu neke zemlje trećeg sveta usred pijačnog dana. Sebastijan je u žurbi, misli odvučenih ka aktivnostima koje ga čekaju na institutu, projurio pored vrtića, skrenuo u pogrešnu ulicu, napravio krug, vratio se do vrtića i tu na brzinu ostavio dvoje dece, usput se preslišavajući da li zaista treba da ostavi dvoje dece u vrtiću. I koje dvoje dece? Zatim je produžio ka školi, gde je iz auta istrčala Zoja. Produžio je ka laboratoriji.

Stigao je do velike, futurističke, staklom obložene strukture, okružene pedantno održavanim parkom, unutar kojeg se nalazio drvored sa stablima koja su krasile geometrijski oblikovane tamnocrvene krošnje. Tepih guste, jarkozelene, savršeno podšišane trave, razdvajao je drvored od parkinga već skoro popunjenog uredno parkiranim automobilima, iz kojih su ljudi, disciplinovano kao vojska mrava, izlazili hrleći ka ulazu.

Sebastijan je gledao u prizor opsesivno-kompulsivne organizovanosti prostora, čija je jedina funkcija bila da posluži da u njemu ljudi ostave svoja sredstva koja su ih prebacila iz tačke A u tačku B. Slika koja mu je titrala pred očima je bila produkt uma koji teži ka perfekcionizmu. Iako je bio ubeđen da uživa u njoj, tolika izveštačenost je podsvesno grebala njegovu auru, izazivajući osećaj teskobe, otvarajući nevidljiva vrata u etru kroz koja je hučao tihi šapat:

Šta ako nešto pođe po zlu?

Ili su to, pak, grane šuštale na nežnom, jutarnjem povetarcu.

Izašao je iz auta da bi se priključio koloni korporativnih robota, i zauzeo svoje mesto u stroju koji se disciplinovano, u tišini, kretao ka ulazu u zgradu.

„Danas je taj dan!", izgovorio je Sebastijan odlučno, ali bez glasa, i ušao u zgradu, kada ga je talas jeze prošao od stomaka ka rukama, nateravši ga da se strese na momenat. Nenametljivim klimanjem glave je pozdravio portira, položio magnetnu karticu na senzor i prošao kroz staklena vrata koja su se, uz tiho zujanje, otvorila pred njim.

11.

Dan nakon skupštine Teodor je proveo ispred televizora u dnevnoj sobi. Toliko se vrteo od nervoze na trosedu da je pokrivka ispod njega bila potpuno zgužvana. Čekao je snimak seoske skupštine koji se redovno emituje na lokalnoj televiziji.

Na vratima bi se, sa vremena na vreme, pojavila gospođa mama, sa sokom od zove i tacnom sa keksićima, ili šoljom još vrele kafe, slatkim od trešanja u staklenoj ćasici i čašom sveže vode. Bila je već prilično stara i jedva se kretala, ali i to malo snage je trošila ne bi li svog jedinca namirila. *Već je došao u godine, a i dalje nije našao neku, razmišljala je. Bio je sam. Izgubio je godine u gradu na studijama, dok su se njegovi vršnjaci ženili i zasnivali porodice, a zatim se vratio na selo i zaposlio u lokalnoj pošti. Prestao je da izlazi uveče, po kafićima u centru uglavnom su sedela deca, a njegovi drugari su bili zauzeti obavezama oko svojih porodica. Po celu noć je zvrjao na kompjuteru i čitao internet, tražio društvo, igrao se, ili šta već.*

Sagnula se da namesti pokrivku troseda i zaklonila mu svojim telom televizor.

Baš u tom trenutku, konačno se na TV-u pojavio snimak jučerašnje skupštine. Teodor se izmakao da bi mogao da isprati šta se dešava na ekranu i stavio prst na usta ne bi li poslao znak majci da bude tiha, iako ona nije ni progovorila otkako je ušla u sobu. Razumela je da je njegovom mezimcu ovo nešto jako bitno i, što je hitrije mogla, izašla iz sobe, pažljivo zatvarajući vrata za sobom da ne bi slučajno zaškripala ili lupila.

Na televiziji je lokalna voditeljka najavila važnu temu na skupštini, nakon čega je njen lik zamenio nevešto montiran prilog u kome poslanici predlažu gradnju novog mosta koji će rešiti mnoge probleme lokalnog stanovništva. Teodor je pretpostavio da su tehničari na televiziji prilikom montaže priloga sekli delove i da će njegovo izlaganje biti prikazano nakon diskusije o mostu.

Međutim, posle kratkog priloga o mostu, voditeljka se odjavila, i program se prebacio u studio, gde su sportski voditelji najavili prenos utakmice lokalnog kluba.

Moj govor nije isečen, shvatio je konačno. *Moj govor nikada nije ni snimljen!*

Ona zamlata od kamermana se verovatno sve vreme dopisivala sa švalerkom dok sam ja prezentovao činjenice koje govore o najvećoj opasnosti koja se nadvila nad civilizacijom.

Sve vreme je izvodio predstavu grupi lokalnih farmera... i nikome više. Nikome ko bi mogao da učini nešto povodom katastrofe koja nezaustavljivo tutnji ka njima, ko bi mogao da alarmira svetske političare, naučnike, uticajne ljude i pripremi plan za kontrolu štete koja bi nastala.

Razmišljao je neko vreme šta bi još mogao da uradi da upozori svet, ali mu ništa nije padalo na pamet.

Preostala mu je samo još jedna opcija.

Ako već drugi ne vide šta nas čeka, i ne žele da se pripreme, mogu bar ja, pomislio je Teodor Marković, iznerviran nezainteresovanim stavom javnosti prema njegovom dramatičnom upozorenju.

Čitav svet veselo srlja u brodolom, potonuće, potpuno nesvestan opasnosti koja mu, poput morske sirene, zavodljivo pevuši pesmu nade, navodeći ga pravo na oštre morske hridi.

12.

Nakon neuspelog pokušaja da upozori svet na sastanku u opštini, Teodor je rešio da krene u akciju. Osetio je da se katastrofa približava. Tamni, zloslutni oblaci su se nadvili nad civilizacijom, ali retko ko je uspeo da ih vidi od bliceva i glamuroznih najava blistave budućnosti koja ih je sve čekala kada se pokrene novi superračunar, nazvan, sasvim logično, *Infiniti*. Već je neko vreme pratio događaje u vezi sa ovim, do sada neviđenim superračunarom – na internetu, u naučnim časopisima. Na televiziji bi se povremeno pojavio prilog o ovom događaju, pripremljen za običan, neuk svet. Pronalazak je mistifikovan i umotan u već uobičajena proročanstva budućnosti u kojoj bi bile eliminisane sve danas neizlečive bolesti, ljudi kolonizovali susedne planete, mašine počele da misle, i pregršt drugih nebuloza koje su se pojavljivale kod svakog većeg naučnog postignuća poslednjh par stotina godina.

Niko se u najavama nije bavio negativnom stranom ovog pronalaska. Teodor je znao da je svaki blistavi pronalazak koji je menjao svet, stvarao kvantni skok u napretku civilizacije, koji je donosio sa sobom novu nadu, otvarao novu eru, uporedo sa napretkom vukao za sobom i smrdljivu, mračnu mrcinu destrukcije, patnje i uništenja. *Ili je pak*, mislio je, *u biti ljudske prirode bilo da u svakoj dobroj ideji iščeprka i onu lošu stranu koja u svet unosi novu dimenziju mizerije, i onda besomučno počne da ekspolatiše baš tu mračnu stranu.*

Infiniti je zaista bio neverovatna stvar, i Teodor je sa potpunim oduševljenjem prosto gutao članke o ovoj nemogućoj mašini. Stvoren je kompjuter koji svaki program izvršava beskonačnom brzinom, i uz to na raspolaganju ima neograničenu količinu memorije. O takvim mogućnostima obični smrtnici koji su se bavili kodiranjem nisu ni razmišljali do sada. Prva stvar koja je Teodoru pala na pamet bila je da će svi algoritmi koje je vrlo nespretno sklepao, i koji su zbog svoje neefikasnosti i sporosti bili potpuno neupotrebljivi, sada dobiti smisao. Računar će postati nepobediv u šahu. Neće biti potrebna nikakva velika programerska pamet za to. Sve što je neophodno jeste da *Infiniti* pregleda sve moguće poteze u partiji i odigra onaj koji ga vodi ka sigurnoj pobedi. Broj poteza je toliko velik da sadašnji računari to jednostavno nisu mogli da urade, jer bi za tako nešto bila potrebna čitava večnost, ali za *Infiniti* to bi bila prava dečija igra, *Infiniti* je večnost držao u malom džepu. Teodor je napisao algoritam za šah koji proverava sve moguće poteze, ali mu nikada do tada nije palo na pamet da bi mogao da bude upotrebljiv.

Dok je čitao najave o puštanju novog superračunara u rad, razmišljao je, opijen idejama koje su se otvarale pred njegovim očima, o mogućnostima koje ta čudesna mašina pruža. Počeo je da zapisuje u jedan dokument sve ideje koje bi mu pale na pamet, ne bi li izabrao najinteresantniju, koju bi onda mogao da pokuša da realizuje. A onda, kao munja, sevnula je jedna strašna reč. Enkripcija!

Ono čime se Teodor intezivno bavio na fakultetu bila je enkripcija. I to upotreba enkripcije u bankarskom sistemu. Znao je da je enkipcija postala temelj sadašnjeg bankarskog sistema. I ne samo bankarskog. A kada tog temelja ne bude bilo...

Shvatio je da će ova stravična mašina srušiti čitav sistem zasnovan na enkripciji, jer će imati takvu moć da za nju neće biti neprobojne šifre. Ne samo da će *Infiniti* moći da razbije svaku šifru, već će to moći da uradi – u trenutku!

Pokušao je da upozori svet, ali svet nije želeo da ga čuje.

Teodor je sada žurnim korakom pešačio ka banci. Odlučio je da podigne svu svoju ušteđevinu, koja bi se doduše pre nazvala mizerijom nego bogatstvom. Planirao je da nakon toga veći njen deo potroši tako što će kupiti zlato. Ali ne neko izmišljeno zlato koje će biti upisano na nekom računu, već komadiće tog plemenitog metala koje će moći da sakrije na sigurno. Pčelinje košnice u dvorištu iza njegove kuće činile su mu se kao idealno skrovište. Zlato je bilo univerzalna vrednost već hiljadama godina. Kada god bi došlo do kriza ili ratova, papirni novac bi postao bezvredan, dok bi plemeniti metali preuzeli ulogu novca. Tako će biti i sada, kada bankarski sistem padne. Ljudi će ostati bez novca, neće moći da ga podignu ni na šalterima, ni sa bankomata, a on će imati nešto opipljivo, jedan manji deo u kešu, u novčanicama koje će trošiti dok te novčanice još nešto vrede, a veći u zlatu.

Keš ću podići u banci u varošici, odlučio je, *ali ću po zlato morati da odem u grad.*

Nakon duže šetnje kraj puta koji je vodio do centra varošice, stigao je do lokalne ekspoziture banke. Pritisnuo je dugme na vratima koje je poslalo signal u vidu glasnog, neprijatnog zujanja bucmastom uspavanom čoveku u uniformi, sitnih brčića i tamne zalizane kose, koji je dremao za šalterom na ulazu u banku. Nakon prvog šoka koji ga je izbacio iz stanja nirvane u kome se nalazio veći deo dana, bucmasti čovek mu ih je otvorio, uz odobravajuće klimanje glavom.

13.

Sebastijanova duhovita vizija slike koju će dobiti kada se prikupe podaci iz novog megateleskopa je na zapanjujući način prerasla u istinsko proročanstvo. Izgleda da je čitava vaseljena zaista bila samo čestica u nekom nezamislivo velikom svetu!

Konačno je došao dan da se predstave rezultati projekta koji je zauzimao prve stranice gotovo svih časopisa i portala već mesecima. Tomas Guliver se dobrano potrudio da ovaj događaj pretvori u svetski spektakl. Imao je dosta političkih dužnika među urednicima vodećih medija, koji su nakon nekoliko telefonskih poziva gurali vesti o projektu i Tomasu Guliveru na prve strane, objašnjavajući koliki je značaj ovog eksperimenta i kakva sve dostignuća mogu da proiziđu iz njegovih rezultata. Tomas je znao da mali mediji uglavnom prepisuju vesti od velikih, tako da se fokusirao na krupne ribe i na taj način osvojio čitav medijski prostor, a time i srca ljudi, njegovih budućih glasača.

Jarka svetla studijskih reflektora cedila su znoj sa lica Tomasa Gulivera dok se vrpoljio na fotelji u pokušaju da zauzme što dominantniji položaj pred kamerom. Gledao je nervozno, čas u voditelja, a čas u monitor ispred sebe, na kojem će se uskoro prikazati prve slike iz laboratorije. Glavni štab projekta, smešten u futuristički prostor astronomske laboratorije, već mu je poslao signal da je sve spremno.

Sada je došlo vreme da konačno ugledaju prvu brljotinu generisanu ovom skalamerijom koju je Tomas, zajedno sa armijom naučnika, stvorio po besmislenom planu Sebastijana Brauna.

Oduvek je bio malo čudan taj Sebastijan, razmišljao je Tomas u iščekivanju rezultata. *Za vreme studija stalno se vrteo oko moje sestre i ništa nije uradio u vezi sa njom. Uspešno je izbegao najbolje žurke, i konstantno me je zasipao svojim glupim idejama. Ova je možda bila i najgluplja koju sam ikad čuo, ali je došla kao poručena – u pravo vreme.*

Svetina je oduvek bila žedna gluposti. Još ako im to možemo prikazati kao nauku, pa da se narod oseća pametnije – pun pogodak.

Tomasa ni najmanje nije interesovao rezultat eksperimenta, imao je spreman govor kakva god škrabotina da se pojavi.

„Ovde, iza ove mrlje, možemo videti odjek velikog praska, koji je verovatno od prapočetka bio prepleten sa mrljom koju vidimo na drugoj strani", planirao je svoj govor, ako se pojave mrlje, naravno.

Ekran pred njima je zatreperio na momenat.

Prva slika generisana u moćnim procesorima superračunara na osnovu podataka dobijenih iz teleskopa koji su prikupljali informacije pristigle iz najdubljih delova kosmosa, prikazana je u direktnom televizijskom prenosu koji je bez daha gledala čitava planeta.

Gromoglasne najave voditelja, koje bi pre priličile nekoj cirkuskoj predstavi nego naučnom radu, treštale su iz zvučnika televizora, hraneći pokretnim slikama oči ušuškane u dim cigareta i jeftin alkohol koji se točio u kafanama egzotičnih zemalja trećeg sveta, ili se probijale do svog konzumenta boreći se da preskoče ženu koja baš tada usisava dnevnu sobu negde u ledenom arhipelagu, ili su hladno isporučene gledaocima negde u srednjem sloju država. Populacija sva tri kontinenta planete na momenat je ostala bez daha.

Kada su računari konačno uradili interpolaciju dobijenih rezultata, pred njima se, sasvim neočekivano, prikazala gotovo kristalno jasna slika. Nije bilo nikakvih mrlja ni škrabotina na ekranu – slika je bila potpuno čista. Ipak, nikome ko je u tom momentu gledao u nju nije bilo jasno da li je to zaista slika koja je rezultat čuvenog i toliko najavljivanog eksperimenta ili je došlo do greške u montaži. Nekoliko sekundi kao da je čitava planeta prestala da diše, čekajući da se greška ispravi i pojavi prava slika. Čak se i voditelj, koji je pravio društvo Tomasu Guliveru, na momenat zagrcnuo i pocrveneo dok je gledao prizor koji je upravo najavio. Pogledao je u ljude iza kamere, međutim, odande je dobio znak rukom da je sve u redu, uz jedno zbunjeno sleganje ramenima.

Na ekranima je bio prikazan pogled na nešto, pa, nešto što zaista niko nije očekivao da vidi. Tomas Guliver i TV voditelj su širom raširenih očiju gledali u ekran na kome se nalazilo nešto što je podsećalo na prilično ofucanu dnevnu sobu. U sobi se nalazila jedna musava sofa, starinski televizor, jedna pohabana lampa i stalak za novine na kome je ležalo par požutelih primeraka novina čiji naslovi, zbog udaljenosti i ugla pod kojem su stajale, nisu mogli da se pročitaju. U pozadini se video zid oblepljen izbledelim tapetama sa cvetnim dezenom, koje su se u nekim krajevima sobe odlepile i otužno visile sa zida.

Dok je čitava populacija jedne kristalnoplavičaste grudvice u kosmosu, sa nevericom, gotovo skamenjeno, gledala u sliku pohabane dnevne sobe na TV ekranima, svi timovi fizičara, astronoma, inženjera, tehničara, sistem administratora koji su radili na projektu, počeli su grozničavo da proveravaju svaki detalj opreme. Slika koju su upravo videli izgledala je toliko neverovatno da su se svi složili da postoji samo jedna mogućnost.

Neko ih je hakovao!

Neka propalica je upala u sistem superračunara i podmetnula fotografiju nekakvog ćumeza umesto slike koja je trebalo da bude dobijena nakon obrade signala, da bi im se podsmevao, da bi pokazao da je pametniji od svih! Ili, jednostavno, zato što je mogao. Uvek se nađe neka budala koja će da pritisne crveno dugme ispod velikog natpisa „NE PRITISKAJ CRVENO DUGME!"

Niko zaista nije pomišljao da će videti bilo kakvu jasnu, umu prepoznatljivu, formu. Štaviše, većina astronoma se nadala da će se na ekranu pojaviti nekakva nasumično iscrtana kompjuterska žvrljotina, skup slučajno raspoređenih raznobojnih tačkica: nisu očekivali ništa u čemu bi mogli da pronađu bilo kakvu smislenost; dok su oni drugi, optimistički raspoloženi – među kojima je bio i Sebastijan Braun –

priželjkivali da se pojavi prikaz neke vijugave linije, poput šara koje ostavljaju čestice ubrzane u akceleratorima, koje posle umni ljudi tumače otkrivajući tajne svemira, ili onih šara koje ostaju u šoljici nakon ispijene domaće kafe, pažljivo prevrnute naopačke na tacnu na kojoj je do tada stajala a zatim ponovo ispravljene u uspravan položaj, otkrivajući u svojoj unutrašnjosti čaroliju sudbine koja je slikala ljude koji odlaze, ptice, putovanja, smrti, ljubavi i sve ono što bi mašta dokone komšinice mogla da prepozna u crnpurastoj flekici razvučenoj pod uticajem magične sile gravitacije po zidovima šoljice.

Mladi genijalci, nove nade astronomije, tada bi preuzeli ulogu komšinice i davali svoja tumačenja tufnica koje su se pojavile kao rezultat ovog čudovišnog eksperimenta. Verovatno bi se stvorile razne škole mišljenja sa svojim interpretacijama viđenog, naučnici bi se podelili u tabore, razvile bi se žustre diskusije...

Ali ovo...

Nisu bili potrebni doktorati ni visoka zvanja da bi se prepoznala *šara* u koju je zurila populacija plavičaste kosmičke grudve. Jasno se videla jedna, ne baš prijatno opremljena soba, verovatno autora ove neslane šale. Neko je zloupotrebio spektakularni događaj koji je pratila čitava planeta da bi se upisao u knjigu poznatih egzibicionista i čudaka.

Sebastijan Braun je posmatrao prizor na ekranu TV-a, i imao je isti osećaj. Nikada mu nije bilo jasno zašto ljudi to rade.

Administratori sistema grozničavo su, hvatajući se za glavu i češkajući svoje neobrijane brade, tražili tačku upada preko koje je mogao biti podmetnut trojanac koji bi prikazao fotografiju nekakve zapuštene prostorije umesto zvezdanog vatrometa i pritom napravio potpunu budalu od direktora projekta, pa i od celog tima.

Dok se Tomas Guliver pušio od besa i šetao ukrug, gunđajući sebi u bradu neke prilično neprijatne reči na račun četvorooke umišljene protuve koja je zbog svoje sumanute želje za dokazivanjem ugrozila njegov reizbor, čitav institut je brujao kao košnica. U stvari, kao desetine uzavrelih košnica. Svaki od timova je izgledao kao roj pčela koji grozničavo kidiše na stršljene braneći svoju koloniju. Za to vreme, na televizorima širom sveta prikazivao se blok reklama, naravno, lokalizovan za svaku zemlju. Taj blok je bio pripremljen ranije kao plan B, u slučaju da kola krenu nizbrdo. A kola su već uveliko išla nizbrdo. Stropoštavala su se u provaliju zajedno sa milijardama uloženim u projekat. I Tomasovom kandidaturom.

Nekoliko minuta kasnije, ili pak večnost i po, kako se Tomasu Guliveru činilo, jedan po jedan, rojevi su se smirivali. Vođe timova su dolazile do kamere i Tomasa Gulivera izveštavale o rezultatima svojih pretraga.

Kada je buka konačno utihnula, sve vođe su stajale okupljene oko Tomasa. Izašle su sa nedvosmislenom izjavom – nije bilo nikakvog upada! Naš univerzum, naša vaseljena, sve što nas okružuje, zapravo je deo, možda samo trunka prašine u nekakvoj, istina, ne baš sa ukusom uređenoj i prilično zapuštenoj dnevnoj sobi, u kojoj su čak i novine potpuno nemarno nabacane, a vaseljenski vlasnik verovatno očajnički želi da skine tapete i okreči ove grozne zidove...

Ovo je bio drugi šok za čitavu planetu.

Tomas Guliver je slušao zaključke timova dok je bes ustupao mesto ushićenju. Ipak su uspeli! On je uspeo! Sada mu je reizbor zagarantovan.

Sebastijan Braun je gledao u prizor na ekranu, nesvestan činjenice da su mu usta potpuno razjapljena.

Mada, mogli su da ugledaju i šalterskog činovnika..., pomislio je.

Prvi talas euforije je već prolazio kada je Sebastijan ugledao Tomasa Gulivera na TV-u kako daje intervju. Guliver je, opušteno zavaljen u fotelju, sav rumen u obrazima, sočno ispaljivao bombastične reči, pompezno najavljujući nov prodor u pogledu na spoljašnji svet, unutrašnji svet, na stvarnost u kojoj živimo. Spominjao je otkrivanje tajni fundamentalnih zakona fizike, mašući rukama kroz vazduh kao da se bori protiv roja nevidljivih muva, dok su se u pozadini smenjivale animacije futurističkog izgleda računarskih centara, teleskopa, planeta, atoma, i Tomasa Gulivera, naravno. Planirao je, kako je najavio, da poveže mrežu superkompjutera koja će obrađivati sirove digitalne informacije dobijene sa satelita.

Naravno, Sebastijanovo ime nije spomenuto ni prigušenim glasom, ni kroz kašalj.

Uopšte, dakle, nije spomenut.

Nijednom.

Sebastijan Braun je bio ponosan na sebe – njegov plan se ostvario u potpunosti, baš onako kako je osmišljen, njegova ideja je sprovedena u delo.

Prokleti uspeh! Zaista nije očekivao ovoliki uspeh.

Prvi talas oduševljenja je potrajao koliko i pogled na sliku kosmičke sobe, a zatim je oduševljenje smenila ravnodušnost. Ravnodušnost je brzo ustupila mesto besu koji ga je obuzeo dok je gledao praznoglavu voditeljku, koja se pridružila Tomasu Guliveru u studiju, kako se kliberi pred Tomasom kao tinejdžerka koja je neverovatnom slučajnošću naletela na svog muzičkog idola. Može se reći da Sebastijan Braun nije bio baš u potpunosti ushićen zbog ovakvog razvoja situacije. Ne, čak naprotiv.

To je bila moja ideja! Veliki eksperiment Sebastijana Brauna! Ne Tomasa Razmaženog Bogatog Tupsona Gulivera. Već moja!

Misli su se sudarale u Sebastijanovom umu. Izletale su sa potpuno različitih strana, bez ikakvog reda, svaka je imala je smisao za sebe, ali je bila u potpunoj koliziji sa sledećom.

To jeste bila njegova ideja. Ali kako je došao na tu ideju? *Da li je to uopšte ideja koja je nastala u mojoj glavi*, pitao se.

Da li je sve ovo bila Sebastijanova ideja ili ju je ipak u njegov um utisnuo pufnasti oblačić u obliku kobre, nastao igrom slučaja, plesom malenih kapljica oblikovanih rukom vetra, a koju je on, Sebastijan Braun, potom preneo Tomasu Guliveru. Dakle on, Sebastijan Braun, bio je samo posrednik. Glasnik. Bezimeni potrčko koji donosi vest i pada mrtav, prinesen bogovima moći na žrtveniku slave. Ideja nije ni bila namenjena njemu, već Tomasu Guliveru. Tomasu Guliveru! Njemu je ionako bilo namenjeno sve, i sve mu je bilo spremljeno pre nego što se i rodio. Za njega je život bio jedna vesela hedonistička žurka, čini se da je nekada radio stvari o kojima su drugi ljudi mogli samo da sanjuju – iz čiste dosade.

Od viskija u čaši ispred njega misli su počele da se spliću jedna o drugu.

„Proklete vizije... prokleti oblaci! Ovo je bila moja ideja!", progovorio je glasno.

Od nje je sve krenulo.

Sklopio je oči, ali nije mogao da otera slike koje je njegova podsvest projektovala na svesni deo uma, slike zlokobnih vesnika loših vesti. Pred njim su gmizala i zaplitala se jedna u drugo dugačka, vijugava zmijska tela.

14.

Jedan potpuno neugledan klub

Teodor je završio kupovinu zlata u gradu. Pre povratka kući odlučio je da svrati do fakulteta koji je završio pre deset godina. Nije očekivao da će tamo sresti bilo koga poznatog, samo je želeo da oseti delić atmosfere svoje mladosti. Sa torbicom punom malenih zlatnika, koju je nosio preko ramena, obišao je prvo treći sprat, gde su se nalazile učionice u kojima je pre više od decenije slušao predavanja. Tamo je naišao na mlada, njemu nepoznata lica studenata koji su čekali na početak svojih predavanja, i usput tiho čavrljali o predstojećim ispitima, seminarskim radovima... Imao je prilično neprijatan osećaj da je zalutao ovde, a upravo to su mu govorili i pogledi mladića i devojaka koji su u malim grupicama bili raspoređeni po hodnicima i lobiju. Nije našao nijedan razlog zbog kojeg bi se zadržao na tom mestu, pa je ušao u lift i spustio se do podruma, gde se u jednom zavučenom delu nekada nalazio neformalni, improvizovani klub fakulteta. Ostali fakulteti su imali prilično moderno opremljene klubove, dok se klub njegovog fakulteta nalazio u jednoj podrumskoj prostoriji u kojoj je bio postavljen improvizovani šank, par stočića, nekoliko stolica i prazne pivske gajbice prilagođene za sedenje. Zidovi su bili išarani grafitima i muralima. Njegova unutrašnjost je delovala boemski, ili alternativno, zavisi iz kog ugla se gledalo. Za nekog autsajdera bi to bila najobičnija podrumčina, najpogodnija za čuvanje zimnice ili delova starog bicikla koji će „zatrebati jednom", ili bi ga možda podsetila na sklonište za beskućnike. Ipak, jedna grupica studenata taj prostor je prihvatila kao mesto redovnog okupljanja, sklonište od dosadnih predavanja, mesto za razmenu ideja i iščašen studentski humor. I poneko pivo i cigaretu, naravno.

Stigao je do tog svetilišta iz svojih studentskih dana. I dalje je bilo tu. Osvrnuo se oko sebe i utvrdio da se ovde ništa nije promenilo poslednjih deset godina. Činilo mu se da bi svakog momenta na vrata mogao da bane neko od večitih studenata koji su u njegovo vreme skoro čitave studije ubijali dane i godine u ovom podrumu-klubu. Razmišljao je o tome gde bi oni sada mogli da budu. Na nekom institutu proučavaju teorije struna i otkrivaju nove dimenzije kosmosa ili, u jednoj od onih velikih korporacija, sede u svojoj kutijici u velikoj staklenoj zgradi, zakovani u odelo i obešeni o kravatu, gde razmenjuju sa kolegama smešne video-klipove sa mačkama u glavnoj ulozi, ili pak u nekom fast fudu pakuju hamburgere i pice, dok kolegama po-ko-zna-koji-put pričaju kako su mogli da postanu nešto u životu, ali ih je sudbina varalica odvukla sa iskričavog puta uspeha i sputala ambicije na nivo sirove borbe za opstanak u velikom gradu.

Ušao je u klub koji je bio skoro pun studenata. Niko nije obratio pažnju na njega, što mu je potpuno odgovaralo posle neprijatnog iskustva sa trećeg sprata. Studentarija, razbarušene kose i uvek dobro raspoložena, uglavnom je bila zauzeta svojim raspravama koje su se vodile po grupicama okupljenim oko stolova prepunih pivskih flaša i čaša, čije središte je krasila po jedna prepuna pepeljara. Teodor se probio kroz beličast oblak dima od cigareta, i došao do šanka, gde je poručio pivo, a zatim seo za jedan manji stočić, sam. Gledao je društvance koje se nalazilo oko njega. Dosta vremena je prošlo, i nekako se odvikao od ove atmosfere.

Jedna grupa mladih studenata sedela je za nešto većim stolom pored njega, na kojem se nalazio veći broj praznih i nekoliko polupraznih pivskih flaša, i vodila žučnu raspravu, pri čemu je jedan od njih prilično nespretno gestikulirao rukama u pokušaju da bezuspešno ubedi ostale u društvu da su njegove tvrdnje ispravne. Ova scena ga je definitivno vratila u studentske dane. Proveo je godine u ovoj rupi, iako se nije mogao svrstati u kategoriju „večiti student". *Scenografija je konstantna, samo se lica menjaju*, pomislio je Teodor.

„Ne postoji!", uzviknuo je mladić sa nežnom, ali zapuštenom riđom bradom.

„Gledaj, ovo oko nas je svet. Evo, zamislite da je ova prazna pivska flaša svet... stvaran svet. Ona je stvarna, možeš da je vidiš, da je dodirneš, da je pomirišeš... znaš da je stvarna, ali ubediću vas da ona ne postoji bez nas...", zaplitao je jezikom dalje.

„Misliš, ne bi bila prazna bez nas?", ubacio se mladić koji ga je škiljavo, sa podsmehom, gledao preko stola.

Riđobradi je zurio u svoje kamarade po piću kroz dim koji se lagano podizao iz cigareta opruženih u staroj limenoj pepeljari.

„Možda je ta pivska flaša tvoj svet. Moj svet je ovih šest flaša...", prekinuo ga je dežurni prekidač, izazvavši smeh ostatka društva.

„Gledajte", nastavio je riđobradi, ne obraćajući pažnju na upadice, „ona se sastoji od atoma, oni dalje od jezgra i elektrona, pa oni od kvarkova i tako dalje... ali sve to znamo zato što ih antipi, anticir... primećujemo, kao što osećamo dodir, tako na neki način osećamo i atome. Posredno, naravno. Na primer – to da se ova flaša sada kotrlja po stolu primećujemo jer se njen položaj menja kroz vreme. Je l' me sada pratiš?"

Pogledao je mladića masne kose koji je sedeo prekoputa njega i škiljeći kroz dim pokušavao da se skoncentriše na temu kroz maglinu koju je alkohol ostavio u njegovoj glavi.

„E pa, e pa, a da – ko primećuje vreme? Ko?", uzdigao je prst riđobradi mudrac u pokušaju da dâ pitanju na značaju.

„Znam ko ne primećuje", odgovorio je kratko podšišani mladić koji je sedeo za stolom sa njima. „Mi, zakasnili smo na predavanje."

„Tako je! Mi!", nastavio je svoje istorijsko izlaganje riđobradi, ne dozvoljavajući da ga ometu trivijalne i nebitne stvari kao što su tamo nekakva predavanja.

„Mi, živi stvorovi, mi primećujemo vreme. Ne primećuje ga ni kamen, ni sat, ni atom, oni ne znaju za vreme jer nemaju svest. Oni samo postoje u vremenu. Mi ga primećujemo! Ono ne postoji bez nas. Mi vidimo taj sled trenutaka kao nešto povezano. Zamislimo svaki trenutak, uvažena gospodo, zamislimo ga kao jednu kartu iz špila. Naša svest te karte slaže po rastućem redosledu."

Zavukao je ruku u džep u potrazi za špilom ali, avaj, taj tako koristan rekvizit je zaboravio da ponese danas. Ipak, nije se dao zbuniti.

„Atom ne zna šta je bilo pre a šta posle, njemu je svejedno. Ako zamrznemo sliku, flaša je u jednom momentu ovde..."

Počeo je da pomera flaše, oborivši pri tome jednu od njih, izazvavši kikot u publici.

„Ako zamrznemo položaj svih njenih atoma, elektrona i ostalih elementarnih čestica, u sledećem trenutku je ovde i tako dalje, ali mi vidimo te slike tim redosledom. Kao da smo okrenuli špil i izvlačili kartu jednu po jednu, od najmanje ka najvećoj."

„Misliš od najveće ka najmanjoj, pošto si obrnuo..."

Riđobradi je sada par sekundi gledao u škiljavog širom otvorenih očiju. A zatim je nastavio svoje izlaganje:

„Ko kaže da one moraju tako da se posmatraju? Ako složimo obrnutim redosledom, videćemo da se film premotava unazad. Šta bi se tada desilo sa entropijom, gospodo?"

„Etiopijom?"

Ovoliki trud uložen da izloži svoju teoriju, u stanju u kome se nalazio, nije mogao a da celu stvar ne pretvori u dobro zezanje na račun govornika.

„Ako, pak, uzmemo slučajan redosled, promešamo špil, i zatim počnemo da izvlačimo karte, flaša će se nalaziti čas ovde, čas tamo i tako dalje. A ako posmatramo sve slike odjednom, otvorimo sve karte odjednom – flaša će biti u svim položajima u istom trenutku. U tom slučaju svi fizički zakoni potpuno gube smisao. Atomi će biti u svim položajima u kojima bi ikada bili. U stvari, ni atomi ni flaša neće postojati, jer flašu vidimo zbog položaja u kojima se nalaze atomi koji je čine. A oni su svuda, kao i njihovi elektroni, protoni, kvarkovi. Sve bi zavisilo od toga kako presložimo sličice na vremenskoj osi. Mi, živa bića, mi smo ti koji izvlače karte iz špila na određen način. Mi vidimo flašu kroz vreme na način na koji je vidimo – po ovom redosledu, i uvek u istom smeru."

Napravio je pauzu da udahne vazduh duboko u pluća, a zatim nastavio:

„Mi dajemo vremenu dušu! Mi dajemo vaseljeni postojanje! Bez tog redosleda, ne bi bilo ni flaše, ni atoma, ne bi bilo ničega. Ne bi bilo planeta, svemira, big-benga, gravitacije, Milice koja je upravo ušla u klub, fizičkih zakona... Kamen ne može da oseti vreme. On ne zna šta je bilo pre a šta posle. Kamen postoji zahvaljujući nama, jer mi osećamo vreme i time stvaramo taj kamen i čitav svemir oko nas."

„Znači, dok postoji bar jedno biće koje ima osećaj za vreme, ovaj svet će postojati onako kako ga vidimo?", konačno se nadovezao na temu škiljavi.

„Vi se ne računate, pošto očigledno nemate taj osećaj – predavanja su uveliko počela. Gospodo draga, obaška mi je bio plezir prisustvovati ovoj pivsko-akademskoj raspravi, ali mislim da imam nekih pritiskajućih obaveza gore u amfiteatru, te vas, kao takav, napuštam", odjavio se učtivo i krenuo ka stepeništu kratko podšišani student, koji će očigledno jedini iz ove raspoložene grupice završiti studije u roku.

„Znači – ako uništimo sve ljude, životinje i biljke, neće biti nikoga ko oseća vreme, pa će samim tim nestati i taj kamen, to jest, pivska flaša, nestaće čitav univerzum? Puf! Nema više vremena, atomi su čas ovde, čas tamo, nema gravitacije, nema fizike...", nadovezao se sarkastično škiljavi.

„O-otprilike, ali nije to poenta... poenta je, hm, poenta je... nešto sam hteo oko vremena, ali mi je pobegla misao...", počeo je da zapliće jezikom riđobradi govornik, u pokušaju da uhvati tu svoju misao, koja je očigledno iskoristila trenutak prekida i skliznula nekud u stranu, čekajući da se ponovo pojavi kada se gužva malo stiša.

„A reci mi, jesi li razmišljao da upišeš neki kurs za pravljenje igrica? Ovo ti očigledno ne ide", dobacila je koleginica koja je ušla u klub na pola rasprave i priključila se društvu.

Devojka ne ostavlja očaravajući utisak, na prvi pogled, pomislio je Teodor, *nisam ljubitelj šminke i preteranog sređivanja, ali neke devojke baš ne haju mnogo za svoj izgled. Tipično za tehničke fakultete.*

„O, otkud to da Vaše visočanstvo Milica udostoji svoga plemićkog prisustva nas studente pale i ponizne?", upitao je škiljavi.

„Neki su protesti u gradu, jedva sam se probila kroz gužvu, pa sam zakasnila koji minut... sada ne mogu da uđem u amfiteatar usred predavanja. Nije bilo druge nego da se pridružim stalnoj intelektualnoj postavi u podrumu. Možda nešto od tolike silne mudrosti koja obitava ovde pređe i na mene", pravdala je svoje prisustvo devojka.

„A ko je sada protestovao?"

„Zapravo su bila dva protesta, jedan su organizovala udruženja za zaštitu životinja koja se protive tradicionalnom ubijanju delfina u nekim zemljama, nemam pojma kojim. Ta grupa je tražila da ljudi prestanu da žive sa tim srednjovekovnim navikama i otvore svoj um i srca i prihvate činjenicu da i životinje osećaju kao i ljudi. U isto vreme održavao se i drugi protest koji podržava i opravdava tu tradiciju i traži od ljudi da otvore svoj um i srca i prihvate različitosti i običaje naroda širom sveta. Oba protesta su organizovana preko društvenih mreža. Kada sam prolazila preko trga, i jedna i druga grupa su bile prilično orne za sukob. Očekivala sam da svakog trenutka počnu da se mlate među sobom, kao da neko namerno želi...", krenula je da im objašnjava.

„Čekaj, delfina, pa mi ni nemamo more! Kakvih delfina?", izletelo je Teodoru.

„Slušaj, kolega, ne razumeš ti nove trendove, radi se o globalnom događaju, ne dešava se ovo samo u našim pasivnim krajevima, protesti su organizovani po svim većim gradovima u svetu. Ovi naši su samo deo tog globalnog događaja u celom ovom globalnom selu, pa je i more nekako globalno. A gde je more, tu su i delfini. Razumeš? Teorema o žabi, konju i potkivanju...", devojka je nastavila i ne primećujući da Teodor nije deo društva koje je vodilo raspravu.

„Koji li globalni seljak pokreće ovakve gluposti, kao da nam nije dosta svađa i sukoba?", promrmljao je Teodor sebi u bradu.

„Ja sam Milica", izgovorila je devojka dok mu je pružala ruku, shvativši da je nepoznati mladić nov u klubu. „Na kojoj si ti godini zaglavio?"

Pogledala ga je ovlaš.

„Deluješ mi nešto starije. Savremenik faraona? Imali smo jedan takav primerak doskora ovde. Verovatno si svratio da proveriš kada imaš ispit i shvatio da su u međuvremenu ukinuti predmeti koje si polagao. Uvod u projektovanje piramida i Podizanje velikih kamenih blokova su prebačeni na istorijsku katedru. Da pogodim – razočaran, sišao si do kluba da utoliš tugu u briljantnim filozofskim besedama i udahneš malo čistog vazduha?", zapljusnula ga je bujica reči, valjda, dobrodošlice.

„Izvini, ja te i ne poznajem, a već sam krenula sa indiskretnim konstatacijama."

Nasmejala se, i pogledala ga pravo u oči. Teodor je tek sada video da devojka i ne deluje tako odbojno kao što mu se učinilo na prvi pogled. Očigledno da nije volela da se doteruje kao većina današnjih devojaka, ali je iza okrunjene fasade od ofucanih farmerki i ležerne, bar broj veće košulje, bilo sakriveno nešto specifično. Imala je veoma interesantne i neobične crte lica, koje su uigrano plesale pred njim, prateći ritam šala na njegov račun. Nije bio siguran na koga ga podseća. Smaragdnozelena boja buktala je sada u njenim očima koje su gledale netremično u njega, isisavajući mu dah iz pluća, dok su čekale odgovor na provokativno pitanje.

„Završio sam fakultet pre nego što su ih ukinuli, srećom. Ne bih se baš najbolje snašao sa vašim novim predmetima: Uvod u influenserstvo, Napredni kurs snimanja dosadnih video-klipova...", uzvratio je na reči dobrodošlice.

„Kolega, Vi ste očigledno pogrešili zgradu. Mi se ne bavimo tako ozbiljnim stvarima ovde. Ovde uglavnom sede dokoni matematičari, koji brljaju nešto sa brojevima", odmahnula je Milica teatralno, uz prateći smešak u uglu usana.

15.

Trg

Teodor je odlučio da promeni svoj prvobitni plan i ipak ostane u gradu još nekoliko dana. Nakon početnog razočarenja, poseta fakultetu pokazala se kao i ne tako promašen poduhvat. Dok je sedeo u klubu, upoznao je jednu osobu koja mu je sada žuljala svest kao kamenčić u cipeli. Nije mogao da prestane da misli na nju od kada su se rastali. Nakon impulsivnog početka razgovora, nastavili su da se nadmudruju oko godina i predmeta koje su učili, sve dok ih nije prekinuo zvuk porukice koja je stigla na Miličin telefon. Iz servisa su joj javili da je bicikl popravljen i da može da ga preuzme. U tom momentu otkrili su jednu dodirnu tačku, zajedničku strast koju su gajili, i razgovor je krenuo potpuno drugim tokom. Teodor je, posmatrajući Milicu koja se raspričala o svojim biciklističkim poduhvatima, shvatio da mu, posle dužeg vremena, prija društvo druge osobe. Predložio joj je da odu zajedno do servisa, preuzmu bicikl, a zatim urade jednu test vožnju na stazama pored jezera. Na momenat mu se učinilo da su lađe počele da tonu kada mu se zahvalila na ponudi, uz obrazloženje da mora da nastavi do svoje kume posle servisa, ali mu je ostavila broj telefona i obećanje da će se u nedelju družiti ponovo – pozvala ga je na vožnju biciklima od jezera do grada. Ta ideja mu se svidela, jer je put vodio pored reke, brodova i splavova, ispod mostova, pored klubova i kafića, što bi monotono okretanje pedala pretvorilo u malo proputovanje i dalo mu prilike da nasamo razgovara sa Milicom.

Imao je još dva dana do nedelje, i sada je lutao ulicama grada bez nekog posebnog cilja, u želji da ubije vreme i upije u sebe sokove gradske vreve. Od kada se vratio kući, nedostajala mu je ova prljavština na ulicama, gužva, smog, večernji izlasci, razmazana noćna svetla grada. Sada je sve to ostalo tako daleko iza njega, kao u nekoj izmaglici, dok je u stvarnosti postojala samo kancelarija u seoskoj pošti. I mali prozor u veliki svet u obliku konekcije na internet.

Došao je do trga i seo na jedan kameni stepenik ispred spomenika. Gledao je ljude oko sebe. Ovo mesto je bilo jedna od početnih tačaka večernjih izlazaka, za sastanak je najlakše bilo izabrati prostrani trg kojim je dominirao spomenik, dobro uočljiv iz svih uglova velikog platoa. Gotovo svako veče prostor oko spomenika bio bi ispunjen masom mladih, nervoznih ljudi koji su čekali svoje društvo, i nije bilo lako spaziti poznato lice u šarenoj, nalickanoj i namirisanoj gomili. Neimenovani liveni konj, čija istorijska uloga nije podrobnije razjašnjena, bio je orijentir po kome su se pronalazili parovi.

Nije bilo veče, bio je dan, i broj ljudi na trgu nije bio tako velik, ali je u svakom slučaju bilo interesantnih likova koje je Teodor posmatrao i, u dokolici, analizirao. Proučavao ih je pažljivo i pokušavao da onjuši njihov život, da pogodi ko su, odakle dolaze, koga čekaju i kakva će im sudbina biti. Jedna devojčica, elegantno, gotovo poslovno obučena, sa naočarima koje su imale veliki crni okvir koji se na krajevima skupljao u špic, očigledno je čekala prijateljicu koja, po svemu sudeći, kasni. Vrtela se ukrug, obilazila spomenik, i čas posmatrala oko sebe, čas besno gledala u telefon. Telefon je konačno zazvonio.

Teodor se trgao – njegov telefon je zazvonio! Na ekranu je pisalo „Milica". Javio se i sa druge strane čuo poznat glas.

„Ćao, Milica je. Znaš koja Milica? Sećaš se kluba..."

„Ćao, ma da, znam, naravno. Dogovorili smo se za nedelju za jezero i bicikle."

„Au, da...totalno sam zaboravila na to! Izvini."

Ovakav odgovor mu je prijao koliko i udarac malim nožnim prstom o ivicu kreveta. Očekivao je da će mu reći da ne može doći, da joj je nešto iskrslo, da joj se mačka razbolela, muž vratio sa mora sa decom, ali sigurno ne i da je skroz zaboravila na dogovor. Pa on je odložio svoj veliki plan zbog te vožnje, i sada tumara sam po gradu satima, vodeći izmišljene dijaloge sa njom, u iščekivanju da je ponovo vidi.

„Ma nije bitno, pitanje je da li bih i ja mogao, iskrslo je nešto i moram da se vratim kući", izgovorio je hladno. Bar je pokušao da zvuči hladno.

„Kući? Stvarno? Uf, a ja baš htela da te pozovem na jednu žurku večeras. Pravi je moja drugarica Višnja...rođendan joj je."

U pozadini se čuo ženski kikot.

„Stvarno, a je l' lepa ta tvoja drugarica?"

„Ja sam lepa, ona je dobra... kao osoba. I pravi odlične žurke. Pa ako bi mogao da pogledaš u tvoj dupke popunjen rokovnik sa obavezama koje imaš kod kuće i proveriš da li imaš vremena večeras da mi praviš društvo, bila bih ti baš, znaš – zahvalna."

„Kod Jagode?"

„Višnje."

„Da... zapamtio sam da je neko voće. Mogla je da bude i Lubenica."

„Lubenica je povrće."

„Ali slatko."

„I debelo. Je l' dolaziš ili ćemo da nastavimo da se družimo, da prostiš, preko telefona?"

Posle onog „debelo" čuo se jedan udarac sa druge strane veze i kikot, pri čemu se i Milica jedva suzdržala da ne prasne u smeh dok je izgovarala sledeću rečenicu. Očigledno nije bila sama, a društvo joj je pravila upravo Višnja koja organizuje žurku.

„Dolazim, gde se nalazimo?"

„Kod konja, njen stan je blizu."

„Važi se, kupiću slatko od višanja za poklon slatkoj Višnji."

„Bolje joj kupi neku knjigu, ona ne voli da čita, ali njen dečko voli da čita Hesea. Jeste li čuli za Hesea na toj tvojoj planeti... Nibiru?"

„Jesmo, samo mi ga i čitamo. Znači da je i njen dečko jedan od nas. A ti si nas provalila i sada ćemo morati..."

„Da me otmeš i odvedeš na tvoju planetu? Kakav si ti pokvarenjak..."

„Užas", čuo se drugi ženski glas u pozadini.

Teodor je osećao da je Milica, baš zbog svog uvrnutog smisla za humor, počela da mu se podvlači pod kožu. Kada samo pomisli kakav je grozan prvi utisak ostavila na njega.

„Vidimo se večeras kod konja. U koliko se nalazimo?"

„U deset. Kod repa. Milica lepa, u deset kod repa, zapamti to!", izgovorila je i veza se prekinula.

Nasmejao se.

Nervozna devojčica sa crnim naočarima je konačno dočekala svoju drugaricu i već sa nekoliko metara počela da joj zvoca.

Jadan njen budući muž, pomislio je Teodor.

16.

Pred očima Sebastijana Brauna raslo je čudovište nastalo iz malenog semena ideje koja je proklijala u njegovom umu. Slika koju je čitav svet ugledao nakon što su moćni superračunari obradili prve signale poslate iz satelita-teleskopa bila je danima prvorazredna senzacija. Ipak, kod umova neutoljivo gladnih novih šokantnih vesti, jedna fotografija, makar i iz nekog drugog, paralelnog univerzuma, nije mogla da proizvodi taj božanstveni osećaj ushićenja duže od nekoliko dana.

Međutim, ljudi koji su sedeli u istraživačkom centru imali su sada moćan alat za rad i, poput bebe koja je na poklon dobila novu zvečku, svu svoju energiju su usmerili na njega u želji da otkriju šta sve ta zabavna stvarčica može da izvede.

Nekoliko meseci kasnije, nakon nebrojenih pokušaja i neuspeha, menjanjem parametara, dodavanjem komponenti teleskopima, upotrebom novih algoritama na superračunarima, uz prstohvat čiste magije slika zarozanih tapeta iz paralelnog univerzuma dobila je jednu potuno novu dimenziju. Pikseli na ekranima su oživeli i počeli da se kreću, boje da se tope i prelivaju, slika u koju su mesecima gledali konačno je prodisala. Ono što su timovi Tomasa Gulivera sada gledali bio je kontinuiran film. Više niko nije tražio grešku u sistemu, niti podmuklu šalu bubuljičavog hakera, čitav svet sada je znao da gleda autentičnu kosmičku predstavu.

Nakon gromoglasne najave Tomasa Gulivera, televizijske stanice su pustile video-striming koji je pristizao iz istraživačkog centra pravo u etar, čitava planeta je gledala direktan prenos iz jednog novog, paralelnog sveta.

Istina, na ekranima je i dalje bila prikazana ona ista soba, sa istom ofucanom sofom, požutelim tapetama.

Usred striminga, prvog dana emitovanja, u kadar je ušao krupniji čovek svetle puti, sa gustom sedom bradom i uredno podšišanom kosom.

Tomas Guliver je gledao u ekran bez daha. Sebastijan, onaj smotani štreber sa fakulteta, koji mu je dobrovoljno pisao radove ne bi li se nekako približio njegovoj sestri, potpuno nesvesno mu je uručio najdragoceniji poklon koji je ikada mogao da dobije. Tomas Guliver više nije razmišljao o reizboru na mesto savetnika za nauku u kongresu. Sada je na umu imao veće planove. Mnogo veće planove.

Krupnom čoveku na ekranu pridružio se još jedan, mlađi čovek svetle puti i obrijane glave. Nekoliko sekundi stajali su nepomično jedan naspram drugog, a zatim je mlađi čovek izvadio pištolj, da bi potom, nakon kraće pauze ispalio nekoliko metaka u starijeg, koji se srušio pored stalka za novine. Mlađi čovek je napustio prostoriju, dok je otužnu sliku zapuštene prostorije paralelnog sveta sada upotpunjavao leš iz kojeg se širila crvenkasta barica na podu.

Čitava planeta je prisustvovala ubistvu u megauniverzumu. Ljudi su sedeli u šoku i zurili u TV ekrane bez reči.

Direktan prenos je prekinut i pojedinačne stanice su, uz izvinjenje gledaocima, počele da puštaju svoje redovne programe.

Narednih dana oči planete su opet bile prikovane na ekrane televizora. Ljudi su nestrpljivo čekali novo uključenje iz istraživačkog centra i najavu Tomasa Gulivera.

Nakon prvog negativnog iskustva, video-isečci koji su prikazivani na televiziji bili su prethodno pregledani od strane timova psihologa, a zatim su u etar bili emitovani samo odobreni delovi, pri čemu je najavu, na svoje insistiranje, uvek davao Tomas Guliver lično. Njegovo ime je odzvanjalo i u najzabitijim delovima planete. Kada bi poželeo, razmišljao je, mogao bi da se kandiduje za planetarnog predsednika, teško da bi u ovom momentu neko mogao da skupi više glasova od njega.

Upravo tome se Tomas i nadao.

17.

Prva godina paralelnog univerzuma

Godinu dana je prošlo od kada je izvršen jedan od najspektakularnijih i najskupljih naučnih eksperimenata u istoriji nauke. Ljudi su tada uvideli da je svemir mnogo kompleksnije mesto od skupa rasutih svetlucavih tačkica u tami hladnog i beživotnog ništavila. Prva slika koja je dobijena na osnovu slabih svetlosnih signala iz dubokog svemira, prikupljenih uz pomoć specijalnih teleskopa koji su zatim obrađeni superračunarima, bila je nešto sasvim neočekivano i zbunjujuće. Spremajući se da ugleda veliku sliku univerzuma, formu čiji je čitav do sada poznati kosmos samo delić, vireći kroz gigantsku virtuelnu ključaonicu nastalu uz pomoć magije tragova mikroskopskih čestica, matematičkih formula i najmoćnijih računara ikada stvorenih, ugledali su upravo... nešto što biste i očekivali da vidite kada gledate kroz ključaonicu. Dakle, svet je ugledao – jednu sofu, stalak za novine i stari televizor u jednoj prilično zapuštenoj prostoriji. Teorija velikog praska je potonula u ništavilo besmisla, iz koga su sada počele da izviru nove, ne manje zbunjujuće, teorije.

U međuvremenu je prve pojedinačne slike, rezultate pogleda kroz vasionsku ključaonicu, zamenio kontinuirani film. Nešto kasnije istraživači su – nakon nebrojenih neprospavanih noći, mukotrpnog rada, jedne prosute šolje kafe po tastaturi i panične reakcije mladog asistenta koji je, pokušavajući da tapkanjem papirnim ubrusom po umazanoj komponenti pokupi prosutu tekućinu, nehotično izmenio parametre satelita-teleskopa – došli do otkrića koje im je pružilo mogućnost da čuju zvuk u vaseljenskoj sobi. Postavljanjem još dva satelita u orbitu i aktiviranjem najnovijih senzora napravljen je novi pomak u ovom neverovatnom dostignuću. Uspeli su da se kreću kroz prostor paralelnog sveta.

Naučnici svih profila, kvazinaučnici, teolozi, vidovnjaci i razni teoretičari opšte prakse, željni slave i nimalo gadljivi na novac koji uz nju ide, mesecima su paradirali pred TV kamerama pokušavajući da daju neko suvislo objašnjenje za ono što se dešava pred njihovim očima. Jedna od prvih pretpostavki je bila da se radi o nekoj vrsti vremenske mašine, i da je sklop Tomasa Gulivera u stvari otvorio portal kroz koji čitava planeta posmatra događaje koji su se desili u prošlosti. Ili u budućnosti. Ta teorija je ubrzo pala u vodu, jer je civilizacija koju su mogli da vide bila na jako bliskom stadijumu razvoja na kome se nalazi planeta u sadašnjem trenutku. Odmah je odbačena i teorija da se vidi neki drugi deo planete – čitava Zemlja je već detaljno istražena i nije postojala nijedna oblast koju bi prepoznali kao neki od predela iz paralelnog sveta. Dok su operateri podešavali parametre i pomerali svoju virtuelnu kameru kroz paralelni svet, na ekranima su se videle ulice i zgrade koje nigde na ovoj planeti nisu bile viđene.

Druga grupa ljudi, ezoteričnog pogleda na svet, razmišljala je o tome da upravo gledaju ljude u zagrobnom životu, ali avaj, nijedan čovek koji se mogao videti u paralelnom svetu nikada nije postojao na ovoj planeti, tako da je i ta teorija odbačena.

Ostalo je samo da prihvate ono što je očigledno. Čitav univerzum je samo jedna mrvica u nekom mnogo, mnogo većem univerzumu, koji veoma liči na ovaj, bar onaj deo paralelnog gigantskog univerzma koji su posmatrali.

Jezik paralelnog sveta u početku je bio nerazumljiv, ali su se lingvisti dali na posao, te je vrlo brzo napravljen prvi rečnik, a nedugo potom otvorena i katedra na filološkom fakultetu za jezike paralelnog sveta. Prenosi iz paralelnog sveta su počeli da se titluju na lokalne jezike.

TV kuće koje su pratile događaje iz paralelnog sveta rasle su kao pečurke posle kiše. Ispostavilo se da je emitovanje isečaka iz života ljudi koji nastanjuju paralelni svet veoma isplativ posao, te je najspektakularniji naučni eksperiment vulgarizovan na nivo velike rijaliti predstave, hrane za sitne duše, pur-pene za popunu praznih života, nepresušni izvor tema za prepričavanje u nedostatku događaja u stvarnom životu za maštu uskraćenog sveta.

I pored sveg napretka i nebrojenih pokušaja, niko nije uspeo da na bilo koji način ostvari kontakt sa ljudima iz paralelnog sveta. Ponekad bi se desilo da se neka osoba trgne, okrene naglo prema kameri, kao da oseća da je neko posmatra. Ali to bi bilo sve. Nijedna informacija nije mogla biti poslata u paralelni svet. Fizika je bila neumoljiva – čak i kada bi uspeli da pošalju dovoljno jak svetlosni signal, bile bi mu potrebne milijarde godina da uopšte dopre do oboda univerzuma, to jest, do paralelnog sveta. Ezoteričari su isprobavali metode koje su koristili prilikom prizivanja duhova i razgovora sa mrtvim dušama, ali ni to nije dalo rezultate. Bar ne merljive, osim ponekog sablasnog pomeranja stola na sesijama prizivanja duhova, koje su izvodili ljudi u paralelnom svetu, što je malo koga impresioniralo, osim same ezoteričare.

Naravno, vojni kompleks odmah se bacio u istraživanje postignuća u paralelnom svetu. Marketinški magovi su pokušavali da utvrde šta to postoji u tom drugom, a ne postoji u ovom svetu, a pri tome može da donese ogromne novce.

Tako je dobijeno čudnovato braonkasto piće slatko-reskog ukusa, sa puno balončića, koje je osvojilo svet u rekordnom roku.

Pasionirani konzumenti pokretnih slika su počeli da se navikavaju na to da vode paralelne živote, i toliko su se poistovetili sa nekim od likova koje su pratili da su se na ulici mogli videti ljudi koji nose istovetne frizure i oblače se kao oni.

U početku je narod bio opsednut ovim otkrićem i prosto je gutao svaku novu informaciju o njemu, mediji su bili preplavljeni naslovima, ispisanim preko čitave naslovne strane, koji su izveštavali o svakom pomaku u otkrivanju paralelnog sveta. U frizerskim salonima bi mušterije prepričavale i komentarisale dešavanja iz novootkrivenog sveta, u kancelarijama bi to bila redovna tema uz ispijanje jutarnje kafe. Niko nije bio ravnodušan na iznenadnu pojavu novog kutka stvarnosti.

Vreme je ipak učinilo svoje i font naslova na portalima koji su donosili vesti iz paralelnog sveta iz godine u godinu bivao je sve manji, dok jednog dana tekstovi o novom svetu nisu skliznuli sa prve strane, a zatim našli utočište pored naslova o hrabroj i neverovatnoj promeni frizure koju je starleta u usponu napravila u svom životu. Paralelni svet je postao deo svakodnevice, ljudi su se prvo navikli, a onda i zasitili vesti iz drugog, neverovatnog, ali očigledno stvarnog sveta.

Emisije o paralelnom svetu su otišle u drugi plan. Delovalo je kao da će prenosi biti potpuno ukinuti, sve do momenta velikog prevrata.

Veliki prevrat se desio u jednom jedinom danu. Vlast je preuzeta munjevito – ni sami TV operateri, uljuljkani u rutinu svog posla, nisu se u prvom momentu najbolje snašli, niti su shvatili šta se tačno dešava. Kada su primetili da su ljudi, čije su živote mesecima iz svog kosmičkog prikrajka pratili, bili uznemireni i da skamenjeno posmatraju vesti na svojoj televiziji, uključili su sve studije u direktan program i počeli da snimaju dramatične događaje koji su menjali stvarnost paralelnog sveta. Kamere su se prebacivale iz parlamenta u parlament, i prikazivale kako neka moćna sila gotovo istovremeno preuzima vlast u svim državama paralelne planete.

Sebastijan Braun je užasnuto pratio dramu koja se odvijala pred njegovim očima, bez ikakve mogućnosti da spreči tragediju koja je usledila. Nakon prevrata, ljudi, čije postojanje je otkriveno zahvaljujući njemu, odjednom su ostali bez novca, što je paralelnu planetu gurnulo u potpunu anarhiju i bezvlašće. Bande su harale i pljačkale u svetu u kome su policija i vojska prestale da postoje, dok se običan narod sveo na stado ovaca koje čeka svoju sudbinu u okruženju divljih zveri.

Kao da ni to nije bilo dovoljno, na haos u koji su zemlje tek otkrivenog univerzuma zapale nadovezalo se masovno uništenje *biblijskih razmera*. Misteriozni virus, koji se pojavio niotkuda, kosio je milione života, dok je Sebastijan mogao samo bespomoćno da posmatra kataklizmu kako nezaustavljivo razara njegovo spektakularno otkriće.

Uskoro je svaki normalan život utihnuo, scene smrti i destrukcije su postale deo svakodnevice.

A onda je jednostavno nestao.

Na svim ekranima koji su prikazivali stravične događaje iz paralelnog sveta signal je prekinut – elektronski sneg i bezlični šum bili su jedino što je dopiralo iz TV aparata. Isprva su naučnici pomislili da se poremetio neki od parametara koji su transformisali signal iz svemirskih teleskopa u superračunarima. Grozničavo su pregledali svaku brojku, svaku decimalu, čitali logove na serverima koji su upravljali superračunarima, ali uzalud. Ključaonica kroz koju je čitav svet virio u drugu, neopipljivu dimenziju, bila je sada na volšeban način zatvorena, baš onako kako se i otvorila.

Naučnici, političari i analitičari su opet imali pune ruke posla. Trbušasti likovi sedih glava smenjivali su se na malim ekranima, umotavajući u glagoljivi vrtlog stručnih termina i vekovnih mudrosti teorije koje su prošle noći pročitali na nekom od internet portala, ubeđujući i sebe i druge da sve te genijalne misli upravo u tom momentu izbijaju iz njihovih umova, poput gejzira zalivajući usahlu pamet njihovih sledbenika. Stvarane su teorije koje su pokušale da dopune one prethodne, i objasne neukom narodu zašto više ne vidimo taj čudni, nesretni svet. Jedni su tvrdili da je drama okončana tako što je došlo do nuklearnog rata u paralelnom svetu, drugi da je ogroman asteroid razneo paralelnu planetu. Treća grupa samoproklamovanih mislilaca je, pak, verovala da paralelni svet uopšte i ne postoji, da nikada nije ni postojao. Stav ove grupe bio je da je prikaz čitavog novog univerzuma proizvod neverovatne slučajnosti koja je povezala izuzetno kompleksne matematičke formule sa fotonima, godinama prikupljanim pomoću superosetljivih senzora, i nekim još neotkrivenim poljem koje prožima fino tkanje stvarnosti. Ovo je, istina, izrodilo jednu novu granu u fizici, ali do finalnog objašnjenja svet nikada nije došao. U svakoj od predloženih teorija nedostajao je bar jedan delić slagalice da bi slika bila kompletna.

Kako god, paralelnog sveta više nije bilo. Ostao je samo jedan svet – ovaj obični, svakodnevni, gde ljudi moraju da žive svoje male živote, zarobljeni u dnevnim rutinama, okruženi istim slikama, istim mirisima, istim licima, bez pikantnog ukusa nepoznatog, nedodirljivog, pa makar i zastrašujućeg, užasavajućeg.

Ukratko, ljudi su se vratili svojim životima.

Sebastijan Braun se vratio svom životu, i svojim sizifovskim projektima.

Doduše, ostalo je braonkasto sladunjavo piće, ali možda je, razmišljao je, i njegova popularnost bila čista slučajnost. Možda su ga ljudi probali samo zato što dolazi iz tog misterioznog univerzuma, a posle se jednostavno navikli na njega.

<h1 align="center">18.</h1>

Ringišpil

Ispred nje je bio dan kao i svaki drugi, jedan u beskrajnom nizu. Ako je nešto ubijalo Taru, to je bila monotonija, kada život uđe u fazu ringišpila i svaki dan joj izgleda isto kao i prethodni. I kao onaj prošle nedelje. Ili godine. Sedi na svom konjiću sudbine, okreće se ukrug i stalno prolazi pored istih lica, istih zgrada, istog drvoreda ispred kuće. A to joj se upravo sada dešavalo. Nedostajala joj je ona neizvesnost koju je sa sobom odnela mladost.

Popila je svoj organski makrobiotički bućkuriš, koji joj je, uprkos tome što je najviše podsećao na posledicu prehlađenog stomaka kućne mačke, prijao. Kada je bila mlađa, mrzela je taj ukus, ali vremenom ga je zavolela, i sada više ništa drugo nije ni želela da proba. Autosugestija, valjda.

Obukla se brzo i krenula ka vratima, danas je čeka brdo predmeta na poslu, setila se. Srećom, mužić ide ranije ovih dana na institut, tako da on vozi decu u vrtić i školu, njoj je ostalo samo da pospremi za njima ostatke od doručka, spremi se i krene.

Izašla je napolje i odmah ju je zapahnuo svež, vlažan jutarnji vazduh. Čitavu noć je padala kiša, i sada se para podizala sa uličnog asfalta i travnjaka koji su razdvajali kuće od ulice. Krenula je ka autu, koji je bio parkiran na ulici pošto su ispred kuće imali samo jedan betonirani prilaz za auto, a njega je, naravno, svojim automobilom zauzimao alfa mužić. Pomislila je – *možda i previše alfa. U poslednje vreme se baš dosta zadržava na institutu, i non-stop dopisuje sa onom Emom, maltene svaka rečenica počinje njenim imenom.* Nije da je to nervira, ali...

Dok je izbegavala barice prilazeći autu, podigla je pogled i ugledala natpis na prozoru svog auta.

Neko je iskoristio vlagu, koja se kondenzovala na staklima i stvorila beličast film učinivši prozore neprozirnima. Na jednom od njih se nalazila poruka ispisana prstom, očigledno namenjena vlasniku automobila, to jest – njoj.

„VOLIM TE", pisalo je krupnim slovima.

Namah je osetila kako joj oštrica nevidljivog mača probada stomak. Iako poruka zvuči kao izliv nežnosti, razmišljala je – ko zna ko je to napisao. Moguće je da je neko uhodi i sada posmatra odnekud.

Osvrnula se oprezno oko sebe dok je brisala stakla od vlage.

Nikoga nije videla u blizini. Ušla je u auto, nervozno startovala motor i uključila klimu da osuši stakla iznutra. Očekivala je da svakog trenutka ugleda nečije jezivo lice pored prozora.

Srećom, to se nije desilo.

Dok je vozila ka poslu, razmišljala je ko bi to mogao da bude. Možda i nije u pitanju nekakav manijak, možda zaista ima tajnog obožavatelja.

Pokušala je da u glavi formira spisak mogućih kandidata. Prvo, sa kime je uopšte u kontaktu. A možda se ipak radi o nekome koga ne poznaje toliko lično, ali živi u blizini, i sada je rešio da na ovako detinjast način sa njom podeli svoja osećanja?

Pao joj je na pamet novi komšija, koji se doselio pre dve nedeje u ulicu. Srela ga je jednom prilikom dok je džogirala, on je upravo iznosio stvari iz kamiona i unosio ih u kuću. Javila mu se i on joj se predstavio. Za oko joj je zapala njegova neobrijana brada, koja nije delovala toliko neuredno na licu pravilnih, gotovo sportskih, crta. Doduše, po načinu na koji je iznosio stvari reklo bi se da se zaista i bavi nekim sportom. Rekao je da radi u nekakvoj marketinškoj agenciji i da se upravo doselio iz Sijetla. I – sam je. Seća se da joj je rekao da je sam, iako ga nije ni pitala, što je više nego indikativno. A i sve vreme se smeškao kao neki dečačić. Sada je gotovo bila sigurna da je on u pitanju, osetila je olakšanje jer je shvatila da je niko ne uhodi. Nije mu, tokom kratkog razgovora, spomenula da je udata i da ima decu, pitanje je da li je uopšte shvatio...

Tek tada je shvatila, bože, šta bi bilo da je Sebastijan video? Da li bi poludeo od ljubomore?

U stvari, možda je i video, razmišljala je dok je prilazila parkingu ispred poslovne zgrade u kojoj je radila. Ali, zašto joj nije rekao, možda se sada jede u sebi, preispituje svoje greške. Ili ga je baš briga, jer je suviše zauzet svojim projektom i onom...Emom.

Dok je izlazila iz auta i kretala prema glavnom ulazu zgrade, palo joj je na pamet da bi mogao da bude i neko od kolega sa posla. Činjenica je da najviše vremena provodi sa njima, što neumitno dovodi do većeg nivoa prisnosti nego sa rođenim mužem. Ali ko?

Ili je onaj mladi tamnoputi momak iz teretane, već neko vreme se upinje iz sve snage na spravama kad god bi se pojavila na vratima. Nisu razmenili nijednu reč do sada, ali lako je mogao da dođe do njenih podataka i u prolazu napiše poruku na autu. To je čak više verovatno, pošto on živi u kraju. Niko od kolega ne živi u blizini, a ne veruje da bi baš neko vozio dvadeset kilometara samo da bi švrljao prstom po tuđim kolima.

U momentu kada je otvorila vrata kancelarije, zazvonio je telefon. Skoro je iskočila iz kože, očekivala je da će nakon poruke da je i pozove. Trnci su joj prolazili kroz ruke dok je tražila telefon, koji je i dalje odzvanjao po prepunoj tašni. Šta bi mu uopšte rekla i kada bi joj priznao? Morala bi da mu odbrusi, a bilo joj je žao, pogotovo ako je u pitanju klinac iz teretane. Ko zna kakve bi to ožiljke ostavilo na njegovoj nežnoj mladoj dušici...

Sebastijan.

Na ekranu telefona je pisalo „Sebastijan". Dobro je, ipak je mužić, ne mora da smišlja kako da otkači udvarača.

„Halo, Sebastijane, upravo sam ušla u kancelariju, nisi valjda nešto zaboravio?”

„Jesi li videla poruku?”, progovorio je glas sa druge strane veze.

„Poruku? Ništa nije bilo na stolu...”

„Ma ne, ne na stolu. Nije se valjda osušila.”

Tara je stajala nekoliko sekundi bez reči. Očigledno je da neće morati da otkači udvarača. Sebastijan, njen alfa mužić, odlučio je da je iznenadi ovog jutra, pa je ostavio ljubavnu poruku na staklu auta.

Najgore od svega je što joj jedino on nije pao na pamet kao udvarač. Osećala se kao...

„Jesi li tu?”, pitala je slušalica poznatim muškim glasom.

„Hvala ti, ljubavi”, izgovorila je tiho u telefon i prekinula vezu.

Možda nije problem u Emi, pomislila je. *Možda je vreme da konačno siđem sa tog ringišpila.*

19.

Propast jedne žurke i noć provedena na krovu zgrade

Teodor i Milica su stajali na stepeništu zgrade u centru grada, čiju otmenost nije mogao da umanji ni oštar miris urina koji se širio oko ulaza. Čekali su ispred vrata iza kojih se čula glasna muzika, toliko glasna da su vrata poskakivala u ritmu „Black Betty".

Milica je bila u pravu, slatka Višnja pravi interesantne žurke, pomislio je Teodor. Na njegovu nesreću, nalazili su se sa pogrešne strane vrata i pritom zvonili uporno već deset minuta, ali zvuk zvona zbog preglasne muzike očigledno nije dopirao do ušiju bilo koga ko bi poželeo da ih otvori i pusti ih unutra.

„Imaš li neko rešenje za ovo, ja računam na tvoje vanzemaljske supermoći sada", izgovorila je Milica i blago zakolutala očima.

Pogledao je u nju. Milica je sada izgledala potpuno drugačije nego u klubu, kada ju je upoznao. Kada su se našli kod repa, jedva ju je prepoznao. Našminkala se, obukla je elegantnu odeću koja ga je podsećala pomalo na tridesete godine prošlog veka. Između njih se najednom stvorio jaz, nevidljiva barijera koja ih je držala na distanci. Prisnost je iščilela od momenta kada su se sreli na trgu, rasula se niz ulice grada dok su žurno pešačili pored veselih grupica mladih ljudi koji su, kao i oni, tražili neki zadimljeni komadić prostora u velikom gradu, u kojem će ubiti noć. Delovala mu je strano, i bar za klasu iznad njegove. Imao je osećaj da je tek sada upoznaje, ali jednu drugu Milicu, kao da ispred njega nije bio onaj brbljivi devojčurak kog je sreo u klubu. Sada je više ličila na ostale umišljene lepotice koje je sretao po velegradskim klubovima i – to mu ni najmanje nije prijalo. Činilo mu se da je prekinuta tanušna nit koja ih je povezala u klubu fakulteta. Daleko bi se bolje osećao da su ipak otišli na vožnju

86

biciklima, kakav je bio prvi plan. Tamo, na stazi, bili bi sigurno otvoreniji jedno prema drugome.

„Slušaj, sve ima svoj kraj, pa čak i žurke. Pre ili kasnije gosti će morati da izađu i potraže put do kuće", konačno je smislio odgovor.

„Znala sam da mogu da računam na tvoju inventivnost. Nadam se da znaš da pereš sudove, pošto je to ono što se dešava kada gosti počnu da traže taj put do kuće."

„Nije mi to problem. Baš mi nije problem, jedino što ne volim je da..."

„Šalim se", opet je prevrnula očima, „jedan moj bivši je Višnji polupao nekoliko čaša, i to omiljenih čaša njene mame, posle jedne ovakve žurke pa sam se setila..."

Ovo „jedan moj bivši" je bilo zaista suvišna informacija za Teodora u tom trenutku. U stvari, u bilo kom trenutku.

Vrata su se otvorila. Ne zato što ih je neko čuo kako zvone, već zato što je, očigledno, želeo da napusti žurku.

„Vidiš, kakva neverovatnoća, prosto je neverovatno da neko otvori vrata baš sada, kada mi već celo veče stojimo ovde", izgovorila je Milica dok joj se levi ugao usne iskrivio u blag smešak.

Iza para koji je napuštao stan pojavila se jedna zaista slatka devojka.

„Micooo!", čuo se cikut iz njenog pravca.

„Ubiću teee...", uzvratila je Milica, ne baš cikutavo, ali sa izveštačenom ljutnjom.

Devojka se sada okrenula ka njemu.

„Ćao, ja sam Višnja! Gde je moje slatko?"

„Sakrio ga je u knjigu Hesea. Hihihi!", dočekala je Mica.

Sada mi je jasno kako se oseća pingpong loptica, pomisio je Teodor pružajući knjigu umotanu u foliju sa nacrtanim višnjicama.

Pružio je ruku Višnji i ona je utonula u nešto mekano, penušasto, dok mu je njen osmeh lebdeo ispred očiju. Milica je već ušla unutra i pozdravila se sa nekim Teodoru prilično antipatičnim likom, a zatim je zamakla sa njim u prostoriju koja je najverovatnije bila kuhinja, gde se naziralo još ljudi. Teodor je počeo da sluti da je pozvan na žurku samo da se Milica ne bi pojavila sama pred bivšim dečkom.

Sekund kasnije Višnju je Milica pozvala iz kuhinje, tako da ga je i ona napustila. Nije mu padalo na pamet da pođe za njima, krenuo je sam da onjuši prostor oko sebe.

Uputio se ka izvoru muzike, zvučalo je kao da je tamo najveselije. U tom trenutku Mano Negra je držao komšiluk budnim svojom „Malom Vidom". Kada je došao do dnevne sobe, odakle je muzika dopirala, zatekao je potpuno neočekivan prizor. Dok su basovi iz zvučnika tresli zidove, umesto razuzdane gomile naišao je na hrpu obamrlih tela koja su razbacana ležala po kaučima, foteljama, podu. Žurka je glasno spavala. Niko nije čak ni pričao, ili bar sedeo i gledao u tačku ispred sebe. Žurka je bila mrtva, ostala je samo glasna muzika da nervira komšije.

Teodor je otišao do stola na kojem je stajalo piće, uzeo jednu konzervu piva i izašao na balkon. Tamo nije bilo nikoga, ali mu je za oko zapala garnitura za sedenje koja se tu nalazila. Seo je na stolicu, i počeo da pijucka pivo uživajući sam u prijatnom noćnom povetarcu koji je nosio miris centralnih ulica grada isprepletan sa glasovima i batom koraka ljudi koji su mislili da ih ova noć vodi nekud. Nekud gde je muzika glasna i gde se ljudi dobro zabavljaju.

Posle nekog vremena, ušao je u sobu ne bi li uzeo sledeću konzervu piva ali, na svoje iznenađenje, ugledao je jako svetlo koje je obasjavalo hodnik, a potom primetio i policajce koji su, očigledno, došli po prijavi komšija zbog glasne muzike. Dok ih je Miličin, verovatno, bivši nudio pićem, koje su oni uporno odbijali, jedan od policajaca je, prilično drugarskim tonom, razovarao sa Višnjom.

„... znate kakav je komšiluk. Razumem ja vas, ali su vas prijavili. Evo, mi ćemo sada da vas opomenemo, ali gledajte da isključite muziku i budete tiši, jer ako nas opet pozovu, moraćemo da vam pišemo..."

Teodor je shvatio da se žurka završila pre nego što je i počela. Ljudi koji su do tada ležali u polumračnoj sobi polako su se budili i teturali mamurno po stanu. Onaj Miličin *bivši* se sada hvatao za glavu, pošto nije uspeo da ubedi policajce da ih ostave na miru, dok je jedan od policajaca flertovao ispred ulaznih vrata stana sa par raspoloženih plavokosih devojaka koje su promakle Teodorovom detaljnom skeniranju prostorija. *Verovatno su bile u kuhinji sve vreme sa Milicom i Višnjom*, pomislio je.

Zaobišao je čitavu gužvu tako što je izašao na balkon i preko njega ušao u drugu sobu, a zatim u njoj ugledao vrata iza kojih se nalazio hodnik. Kada je stupio u taj hodnik, pred njim se pojavilo stepenište koje je vodilo ka drugom etažu stana. Popeo se uz stepenice i na spratu zatekao samo jednu sobu u kojoj nije bilo nikoga ali je imala izlaz na još jedan balkon. Prošao je kroz ta vrata i, na svoje iznenađenje, shvatio da se ne nalazi na balkonu, već na krovu zgrade. Krov je bio ravan i prilično prostran, a uz spoljašnju stranu zida, na podu, sedela je jedna manja grupa mladih ljudi, okružena čašama, prepunim pikslama i konzervama sa pićem, i vodila neku prilično besmislenu ali žučnu raspravu. Očigledno je da nisu imali neku posebnu temu, ali ih je piće i dalje držalo, tako da su zaplitali jezikom, verovatno pokušavajući da na duhovit način izlože nekakvu teoriju. Jedino biće koje je sve vreme ćutalo u tom društvu bila je devojka kratko podšišane plave kose podignute u jež-frizuru, sa malom minđušom u nosu, obučena u izbledeli džins pripijen uz vitko, skoro muškobanjasto telo. Imala je odsutan pogled, videlo se da je šale ostatka društva ne dotiču, ali je ipak, iz nekog nedokučivog razloga, sedela tamo sa njima.

Teodor se spontano priključio veseloj grupici i tek tada primetio da je to ono isto društvo iz studentskog kluba u podrumu fakulteta. Bar većina njih.

Isti riđobradi govornik je opet imao svojih pet minuta slave.

„... i onda zamenimo jednu moždanu ćeliju jednom veštačkom ćelijom koja ima sve, apsoluuutno sve funkcionalne karakteristike identične onoj originalnoj – živoj nervnoj ćeliji. Zatim nastavimo – zamenimo drugu, pa treću, i tako redom...", petljao je riđobradi.

„Pa?", opet ga je iz zasede dočekivao škiljavi.

„Pa, šta pa... pa pitanje je ako menjam, na primer, tvoje nervne ćelije, u kom momentu ćeš ti još uvek biti ti, a kada ćeš u stvari postati robot koji ima iste intelektualne sposobnosti kao ti? Posle pedeset posto? Šezdeset? Koliko?"

„Slaba vajda od tog robota. Taj bi po celu noć igrao LoL, i posle punio baterije do podne", nadovezao se sada uredno podšišani student, koji je jedini iz grupe redovno pratio predavanja.

„Ja mislim", nastavio je riđobradi, „da je samo pitanje vremena kada će moći da se očitaju sva stanja nervnih ćelija u jednom trenutku i prenesu u računar. Na kraju sve funkcioniše binarno. Neuron, nervna ćelija, ili okida impuls niz akson ili ne. Nula ili jedan. Sve što mi vidimo, čujemo, osećamo – skup je tih nula i jedinica, baš kao i u računarima... naša svest su gomile nula i jedinica koje se smenjuju kroz vreme."

Plava, kratko podšišana devojka se sada uključila. Iako je njen pogled odavao utisak da samo fizički prisustvuje skupu, dok se u mislima nalazi na nekom drugom, dalekom mestu, ipak je sve vreme pratila konverzaciju.

„A šta ako te nule i jedinice napišeš na papir? Hoće li i taj papir osećati sve što ti osećaš?", pitala ga je nestvarno lepim i blago promuklim glasom.

„Da, osećaće se glupo posle ovog pitanja!", nadovezao se redovni student.

„Gledaj, ne ide to baš tako. U našem mozgu, u neuronima, te jedinice i nule su predstavljene malenim električnim impulsima. Pa je tu i hemijska veza u ..."

„A ko određuje šta mora da predstavlja nulu a šta jedinicu? Evo, možda je ova konzerva sada nula, a kada je okrenem na drugu stranu – jedinica. Možda se i ona oseća sada kao ti", nasmešila se.

„Ne verujem da je toliko nisko pala...", dodao je škiljavi sa podrugljivim osmehom na licu.

„Da, ali stanje tih neurona se menja kroz vreme...", pokušao je da se izvadi riđobradi, besan što mu ovaj, do sada nezainteresovani, organizam ženskog pola ruši teoriju.

„Pa ti zapiši sve nule i jedinice na jedan papir, pa ih čitaj redom. Ako uopšte treba da ih čitaš. Ko ih sada čita u tvojoj glavici? I ko određuje redosled?"

Eh te žene, sve moraju da upropaste, pomislio je riđobradi. Ustao je da malo protegne noge i izbistri misli, i ostavio upražnjeno mesto pored   ja-sam-najpametnija-iako-nisam-pročitala-ništa-o-temi devojke.

Nevidljiva ruka radoznalosti privukla je Teodora ka tom mističnom biću, čija pojava je zračila nekom eteričnom privlačnošću. Iako nije delovala ni nalik ženstvenoj, putenoj Višnji, niti glagoljivoj Milici, devojka pored koje je Teodor seo živela je neki svoj film – dok su svi oko nje samo želeli da se zabave, ona kao da je imala neku misiju, zadatak, neku tajnu koju je krila duboko u sebi.

Rasprava je zamrla i vesela ekipa se polako premestila na drugi deo krova da bi ispratila pogledom policajce koji su ulazili u svoj auto ispred zgrade.

Čulo se kako škiljavi sve vreme bocka riđobradog.

„Ajde, razvedri se, čoveče, nije to tako strašno, proći će je, videćeš..."

„A šta mu se desilo?", nije mogla da sakrije radoznalost jedna od devojaka u društvu.

„Ma keva mu otvorila fejsbuk profil, pa počela da kači njegove slike iz detinjstva..."

Kikot se selio dalje od njih, sve dok nije u potpunosti utihnuo i prepustio Teodora društvu tajnovite devojke čija pojava je zaokupila njegovu pažnju.

Sedeli su i ćutali zajedno, gledajući u svetla grada koja su noćnoj panorami davala dubinu.

„Lep je grad", progovorila je devojka odjednom.

Udahnula je duboko vazduh kroz nos.

„Volim kako treperi noću, i zvuke koje stvara dok diše u snu."

Zaćutala je na trenutak, a zatim ga pogledala u oči.

„Jesi li nekada razmišljao o tome da se odrekneš dnevne svetlosti zauvek, i do kraja života živiš samo noć?"

Teodor ju je pogledao, ali mu je pogled nevešto skliznuo u stranu.

„Ne znam... šta fali sunčevim zracima?", konačno je, posle kratke pauze, prilično nespretno progovorio i Teodor. Tek sada je shvatio da ga je alkohol uzeo pod svoje, da ne kontroliše najbolje sopstvenu moć govora. A i misli su mu se teturale nekontrolisano.

Devojka nije odgovorila, već se okrenula ka njemu, lagano mu prišla i poljubila ga. Zažmurio je. Miris noći dobio je još jednu novu aromu, notu koji do sada nije osetio, veoma specifičnu i prijatnu notu, koja će ostati sakrivena negde duboko u njegom umu kao čvrsto vezan končić da ga podseća na ovu noć svaki put kada ga krišom napipa svojim mislima.

Ostali su sami, ili mu se činilo da su ostali sami. Nije znao tačno ni koliko dugo, sledeće čega se sećao je bio nagoveštaj sunčevog izlaska iznad zgrada koje su se videle u daljini.

Ležala je na betonu preko jakne koju je skinuo sa sebe, naslonjena na njega. Gledali su kako prvi zraci sunca daju boje zgradama.

Odjednom, devojka je ustala i krenula da popravlja svoju odeću.

„Ideš?", upitao je Teodor zbunjeno.

„Moram na posao."

Otišla je do vrata koja su vodila ka sobi, a zatim zamakla unutra. Nije ga pozdravila, niti se okrenula da ga pogleda. Teodor je znao da je sada neumitno došao kraj vremena, vremena koje je proveo sa njom. Ustao je polako i, gegajući se mamurno i umorno, krenuo da potraži Milicu i Višnju.

Kada je sišao na donju etažu Višnjnog stana, tamo je zatekao Višnju kako spava na kauču i Milicu kako čisti stan. Svi ostali gosti očigledno su otišli.

Čitav stan je bio zatrpan prljavim čašama i otvorenim flašama, prepunim pepeljarama i razbacanom hranom.

„Je l' ti stvarno nije problem da pereš sudove?", konačno ga je primetila Milica.

„Ne, opušteno, ja sam stručnjak za te stvari."

Počeo je da prenosi stvari sa Milicom u kuhinju i traži kantu za smeće, ne bi li se rešio bar đubreta koje je skupio sa stolova.

„Nisam hteo da vam smetam u kuhinji, jer sam skontao da je jedan od onih likova sa vama Višnjin bivši, a pošto se nešto ne nalazim u toj priči, izašao sam gore sa nekom ekipicom. Bila je neka plava kratko podšišana devojka tamo sa minđušicom u nosu..."

„Ne znam ni jednu plavu kratko podšišanu devojku sa minđušom u nosu. Jesi li ti siguran da nisi otišao do komšije, mislim da im je bila slava", bocnula ga je Milica osmehom.

Zastao je, zbunjen, na momenat.

„Elem, nije ni bitno... da li si ipak raspoložena za biciklanje u nedelju? Meni bi baš odgovaralo, nisam odavno bio u gradu, a ta staza je baš, ono – lepa. Kod nas u Nibiruu i nema nekih staza za vožnju bajsa."

„Da, nisam sigurna za Višnju samo. Mislim da je zauzeta tada..."

„Ma nikakav problem, troje je gužva ionako. Staza je prilično uska, tako da bi neko morao da bude pozadi uvek. A kako ste vas dve nerazdvojne, javlja mi se da bih to bio ja."

„Troje je gužva?", Milica ga je pogledala značajno. Nije umeo da pročita ovu poruku. Da li je ipak bio previše nametljiv? U svakom slučaju, videće se u nedelju.

20.

Neobičan dan jednog običnog Brane

Brana Urošević je već neko vreme kuburio sa studijama. Iz nekog razloga, polaganje ispita na fakultetu nije mu išlo, godine su prolazile, a dan kada će uramiti diplomu nije se još ni nazirao. Frustracije su se skupljale, i polako izjedale njegovo raspoloženje, topile početni entuzijazam. Čitav svet je tapkao u mestu, činilo mu se. Roditelji su mu bili u penziji, i prihodi su se smanjivali, a nije želeo da traži stalan posao sve dok ne završi fakultet. Pribojavao se da, kada jednom upadne u kolotečinu svakodnevnih problema, više nikada neće skupiti snage da sedne za svoj radni sto, razvuče knjige po njemu i suoči se sa apstraktnim teorijama, koje ama baš nikakvog dodira sa realnim svetom nemaju.

Obukao se i krenuo ka vratima stana.

„Ideš negde?"

Majčin glas, koji je dopirao iz trpezarije, u ovom momentu nije zvučao kao melem za njegove uši.

„Idem da malo razbistrim misli."

„Tek što si ustao i već ideš da razbistriš misli. U podne. Kada imaš sledeći ispit?"

Kada bi postojao uređaj koji meri zajedljivost u glasu, verovatno bi pregoreo posle ovog komentara, pomislio je.

„Tek za tri meseca. Nosim knjigu sa sobom, čitaću u parku."

„A dotle ćemo živeti od penzije... Penzija se ne pomera već godinama, a cene samo skaču. Ako ne nađeš uskoro posao, ja stvarno ne znam..."

Brana je zatvorio vrata za sobom. *Svaki dan ista pesma*, pomislio je, *u ovoj državi se ništa ne menja. Da političari ne kradu, ne bi bilo problema sa penzijama.*

Uhvatio se za vrata lifta i ugledao kratku poruku ispisanu neveštim rukopisom, sa dve slovne greške, koja mu je, takva kakva je, ipak veoma efikasno prenela informaciju da je uređaj koji treba da ga spusti sa jedanaestog sprata na prizemlje i dalje indisponiran, i nije u mogućnosti da obavi taj jednostavan zadatak, te da u tu svrhu može iskoristiti priliku da razmrda svoje donje ekstremitete. Sišao je niz stepenice, pošto majstori za lift već treći dan nisu došli. Došao je do ulaznih vrata zgrade i, kada se uhvatio za kvaku da ih otvori, primetio papir zalepljen za staklo u visini njegovih očiju. Pomislio je u prvom trenutku da se radi o obaveštenju o nefunkcionisanju još nekog potpuno nebitnog servisa, kao što je distribucija vode, električne energije, ali...

Na papiru se nalazio odštampan natpis od samo tri reči: „Ti si izabran".

Skinuo je papir, zgužvao ga i zatim bacio u kutiju koja je stajala u ćošku, puna zgužvanih flajera sa reklamama lokalnih picerija, škola crtanja i ostalih papirića kojima su spamovali poštanske sandučiće. Na kutiji je markerom, krupnim slovima, bio ispisan natpis: „Spam folder". On je postavio kutiju, ti papirići su bili samo jedna od stvari koje su ga iritirale u ovom propalom sistemu.

Izašao je na ulicu, i uputio se prema parkiću sa knjigom ispod miške. Nije zaista imao nameru da gubi vreme na bezvezno gradivo sa fakulteta. Knjiga, koju je naručio preko interneta, nije imala veze ni sa jednim njegovim ispitom. Radilo se o daleko interesantnijoj temi – o svetskim revolucijama. Bio je zaokupljen tom temom poslednjih meseci.

Nešto je moralo da se menja u ovoj zemlji, u to je bio ubeđen.

Kada je stigao do parkića, njegova omiljena klupa bila je slobodna. Seo je na nju i bacio pogled oko sebe ne bi li osmotrio ko još sedi na klupama oko njega, pre nego što krene sa čitanjem. Nije bilo nikoga, okolne klupe bile su prazne. Spustio je pogled prema knjizi, i u tom momentu primetio nešto na klupi. Delimično je sedeo na natpisu ispisanom crvenim markerom. Video je samo reč: „Izabran". Ustao je da pogleda čitav tekst i ostao neko vreme zbunjen. Tekst na koji je seo nadovezivao se na poruku koju je malopre pročitao na vratima.

„Izabran si za velike stvari!"

Počeo je da se osvrće i traži pogledom budalu koja je trošila svoje kvalitetno vreme da bi ga zezala na ovako glup način.

Nikoga nije bilo u okolini.

Vratio se na klupu i nervozno po knjizi tražio mesto gde je poslednji put stao sa čitanjem. Stao je kod poglavlja „Tehnike revolucije", koje je opisivalo događaje rušenja vlasti u državama, pre gotovo stotinu godina. Agenti revolucije, prisetio se poslednjeg poglavlja, presekli su komunikaciju između vojnog vrha i vojske tako što su zauzeli ključna mesta za prenos informacija. Fasciniralo ga je to što je uspeh čitave revolucije ovisio o samo par stotina ljudi. Moćne vojne snage su ostale paralizovane bez komandi, koje su ostale zaglavljene u telegrafskim čvorovima, poštama...

Konačno je pronašao stranicu čiji ugao je savio da bi označio gde je stao sa čitanjem.

Nekih sat vremena kasnije, ustao je sa klupe. Nije bio raspoložen za čitanje, uhvatila ga je nekakva nervoza, kao da je neko propuštao laganu struju kroz njegovo telo. Možda je zaista vreme da se posveti malo i ispitima.

Tromim korakom uputio se kući, izvukavši poslednju cigaretu iz kutije. Bilo je vreme da malo plakne pluća od smoga koji se širio iznad grada. Kriza, pomisio je, ostao je bez para do kraja meseca, ovo su mu bili poslednji nikotinsko-katranski dimovi do sledeće penzije.

Dok ih je lagano uvlačio u pluća i gledao kako mu pod nogama prolazi trotoar pun rupa, prošaran psećim izmetom, opušcima i prljavim zgužvanim papirićima, pred njim se pojavio novi natpis. Ovaj put ispisan kredom na pločniku.

„Gospodine predsedniče, čekamo Vas na stanici."

Pogledao je niz ulicu – nikoga nije bilo. Okrenuo se, ni iza njega nije bilo nijednog pešaka.

Stanici?

Nastavio je dalje, skrenuo iza ugla i pošao preko platoa. Ka njemu se kretao nepoznat čovek prilično izbezumljenog pogleda. Ispod masne, plave, nakostrešene kose sevale su svetloplave oči, iskolačene, poduprte velikim podočnjacima. Bio je obučen u prastaru vijetnamku, ispod koje su virile ofucane farmerke. Videlo se već izdaleka da neznanac vodi buran razgovor sa svojim nevidljivim prijateljima. Ili neprijateljima.

Kada mu se približio, čudak se okrenuo prema njemu i pogledao ga pravo u oči.

„Javiće ti se, ne brini. Nemoj ništa da brineš. DOĆI ĆE PO TEBE!"

Zastao je na momenat, a zatim se okrenuo u stranu i nastavio, smirenijim tonom:

„I meni stavljaju misli u glavu, baš kao i tebi. Tu su, oko nas...kontrolišu moje misli. Ili ja kontrolišem njhove, ja kontrolišem njih..."

Naglo se okrenuo i odaljio od njega, nastavljajući svoj put, i pritom vičući iz sveg glasa:

„DOĆI ĆE PO SVE NAS! SVE JE OTIŠLO DOĐAVOLA! ĐAVO ĆE SVE DA NAS ODNESE, SVE!"

Brana nije imao preteranu želju da prati čudaka i ispituje šta je ovaj hteo da mu prenese. Zadovoljio se time što je prošao neogreban pored problematičnog stvorenja. Nastavio je da pešači i usput razmišlja o onome što mu se desilo danas. Do njega su došle četiri poruke, koje su se nadovezivale jedna na drugu. Svaka od njih je postojala za sebe – da je video samo jednu od njih, verovatno ne bi ni obratio pažnju, ali zajedno cu činile jednu celinu.

Stresao se. Mora da je počeo da ludi od sve ove tenzije oko fakulteta. *Verovatno je slučajnost u pitanju*, pomislio je.

Došao je do zgrade i uhvatio se za vrata lifta. *Konačno su ga popravili, bar neću morati da se penjem uz stepenice,* pomislio je sa olakšanjem. Ušao je u lift i zatvorio vrata, ali nije pritisnuo dugme na tabli sa brojevima. Umesto toga, ostao je da stoji nepomično u kabini, pogleda prikovanog u reči ispisane grafitnom olovkom na vratima koja je upravo zatvorio, dok mu je u glavi titrala jedna jedina misao.

Nije slučajnost.

21.

Milica i Teodor su se, po dogovoru, našli ispod nadvožnjaka, na početku staze pored jezera. Dan je bio savršen – jedan od onih dana kada bi Pariz pozajmio svoje kristalnoplavo nebo, prožeto belim paperjastim oblačićima, svom starom prijatelju sa Balkana. Svež jutarnji povetarac, koji je vazduh činio ne manje prijatnim, postarao se da šetnja do mesta gde se iznajmljuju bicikli bude obojena detinjastim raspravama i Miličinim kikotom. Desetak minuta kasnije, nakon što su iznajmili bicikle, krenuli su u vožnju vijugavim stazicama pored travnatih golf terena, i usput se nadmudrivali na temu fakulteta, te sumorne institucije koja ih je, na neobičan način, spojila. Nakon što su prešli polovinu kruga oko jezera, napravili su pauzu i zauzeli svoje parče hlada na jednoj od drvenih klupa pored staze.

„Mislim da ti se pokakila ptičica na rame", Milica mu je pokazala mesto na majici, „kažu da je to sreća!"

„Njoj sigurno. Mada, da sam ja ptica, verovatno bih organizovao takmičenje. Ne mogu da se ljutim na nju", prokomentarisao je dok mu je Milica vlažnom maramicom čistila košulju.

„Da, zamišljam ih kako lete, gledaju dole i razmišljaju – čovek sa kravatom: dva boda!"

„Ova će morati da se zadovolji samo jednim bodom. Ako ovako nastavi, ništa od medalje."

Teodor se nasmejao, nije skoro imao priliku da se tako dobro uklopi sa nekim. Nije bio siguran da li je to pametno, ali rešio je da sa Milicom podeli svoje strahove i razlog zbog kojeg je došao u grad.

„Zaslužili smo. Ne ja ili ti, već mi kao vrsta. Mi smo jedina vrsta koja nikada nije zadovoljna onime što ima, uvek želimo više, čak i kada to više na kraju bude manje, ili čak – ništa. Ako pravimo kolače, svake godine moramo da napravimo više kolača, nema veze što jedne godine više neće imati ko da ih jede, ali ne – mi ne smemo

100

da napravimo istu količinu kolača kao prethodne godine. To bi bilo strašno", otvorio je temu.

„Znam. 'Napravi više' se nalazi u genima svake korporacije. Proizvedi više nafte, uništi više prirode. Proizvedi više mesa, kljukaj životinje hormonima da bi im meso brže poraslo i život bio kraći, ali profitabilniji...", nadovezala se Milica.

„Užas..."

Teodor se zatim nadovezao pričom o problemu koji sa sobom donosi superračunar čije je skoro pojavljivanje najavljeno, i o svom planu za preživljavanje nadolazeće katastrofe.

Milica ga je slušala u neverici. I do sada je delovao pomalo ekscentrično, ali kada je počeo da priča o *Infinitiju*, na momenat se onaj zabavni mladić preobrazio u zanesenjaka sa potpuno iracionalnim fantazijama.

„Izgleda da si ti stvarno sa planete Nibiru, mislim – znam da stalno nanosimo štetu prirodi oko nas i čitavoj planeti, ali mi nekako to sve deluje tako... neverovatno. Ljudi svake godine najavljuju kraj sveta, i eto nas opet ovde, vozimo bicikle, uživamo ovde u prirodi. Ja ipak verujem da će to nekako da se reši samo od sebe."

„A ako se ne reši?"

„Onda ćeš biti u pravu i – puf, nestaćemo. Samo, neće biti nikoga da ti oda priznanje što si bio u pravu. A ako ja budem pravu, sve će biti O. K, i ti ćeš morati da priznaš da sam bila u pravu. Znači, moj stav je sigurica!"

Ono što je Teodor najviše mrzeo kod logike jeste to što ona, još od Raselovog paradoksa, uporno ruši samu sebe.

„O. K, ti budi u pravu, a ja ću da budem spreman. Ionako sve počinje uskoro, ne govorim o godinama, već o nedeljama."

„Pa eto, biću u pravu, a i ako ne budem, znam ko će da mi pomogne, imam svog superheroja."

Milica je zagrlila svog superheroja, a zatim se okrenula ka njemu i zadržala pogled na njegovim očima. Ovog puta Teodor je vrlo jasno pročitao poruku.

Ono što, srećom, Teodor nije mogao znati je da ovaj momenat i njegov sledeći potez u igri mačke i miša sa Milicom odlučuju sudbinu ove vrste čije ga je ponašanje toliko iritiralo. Blagoslov tog neznanja mu je podario jednu bitnu moć u tom trenutku – moć spontanosti. Teodor je bio ubeđen da duboko veruje u svoju apokaliptičnu teoriju, ali je krajičkom uma ipak želeo da se barem ona njegova najstrašnija predviđanja ne obistine.

Primakao se polako i poljubio Milicu.

22.

Buđenje Infinitija

Infiniti je počeo sa radom baš kako je najavljeno, tačno u dvanaest časova. Sebastijan Braun je sedeo duboko zavaljen u elegantnu, kožom presvučenu, stolicu u svojoj kancelariji i gledao kroz stakleni zid u tim inženjera koji je u susednoj prostoriji radio punom parom. Ispred Sebastijana se nalazio radni sto na čijoj je površini tiho zujao laptop, ekrana prekrivenog raznobojnim grafikonima koji su povremeno menjali boje. Njegov tim je upravo počeo sa prenosom modula koje su godinama zajedno spremali za računar budućnosti. *Budućnost počinje ovog trenutka*, pomislio je. *Vreme će se od sada računati na ono pre Infinitija i ono kada je Infiniti počeo da radi.*

Infiniti se nalazio u jednoj od dobro zaštićenih laboratorija u Hjustonu, ali su preko interneta korisnici širom sveta sada mogli da se priključe na njega i prenesu svoje već pripremljene programe. Ispostavilo se da je mnogo više grupa developera pripremilo programe za izvršavanje na beskonačnoj mašini nego što su kreatori *Infinitija* to očekivali. U prvim sekundama nakon aktiviranja, došlo je do zastoja u prenosu, pošto su, po svemu sudeći, svi timovi koji su imali spreman kôd za transfer na *Infiniti*, držali prst iznad tastera i tačno u podne ga pritisnuli. Ovo je dovelo do zagušenja i pristup *Infinitiju* je nakon pola minuta bio potpuno blokiran.

Sebastijan, i njegovi programeri u susednoj kancelariji, gledali su u zamrznute progres-barove na svojim monitorima. Nakon kraće pauze, propraćene tihim zujanjem računara, neko se setio da bi mogli da se posluže kafom i slatkišima dok se programi za apload ne odmrznu. Udar šećera i kofeina je relaksirao atmosferu u prostoriji i, do sada ćutljivi inženjeri, potpuno fokusirani na projekat, opustili su se i počeli da čavrljaju neobavezno, uz poneki glasan kikot koji je Sebastijan mogao da čuje kroz staklo.

Sat vremena kasnije sve je počelo da funkcioniše kako su tvorci *Infinitija* i zamislili. Debele linije progres-barova su oživele i programeri su uskočili u svoje stolice. Došlo je vreme da ideja, koja se pojavila pre nekoliko godina, konačno prođe test realnosti, i počne da živi svoj život na nečemu stvarnom i opipljivom. Do sada je sav njihov rad bio uložen na stvaranje programa za kompjuter iz mašte. Mašta je, po ko zna koji put u istoriji, postala stvarnost, a oni su imali spreman kod za tu stvarnost. Ostalo je da prođu još nekoliko koraka i aktiviraju svoje remek-delo.

Kreatori *Infinitija* su toliko bili zaokupljeni samim detaljima i problemima oko razvoja beskonačne mašine da se gotovo uopšte nisu bavili pretpostavkama kakav bi programski kod mogao da se izvršava na tom računaru. To zadovoljstvo su prepustili timovima developera širom sveta, nadajući se da će ljudi već sami osmisliti neke sjajne ideje koje bi se pokrenule na ovoj fantastičnoj mašini.

Doduše, nisu očekivali da će neko već imati spreman bilo kakav kompleksniji kod za računar koji nikada do sada, u istoriji, nije postojao.

Pretpostavljali su da će, kada predstave svoj računar, biti pušteni početni testni programi koji će utrti put budućim aplikacijama. Te aplikacije bi, bili su uvereni, omogućile da se dobije lek koji uništava kancer, ili stvorile veštačku inteligenciju daleko vispreniju od ljudske, koja će rešavati probleme prevelike za sadašnji stepen razvoja na kojem se nalazi ljudska vrsta.

Ukratko, njihova očekivanja su bila velika, ali se nisu mnogo bavili scenarijem kišnog dana. Iako se radilo o vhunskim umovima, sva njihova pažnja je bila usmerena na probleme koje obični smrtnici ne bi mogli ni da razumeju, te je malo njihove mentalne snage preostalo za druge probleme koji nisu direktno vezani za funkcionisanje *Infinitija*. Drugim rečima, intelektualna moć koju su tvorci *Infinitija* odvojili za razmišljanja o svemu što se nije direktno ticalo načina na koji će *Infiniti* da proradi je bila na nivou IQ-a prosečne bubamare.

Startovanje kompjutera beskonačne moći strimovali su naučni portali širom planete. Na jednom od prozora Sebastijan je gledao direktan prenos iz laboratorije u kojoj se nalazio *Infiniti*. Direktor tog projekta je, gledajući pravo u veb-kameru, upravo upućivao pažljivo birane reči izvinjenja zbog početnih problema.

Sistemski programeri *Infinitija* su u pozadini pažljivo pratili aktivnosti koje su se sada dešavale na ovoj čudesnoj mašini, gledajući u grafikone i liste na svojim monitorima. Mogli su da vide statističke podatke o programima koji se učitavaju i izvršavaju na *Infinitiju*, ali ne i da razumeju rezultate izvršavanja tih programa.

„Konačno!", uzviknuo je Sebastijan Braun. „Konačno je prošlo, izgleda da smo bili blokirani čitavih sat vremena. Da li je moguće da nisu bili spremni za ovoliki mrežni protok?"

Gledao je na ekranu naziv modula koji je prebačen na server *Infinitija*, koji je upravo počeo da se izvršava. Geneza. Program se izvršio momentalno, baš kako je i očekivao, ali je njegov rezultat doneo talas nervoze i razočarenja među ljude koje je Sebastijan gledao kroz staklo. Neobrijani i razbarušeni, od umora ispijenih lica, crvenih očiju od celonoćnog zurenja u tekstove na monitoru, programeri su se sada hvatali za glave, češkali svoje grube brade ili, naslonjeni na dlanove, netremično gledali u monitore. Sebastijan se okrenuo ka svom monitoru, kliknuo na jednu ikonicu i pogledao rezultat. Slika koju je ugledao bila je poslednja koju je želeo da vidi. Na ekranu se prikazala kompjuterska žvrljotina bez ikakvog smisla i reda. Pikseli na ekranu su se palili i gasili potpuno nasumično, ne odajući utisak bilo kakve strukture i organizovanosti.

Ovo je potpuni fijasko, pomislio je. Iza njega su stajali ostali menadžeri projekta i preko njegovog ramena, u tišini, gledali u neimpresivni rezultat višegodišnjeg mukotrpnog rada. Na mestu žvrljotine je sada trebalo da se nalazi neki živopisni pejzaž virtuelnog sveta. Virtuelna kamera je postavljena tako da prikazuje površinu kompjuterski generisane planete. Umesto pejzaža, dobili su nešto potpuno besmisleno. Svima je bilo jasno da postoji greška u programu i da im ne preostaje ništa drugo sem da postave prekidne tačke i utvrde gde su pogrešili. A to će potrajati.

Za to vreme, na drugim mestima rasutim diljem planete, neki drugi timovi su se grlili i kuckali čašama. Za razliku od Sebastijanovog, njihovi projekti su uspeli. Nisu to bili projekti koji će zbrisati rak sa lica zemlje. Niti programi veštačke inteligencije. Ambicije njihovih tvoraca bile su daleko prizemnije. Ljudi koji su na bilo koji način bili povezani sa enkripcijom i bezbednošću na internetu, znali su veoma dobro čemu jedna ovakva mašina može da posluži, i da može da im donese uzto ili ogromnu količinu novca ili prednost nad protivnicima. A najčešće i jedno i drugo. Većina tih projekata nije bila fokusirana na to da razbije bilo koju šifru, već upravo šifru koja je garantovala bezbednost interneta, sigurnost novčanih transakcija i autentičnost izvora nekog dokumenta.

Sekund kasnije internet više nije bio bezbedno mesto. Neki od timova su radili za tajne službe država koje su imale za cilj da upadnu u šifrovanu komunikaciju svojih neprijatelja, drugi su bili hakeri sa darkneta, koji su već osmislili način kako da počiste novac sa bankovnih računa svojih žrtava, ili preuzmu godinama rudarene i kupovane kriptovalute. Najbenignije su bile infantilne grupe hakera koje su samo htele da se naprave važne i pokažu svoju veštinu tako što bi provaljivanjem šifre upale na nečiji sajt, i ostavile naziv svoje hakerske družine uz, obavezno, neku skroz opasnu sličicu u pozadini.

Ono što ni jedni, ni drugi, ni treći nisu pretpostavljali jeste da nisu jedini koji će moći da prolaze kroz vatrene zidove interneta, i da će upravo svojim delovanjem obesmisliti i banke, i kriptovalute, pa i sam novac koji su na ovaj način preusmerili na svoje račune, dok će prepiska neprijatelja tajnih službi postati krajnje neinteresantna nakon pošasti koja je vrebala iz mraka jedne skoro sasvim prosečne tinejdžerske sobice zapadnog sveta.

Sa prvim zujanjem *Infinitija* zver je počela da se budi i sprema da isisa čaroliju života iz materije oko sebe.

Nijedan od ovih događaja nije dopirao do svesti Sebastijana Brauna. Njegova najveća briga u ovom trenutku bio je neuspeh njegovog projekta. Nije smeo da dopusti da njegov tim sada napuste energija i entuzijazam. Morali su da poprave stvar, pre nego što neko od sponzora zaključi da je novac uložen u razvoj *Geneze* uzaludno bačen. Ušao je u prostoriju u kojoj su se nalazili programeri, sačekao trenutak da se primire, a zatim im se obratio:

„Znam da ste svi nervozni zbog početnog neuspeha, svi bismo voleli da je motor upalio iz prve, ali setite se da ni Edison nije napravio sijalicu iz prvog pokušaja. Naporno ste radili čitavu prethodnu noć i želim da vam se zahvalim na požrtvovanju. Idite kući i dobro se odmorite, vidimo se sutra ujutro, pa ćemo odmorni isterati zeca iz žbuna. Naš program će proraditi! Imamo računar na kome može da radi. Ako nije proradio danas, proradiće sutra. Pobeda je pred nama!"

Tenzija je polako splasnula, posle doživljenog fijaska, ljudima su bile potrebne ove reči ohrabrenja.

„Doneo sam šampanjac. Mislim da treba da slavimo. Ono što smo u našim snovima predvideli, danas se desilo. Desio se *Infiniti*!"

Čaše su se podvlačile pod flašu iz koje je lilo penušavo piće i umorni ljudi su počeli da nazdravljaju jedni drugima. Ovo je bio zaista velik i naporan dan za sve njih.

Sada se u velikoj kancelariji, ispunjenoj radnim stolovima i računarima, već čuo žamor ljudi koji su počeli među sobom da komentarišu šta im se sve dešavalo tokom noći i na koji problem sumnjaju. Nakon nekog vremena su, jedan po jedan, počeli da napuštaju kancelariju. Sebastijan ih je pratio pogledom kroz prozor kada bi izašli iz zgrade ka velikom parkingu u potrazi za svojim automobilom.

Drveće raspoređeno oko parkinga bilo je pažljivo izabrano da daje bajkovit kolorit čitavoj slici. Sebastijan se užasavao te slike, ali je morao da prizna jednu stvar – svakodnevni pogled na nju ga je naučio da ceni nesavršenstvo. Možda je i bolje ovako, današnji fijasko ga je razočarao, ali mu je dao motiv da se probudi sutra i zapne iz sve snage da postigne uspeh i uradi ono što je zamislio.

Vreme je da pođe kući, naporan dan i neuspeli test isisali su svu energiju iz njega.

„Rešićemo to sutra", izgovorio je poluglasno dok je zatvarao vrata za sobom, pošto je poslednji od svih napustio kancelariju.

23.

Na drugom kraju planete, u sobi jednog tinejdžera, informacije su menjale svoj oblik, i sa hard-diska širile se u etar preko kućne vaj-faj mreže, a zatim krčile svoj put, skačući sa rutera na ruter, do svoje krajnje destinacije.

Dok su iz zvučnika praštali reski rifovi distorzije, „March of the S.O.D." je iz zamračene sobe otpratio poslednje bajtove koda sa laptopa iznad kojeg je visio poster Alistera Kroulija, čije su izbuljene oči pažljivo pratile dešavanja u prostoriji. Kristofer, plavokosi tinejdžer svetle puti i oštrih crta lica, hladnoplavim očima nepomično je gledao u monitor, fokusiran na progres-bar na ekranu koji je izgarao poput zaboravljene cigarete u piksli, odbrojavajući poslednje bitove ljudske civilizacije.

Nekoliko minuta kasnije, nakon što se program uspešno izvršio na *Infinitiju*, mlado stvorenje još neogrubele kože, koje je svojim mekanim prstima pokrenulo programski kod, tu informaciju je prihvatilo prilično hladno – nije osetilo udar adrenalina, na njegovim usnama se nije pojavio pobednički osmeh, talas ushićenja nije preplavio njegovo biće. Uspeh se za njega podrazumevao, i potpuno je bio svestan posledica koje taj uspeh vuče za sobom. Nije bio srećan zbog onoga što upravo radi. Znao je da to nije bio njegov izbor, već njegova sudbina.

Prstima je u ruci neko vreme prevrtao glatki, metalni predmet koji je uvek nosio sa sobom – niklovanu glavu satane. Vratio se za tastaturu, rezultat programa potpisao elektronski i potom ga prosledio na pripremljenu imejl-adresu. Uskoro će u jednoj biohemijskoj laboratoriji biti generisana mala količina supstance čije je postojanje njegov program upravo otkrio, pretražujući imaginarni stog sena slamku po slamku. Recept za spravljanje supstance nalazio se u mejlu koji je poslao koristeći nalog krišom ukraden od očuha. Tehničari u laboratoriji će, potpuno nesvesni svoje uloge u događajima koji će uslediti, po tom uputstvu proizvesti najveće remek-delo destrukcije koji je ljudski rod ikada stvorio.

Godinama nakon nesreće koja ga je snašla još kao dečaka, Kristofer je bio besan na čitav svet. Otac ga je ostavio. Nije samo otišao iz kuće, ili u drugi grad, kao što to čine ostali ljudi nezadovoljni svojim životom. Ne, on je morao da svoj čin izvede na neopoziv način – odlučio je da napusti svet.

Da stvari po njega budu još gore, sa majkom Kristofer nikada nije ostvario prisan odnos. Ona je bila opsednuta svojom perfekcionističkom vizijom života. U njenom svetu sve je moralo da izgleda savršeno, uređeno, čisto i lepo. Upravo tako – da izgleda. Šta se zaista nalazilo iza te fasade lažnih osmeha i kataloški sređenih prostorija u kući, to njoj nije bilo bitno. Kristofer je znao da ništa na ovom svetu nije bilo savršeno, niti je trebalo tako da izgleda. Na fotografijama kojima je kitila svoje profile na društvenim mrežama su, pretpostavljao je, delovali kao savršena porodica. Osmesi, zagrljaji, poljupci, fotografije sa plaže, iz restorana, muzeja, trgova i parkova, izabrane od hiljada neuspelih pokušaja, filtrirane, modifikovane i ulepšane, trebalo je da budu supstitucija za njihovu mizernu dnevnu stvarnost.

Za razliku od živih boja koje su ga okruživale na profilnim slikama, Kristoferov duh davio se u moru sivila. Svaki dodir koji je osećao bio je siv, vazduh koji je udisao bio je siv, svaka njegova ćelija nosila je u sebi turobnu težinu sivila, i vremenom je počeo da se najbolje oseća u takvom ambijentu. Osmesi, koje je bio nateran da razvlači na svom licu u svakoj prigodnoj prilici, kidali su mu dušu više nego bol koju je voleo da nanosi sam sebi. Tupost njegovih staratelja ga je posebno iritirala. Kao zamenu za pokojnog muža, majka je našla osobu čiji se karakter mnogo bolje uklapao u njen koncept života. Dovela je čoveka sa plastificiranim osmehom implantiranim u lice, kojem je posebno smetalo Kristoferovo oblačenje u crne majice i farmerke, muzika koju sluša, minđuše u nosu i obrvi. Takav dečak je iritantno štrčao na slici srećne porodice ispod koje je bio ispisan njegov moto: „Uspeh donosi uspeh!".

Konstantno su pokušavali da ga preobrate u nešto veselo, lepršavo i zombirano, to jest, u jednog od njih. Iako je bes zbog izdaje koju je otac počinio tinjao sve ove godine u Kristoferovom srcu, on je i dalje ostao jedina svetla tačka u njegovom dosadašnjem životu. Utrobu mu je izjedalo to što, i pored velike bliskosti sa ocem, ni u jednom trenutku nije uspeo da nasluti šta će se desiti. Kasnije je hiljadu puta vraćao film unazad i prisećao se detalja koji su mogli da ga upozore na ono što dolazi.

Bez oca, ostao je usamljen, sa idiotom koji je našao društvo još jednog idiota. Najstrašnije od svega je to što su ta dva stvorenja imala odlučujući uticaj na svaki aspekt njegovog života. Ponekad bi imao utisak da se čitav svemir urotio protiv njega.

Nemoć se hladila u bes koji je poprimao jedno novo lice, lice osvete. Ne očuhu i majci – oni su bili beznadežni slučajevi, koji su nesrećnim ishodom bacanja kockica u kosmičkom kazinu zapali baš njemu, već čitavom prokletom univerzumu koji ga je kaznio na ovako surov način.

Počelo je godinu dana nakon tragedije. Vremenom se isključio iz društva i slobodno vreme počeo da provodi sam u svojoj sobi. Dok je bezvoljno krstario internetom, naleteo je na lik Alistera Kroulija, i njuškao put koji se od te raskrsnice granao u raznim pravcima – preko rok muzike do društava i organizacija koje su otvoreno ili prikriveno slavile satanizam. Mnoge od tih organizacija su tražile moć u raznim bizarnim i često mračnim ritualima koje su propagirale njihove duhovne vođe. Ništa od toga mu nije delovalo zaista delotvorno, ali nije želeo da odustane. Tražio je svoju formulu.

Na jednom od internet foruma darkneta na koji je nabasao u svojoj potrazi, vodile su se maratonske rasprave na temu potpunog uništenja koje su mu privukle pažnju.

Bilo je raznih ideja, od one o zasipanju planete snažnom radijacijom, koja bi potrajala sledećih stotinu godina, upotrebom kobaltne bombe, pa sve do bizarnih ezoteričnih satanističkih obreda kojima je cilj bio da na ovaj svet prizovu gospodara tame.

Neke ideje su mu zvučale interesantno, ali neizvodljivo iz njegovog ugla. Druge su bile ostvarljive, ali suviše ograničenog dejstva.

Kada je već bio na ivici odluke da napusti forum, jedan od učesnika napisao je nešto što mu je privuklo pažnju. Osoba koja se, očigledno lažno, predstavljala kao eminentni fizičar sa Balkana, spomenula je teorijsku raspravu koju je imala u nekom, kako je navela, elitnom klubu naučnika, o percepciji vremena, njenom izvoru i načinu na koji se percepcija vremena odražava na kontinuum događaja u stvarnosti. Zaključak rasprave bio je da će nestanak poslednjeg živog bića povući u ponor ništavila i preostali, neživi univerzum. Kada život utihne, neživa materija neće pokazati preveliko interesovanje za sled trenutaka u vremenu, što će dovesti do potpunog rasula u redosledu događaja, samim tim i vreme će, kao takvo, izgubiti svoj tok, raspršiće se u prazninu nepostojanja, i povući sa sobom čitavu vaseljenu. Svoje izlaganje zaključio je jednim „Puf!”

Iako se činilo da je osoba koja je to napisala bila prilično neozbiljna, upravo to je bio momenat kada je Kristofer otkrio tanku crvenu nit koja prolazi kroz svaku česticu vasione. Ostalo je još samo da nađe način da je povuče, i vasiona će se, poput starog džempera, rasparati i rasuti u beskraj nepostojanja.

Začela se ideja koja je vrebala svoj momenat duboko ispod slojeva njegove podsvesti već godinama. Trebalo je još samo da smisli kako!

Zadatak je bio nerešiv na prvi pogled, ali je Kristofer verovao u svoj intelekt, i samouvereno počeo da pretražuje internet ne bi li došao do rešenja problema koji je postavio pred sebe.

Sada, nakon samo nekoliko meseci, to rešenje je držao u rukama.

Ne – svet neće čuti za Kristofera!

Neće biti tog sveta koji bi mogao da čuje za njega.

Infiniti mu je upravo doneo poklon o kojem je već duže vreme maštao. Kada je skinuo mašnicu sa tog poklona, pritiskom na dugme pokrenuo je lavinu koja će odneti sa sobom čitavo ovo prokletstvo u zaborav.

Ostalo je samo da čeka.

Pustio je sa plejliste, otvorene na monitoru, numeru „The Call of Ktulu" i zavalio se u stolicu, sa rukama prekrštenim iza potiljka.

Zažmurio je i prepustio se zvuku koji mu je telo napajao sirovom, mračnom energijom.

24.

Jedan zaista jednostavan univerzum

Dok se penjem uz stepenice, moj um se budi. Gledam ispred sebe u igru svetlosti koja se lomi kroz pravilne oblike. Podižem pogled i zurim u visinu.

Ne vidi se kraj.

Bacam pogled unazad, ka dole.

Ne vidi se početak.

Oko mene je svetlost. Udišem lagano vazduh, bez napora.

Ne vidi se zemlja. Ne vidi se sunce. Nema oblaka. Nastavljam da se penjem. Ne znam kuda idem. Ne znam odakle dolazim. Ne sećam se, ko zna, možda i znam, ali se ne sećam. Ne stajem, ne pokušavam da stanem. Ne želim da prestanem da se penjem.

Pokušavam da se setim. Usput, ionako imam vremena. Dug je put preda mnom. Gledam u stepenice, podižem pogled i pratim njihovu vijugavu liniju kako ide u beskraj. Predivne su, zaista! Ne osećam umor. Možda sam mrtav. Ako sam mrtav, živim svoju smrt.

Ugledah čoveka. Kolega. Penjač. Bar bih ga ja tako nazvao. Vidim ga na susednim stepenicama. Zapazio sam ih pre nekoliko sati u daljini, sada su već mnogo bliže, ne dovoljno da bih mogao da doviknem nešto kolegi. Njegove zavijaju negde u visinu, baš kao i moje. Ni njegovim se ne vidi kraj. Niti se vidi ukrštanje sa mojim stepenicama.

Nisam mu ni mahnuo, ne vidim zašto bih.

Idem napred. Gore.

A da skočim? Malo me je strah... Ipak ću nastaviti napred. Gore.

Već odavno sam sâm. Kolega je nestao u izmaglici. Sa njim i njegove stepenice. Sada bih već zaista voleo da sam blizu kraja. Baš me zanima šta je gore. Na vrhu. Posle poslednjeg stepenika.

Ne osecam glad. Ni umor. Jedina potreba koju osećam je potreba da se penjem. Mrtav sam, to je jasno. Verovatno me na vrhu čeka presuda. Pakao ili raj. Ili je presuda vec izrečena, i sada se nalazim u nekoj vrsti pakla. Ili raja. Ne osećam bol. Ni patnju.

Mislim da je odgovor na vrhu. Kod poslednjeg stepenika. Možda me čeka večita patnja, ali ipak želim. Želim da saznam. Da vidim. Poslednji stepenik.

Bleda bela svetlost se prelama ispod mojih nogu. U pravilnom ritmu. Dok noge rade svoj posao.

Sada mi je žao što nisam mahnuo kolegi. Mislio sam da će ih biti još na putu. Bliže. Možda je ipak mogao nešto da mi dovikne. Nedostaju mi boje. I mirisi. Ovo suviše dugo traje da bi bio samo san. Definitivno sam mrtav.

Primetio sam nešto neobično u svom ponašanju. Ne želim da idem dole. Otkako sam svestan sebe, penjem se gore. Uopšte i ne razmišljam o drugoj opciji.

Osećam blagi povetarac... prija mi.

Možda poslednji stepenik ne postoji. Možda ja jednostavno volim da verujem u tako nešto. Kako god, nemam baš mnogo izbora. Ukoliko je ovo stepenište večnost i ja hodam po njoj, mogu samo da ostanem ili da skočim. A da skočim mogu uvek. Ako postoji poslednji, doći ću do njega kad-tad. Ionako sam mrtav. Kako ću znati kada da skočim ako ne postoji, ako je ovo večnost? Pitaću kolegu. Moramo se sresti bar još jednom. Negde.

Mogao bih da brojim stepenike. Otprilike su visoki oko deset centimetara, tako mogu da izračunam koliko sam se popeo. Imam samo jedan mali problem. Ako ih brojim, neću moći da razmišljam o drugim stvarima. Uostalom... zar je bitno. Zaustaviću se na deset hiljada. Tako ću znati da sam se popeo kilometar. Jedan, dva, tri...

... devet miliona devetsto devedeset devet hiljada devetsto devedeset i devet, deset miliona. Deset miliona. Popeo sam se hiljadu kilometara. I još nema poslednjeg. A ni kolege. Ne ljutim se. Smrt je konstanta.

Za razliku od vremena.

$$****$$

Prestao sam da brojim odavno. Dosadilo mi je. Popeo sam se desetine hiljada kilometara do sada. Očigledno da broj ovde nije bitan. Matematika je postala irelevantna. Jedina konstanta koja prožima svet živih nestaje u svetu mrtvih. Možda je u tome i razlika. Obod matematike je granica između sveta živih i mrtvih. Mesto gde se razilaze duša i telo. Gde razum gubi tlo pod nogama. Ili je moj razum gradio sebe na jednom tlu, a sada živi na drugom.

Počela je kiša.

Ne postoje dani. Kiša je prestala. Ali postoji vreme pre kiše. Svi stepenici su isti. Ili bar liče jedni na druge. Ne vidim razliku. Postoji samo prelazak sa jednog na drugi. I nema umora. Postoji želja da se stigne do poslednjeg. A zašto? Zašto insekt koji živi samo jedan dan želi da pronađe ženku i stvori novog, istog takvog insekta pre nego što nestane? Zašto samo ne nestane? Zašto i ja samo ne nestanem? Ovde nema insekata. Kako to da znam za insekte? Ali znam. I znam da znam. Zašto je smrt tako duga? Života se više i ne sećam.

Važno je da ipak stignem. Želim da vidim kraj. Možda sam samo radoznao. Možda je ovo ipak neki test. Možda propuštam nešto sve vreme. Misli su mi ipak čiste. Ne osećam umor, bol. Nemam drugih potreba, samo čujem svoj glas. I osećam da moram da idem gore. I sâm sam. Ako izuzmem onog kolegu na drugom stepeništu. Uvek idem nagore. Bar za sada. U redu, matematika još nije umrla. Uvek idem nagore. Kao što i vreme ide napred. Mogu da brojim. Mada mi ti brojevi sada ništa ne znače. Možda udaljenost od kolege ipak ima nekog smisla. Ili od samog početka. Od mog početka ovde. Ili od kiše. Mogao bih da merim vreme. U stepenicama.

A možda.... možda ove stepenice i jesu vreme. Ili projekcija vremena na ovu verziju života. Ili smrti. Vreme nas gura samo napred. Nemamo želju da krenemo unazad. Ili mislimo da nemamo.

Možda i nisam mrtav.

Šta ako je ovo samo dug san?

Možda postoji poslednji. Možda je ovo samo moj beg u drugu realnost. Možda je vreme da se vratim. Da izađem. Da nagazim. Na poslednji stepenik.

Zovem se Sebastijan Braun, to je sve što znam o sebi.

I znam da moram da se penjem.

Gore!

25.

Uspeh jedne ideje

Sebastijan Braun je digao trijumfalno obe pesnice uvis.

„To!"

Uspeli su. On i čitav njegov tim programera proveli su nekoliko besanih noći čisteći bagove iz programa, ali trud se konačno isplatio. Prva testna verzija je proradila. Nije više bilo kompjuterskih žvrljotina po ekranu. Konačno je video nešto konkretno.

Za početak, nije konstruisao čitavu planetu, hteo je da ima čistu situaciju da bi lakše proverio sve funkcionalnosti ubacivanja likova u virtuelni prostor. Stvorio je potpuno pojednostavljen svet sa samo dva odrasla čoveka u njemu. Dve kreature bile su napravljene po njegovom liku. Nije mogao samo da ih ubaci u prazan prostor, trebali su mu neki elementi realnosti. Uzeo je deo okruženja iz jedne video-igre čiji kod je bio podeljen na internetu kao *open source*. Od svih komponenti koje je pregledao, većina je bila prilično neupotrebljiva. Najsimpatičnije su mu bile stepenice. Povezao je kod koji je skinuo sa svojim programom i stvorio beskonačne stepenice. Dovoljno je bilo da doda samo dve programske linije kako bi napravio prostor u kome će se kretati njegova virtuelna kopija. Uradio je jedan kopi-pejst i dobio dva beskonačna stepeništa.

Želeo je da vidi i neku interakciju likova koje stvara u virtuelnom svetu, zato je sve duplirao. Aktivirao je aplikaciju na *Infinitiju* i virtuelnom kamerom prišao jednom od likova koje je program kreirao. Zaista je neverovatno ličio na njega. Posmatrao ga je kako se penje, osvrće zbunjeno i gleda stepenice koje su se iz bezdana izdizale uvis. *Virtuelni mučenik*, pomislio je, *ništa mu nije bilo jasno.*

Isključio je proces starenja, potrebu za hranom, vodom, i prepustio njegove dve virtuelne kopije svojoj sudbini.

Prebacio je zatim virtuelne kamere na mesto i vreme gde se dva stepeništa približavaju dovoljno da dva Sebastijana mogu da se dovikuju među sobom. Međutim, kada su prišli dovoljno blizu jedno drugom, ništa se nije desilo. Nije bilo nikakve komunikacije među njima, tako da nije mogao da vidi na kom nivou inteligencije se nalaze. Mogao je da vidi fizičke odlike. Po tom pitanju sve je bilo u redu, baš onako kako se i nadao, ali nije znao šta se dešava u glavama dva prototipa.

Ostavio ih je u njihovoj penjačkoj stvarnosti, pustio je aplikaciju da se izvrši do kraja, to jest do kraja vremena u njihovom svedenom univerzumu.

A zatim je počeo da priprema pravi test, onako kako su ga u početku zamislili, gde će u kompjuteru simulirati čitav univerzum, od početka vremena. Od prve tačkice.

Pozvao je sve tim lidere u svoju kancelariju. Sada stvari postaju interesantne.

Grupa od četiri muškarca i tri žene je ušla u kancelariju, čavrljajući među sobom. Kada su se konačno svi stišali, Sebastijan je teatralnim tonom započeo sastanak.

„Drago mi je da ste svi tako dobro raspoloženi. Imam sjajne vesti za vas!"

26.

Izabranik

Jedna zemlja, jedan grad, jedna autobuska stanica. Na stanici ljudi čekaju, među njima jedan mlad čovek.

Ljudi oko njega stoje nepomično i bulje u svoje telefone.

Bulji i on.

Pronašao je na *storu* aplikaciju koja glumi društvenu mrežu. Otvara je i pravi se da se dopisuje sa nekim. U stvari nema nalog na mrežama, ne želi da ga iko prati. U poslednje vreme taj osećaj mu uopšte ne prija. Ali želi da se uklopi. Želi da bude deo gomile, da ne bude različit. Autobus dolazi, ljudi ulaze u njega. On ostaje, pretvara se da čeka sledeći.

Čeka ih.

Gleda krišom ljude oko sebe. Da li neko nešto primećuje? Da li sumnjaju? Momak u uglu se na momenat okrenuo ka njemu i pogledi su im se susreli. Srećom, trgnuo se i brzo vratio pogled na ekran svog telefona. Momak gleda nekog tjubera, upravo mu se otvorio sledeći video i odvratio mu pažnju od njega.

Dolazi četrdesetčetvorka, poluprazna. Svi ulaze, i on ostaje potpuno sam na stanici. Žena koja prodaje novine provodeći dane zatvorena u limenoj kutiji, čiji je jedini prozor u spoljašnji svet taj maleni otvor okićen kutijama žvakaćih guma, kesica sa grisinama i svom mogućom žutom štampom, uputila je podozriv pogled ka njemu.

Pretvara se da se, iznerviran, nečega setio. Kreće sa stanice ka zapuštenim zgradama dok autobus odlazi. Naglo se okreće, kao da je odustao od prvobitne namere, i vraća se nazad. Prodavačica izviruje iz trafike i kriomice ga posmatra dok tobož slaže dnevne listove ispred sebe. U tom momentu njen mobilni telefon počinje da u uličnu buku utiskuje zvuke popularnog hita još popularnijeg izvođača, koji bi se sasvim dobro snašao i kao drvoseča da se nije slučajno dohvatio mikrofona i zapao za oko i uho ljudima koji umeju da namirišu dobar materijal za udar na otupele emocije prosečnog konzumenta muzičkih proizvoda.

Neko voli nekog, neko se rastaje od nekog, neko pati za nekim, neko želi da ode od nekog... Bože, koliko li varijacija na tu temu uopšte postoji, zapitao se. *Dobro, postoje i kombinacije sa raznim imenima...*

Dok je u glavi pokušavao da izračuna maksimalan broj hitova koje bi trenutni kreatori muzičkog ukusa mogli da iznedre, prodavačica je prekinula intonaciju iritirajuće melodije pritiskom na sličicu zelene slušalice, i vrlo brzo zaboravila na njega, zaokupljena razgovorom.

Čekam ih vec dugo. Lokacija bi trebalo da bude tačna. To je ova stanica.

Čuo je glas iza sebe.

„Gde si, majstore!”

Okrenuo se. Samo mu je on još trebao! Crna kosa, sa strane kratko podšišana, kestenjaste oči i gusta hipsterska brada, koja je natkrivala kariranu košulju njegovog prijatelja, bio je poslednji prizor koji je mogao da ga oraspoloži u ovom trenutku.

Gugl!

To mu je bio nadimak, većina ljudi iz kraja ga je znala po njemu, jer je imao vremena i teme za svakoga. Nekada bi mu i prijalo da se ispriča sa Guglom, ali sada je svaka tema bila pogrešna. Moraće da smisli način da ga se otrese.

Osećam da je danas taj dan. Danas su morali da se pojave.

Gugl počinje da brblja, i on se pravi da ga sluša, da ga interesuje to što priča dok cupka i okreće se čekajući da se pojave.

Dok se pred njim razvijaju političke teorije, kataklizmična predviđanja i analiza stanja andergraund scene u gradu, on razmišlja o vremenu.

Vremena nema, vreme prolazi.

Ima tačno vreme, ali ne i datum. Zato dolazi ovde svaki prokleti dan, u prokleto isto vreme, i stoji prokletih pola sata. Stoji i čeka. Trudi se da deluje neupadljivo, koliko može. Problem su svi ti ljudi oko stanice. Ova prodavačica u trafici ga je zapamtila, iako je već treća u poslednjih pola godine. Srećom, trenutno je njena pažnja potpuno zaokupljena razgovorom i ne primećuje svet oko sebe.

Juče je kod nje kupio dopunu za mobilni, pošto je počela da mu se osmehuje.

Kao, znaju se.

Gugl, koji je potrošio petnaestak minuta svog kvalitetnog vremena da ga zaspe gigabajtima informacija, ipak je na kraju shvatio da ima važnijeg posla danas – ugledao je auto u kome su se nalazila tri mlada čoveka.

„Evo je mlada ekipa, sprema se za neku akciju večeras", prekinuo je svoju analizu svetskih zbivanja.

„Znaš kako kažu – gde su mladi, tu je i šala", namignuo mu je uz bezobrazan osmeh.

Mahnuo je veseloj sadržini automobila koji je uprvo prolazio pored njih i, nakon što se auto naglo zaustavio, uskočio u njega.

****

Pogledao je u odlazeći auto, a zatim u nebo. Oblačno je.

Nebitno, mislim da vreme ne utiče na njihov dolazak.

Zimus je bilo baš nezgodno, prisećao se. Problem mu nije predstavljala hladnoća, vec čopor uličnih pasa koji je iz nekog psećeg razloga umislio da je ovo njihova teritorija i da je on svojim prisustvom ugrožava.

Izgleda da su shvatili da se stalno pojavljuje ovde pa su počeli da ga posmatraju kao neprijatelja koji želi da zauzme njihovo pseće kraljevstvo. Imao je par baš nezgodnih situacija, i od tada uvek nosi kišobran sa sobom. Čak i kada je sunčan i vedar dan.

Ljudi u kraju su počeli da ga prepoznaju po tome. Javljaju mu se iako ga čak i ne poznaju.

Čudni su, ponekad. Baš su čudni, pomislio je.

Ovde je već neko vreme. Preciznije, od rođenja. Odlično se uklopio u okolinu, ovde je svako čudan na neki svoj način. I on je na svoj. Zato se i ne izdvaja.

Nisam siguran kako bih se snašao na nekom drugom, normalnijem mestu, pomislio je.

Ima dosta prijatelja, mada ni sa kim od njih nije delio svoju tajnu. Ne želi da ih opterećuje, a i plaši se da ne bi razumeli. To je njegovo lično iskustvo. Uostalom, kako bi neko slepom čoveku mogao da objasni boje?

Poruke dolaze same od sebe. Nadovezuju se jedna na drugu, i on zna da je tako! Samo on.

Ne znam ko ih šalje, ali znam da poruke stižu do mene. Zato i znam da će doći. Napisali su da dolaze. Baš ovde, na ovu stanicu, u ovo vreme. Jedino nisu napisali dan. Nikako nisam mogao da odgonetnem o kom danu se radi. Znam samo vreme, razmišljao je.

Već neko vreme je nailazio na te poruke. Prvi put je delovalo kao slučajnost.

Međutim, poruke su nastavile da se nadovezuju jedna na drugu.

To nije slučajnost. To ne moze biti slučajnost. Znam da imam kontakt. Isto tako znam da drugi ne smeju znati. Ako bih ikome rekao, ne bi mi verovao. Zato je bolje ovako.

Nakon što je pročitao prvu poruku, narednih dana nastavile su da pristižu nove, nekada napisane dečijim rukopisom na novčanici koju bi našao na putu do prodavnice: „Dobro jutro, predsedniče!", ili na zamagljenom ogledalu u toaletu noćnog kluba: „Vaš narod nestrpljivo čeka na Vas!", ili od naslaganih kamenčića na plaži pored reke, baš na mestu gde je redovno dolazio da čita knjigu. Svaka od njih sama za sebe nije značila ništa, i niko mu ne bi poverovao u priču kada bi je pokazao. Sve i da pokaže nekome poruku, izgledalo bi kao da je umislio da neko želi da baš s njim kontaktira. Već su ga smatrali čudakom, i nije mu bilo potrebno da to potvrđuje sumanutim pričama o tajnim porukama.

U porukama koje je dobio saopšteno mu je da će neko doći po njega baš na ovoj stanici i baš u ovo vreme, ali ne i kog dana.

Prvi put je došao iz čiste radoznalosti, i pomalo se razočarao kada se ništa nije desilo. Vremenom mu je dolazak na stanicu u navedeno vreme postala opsesija, deo dnevne rutine.

Dolazi jos jedna četrdesetčetvorka. Ovo je već treća u petnaest minuta. A sadašnji predsednik je rekao da će se tu napraviti red. Da će autobusi dolaziti na dvadeset minuta.

Toliko o politici i sadašnjim političarima. Nisu uspeli ni cveće da posade u žardinjere, čemu onda priča... on bi to sigurno uradio mnogo bolje. Samo da dobije šansu.

Gleda prekoputa u stariju ženu koja prodaje čarape na ulici. Nije tu bila juče!

Da ga nisu otkrili? Možda ipak neko sumnja na njega. Suviše se trudi da ga ne primećuju. A ovde ga već svi znaju.

Namerno joj prilazi i, kao, gleda čarape. Sintetika – takva je i cena. Pogleda je sumnjičavo, ali njeno lice ne odaje nikakve emocije.

„Pobeže ti četresčetvorka", dobaci mu.

Još jedna. E moj predsedniče sadašnji. Ni četresčetvorku ne možes da dovedeš u red. Ni cveće u žardinjerama.

Moraću to da izmenim kada dođu. Jedino što ne znam koliko ću ostati ovde. Znam samo da dolaze. Pretpostavljam da ću biti zadužen za kontrolu. Pošto sam rođen ovde, valjda najbolje poznajem situaciju.

Pogledao je oko sebe opet.

Nema ih...

Krenuo je nervozno ka klupi na stanici. Kada je stigao do nje, nije imao živaca da sedne pa je krenuo nazad ka banderi.

I tako nekoliko puta. Ni sam nije znao tačno koliko.

Veče se već spuštalo i nebo je dobilo ružicastosivkastu boju od smoga koji se nadvijao nad gradom. Oblaci su bili razvučeni po horizontu kao nagoveštaji nadolazećih promena.

To je to! Baš kao u snu! Osetio je taj momenat. Danas će doći sigurno!

Komuniciraju već dugo, siguran je da nisu odavde. Ne odavde – iz kraja, već odavde – iz ove zemlje. Ili iz ove dimenzije, kao da je bitno.

Način naše komunikacije je potpuno neobjašnjivo iskustvo.

Nekada mu ostavljaju slike umesto reči.

Stihovi mu dolaze u um.

Snovi.

Ništa što bilo kome može da prenese. Ali on zna. Zna da komuniciraju. Zna da dolaze. I zna da je njihov izbor.

Čeka ih već godinama.

Ljudi ga gledaju. Izgleda da je počeo suviše glasno da razmišlja. Ili da pravi čudne grimase. Gledaju ga, neki zapanjeno, neki sa sažaljenjem u očima. Neki se prave da ga ne gledaju, ali ga gledaju.

Navikao je na to.

Znaju ga. Zna i on njih. I ovog lika koji svaki dan trči do stanice i okrene se pa nazad. Trenira. Čudak.

I ekipu koja svako veče sedi na klupi u parku iza stanice u oblaku dima egzotičnog mirisa.

Sve ih zna. I oni njega znaju.

Bar misle da ga znaju.

U tom momentu, iznad njega je proleteo helikopter-igračka. Ljudi koji su se zatekli na ulici okrenuli su glave prema zujećoj napravi, u čudu. Desetak sekundi kasnije je nestala iza zgrada.

Konačno se smirio i našao svoje mesto na stanici, odmah pored stuba zgrade. Stajao je i čekao.

Veče se polako pretvaralo u sumrak. Sumrak u noć.

Nisu došli.

Stoji na stanici gradskog autobusa među ljudima. Devojčice stoje pored njega namirisane i obučene za noćni izlazak. Glasno se smeju.

Ne njemu, imaju svoje teme. Uvek iste. Svako veče je isto, iste priče, samo su lica i imena druga. Tako već godinama. *Sredovečna žena koja, naduvenog lica, stoji i drži dete za ruku, sigurno je isto to radila pre desetak godina*, pomislio je.

Pola sata je prošlo. Još jedno propalo veče. Moraće polako da krene kući, gotovo je za danas. Ući će u autobus, kao i uvek, da bi ostavio utisak da ga je zaista čekao, a onda sići na sledećoj stanici i peške se vratiti kući.

„Gospodine predsedniče!"

Glas iza njega ga je trgao. Nije mu bio poznat, i zvučao je veoma odlučno i, u isto vreme, blago.

Okrenuo se i video nepoznatog, starijeg čoveka u, reklo bi se, prilično skupom tamnom mantilu.

„Došli smo po Vas. Vreme je."

Pomislio je da, uprkos uloženom trudu, ipak previše odskače od mase koja ga okružuje. Verovatno pokušavaju da ga prevare, idu mu niz dlaku dok ga ne odvedu. Starija žena koja prodaje čarape je bila loš znak, trebalo je da ode čim je primetio da se nešto čudno dešava.

„Službeni automobil Vas čeka na padini iza zgrade."

Ne veruje mu ni reč. U porukama je zaista spominjan automobil, ali se ne seća ovog u odelu. Osmotrio je na momenat ljude oko sebe. Pravili su se da gledaju svoja posla.

„Hoćemo li, gospodine predsedniče?"

Krenuo je bojažljivo sa strancem u odelu. *Verovatno me je izdala ta prokleta navika da suviše glasno razmišljam*, pomislio je. Neko je čuo šta je pričao i prijavio ga. *Sada su došli da me pokupe i nakljukaju lekovima...*

Izašli su iza zgrade i popeli se uz stepenice, uputivši se prema padini. Podigao je pogled i ugledao ambulantna kola. Ako ga sada odvedu, neće biti ovde sutra, a možda se baš tada pojave! Počeo je da smišlja plan kako da umakne strancu.

Dok mu je srce divljački tuklo, osećao je kako krv juriša kroz vrat ka mozgu i tera ga da se napregne i nađe izlaz iz užasne situacije u kojoj se našao.

Korak po korak su napredovali ka ambulantnim kolima, kada je u jednom momentu osetio kako stranac lagano stavlja ruku ispod njegove miške. Noge su mu se odsekle, ovo je bio poslednji trenutak kada je mogao da nešto uradi, već su skoro došli do kola.

Ali nije mogao, bio je kao paralizovan, kao plen predatora koji se prepušta sudbini.

Momenat kasnije prošli su pored ambulantnih kola, i krenuli ka padini na kojoj je stajala.

Predsednička limuzina.

Delovala je impozantno.

„Gospodine predsedniče, idemo u parlament, narod čeka da mu se obratite! Dok budemo putovali, upoznaću Vas sa situacijom.”

Dok je limuzina lagano klizila niz ulicu, neznanac je skinuo mantil i otkrio sjajnu uniformu. Počeo je da priča o problemima koji ga čekaju.

Slušao ga je površno, ali mu je pogled ostao prikovan za autobusku stanicu. Prodavačica novina je izašla iz trafike i stala pored starice koja je prodavala čarape. Obe su širom otvorenih usta pratile pogledom limuzinu u kojoj se nalazio. Videle su ga. Videle su ga kako ulazi i konačno su shvatile da nije lud.

Za to vreme u stanicu je pristajala jos jedna četresčetvorka.

Dok mu je čovek u uniformi objašnjavao raspored snaga nekakvih flota, bacio je poslednji pogled na žardinjere bez cveća.

„Vreme je da cveće konačno bude posađeno u ove žardinjere", izgovorio je tiho.

27.

Jedan baš nezgodan zadatak iz matematike

Višnjine misli su se provlačile kroz olistale grane breze i krčile sebi put, poput laganog kovitlaca dižući zlatkaste listiće oko sebe, povlačeći neke od njih za sobom. *Nikada neću razumeti zadatak*, pomislila je. Sedela je na balkonu stana na drugom spratu zgrade, i dok je sunce lagano klizilo ka obodu sveta, pokušavala da reši današnju zagonetku, koju su bogovi mladosti isprečili ispred nje i ostatka njenog života. Njen ispit iz matematike. Kapljice znoja su se skupljale na prozračnozelenom lišću vinove loze, koja se mukotrpno decenijama pela do njenog balkona, tražeći društvo za popodnevne seanse odmora, a sada u grču skupljala vlagu izvijajući se kroz vazduh u potrazi za rešenjem. Pet. Pet glavnih prugica se izvlačilo iz centra svakog lista pokušavajući da joj šapnu nešto. Pet je bio broj negde duboko sakriven u toj lozi. *U svakom njenom listu, u svakoj grančici, u svakom zrnu grožđa, u semenu, nalazio se broj pet*, pomislila je Višnja. *Doduše, nalazio se i u nama pošto imamo pet prstiju. Ili je to ipak broj deset? Ali mi smo simetrični. Dovoljno je smestiti negde broj pet za prste i sve preslikati. A možda je to bio i broj tri. Refleksija! Slika u ogledalu....* Pokušala je da primeni ideju na zadatak i rešenje je dotrčalo samo, gurajući ispred sebe nestašni osmeh deteta koje je iskočilo iza kreveta.

Zahvalila se lozi tako što je otkinula jedan njen list i iscepkala ga na parčiće, koje je zatim još neko vreme gnječila prstima.

Nakratko je obasja blaga crvenkasta svetlost večernjeg sunca, ali samo nakratko. Oblak u obliku ogromnog nebeskog lica zaklonio je sunce i prepustio Višnju njenim popodnevnim tamničarima. Dok je njen duh pokušavao da se privuče tajnom prolazu, ruka okrenu novi list zbirke zadataka.

Koliko boja može da stane u ljudsko oko? Pogleda niz stubić sa žardinjerama okačenim o ogradu balkona, iz kojih su visile raznobojne muškatle. Impresivno. Oterala je pogledom pticu preko krovova susednih kuća, i vešto ukrala delić njenog života. Zatvorenih očiju, gledala je krovove ispod sebe, žice bandera kako promiču iznad nje, osetila kako je vetar nosi i daje joj snagu.

Kruti, mršavi, kukičavi, tamni oblici preuzeše kontrolu nad njenom svešću. Otimali su je od stvarnosti koja joj je poklonjena. Gasili su svetlost. Ubijali boje. Mirisi su gubili snagu. Zvuk je bežao od nje. Nanosili su joj bol, tupili osećanja, držali je nemoćnu. Čitala je postavku sledećeg zadatka. Osetila je žeđ. Dok je tražila čašu u kuhinji, setila se da je trebalo da nazove Danijelu i podeli sa njom veoma bitna saznanja vezana za budućnost univerzuma. Njihovog univerzuma. Njen glas je vešto preskočio hiljade kilometara i zaglavio se u memoriji jednog tajnovitog računara, prepušten grubom i bezobzirnom pipkanju, golicanju, rastezanju beskonačan broj puta.

Da nije bilo magije i tajni u ovom svetu, znala je to, njen glas nikada ne bi uspeo da stigne ni do njene najbolje drugarice, a odskora i kume, Danijele.

„Marko i Ana su raskinuli", progovorila je slušalica zlobno.

Zvezde su se na momenat ugasile, gravitacija zatreperila i oborila vekovna, slepa verovanja samoproglašene najinteligentnije vrste na planeti u postojanost sveta.

Shvatila je. Sve to u stvari više nije bilo bitno za nju. Želela je da oseti toplinu koju oseti dete dok otkriva svoju prvu tajnu nekome. Ponovo. Nekada bi uspela, ali sada je taj osećaj potražio novo skrovište.

„Znaš da me to više ne interesuje. Je l' ima još nešto novo?", upitala je.

„Dolaziš na rođendan svom kumčetu? Doći će i Marko", golicao ju je Danijelin glas iz slušalilce.

„Naravno da dolazim. Ne zbog Marka, znaš da nikada ne bih propustila rođendan mog kumčeta."

Slušalica telefona ju je držala uz sebe još neko vreme. Dok su njene mrzovoljne reči ispunjavale sobe kroz koje je prolazila, nebo je dobijalo boju dosade. Fotelja ju je grubo okrznula dok je sedala u nju. Osetila je kako vazduh beži iz sobe. Prekinula je vezu i spustila slušalicu pored fotelje. Oči su se sklopile i današnji svet je nestao u jednoličnom ritmu muzike sa radija. Bez pozdrava.

28.

Poklon

Višnja je odustala od pripreme ispita za danas. Nakon dremke odlučila je da se prošeta po centru grada. Šetala je pešačkom zonom razgledajući butike i prodavnice. Dan je bio idealan, prijatni sunčevi zraci mazili su njeno lice dok je blagi povetarac širio miris ulica. Ipak, ovo nije bila samo obična šetnja, bila je na zadatku, i to zadatku koji joj je itekako prijao. Trebalo je da kupi poklon svom kumčetu za rođendan. Sa dečacima bar nije bio problem, bilo je dovoljno da nešto ima baterije, da se vrti, svetli, zuji, i oči bi im se zacaklile a usne razvukle u širok osmeh već na prvi pogled. Naravno da je više volela da kupuje nešto od odeće, tu je ipak bila stručnija, ali se setila kako je prošla na jednom od prethodnih dečijih rođendana, kada je donela predivan džemperić, uz to nimalo jeftin. Dečaci su se skupili oko poklona koji su ležali na podu dok su ona i još par gostiju, koji su se zajedno sa njom pojavili na vratima, još stajali i pozdravljali se sa domaćinima. Iritantni zvuci plastičnih igračaka izazivali su salve oduševljenja kod dece. Ne i njen poklon – markiran i ne baš jeftin džemper. Umesto na ponosnom slavljeniku, završio je bačen u stranu kao neki otpadak. Višnja se trudila da niko ne primeti koliko joj je bilo neprijatno, i uspela je u tome, bar na nekoliko trenutaka.

Sada je išla u pohod na prodavnice igračaka naoružana stečenim iskustvom.

Dok su šareni izlozi klizili pored nje, u jednom momentu pred očima joj je promaklo nešto što joj se učinilo idealnim. Vratila se par koraka i pogledala bolje. Da, videla je crveni, ne baš mali, helikopter na daljinsko upravljanje. To još nije imao, proverila je još pre nego što je krenula u kupovinu.

Ušla je u radnju i stala ispred police sa helikopterima. Prebirala je po kutijama, čekajući da je primeti neko od prodavaca. Nedugo potom, prišla joj je jedna ljubazna devojka.

„Dečiji rođendan?", upitala je samouvereno. Posle potvrdnog odgovora je nastavila: „Ovo je sada hit, ima i kamericu, tako da može kasnije da se pregleda let, prilično je otporan, i čak mu ne smeta ni vetar. U stvari povetarac, kao ovaj danas. Malo jači vetar bi mu ipak smetao."

„Mogu li da vidim kako radi?"

Želela je da bude sigurna kako joj se ne bi ponovio fijasko sa prethodnog rođendana. Ovaj put poklon mora da izmami osmeh oduševljenja na tom malom licu. Devojka je ideju prihvatila bez pogovora, izgleda da joj je šetkanje između rafova u radnji dozlogrdilo, pa joj je sasvim odgovaralo da promeni prostor, izađe napolje i poigra se nekom od igračaka.

Izašli su u baštu iza radnje, gde je devojka prilično vešto ubacila baterije u helikopter. Istog momenta se upalila crvena lampica.

„Obično bi trebalo prvo da se napune, ali ove su izgleda već pune", rekla je i spustila helikopter na popločani deo bašte. Okrenula se i odaljila od helikoptera, ali tada se desilo nešto potpuno neočekivano – helikopter je poleteo.

Zbunjena prodavačica je gledala u daljinski upravljač i u svoje prste, ukrašene dugačkim osllikanim noktima. Prsti se nisu nalazili na komandama. Iako nije izdavala nikakve komande helikopteru, on je ipak bio u vazduhu. Višnja nije baš bila vična tehnici, ali je umela da čita ljudske emocije. Bilo joj je jasno da se ne radi o šali i da mlada prodavačica ne shvata šta se dešava. *Dođavola*, pomislila je, *ode u tri lepe šargarepe još jedan perfektan poklon, ni ovo čudo ne radi kako ga reklamiraju. A baš je delovao tako savršeno na TV reklami.*

Helikopter je lebdeo još samo par sekundi, a onda je počeo da manevriše i polako da se podiže uvis. Devojka je pokušala da nešto uradi sa upravljačem, ali je, na svoje zaprepaštenje, shvatila da nema apsolutno nikakav uticaj na rad helikoptera-igračke. Pogledala je u Višnju. *Bože, još će pomisliti da sam je namerno namamila da izađe napolje da bih joj ukrala tu zvrndavu igračku,* pomislila je Višnja shvativši njen pogled.

„Ja zaista ne razumem šta se dešava", progovorila je zbunjeno Višnja.

Za to vreme helikopter se već podigao na visinu iznad krovova zgrada koje su okruživale baštu, a zatim polako zamakao iza jedne od njih.

Već sledećeg trenutka usledio je novi šok.

Iznad njih je proleteo još jedan helikopter, gotovo identičan njihovom. A zatim još jedan.

Ušle su nazad u radnju, prošle kroz nju, i izašle na ulicu. Ljudi oko njih su stajali kao ukopani, pogleda uprtih u nebo. Podigle su pogled. Na desetine helikoptera-igračaka su, okupljeni u jata, zujali iznad grada. Svi su leteli u jednom pravcu – prema parlamentu.

29.

Višnja je stajala na ulici, u pešačkoj zoni grada, i gledala iznad sebe u nebo kojim su promicali rojevi malih helikoptera. Gledajući nesvakidašnju predstavu, nije mogla ni da nasluti da se iza nje krije veliki plan koji je spreman godinama.

Tačno tri meseca ranije carinsku kontrolu je prošao šleper koji je nosio tovar dečijih igračaka proizvedenih u jednoj zemlji na Dalekom istoku, sa malenim dodatkom projektovanim u vojnom institutu najmoćnije zemje na planeti. Bili su to helikopteri na daljinsko upravljanje, koji su postali hit u celom svetu. Zavodljivi, futuristički dizajn igračke, mnoštvo šarenih lampica koje trepere tokom leta, i povrh svega, kamera u kabini helikoptera, budili su zaboravljene želje u svakom ostarelom dečaku. Njihovoj popularnosti doprinela je i izuzetno agresivna kampanja na svim globalnim dečijim TV kanalima, i naravno veb-sajtovima.

Ono što carinici, a ni distributeri nisu mogli da znaju jeste da svaka od ovih avangardnih, moderno dizajniranih igračaka, ima i još par skrivenih tajni u sebi. Jedna od njih je bio mikročip u prijemniku helikoptera, vešto kamufliran kao jedan od kondenzatora. Mikročip je bio programiran tako da, po prijemu šifrovanog signala iz etra, preuzme kontrolu nad helikopterom, isključujući pritom daljinske komande.

Druga tajna je bila u lampici smeštenoj na nosu helikoptera, koja se palila kada se on uključi. Posebnom komandom mikročipa aktiviralo bi se mini eksplozivno punjenje, čija je slabašna detonacija odbacivala lampicu sa nosa helikoptera. Kada bi lampica otpala, iza nje bi ostala sićušna, okom jedva vidljiva, igla napunjena kapljicom izuzetno snažnog otrova.

Onog momenta kada se mikročip, koji bi komotno mogao da se razbaškari na glavi čiode, probudio i preuzeo kontrolu nad helikopterom, ugrađena kamera bi dobila ulogu oka.

Mikročip nije bio ni nalik onim procesorima koji su se nalazili u modernim tabletima, telefonima, pa čak ni onim u kućnim računarima. Ovo je bio krajnji domet vrunske tehnologije spakovan na minijaturnom kvadratu, veličine tačke – pravo umetničko delo elektronske arhitekture. U sebi je imao ugrađene module za prepoznavanje predela, mape grada, lokacije meta, prepoznavanje lica, boje glasa i pokreta označenih žrtava. Pored lica pojedinačnih osoba, umeo je da prepozna i karakterističan govor tela koji je svaki čovek razvio kao svojevrstan potpis. Prepoznao bi metu po načinu hoda, dovoljno bi bilo da uoči samo njenu siluetu. Sve prikupljene informacije prosleđivane su delu procesora projektovanom da simulira neuronsku mrežu. Modul veštačke inteligencije bi tada procenio verovatnoću da letelica ima pravu metu ispred sebe. Nakon pronalaska mete, ona bi bila zaključana, aktivnost lociranja i prepoznavanja bi se isključila, i čip bi se prebacio u mod eliminacije – aktiviranja smrtonosne igle sakrivene u nosu helikoptera.

Cela akcija je bila iznenadna, tako da izabrane žrtve nisu mogle ni da pretpostave šta ih čeka, pa nisu ni pokušavale da se zaštite ili potraže zaklon. Mete ništa ne bi posumnjale kada bi videle zalutalu dečiju igračku koja zuji kroz vazduh, dok već ne bi bilo suviše kasno za reakciju.

Mete su padale jedna za drugom, neke na ulici, neke u prodavnici, neke u krevetu, neke u svojoj kancelariji.

Spisak za odstrel je brižljivo sklapan godinama. Skupljane su informacije o bitnim ljudima, ljudima koji su upravljali planetom na razne načine. Za tu potrebu su korišteni dnevni listovi koji su detaljno izveštavali o istaknutim ljudima u društvu i njihovim aktivnostima, zatim društvene mreže koje su mogle da nahrane bazu podataka za programe prepoznavanja lica i pokreta, pa podaci o brojevima telefona, koji su uz pomoć trojanaca instaliranih u čvorišta telekomunikacionih kompanija mogli da utvrde tačnu lokaciju sveke mete. Nakon pažljivog prosejavanja i uparivanja prikupljenih informacija, formiran je spisak ključnih ljudi čija eliminacija ruši bedeme nevidljive svetske tvrđave i otvara put do trona novom svetskom vladaru.

Vreme za upad u tvrđavu je došlo. Trojanski konj je bio unutar zidina, a vojska koja je stajala ispred bila je spremna i čekala je znak.

Tog jutra, stariji gospodin, koji je sedeo ispred svog, prilično pohabanog i zastarelog televizora, završio je razgovor sa poznanikom. Nakon prekida veze, uzeo je papirić sa stalka za novine na kome su bila napisana dva broja. U mobilni telefon je uneo porukicu i poslao je na prvi broj sa papirića. U tekstu poruke se nalazio drugi broj.

Znak za početak preuzimanja vlasti na planeti je poslat.

30.

Inauguracija

Pre dvadesetak minuta stajao je na stanici gradskog autobusa i očekivao da nepoznati ljudi dođu po njega, ljudi koji su mu godinama ostavljali poruke na najčudnijim mestima, ljudi koji su ga pratili, obavestili ga da je izabran i dali instrukcije gde da ih čeka.

Čekao ih je svako veče. Gotovo je izgubio nadu.

A onda su se pojavili. Povezli su ga limuzinom do parlamenta i tokom vožnje mu izlagali trenutnu geopolitičku situaciju.

Ušao je prilično smušeno na glavni ulaz parlamenta u pratnji neznanca u uniformi.

Na ulazu su ga sačekala dva prilično krupna muškarca, surovo ozbiljnih izraza lica, u tamnim odelima. Prišli su mu i rekli hladnim glasom: „Pođite sa nama, gospodine Uroševiću."

„Doveo me je ovaj gospodin, general, mislim... otkud znate moje prezime?", nije mogao da se sabere u momentu.

„Gospodine Uroševiću, čekaju Vas novinari. Inauguracija samo što nije počela, gotovo ste zakasnili."

Vrata su se otvorila i zablesnula su ga svetla stotina bliceva. Iza njih je nazirao gomilu koja je zaprepašteno gledala u njega.

Kroz žamor je uspeo da razazna reči: „To je novi predsednik?!"

Iza njegovih leđa prozujao je mali crveni helikopter futurističkog izgleda. Nakon što je proleteo iznad glava prisutnih, zastao je na momenat, okrenuo se i odleteo u brišućem letu uz velike stepenice. Nekoliko trenutaka kasnije začuo se krik od koga se ledila krv u žilama.

„Gospodine predsedniče, izvolite za govornicu. Ne brinite se, ispred Vas će biti ekran na kome se prikazuje tekst. Vaše je samo da čitate, usporićemo slova ako vidimo da idu prebrzo.” Momak u crnom odelu je zvučao daleko prisnije nego nekoliko momenata ranije. *Predsednik! Predsednik čega*, pitao se. Nije ni bilo bitno, našao se u ovakvoj situaciji, sada mu je bilo na umu samo kako da se iz nje izvuče neogreban. Srećom, postojali su ti ekrani sa pripremljenim tekstom. Nije kraj sveta.

„DANAS JE KRAJ SVETA!”

Jedva je uspeo da prepozna svoj glas, koji je odzvanjao velikom dvoranom. Masa ispred njega je potpuno utihnula. Tek što je uspeo da shvati šta je izgovorio, morao je da počne da čita sledeću rečenicu. Slova su brzo nadirala na ekran ispred njega.

„DANAS JE KRAJ SVETA KOJI STE DO SADA POZNAVALI! OTVARAMO NOVU STRANICU ISTORIJE!”

O, ne! Opet nova stranica, pomislio je. U životu se naotvarao tih novih stranica, svaki put se ispostavilo da čita onu prethodnu, sa malo drugačije raspoređenim slovima.

Reči su besomučno letele pred njegovim očima. Shvatio je da ništa ne shvata, i više se nije ni trudio da shvati. U stvari, trudio se samo da pravilno pročita ono što piše pred njim, a želeo je da što pre pobegne odatle. Pretvorio se u školarca koji se trese od treme dok stoji pred učiteljicom i pokušava da bez mnogo mucanja pročita tekst. *Ovde bar neće biti propitivanja posle*, pomislio je sa olakšanjem.

„IMA LI NEKIH PITANJA?”

Ovo je bila poslednja rečenica, koja je polako bežala sa ekrana, na njegov užas. Pogled mu je sada sišao sa ekrana prema gomili ispred. Ugledao je stotine skamenjenih lica, koja su širom otvorenih očiju i poluotvorenih usta zurila u njega. Sve vreme se trudio da pročita tekst što tačnije, nije obratio pažnju na njegov sadržaj, ali nešto mu je govorilo da niko neće biti sposoban da postavi pitanje bar još pola minuta. Shvatio je da je to prozor u vremenu kroz koji bi mogao da se izvuče iz ove situacije i ode u neku prostoriju gde bi prisutne mogao da izbroji na prste jedne ruke. A bilo bi dobro da mu neko od tih ljudi konačno objasni šta se, doðavola, ovde dešava.

31.

Višnja je slušala vesti sa radija koji je odjekivao iz obližnjeg butika. Bila je potuno ukočena, dok joj je telo tresla blaga drhtavica. Spiker je uzbuđenim glasom javljao da je došlo do napada roja malih helikoptera na neke državne zvaničnike. U jednom momenu spomenuta je čak i predsednikova rezidencija, ali nije bilo jasno šta se tamo desilo.

A onda je radio utihnuo. Tišini je prethodio iznenadni blesak. Trenutak kasnije shvatila je šta je bio uzrok tog bleska. U buticima i kafićima oko nje, na televizorima koji su prenosili neki od kablovskih kanala sada se video samo sneg, TV signal je bio prekinut. Oko nje se čuo žamor zbunjenih i preplašenih ljudi, dok su novi rojevi malih zlokobnih aparata preletali iznad njihovih glava. Nije mogla ni da pretpostavi šta se dešava, ali znala je šta mora da radi.

Da iz ovih stopa krene kući.

Ono što Višnja nije znala, a nije ni mogla, jer je plan i bio da ne dozna, kao što ni milijarde ljudi diljem planete nisu mogle ništa više da saznaju, jeste da je događaj bio nešto šireg karaktera nego što se njima činilo. Ustvari, mnogo šireg. Globalnog, i potpunog. Ista scena ponavljala se u svim gradovima širom sveta.

Helikopteri-igračke su bili neverovatno popularni, prilično jeftini, i mogli su se kupiti u gotovo svakoj varošici. Tome je doprinela veoma atraktivna reklama, koja je imala moćnu podršku da prodre do svakog TV prijemnika u pauzi najpopularnijih utakmica, rijaliti emisija, dečijih crtaća... ukratko, gotovo da nije bilo čoveka na zemaljskoj kugli da je nije video, i da u njemu, bar na momenat, nije probudila dete kome se oči cakle gledajući u igračku iz snova. Kampanja je bila perfektna, skoro koliko i mikročip koji se nalazio u utrobi igračke-ubice.

Do momenta kada je Višnja uspela da stigne do zgrade u kojoj živi, gotovo devedeset posto ljudi koji su imali ikakvog uticaja na svetska događanja bilo je mrtvo. Onih preostalih deset posto je, prestravljeno, pokušalo da nađe neko sklonište dok ne otkrije šta se dešava. Bili su to predsednici, premijeri, čelinici tajnih službi, ali i generalni direktori velikih korporacija, medijski magnati, mafijaški bosovi... spisak ovih ljudi je godinama formiran, pažljivo baš kao što je pažljivo projektovan i mikročip.

Pored ovog, formiran je i drugi spisak. Spisak ljudi koji će zauzeti njihovo mesto. To je bila vojska koja je čekala ispred bedema nevidljive svetske tvrđave. Kontakt sa izabranicima je već bio ostvaren na jedan posredan način. Od njih se očekivala lojalnost novom vođi.

Selekcija kandidata za nove vladare je vršena veoma pažljivo, godinama. Previsok koeficijent socijalne inteligencije nije dolazio u obzir. Neuklapanje u sredinu, asocijalnost, unutrašnje nezadovoljstvo bili su prednost. Bilo ih je lako uhvatiti u mrežu postavljenu na internetu gde su „istomišljenici" kreirali svoje profile, grupe, forume i slična virtuelna okupljališta, koja su, poput sita, prosejavala populaciju i odvajala samo materijal neophodan za ovaj projekat. Poruke su bile jasne, ali nedokazive i personalizovane, isporučene tako da uvek mogu biti opovrgnute. Izabranicima je bilo nemoguće da svoje neobično iskustvo prenesu drugim ljudima i na taj način otkriju svetu podmukli plan koji se tiho realizuje ispod radara svetskih tajnih službi. Bilo je pokušaja, ali su te osobe odmah izbacivane sa drugog i stavljane na prvi spisak, a u društvu ismevane narednim porukama – unapred pripremljenim, koje bi napravile potpune budale od njih.

Međutim, tvorac sumorne ideje o preuzimanju vlasti nad čitavom planetom nije mogao ni da pretpostavi da postoji još jedan plan, mnogo destruktivniji od njegovog, koji je nakon aktivacije superračunara *Infiniti* takođe počeo da se sprovodi u delo.

Nesuđeni vladar planete je, na drugom kraju planete, zadovoljno sedeo u svojoj dnevnoj sobi, prilično zarozanog izgleda, na izanđaloj sofi, i gledao vesti na zastarelom televizoru, boreći se da razazna sliku koju je ometao sneg na ekranu nastao zbog slabog signala.

I pored lošeg prijema, mogao je da vidi da se plan savršeno sprovodi u delo. Vladari država su padali jedan po jedan, a na njihova mesta su dolazili ljudi koje je on izabrao.

Voditelji su unezvereno čitali vesti, očima u kojima se lako mogao pročitati strah i uzbuđenost u isto vreme.

Prebacio je kanal na vesti nacionalne televizije jedne od južnoameričkih država. Voditelj vesti, sjajnocrne zalizane kose, perfektno održavanog lica, čitao je dubokim, uverljivim glasom izjave podrške aktuelnoj vladi, čiji su članovi jedan po jedan padali kao žrtve letećih igračaka-ubica. A onda je na momenat program prekinut ne bi li se na ekranu pojavila reklama za najnoviju četkicu za zube, *koju će vaša deca obožavati*. Nakon reklame, isti voditelj je, bez promene intonacije, počeo da čita izjave podrške novoj, svetskoj, vladi i novom planetarnom predsedniku.

Ono što povučeni nesuđeni vladar planete zbog elektronskog snega nije mogao da vidi na svom dotrajalom televizoru, bio je tekst koji je skrolovao na kajronu ispod slike voditelja, a koji je obaveštavao naciju o novom virusu koji je počeo da se širi po svetu. Virusu koji je svojom pojavom zbunjivao biologe i medicinske stručnjake.

32.

Kristofer je već danima pokušavao da reši nemoguć problem koji je sudbina postavila pred njega, kada je medije preplavila vest o novom superračunaru neslućenih i gotovo neograničenih mogućnosti. Najavljena je prezentacija mašine na kojoj će se svaki program izvršavati u trenutku. Dok su njegove kristalnoplave oči brzim skokovima po tekstu o *Infinitiju* upijale informacije o toj mašini, u njegovoj podsvesti je tinjao osećaj da je upravo taj računar crna zvezda na nebeskom svodu koja će ga voditi do sumornog cilja kojem je stremio.

Njegov blistavi um sada je u pun pogon stavilo emotivno oskrnavljeno biće. Ideje koje su izvirale iz njega podupirale su jedna drugu ne bi li probile svoj put do izlaza, do pronalaska ključa za poslednju kapiju koju je želeo da otvori. Obrisi rešenja problema su se polako nazirali. Napravio je model mutacije virusa i iskoristio programe za simulaciju koje je našao na disku svog očuha, a zatim ih modifikovao ne bi li pronašao DNK čiji će geni postati moćno oružje totalnog uništenja. Ideja koju je osmislio bila je, u biti, veoma jednostavna – želeo je da stvori virus koji će napadati svaku živu ćeliju, bez razlike, i na taj način uništiti sve žive organizme na planeti, ćeliju po ćeliju, biće po biće. Osmislio je program koji će isprobavati sve moguće kombinacije rasporeda GATC komponenti u DNK lancu virusa, a zatim simulacijom otkrivati dejstvo tog virusa na različite žive ćelije. Na do sada postojećim računarima, taj program izvršavao bi se čitavu večnost. Međutim, novi računar, ambiciozno nazvan *Infiniti*, rešenje ovog problema isporučio bi u sekundi. Nakon što mu računar vrati niz slova koji čine sekvencu DNK, ostaje mu još samo da prosledi dobijeni rezultat jednoj od laboratorija sa kojima je sarađivao njegov očuh, sa imejl-naloga koji je krišom uzeo od njega, i magični eliksir smrti za par dana će stići poštom na kućnu adresu.

Kada je *Infiniti* konačno pušten u rad, njegov program je već bio spreman. Sintaksu jezika koji će se izvršavati na *Infinitiju*, objavljenu nekoliko meseci ranije u naučnim časopisima i na portalima, naučio je za jednu neprospavanu noć.

Pokušao je da odmah po startovanju rada *Infinitija* pošalje kod na izvršavanje, ali došlo je do blokade na portalu koja je trajala nekih sat vremena.

Nakon što je sistem konačno ponovo proradio, prebacio je kod i startovao ga. Već sledeće sekunde rešenje se nalazilo pred njim. Nije očekivao da će doći do problema prilikom izvršavanja programa. Godinama je svaki zadatak završavao besprekorno, bez ijedne greške. Rešavao je sa lakoćom i najkomplikovanije probleme oko kojih su lomili glave čak i njegovi profesori.

Drugim rečima – verovao je u sebe.

Kada je *Infiniti* vratio rešenje u vidu sekvence slova GATC, Kristoferu je ostalo samo da prosledi taj slovni niz laboratoriji, u kojoj će biti formiran DNK od molekula guanina, adenina, timina i citozina, raspoređenih u redosledu koji je njegov program pronašao, a potom sačeka mali paket sa paklenim sadržajem.

****

Imao je sreće, bio je sam kada je dostavljač pozvonio na vrata. Iako je porudžbina bila poslata kao preporučena na ime njegovog očuha, on je imao već spreman monolog. Drhtavim glasom je objasnio da je očuh na pregledu u bolnici, i da mu ovaj paket mnogo znači. Trik je uspeo i dostavljač mu je progledao kroz prste, te je lažirao očuhov potpis da bi preuzeo pošiljku.

Kada je dostavljač otišao, ušao je u kuću, seo za trpezarijski sto i pažljivo otpakovao kutiju. U njoj se nalazila samo jedna mala, zapečaćena, providna epruveta, ušuškana u stiropor da se ne bi polomila tokom transporta. Na paketu nije bilo oznake da je pošiljka opasna. Radnike laboratorije je zavarao tako što je prepisao opis sa neke potpuno bezopasne porudžbine koju je njegov očuh ranije slao.

Sada je konačno imao bočicu kod sebe. Držao ju je čvrsto u levoj ruci i posmatrao neko vreme. Divio se toj staklenoj stvarčici.

Ko bi mogao da pretpostavi da kraj univerzuma počinje iza čepa na vrhu ove malene bočice?

U njoj se nalazilo malo providne tečnosti. Desetak kapljica, možda. Veštački stvoren virus-ubica, u iščekivanju da raširi svoja mračna krila i krene da poništava magiju života gde god bi naišao na nju, sada je ležao u Kristoferovim mladim belim rukama.

Kristofer je pažljivo gledao bočicu, svestan toga da nikada nijedno biće u istoriji nije posedovalo toliku moć, moć koju mu je davalo samo par kapljica ove tečnosti. Predsednici supersila, generali koji su u rukama držali svoja nuklearna koplja, moćne vođe narko-kartela bili su potpuno bespomoćni da se suprotstave oružju koje je sada posedovao.

Mogao je da natera čitav svet da drhti pod njegovim nogama. Da mu se klanja i tretira ga kao božanstvo. Mogao je da postane vladar univerzuma, da je samo poželeo.

Ali nije.

Skinuo je čep sa epruvete i naiskap popio njen sadržaj. Tečnost nije imala nikakav ukus. Imao je utisak da je popio malo mlake vode.

Bočicu je bacio u kantu za staklo, a kutiju u kantu za papir. Otišao je do frižidera, otvorio ga, neko vreme gledao njegov sadržaj, a zatim uzeo iz njega staklenu činiju sa poslasticom koju je majka juče spremila.

Otvorio je prozor kako bi virus mogao da počne da se širi, a zatim seo u fotelju ispred televizora sa činijom u rukama, i na smart TV-u otvorio folder sa medijskim fajlovima. Pronašao je poslednji album Dejvida Bouvija i pustio pesme da idu redom, uključio je opciju za ponavljanje i pojačao zvuk.

Završio je svoju misiju, sada više ništa ne zavisi od njega.

Zatvorio je oči.
Zvučnici su mu milovali uši veselim notama pesme „Lazarus".
Konačno se nasmešio. Prvi put iskreno posle očeve smrti.
Pojačao je zvuk televizora do kraja.

33.

Snovi

Dok je vesela vriska dece parala prostor u čitavom stanu, premeštajući se sa sprata na sprat, Tara i Sebastijan su se spremali za večeru. Tara je otvarala kuhinjske ormariće u potrazi za šarenim činijicama za ovsene pahuljice, dok je Sebastijan počistio trpezarijski sto od dečijih činija. Deca su već završila večeru i počela da troše upravo obnovljenu zalihu energije.

Tara je, dok je tražila činijice, u stvari više uživala otvarajući redom fioke i vratanca na novoj kuhinji koju su ugradili pre nekoliko dana. Oduvek je želela da ima nešto ovako moderno, do sada su, svaki put kada bi kuhinja došla na red, shvatali da postoji nešto bitnije za šta bi im trebao toliki novac. Ili su to bili dečiji kreveti i stolovi, ili privatni vrtić, uvek bi nešto iskrslo. Sebastijanu je, očigledno, bilo svejedno. On ionako nije bio tu, ako se ne računa puko fizičko prisustvo. Konstantno je bio opsednut svojim projektima na institutu.

Okrenula se i videla Sebastijana kako sedi za stolom i gleda zadubljeno u jednu tačku. *Neverovatno koliko mu je svejedno kako izgleda prostorija u kojoj se nalazi. Mogao bi da živi i u podrumu,* pomislila je, *za njega je sve ovo čisto bacanje para.*

„Sanjala sam prilično čudan san noćas", izgovorila je dok je stavljala punu činiju pred Sebastijana.

Neko vreme je i dalje gledao u jednu tačku, a onda se, kao da je neko pritisnuo dugmence „on" negde skriveno u njemu, okrenuo ka njoj i počeo da reaguje na nadražaje okoline.

„San?", ponovio je reč koja mu je zapela za uho.

„Da, nije ono što ti misliš. Ili ne misliš...", izgovorila je sa pomalo setnim osmehom na usnama.

„Sanjala sam da vozim nešto, auto, ili bicikl. Ili auto koji se onda pretvorio u bicikl. Ali to nije toliko čudno, snovi su sami po sebi čudni."

„Čini mi se da je Frojd imao neke asocijacije vezane za bicikl ili penjanje uz merdevine...", bocnuo ju je Sebastijan.

„Ipak misliš...", osmehnula se. „Ali ne radi se o tome. Stvar je u tome da sam se probudila usred svog sna. U stvari, nisam se probudila, već sam postala svesna da sam u snu, da sanjam, da sve oko mene nije stvarnost, već san koji stvara moj um."

Pogledala ga je, čini se da se pomalo zainteresovao za temu. U poslednje vreme bilo je sve teže zainteresovati ga za bilo šta što nema direktne veze sa njegovim projektima, o kojima je pričao veoma energično i nadahnuto, ali samo sa svojim kolegama. Ona je, dakle, bila gotovo potpuno isključena iz konverzacije sa Sebastijanom već duže vreme. Svaki put kada bi razgovarala sa njim, dobijala je lakonske odgovore i gotovo zamrznut pogled koji je jasno govorio da su njegove misli na nekom drugom, za njega očigledno srećnijem, mestu. Konačno je imala njegovu pažnju, zenice su mu se raširile i fokusirale na nju.

„Tokom sna sam prvo, dakle, vozila automobil. Zatim sam se okrenula u stranu i ugledala svoj odraz u izlogu pored kojeg sam prolazila. Umesto u automobilu, videla sam sebe na biciklu. To je nemoguće, pomislila sam, osim ako nisam u snu. Shvatila sam da sam u snu! Ali se nisam probudila. I dalje sam bila u snu, svesna toga da sanjam i da je oko mene nestvaran svet kreiran u mojoj glavi. Na momenat sam se uplašila da ću tu i ostati, i počela sam da skačem i vrištim – PROBUDI SE!", izgovorila je u dahu Tara.

„Mislim da postoji čak neki naučni naziv za to stanje, čitao sam negde. Dešava se i drugim ljudima", progovorio je konačno Sebastijan umirujućim glasom, verovatno u želji da smiri svoju usplahirenu ženu, koja je umislila da je doživela neko vantelesno iskustvo.

„Ne razumeš o čemu ti pričam. Ja sam bila u svom snu, svesna toga da sam u snu a ne na javi, i nisam mogla da se probudim. Imala sam osećaj da me je neko ubacio u neki drugi svet, u kome ne važe prirodni zakoni kao u stvarnom svetu. Potpuno sam se prestravila tek kada sam shvatila da ne mogu odmah da se probudim. Obično bih se probudila čim postanem svesna toga da sanjam. Ali ovaj put sam i dalje ostala tamo. Šta da se nikada nisam probudila? Šta bi se desilo da sam zauvek ostala u svom snu, svesna da je to samo san? Taj san bi onda postao moja java, moj svet u kojem živim ostatak života.”

Primetila je da je Sebastijan sada veoma pažljivo prati.

„Uplašila sam se da sam u komi, i da ću ostatak života živeti u svom snu, dok tamo napolju deca i ti živite svoje živote u stvarnom svetu. Ti se spandžao sa onom tvojom, kako se zove, što se stalno dopisujete porukicama...”

„Dopisujemo se oko projekta, ne spandžavamo se...”, odgovorio je Sebastijan pomalo uvređeno.

„Pa, mogla bih i ja da sanjam nekog kolegu sa posla kako radimo na projektima”, odgovorila je kao iz topa.

„Šta misliš, koji bi svet u stvari bio pravi? Moj san, sa tim mojim kolegom, ako bih se uopšte setila kako izgleda, ili spoljna stvarnost, tvoja stvarnost? Sa tom nespandžanom koleginicom?”, pitala ga je provokativno, i preko čaše soka, upravo isceđenog iz najboljih primeraka organskog voća, uputila mu pogled lisice koja čeka da plen istrči iz rupe.

„Oba. Tvoj san bi bio stvaran svet za tebe. U njemu ne bi važila ni fizika ni logika. Ne zato što sanjaš, već zato što one i inače za tebe ne važe... a ovaj surovo fizičko-logički svet bi ostao meni”, odgovorio je Sebastijan filozofski, vešto izbegavajući postavljenu zamku.

Tara je završila svoj organski obrok i počela da odnosi sudove sa stola, dok se Sebastijan opet zadubio u jednu tačku.

„Interesantno", izgovorio je, više za sebe. „Nešto se ipak ne uklapa..."

Sebastijan je već ranije imao ideju da ljudski mozak isključi sa prirodnih receptora i priključi na receptore virtuelne realnosti nekog superračunara, i tako um čoveka prebaci u virtuelni svet. Razmišljao je kako bi neko, u slučaju da ostane nepokretan, uz malu pomoć tehnologije mogao da dobije svoj svet u kome će proživeti život, pri čemu više ne bi bio rob ograničenja koja mu je sudbina nametnula. Tarina priča o snu u kome je ostala zarobljena ga je podsetila na tu ideju. Šta ako je primeni na univerzum koji bi stvorili u *Infinitiju*? Ako poveže svoj mozak sa receptorima virtuelnog Sebastijana Brauna? Da li će dobiti šansu za novi život?

Ono što ga je danima mučilo, a čega Tara nije bila svesna, bilo je to što se svet upravo sada raspada u paramparčad pred njegovim očima. Taru nikada nisu interesovali politika i tekuća dešavanja, tako da nije ni pratila vesti, ako se ne računaju novi trendovi u modi ili uređivanju enterijera. Istina, nije mogla da ne čuje udarne vesti, ali očigledno nije shvatala koliko su stvari ozbiljne.

U međuvremenu, novi predsednik je blokirao projekat na kojem su godinama radili na institutu. Očigledno je novi, samoizabrani lider bio samo alatka u rukama neke mnogo moćnije osobe, ili nekog mračnog društva koje sada preuzima vlast na planeti, državu po državu, postavljajući svoje marionete na ključna mesta. To nešto je kidalo sve veze sa postojećim društvenim aparatima, verovatno se spremajući da uvede nove – svoje. Možda bi projekat bio ponovo startovan posle nekog vremena, sa novim direktorom, lojalnim novom vladaru, koji bi preuzeo upravljanje projektom.

Ali za sve to je sada bilo kasno.

Sebastijan nije još bio siguran ko je pustio smrtonosni virus gotovo u isto vreme kada je počelo preuzimanje vlasti. Nije bio načisto sa tim da li se radi o istoj ili drugoj grupi ljudi, događaji koji su se dešavali poslednjih dana bili su potpuno konfuzni i protivrečni, ali ni to mu sada više nije bilo bitno. Ko bi u ovom momentu mogao da se bavi istraživanjem šta je pozadina svih ovih dešavanja? Čelnici službi koje bi bile sposobne da se bave time bili su već mrtvi, i zamenjeni nekim čudacima koji su očigledno samo čitali pripremljene tekstove. Dok je razmišljao o uzroku problema, dvoumio se između dva moguća scenarija – invazije vanzemaljaca i preuzimanja vlasti nad planetom od strane veštačke inteligencije. Problem je bio u tome što je, u svakoj varijanti koja bi mu pala na pamet, kada bi sklopio sve kockice, ishod bio katastrofalan za čitavu planetu, i potpuno beznadežan iz njegove perspektive.

Bio je svestan da je čitav svet na putu bez povratka. Za koju godinu, površina Zemlje će se pretvoriti u pustinju i poprimiti ne preterano živahan izgled susedne crvene planete.

Sebastijan je već danima grozničavo razmišljao kako da nađe izlaz iz situacije u kojoj se nalazi zajedno sa ostatkom planete. Nije bio biolog i nije imao pojma kako da spreči širenje virusa. Još manje je znao ko preuzima vlast na planeti i kakve su mu namere. Potrošio je godine na stvaranje virtuelnog univerzuma i to mu je bila jedina alatka koju je imao u rukama. A sada mu je i ona oteta. I to baš u momentu kada su ispravili sve bagove i kada je, konačno, sve proradilo.

Imali su virtuelni univerzum u rukama, a iz ruku im je ispadao onaj pravi, u kome su živeli.

Arči, njegov direktor, danima je pokušavao da kontaktira sa tvorcima *Infinitija* ne bi li našli način da projekat ponovo pokrenu, makar i krišom. Pre pola sata mu je javio, preko koleginice, da je uspostavio vezu i da imaju šansu da nešto urade po tom pitanju. Prvo će morati da izmeste *Infiniti* na skrivenu lokaciju.

Telefon je opet zazvonio. Na ekranu se pojavilo poznato ime. Ema.

Tara se blago namrštila i okrenula ka kuhinji.

„Ema, šta se dešava? Ima li novih vesti?”

Čuo se prigušen ženski glas sa druge strane veze.

„Sada? Odmah?", pogledao je u Taru, koja se okrenula ka njemu i prekrstila ruke već prilično besno.

„O. K, polazim odmah."

Prekinuo je vezu.

„Ideš opet u laboratoriju?"

„Ne, idem u Austriju. Avion je na pisti, polećemo za pola sata."

„Šta?!", Tarino lice je poprimilo grimasu osobe koju je neko upravo polio kofom ledene vode. Ledena voda se sada pušila sa nje dok su zraci smrti izbijali iz njenih zenica. Bar se Sebastijanu činilo da njegova, inače ljupka, supruga sada tako izgleda. Shvatio je njen bes, ali je znao da je on usmeren u potpuno pogrešnom pravcu. Problem o kojem je ona razmišljala bio je daleko bezazleniji od onoga što se zaista dešava.

„Nemam vremena da ti objašnjavam, samo te molim da paziš na decu, i počni da pratiš vesti. Dešava se nešto veoma, veoma...", zastao je na momenat tražeći pravu reč da opiše trenutnu bezizlaznu situaciju u kojoj se svi nalaze. „Samo prati vesti i skloni decu negde, ako dođe ovde..."

„Da ja sklonim...?! Pa zar ne bi trebalo da i ti budeš tu ako se nešto loše dešava??"

Sebastijan joj je prišao, pogledao je u oči i svojim dlanovima obgrlio njene šake.

„Znam, trebalo bi, ali ovo nam je jedina šansa, veruj mi. Ako uopšte i postoji šansa. Čim nađemo rešenje, javiću ti se i izbaviti nas sve. Obećavam ti."

Šta se to pobogu događa, pomislila je Tara dok je pratila pogledom Sebastijana, koji je utrčao u svoj auto i, uz škripu guma, odjurio niz ulicu. Ljubomora i bes su ustupili mesto osećaju zebnje, koji je u njeno telo uselio drhtavicu. Toplina je iščilela iz doma Braunovih.

Uzela je daljinski upravljač i uključila televizor, a zatim potražila kanal sa vestima.

34.

Ceo tim je sada bio na okupu. Sedeli su u privatnom avionu vlasnika *Infinitija*, čoveka koji je godinama unazad važio za jednog od najbogatijih ljudi sveta, ali koji je, za razliku od drugih milijardera, znao šta će sa svojim novcem. Nije se trudio da impresionira ostatak sveta kupovinom raskošnih dvoraca u Evropi, ostrva na Pacifiku, ili razmetljivim, dekadentnim prijemima na kojima se pojavljuje svetski džet-set. Svoj novac, svoju energiju, svu svoju pažnju usmerio je ka tome da stvori nešto novo, da pomogne čovečanstvu da napravi još jedan veliki korak u svojoj istoriji. Poput onog koji je ostavio otisak prve stope na Mesecu. Ili korak koje je čovečanstvo napravilo otkrivanjem vatre. Ili točka. Električne energije.

Uspeo je u tome. Svuda oko nas, znao je, nalaze se skrivena vrata, neprobojno zaključana tajnama stvarnosti, čije ključeve traže hiljade ljudi vekovima unazad. Milenijumima. Mašina koju je stvorio tiho je kliknula u nevidljivoj bravi i otvorila ulaz u do sada neotkriven svet – svet sutrašnjice. Na svoje zaprepaštenje, shvatio je da bi korak koje će čovečanstvo napraviti mogao da bude i poslednji. Bio je to korak u provaliju, u koju će čovek sa sobom povući i svu plemenitu silu života na zemlji. Stajao je pred širom otvorenim vratima, pogleda zakovanog u prizor ispred sebe. Iza njih, umesto egzotične budućnosti, zjapila je praznina. Gledao je u kraj sveta.

Sada je grčevito radio na tome da popravi štetu koju je u stvaralačkom zanosu napravio. Ono što je činio delovalo mu je prilično beznadežno, ali to je bila poslednja slamka za koju je mogao da se uhvati u haosu nastalom nakon aktivacije *Infinitija*.

Kontaktirao je sa mnogim vrhunskim umovima širom sveta do kojih je dosezao njegov moćan glas, ne bi li od njih čuo neku ideju kako da se spreči potpuna katastrofa koja se neumoljivo približavala. Odgovori su uglavnom bili obeshrabrujući. Niko od njih nije bio spreman za ovako nešto. Iako su i ranije razmatrani različiti scenariji katastrofe, nikome nije pala na pamet mogućnost ovakvog razvoja događaja. Ljudi sa kojima je razgovarao u želji da nađe neko rešenje rekli su mu da se spremaju.

Spremaju se da prožive svoje poslednje dane.

Kada je već pao u potpuni očaj, pozvao ga je vođa jednog od projekata koji su bili razvijani za *Infiniti*.

Setio se odmah o kome se radi – kada su prijavili projekat, bio je šokiran kada je saznao da je ovaj tim spremao softver za *Infiniti* pre nego što su uopšte i saznali za njegovo postojanje. Pomisao na ovo mu je ulila novu nadu, jer je znao da ima posla sa posebnom grupom ljudi – istinskim vizionarima. Možda njihov projekat nije ono spasonosno rešenje za kojim traga, ali je bio ubeđen da jedino ljudi sa takvom pronicljivošću mogu da ga dovedu do njega.

Dok mu je Arči u kratkim crtama, preko telefona, opisivao njihov projekat, i koje su mogućnosti virtuelnog univerzuma, njemu se u glavi već rađala spasonosna ideja.

Ideja koju je Nejtan razrađivao u svojoj mašti u stvari i nije bila toliko nova. Postojala je već neko vreme, ali samo u formi fantazije. Nejtanu se činilo da sada imaju sve što je neopodno za njeno ostvarenje. Imali su virtuelni svet. Imali su te algoritme koji su mogli da uobliče svet prema stvarnom svetu. Imali su *Infiniti*. Ostalo je da sve povežu, stvore virtuelni svet po modelu stvarnog, i zatim prenesu svoja bića u njega. Nakon toga bi nastavili svoje živote u novom svetu, dok bi u ovom virus već učinio svoje. U svakom slučaju, smrt u ovom svetu za njih ne bi bio i definitivan kraj života. On bi se nastavio u jednoj drugoj, digitalnoj dimenziji. Moguće je da ne bi ni primetili razliku između dve stvarnosti.

Možda je ideja delovala sumanuto, ali takav je bio i trenutak. Nije imao nikakvog izbora – što je znatno olakšalo donošenje odluke da pozove Arčijev tim.

Sada je sedeo zajedno sa izabranim timom u svom privatnom avionu za stolom za sastanke.

„Hoće li mi neko reći zašto putujemo u Austriju?", prvi je progovorio Sebastijan.

„Nejtan je kupio jednu prilično solidnu građevinu gde ćemo smestiti *Infiniti*. Oprema je već preneta tamo, ostali članovi tima su na putu", odgovorio je Arči, u želji da Nejtana poštedi ponavljanja priče koju je već čuo od njega.

„Zar ima nešto solidnije od Čejen planina?", oglasila se Ema, očigledno jednako neupućena u razvoj situacije kao Sebastijan.

„Postoje izvesni problemi sa pećinom u planini Čejen. Nalazi se u Americi, a moje lice je u memoriji dronova koji ruše postojeću hijerarhiju u svetu. Pored toga, sada se i moje ime nalazi na listi novopostavljenog predsednika – listi za odstrel. U ovom momentu teško da bih uspeo bilo šta da kupim na teritoriji SAD."

Svi prisutni su sa odobravanjem slušali Nejtana.

„Takođe, postoji još jedan, veći, problem", progovorio je Nejtan ponovo, spuštenog pogleda.

„Virus je stigao na tlo Amerike. Na osnovu analiza dosadašnjeg širenja i simulacije, za par nedelja..."

Ućutao je.

„Za par nedelja?", nadovezao se zaprepašteno Sebastijan. „Za par nedelja će se proširiti na gradove?"

Posle kraće pauze Nejtan je konačno progovorio suvim glasom: „Za par nedelja Amerika neće postojati."

Sebastijanovom umu je bilo potrebno neko vreme da prihvati ovu informaciju. Ostavio je Taru i decu kod kuće, očekujući da će imati mesec ili dva da reši problem sa virusom i dovede ih na sigurno, ali nemilosrdna zaraza koja razara sve pred sobom širila se mnogo brže nego što je bilo ko očekivao. Ako čitava Amerika ima par nedelja, koliko onda imaju oni... par dana?

„Kako to da virus još nije u Beču? Zar nije pošao iz Stokholma?", upitao je Arči.

„Veoma se brzo širi, i potpuno nepredvidivo. Gradovi su povezani avio-linijama, koje su koliko-toliko pod kontrolom, ali se širi i kroz vazduh, uz pomoć ptica i insekata. Za sada još nije stigao do Beča, ali je već na pragu Austrije. Imamo jako malo vremena za delovanje.”

„Moramo brzo da radimo! Da li iko ima neku ideju?”, progovorio je odjednom Sebastijan uzbuđeno.

35.

Stajali su ispred sive, betonske kule masivnih zidina od armiranog betona, čija debljina je bila nešto veća od tri metra, dok su se na njenom vrhu nalazila proširenja za protivavionske topove. Sumorni spomenici brutalističkih obrisa izgrađeni su tokom Drugog svetskog rata kao neuništive odbrambene kule, ali i za sklanjanje civila od razornih bombi koje su gromoglasno najavljivale pad diktatora. Umesto topova koji su nekada ispaljivali salve svetlećih projektila ka nebu, sada su na njihovom mestu bili postavljeni snajperisti iz Nejtanovog privatnog obezbeđenja, koje je Sebastijanu pre ličilo na neku specijalnu vojnu jedinicu, kakvu je imao prilike da vidi samo u filmovima.

Nejtan je, i pored opšteg kolapsa, imao na raspolaganju sasvim dovoljno novca u kešu i zlata u rukama kojim je mogao da obezbedi vernost svojih ljudi u haosu koji se širio planetom.

Imali su plan, posle kratkog ali produktivnog sastanka došli su do ideje koja bi mogla da bude spas za čovečanstvo. Jedan deo neophodne opreme već je bio u kuli, ali su morali da sačekaju isporuku još jedne porudžbine koja bi trebalo da pristigne privatnim avionom u roku od nekoliko sati. Problem, čijem rešavanju su prvo pristupili još za vreme leta avionom, bio je u tome što je njihov plan mogao da obezbedi preživljavanje veoma malog broja ljudi. Napravili su kriterijum selekcije – pored Nejtana i njegove porodice, tu su bili direktori projekta *Infiniti*, direktori iz Sebastijanovog tima, i vlasnik kompanije „Krio-budućnost". Svaka osoba sa spiska mogla je da u plan uključi i svoju porodicu.

Ema nije bila na spisku. Ona, jedina od prisutnih, nije bila direktor, već istraživač. Nisu mogli da šire spisak jer bi se tada uključili i drugi nivoi u njihovim organizacijama, a kapaciteti su im bili veoma, veoma ograničeni. Ema je sve vreme radila sa njima, potpuno svesna da je osuđena na smrt. Ona je tu informaciju veoma hrabro prihvatila, i nastavila da profesionalno radi na svojim zadacima, iako je Sebastijan video u njenim očima da se, iza čelične fasade, neki krhki delić njene ličnosti ugasio. Nije znao šta da joj kaže, ta odluka je bila van njegovih moći i ona je to znala. Nije bilo smisla da joj objašnjava ono što ona već zna, i grčevito, bez uspeha, borio se da nađe neku reč utehe.

Sebastijan je, dok je još bio u avionu, pozvao Taru i rekao joj da ne pakuje nikakve stvari, već da odmah pokupi decu, ode na aerodrom i uhvati prvi let za Beč. Sada je čekao njen poziv da potvrdi da su stigli na aerodrom i da ulaze u avion.

Ušli su u groteskno zdanje u koje je moglo da stane na hiljade ljudi, a koje je sada bilo prepravljeno da izgleda kao izložbena galerija. Enterijer je bio paravan koji je trebalo da zavara trag novoj planetarnoj vlasti. Nejtan ih je poveo u toalet. Iza vrata toaleta za zaposlene krila se mašinerija *Infinitija*, prostorije za odmor i kancelarije za sastanke. Jedan deo je bio ostavljen prazan za opremu koja tek treba da stigne.

Sebastijan je razgledao prostor oko sebe, sve je napravljeno bez ikakvog osećaja za estetiku, komfor. Stvari su naslagane na brzinu i sva pažnja je bila posvećena funkcionalnosti. Prostorije su bile na brzinu sklepane kockice sa montažnim stalažama na koje su bili naslagani računari i oprema. Raznobojni mrežni kablovi visili su sa polica.

Za jednim računarom, koji se nalazio na stolu improvizovanom od sanduka za opremu, sedeo je mladić sa dugom kosom vezanom u rep.

„Locirali smo ga, konačno!", progovorio je.

Nejtan je prišao računaru i pogledao u monitor. Na njemu se mogla videti jedna prilično zapuštena soba u kojoj se nalazio stari televizor, jedna sofa, stalak za novine... samo nije bilo vlasnika sobe.

„Jeste li sigurni da je to prava lokacija?", upitao je Nejtan gledajući namršteno u monitor.

„Da, gospodine, potvrđeno je iz više izvora. Pratili smo poruke, označavali svaki ruter preko kojeg bi prešle, locirali smo i telefon, i proverili sve pozive u poslednjih par dana. To je on, gospodine – nema sumnje."

„A gde se sada nalazi i šta uopšte vidimo ovde?"

„Aktivirali smo bekdor na njegovom računaru i počeli da preuzimamo sliku sa ugrađene kamerice. Za sada se još nije pojavio lično, ali..."

U tom momentu je zazvonio Sebastijanov telefon. Tarino ime je bleštalo sa ekrana telefona u polumračnoj sobi. Izdvojio se iz grupe i odgovorio na poziv.

Kada se javio, glas sa druge strane veze je zvučao veoma uzrujano.

„Sebastijane, ne puštaju nas na avion! Zoja je kinula dok smo čekali u redu za kartu, i odjednom se obezbeđenje obrušilo na nas. Imali su maske preko lica i izvukli su nas iz reda kao da smo teroristi. Vrištala sam da je u pitanju alergija, ali nisu hteli da slušaju. Strpali su nas u izdvojenu prostoriju, kažu da moramo da budemo u karantinu. Ovde ne prestaju da dovode ljude koji su bolesni... Sebastijane, šta se to dešava?", pitala ga je na kraju preklinjućim glasom.

Na trenutak ga je oblio hladan znoj.

Nije bio siguran koliko može daleko sada da ide sa svojim zahtevima kod Nejtana, pokušaće kasnije ga da ubedi da pošalju privatan avion. U stvari, nije bio siguran ni da li će i on sam na kraju ostati na listi, pošto je Nejtan bio okružen veoma moćnim ljudima.

„Dušo, ne brini se ništa. Doći će po vas. Nalazim se ovde sa jednim veoma moćnim čovekom i radimo na rešavanju problema. Pojavio se veoma ubitačan..."

U tom momentu se veza prekinula. Pokušao je da pozove Taru nekoliko puta, ali broj više nije bio dostupan.

Stao je na momenat i gledao u telefon, razmišljajući o tome šta može da uradi. Bio je potpuno svestan da su njegove mogućnosti veoma ograničene i da će uskoro morati da donese neke sudbonosne odluke.

Vratio se do grupe koju je vodio Nejtan.

„... neka ostane uključena kamera. Strimujte je kroz mrežu da možemo svi da je pratimo, prebacite prenos i na virtuelni svet, da ispratimo tamo ukoliko se ne završi sve pre prelaska", Nejtan je izdavao naređenja. Lice mu je sada poprimilo izraz lava koji se sprema da krene na protivnika. Sebastijan je, na osnovu onoga što je upravo čuo, pretpostavio da su pronašli osobu koja je pokrenula lavinu prevrata širom planete. *Potpuno suvišna aktivnost u ovom trenutku*, pomislio je.

„Da li imamo nekoga od naših ljudi još uvek u blizini Nejpervila kod Čikaga?", pitao je Nejtan preko ramena čoveka u tamnom odelu, kojem su se, ispod mermernog, obrijanog lica, ocrtavali čelični mišići. Očigledno se radilo o osobi koja je upravljala njegovom privatnom vojskom.

Nakon čeprkanja po tabletu koji je nosio sa sobom, čovek u odelu je odgovorio:

„Imamo najbližeg u Vudridžu, to nije daleko, poslaćemo ga odmah da izvidi situaciju."

Nejtan se sada okrenuo ka Sebastijanu.

„Možeš odmah da počneš sa svojim timom. Vaša oprema je instalirana gore, na spratu. Ostatak opreme stiže za par sati, do tada bi vaš sistem trebalo da bude spreman. Nakon toga možemo da krenemo sa fazom dva našeg plana. Po informacijama koje mi pristižu, virus se širi i na Austriju. U nekim graničnim selima se već pojavio, tako da nemamo nimalo vremena za gubljenje."

Sebastijan ga je pustio da završi do kraja, nije želeo da dopusti sebi da ga prekine. Pogotovo ne u ovom raspoloženju. Kada je Nejtan završio sa izdavanjem naređenja, pre nego što se okrenuo ka svojim ljudima, Sebastijan je rešio da postavi pitanje koje se već neko vreme lomilo u njemu.

„Nejtane, pre nego što počnemo, imam jednu ličnu molbu.”

Zastao je na momenat. Nejtan se okrenuo ka njemu i pogledao ga oštro, pravo u oči. Poslednja zrna peska su curela iz njihovog sata, stoga se nadao da će čuti nešto razumno iz usta ovog zanesenjaka, nešto što neće osujetiti jedini plan koji imaju. Znao je da neće biti prilike za drugi pokušaj.

„Radi se o Emi....”, konačno je progovorio Sebastijan.

36.

Poslednji vladar

Semjuel je nosio upravo kupljene potrepštine u kesi, vraćajući se iz lokalne prodavnice. Ostavio je svoj projekat na nekoliko minuta, da bi se snabdeo neophodnim stvarima za kuću, ali i razbistrio glavu na svežem vazduhu. Sve je išlo po planu – gotovo savršeno, svaki detalj se uklapao. Mašina promena je kuckala perfektno kao švajcarski sat. Bio je na pragu ostvarenja životnog cilja koji je postavio pred sebe pre nešto više od tri decenije.

I sada se desilo ovo.

Virus.

Kao grom iz vedra neba! Prosto nije mogao da veruje šta ga je snašlo. Postao je najmoćniji čovek na planeti, vladar koji drži konce svih marioneta, koje su plesale svoj pripremljeni ples u parlamentima širom sveta, a sada se, pred tim monstrumom od bolesti kakvu istorija ne poznaje, osećao potpuno razoružano, bespomoćno. Bio je sateran u ćošak i nije imao rešenje. Pratio je razvoj situacije, vlade širom sveta su, jedna za drugom, padale u njegove ruke. U isto vreme, čitavi gradovi su izumirali u roku od par dana. Tek osvojena imperija topila se pred njegovim očima.

Šetao je popločanom stazom pored Djupejdž reke i gledao idilični prizor oko sebe. Na momenat se zapitao – *šta mi je ovo trebalo?*

Ali već sledećeg trenutka iz opšte zbrke u njegovoj glavi ispetljala se misao da bi se katastrofa desila i bez njegovog pokušaja preuzimanja vlasti na planeti. On je, u stvari, bio potpuno nebitan. Oduvek. I biće zauvek.

Kupio je usput domaći sladoled u radnji, na putu kući, i seo na praznu klupu na šetalištu. Ništa mu nije padalo na pamet, nijedno rešenje, ali je mogao bar da uživa u ukusu poslastice i pitoresknoj slici centralne ulice bajkovitog gradića još neki minut. Virus je već ušao na tlo Amerike i bilo mu je jasno da neće proći više od par nedelja pre nego što dođe i po njega. Nije imao nameru da ga čeka skrštenih ruku. Spremio se za drugačiji ishod, mrzeo je kada nema kontrolu nad svojom sudbinom. Pogledao je oko sebe i, kada se uverio da nema nikoga u blizini, izvukao je iz džepa revolver. Posmatrao ga je neko vreme, a zatim vratio u džep i krenuo polako ka kući.

Dok je hodao popločanom stazom, kroz glavu su mu provejavale slike života u poslednjih par decenija.

Radio je u agenciji kao analitičar, na srednjem nivou hijerarhije, što mu je dalo pristup ka mnogim sistemima i informacijama, inače sakrivenim i zaključanim za obične smrtnike. Dok se bavio obradom drugih ljudi – potencijalnih stranih špijuna, terorista, pripadnika tajnih organizacija koje su za cilj imale rušenje slobodnih i demokratskih sistema, u njegovom umu rađala se ideja o preuzimanju vlasti nad čitavom planetom. Bio je svestan toga da sigurno nije jedini kome je nešto slično palo na pamet, i da agencija veoma pažljivo prati njegov rad i beleži svako odstupanje, ali je isto tako znao i da svaki sistem ima svoje nedostatke, rupe kroz koje će moći da se promigolji do svog cilja. Sistem kriptovanja koji je osmislio pre više decenija iskoristio je da bi popisao sve propuste u sistemu, a zatim i za kreiranje svojih planova.

Oformio je vremenom klub svojih sledbenika, koji su mu ostali verni i onda kada je otišao u penziju. Iskoristili su moć koju su imali i privilegije koje im je posao u agenciji pružao da bi sastavili spisak ključnih ljudi za odstrel. Mikročip koji su ubacili u helikoptere-igračke bio je prvobitno spreman za jedan drugi projekat, projekat eliminacije protivnika demokratije. Jedan od ljudi iz piramide moći koju je strpljivo gradio, inscenirao je uništenje prvog kontigenta čipova, koji je, zapravo, sklonjen na sigurnu lokaciju, da bi kasnije bio upotrebljen za ostvarenje Semjuelovog tajnog plana. Najkomplikovaniji deo projekta bio je stvaranje mreže zamena – ljudi koji će preuzeti vlast u pojedinačnim državama, i pritom ostati lojalni vladaru.

Rešenje tog problema ukazalo se pojavom društvenih mreža. Na osnovu baze sa profilima ljudi širom sveta, tokom operativnog rada u okviru projekata koje su dobijali, filtrirali su one najpogodnije, a zatim stupili u kontakt sa njima na razne načine, prilagođene njihovim ličnostima. Komunikacija sa zamenama je delovala toliko naivno da ni u jednom momentu nisu pobudili sumnju unutar same agencije. Agencija je neprekidno češljala istoriju svojih članova, ali njegov dosije je bio čist – Semjuel nije sarađivao ni sa kim spolja. A ni njegovi ljudi. Komunikaciju među sobom su prikrili radom na zajedničkim projektima i testovima novih metoda praćenja.

Čitav projekat preuzimanja, koji je razvijao decenijama, završen je perfektno – kompletna vlast na planeti sada je bila u njegovim rukama.

Ni najuži krug ljudi oko njega nije znao kakvi su bili njegovi planovi za planetu nakon preuzimanja. Potrošio je godine života na njihov razvoj, pri čemu ih je sve ovo vreme čuvao zapisane u svom umu. Nigde nije ostavio nijedan trag o njima – nije bilo razloga da zamara svoje saradnike tim suvišnim detaljima. Ne, nije planirao da ostatak života provede kao egocentrični hedonistički diktator. Navikao se vremenom na skroman život, koji mu je godio. Želeo je da ostavi nešto lično civilizaciji koja ostaje nakon njega. Želeo je da planeta postane zaista bolje mesto za život, za sve ljude. Preuzimanjem potpune vlasti, ratovi bi bili obesmišljeni. Čitav život gledao je milione ljudi koji su širom sveta svake godine umirali na najsurovije načine iz potpuno besmislenih razloga. Deca su umirala jer sadašnji vladari nisu mogli da se dogovore oko podele plena – vlasti nad nekim parčetom planete.

Mogao je to da spreči i svetu donese večni mir. I bio je na pragu realizacije svog životnog projekta.

Sada je gotovo.

Nije imao rešenje. Igra je došla do kraja. Potpuno neočekivanog kraja.

Došao je i do kraja svoje šetnje. Nalazio se ispred ulaznih vrata svoje kuće, u predgrađu jednog od najvećih i najrazvijenijih gradova sveta, okružen velikim, rustičnim, glinenim saksijama iz kojih se prelivalo cveće brižljivo gajeno decenijama. Zastao je i počeo nežno da mazi latice ciklama, kao da pokušava da odloži ono što sledi.

Otključao je vrata i ušao u kuću. Pogledao je sobu, koja je bila u prilično lošem stanju, baš kao i njegovo raspoloženje. Televizor je bio star više od dvadeset godina. Namerno ga nije zamenio novijim, jer je znao da moderna tehnologija omogućava uhođenje čak i priučenim klincima. Sve ostalo u sobi je bilo zarozano i zapušteno, ali sada mu to više nije bilo bitno. Na stolu je ostavio kompjuter, koji je uključio pre izlaska, prvi put nakon deset godina. Igra žmurke za njega je bila završena. Sada mogu i da ga otkriju. Na neki čudan način osetio je olakšanje zbog toga.

Momenat kasnije, nepoznat čovek se pojavio na vratima. U ruci je držao pištolj. Semjuel je još uvek držao ruke u džepovima mantila, i u desnoj čvrsto stegnut revolver. Gledao je jedan trenutak čoveka koji je podigao pištolj prema njemu. Bilo je dovoljno da Semjuel povuče oroz i pretnja bi bila, bar privremeno, otklonjena. Očigledno je da su ga već locirali.

Olabavio je stisak ruke i revolver je kliznuo iz nje. Blagi, ironični osmeh razvukao se ispod ostarelih očiju setnog pogleda. Klimnuo je glavom strancu u znak odobravanja.

Pištolj neznanca je opalio, i Semjuel se srušio na pod.

37.

Sebastijan i ostatak tima sedeli su u improvizovanoj laboratoriji i pripremali se da aktiviraju prvi deo plana. Sve fizičke komponente su bile povezane sa *Infinitijem*, koji je sada bio u funkciji i radio punom parom čekajući programe da se učitaju u njegovu memoriju.

Par nedelja ranije, posle prvog fijaska i mukotrpne korekcije bagova koja je usledila, njihov program se konačno uspešno izvršio na beskonačnoj mašini. Rezultat je zaista bio zadivljujući – uz pomoć virtuelnih kamera pozicioniranih unutar digitalnog sveta koji su stvorili, mogli su da se kreću po tom svetu, posmatraju pitoreskne predele, život koji je vrveo u virtuelnim prašumama, jutarnju gužvu na auto-putevima koji su vodili ka velegradima, fudbalske utakmice koje su privlačile desetine hiljada gledalaca, fantastične građevine koje su izgradile virtuelne arhitekte. Sve je izgledalo tako stvarno, tako drugačije, a ipak tako prepoznatljivo. U program su uneli sve informacije o stvarnom svetu koje su im bile na raspolaganju. Računar je zatim kreirao svet u kome su se našli predmeti, ljudi, životinje pa čak i biljke, čije podatke su Sebastijan i njegove kolege ubacili u memoriju računara. Tako je uspeo da pronađe Tarine orhideje tačno na mestu na kojem ih je pozicionirao. Golden Gejt je spajao dva od tri postojeća kontinenta u virtuelnom svetu. Sve što nisu uneli, mašta mašine je formirala po svom nahođenju. To jest, po volji virtuelnog big-benga i generatora slučajnih brojeva ugrađenog u program. Tako su čuli nove jezike koji su virtuelni ljudi razvili potpuno nezavisno od realnog sveta. Nisu imali vremena da obrade i ubace u mašinu i taj aspekt stvarnosti. Kao ni mnoge druge, ali je mašina znala kako da popuni praznine koje su naučnici ostavili za sobom.

Sebastijanova vizija je bila da prenese sebe u virtuelni svet. Verovao je da će sa informacijama o sebi u digitalnu stvarnost uspeti da prenese i svoju dušu, svoju svest. Svoje ja. Za sada još nije imao ideju kako to da izvede, ali su njegovi planovi bili usmereni u tom pravcu. Možda bi i uspeo u toj nameri da ga nije pretekla globalna kataklizma koja je brisala sve pred sobom u njegovom, stvarnom svetu.

Imali su sve spremno, sačuvali su programe i podatke koje su prethodni put dobili, ali su bile potrebne još sitne dorade. U virtuelni svet je trebalo ubaciti čuvare, ljude koji će paziti da se u stvarnom svetu sve odvija po planu. Tarini podaci su već bili tamo, njegovi takođe. Trebalo je dodati ostale članove tima i naći način kako da im prenese zadatak koji će imati u svojim virtuelnim životima. Nije postojala tehnika kojom bi mogao da utiče direktno na svest virtuelnih ljudi, nije mogao da stvori njihova sećanja, memoriju.

Možda bi mogao da ljudima u virtuelnom svetu omogući da vide šta se dešava u stvarnom. Ali kako? U trenutku stvarnog sveta, *Infiniti* će generisati eone virtuelnog univerzuma, a onda u određenom momentu, kada Sebastijanova kopija bude u istom starosnom dobu u kom je on sada, trebalo bi joj preneti uputstvo za priključivanje na stvarni svet.

Dok je pokušavao da smisli neko rešenje, nešto je šušnulo i promigoljilo se u ćošku prostorije, odmah iza njegovog ranca sa stvarima koji je odložio kada je ušao unutra. Iskreno se nadao da nije u pitanju zmija, to bi bila poslednja stvar koja mu treba sada, u ovom betonskom sarkofagu. Užasavao se zmija.

Ustao je i krenuo lagano da se šunja ka rancu. U ruci je držao prvu dovoljno čvrstu i dovoljno tešku stvar koju je dohvatio – dasku skinutu sa jednog od sanduka sa opremom.

Trgnuo je naglo ranac, ali iza njega nije bilo ničega. Šta god da je trenutak ranije bilo tamo, otišlo je. Sve se stišalo i čulo se samo zujanje hladnjaka računara.

Vratio se za računar i nastavio da razmišlja o problemu. Bilo je potrebno da aktivira program koji će postaviti kostur virtuelnog sveta sa ljudima i predmetima koje je on uneo u memoriju. Zatim bi *Infiniti* premotao film do big-benga. Nakon toga, pustiće simulaciju sveta unapred, ali će je zaustaviti kada dođe do tačke kada likovi u virtuelnom svetu, kreirani po ljudima iz stvarnog sveta, između ostalih i njegova virtuelna kopija, budu istih godina kao njihovi originali u stvarnosti. Zatim bi morao da uspori izvršavanje programa u *Infinitiju* tako da vreme u virtuelnom svetu teče istom brzinom kao i u stvarnom svetu. Njegova kopija u virtuelnom svetu bi tada trebalo da se poveže sa stvarnim svetom i počne da prati dešavanja u njemu, pazeći na to da se sve odigrava po planu.

Trebalo je samo smisliti neki znak koji će njegovu kopiju „aktivirati" i usmeriti na pravi put.

Nije imao previše vremena za razmišljanje i ubacio je ono što mu je prvo palo na pamet. Krenuo je sa unosom izmena, prsti su mu leteli po tastaturi, dok mu je pogled bio fiksiran na tekst koji je skrolovao po monitoru.

Radio je kao hipnotisan, to je bila jedina magična moć koju je posedovao. Bilo je potrebno baciti samo grudvicu sa vrha planine, njegove misli su se lepile za nju i pretvarale u ogromnu loptu koja je tutnjala niz padinu rušeći sve prepreke pred sobom. Rešavao je probleme kako bi naišao na njih, smišljao rešenja unapred i pre nego što bi mu um jasno sagledao prepreke koje tek nailaze. Osećaj koji je imao dok je radio bio je sličan onome prilikom igranja „Tetrisa" na najvišem nivou – figurice padaju takvom brzinom da ih oči jedva i prepoznaju, a ruke ih, klikćući po tastaturi, smeštaju tačno tamo gde je neophodno, pre nego što bi svestan deo uma uspeo da prepozna pravo rešenje. Kao da bi prsti plesali svojom voljom, on bi samo zamrznutog pogleda, bez treptaja, zurio u ekran i pratio kako se redovi rešavaju sami od sebe, kako podsvest preuzima kontrolu nad telom. Nije bio dobar u mnogim stvarima, sportovi mu nisu ležali, kao ni muzika ili ples, ali ovo je bila njegova oblast, nešto za šta je njegovo biće bilo kao skrojeno.

Nekoliko sati kasnije sve je bilo gotovo. Trebalo je samo još testirati kopiranje svesti virtuelnih ljudi na memoriju rezervne kopije. To bi mu znatno ubrzalo rad jer ne bi morao da aktivira iz početka sve sekvence koje je puštao tokom testova, i omogućilo da sačuva slike svesti pojedinih ljudi da bi ih kasnije analizirao, kada se ponovo vrati.

Prebacio je program i podatke na *Inifiniti* i aktivirao testnu verziju.

38.

Prekidna tačka

Probudio se u radnoj sobi. Samo je otvorio oči i mamurni svet ga je pritisnuo svojim rađanjem. Uvek je tako kada zadrema popodne, a ovog puta su ga deca toliko izmorila da je zaspao na pomoćnom krevetu u sobi u kojoj se nalazio njegov radni sto sa računarom, sobi koju je koristio da na miru radi kada svi ukućani utonu u san.

Marko nije bio baš u cvetu mladosti i, pored sedih koje su se množile u njegovoj kosi, osećao je da stari i iznutra. Razmišljao je o tekstovima koji su preplavili novine, gde su prikazana neka poznata lica koja su u sličnim godinama kao on a izgledaju kao tinejdžeri. Doduše, ni on nije izgledao kao matorac. *Ma šta mi vredi spoljašnji izgled*, pomislio je, *kada se pri svakom novom buđenju osećam kao da me je pregazio voz? Kada sam bio klinac, skakao bih na noge čim bih otvorio oči, a sada...*

Kada je već kod klinaca, gde li su ovi njegovi, upitao se. Ne čuju se, a poslednje čega se seća pre nego što je pao u san jeste da su jurcali kroz kuću i svađali se oko mobilnog telefona. Za to vreme gospođa supruga je otišla do drugarice i ostavila mu njegovu decu da ih pričuva, i uradi sa njima domaće zadatke. Kao da je i svoje radio kada je bio u njihovim godinama, vajkao se.

Dok se tumbao ka kupatilu, naleteo je na gospođu mamu, koja ga je mrko pogledala.

„Gde su ti unuci?", upitao je u prolazu, ne primetivši da joj se pogled iz mrgodnog pretvara u ljut.

„To bi trebalo ja tebe da pitam, lenčugo", promrmljala je i nastavila svojim putem.

Umio se da dođe malo k sebi, i pogledao unezvereno ka lavabou u potrazi za posudom sa tečnim sapunom. Baš čudno, kao da je u zemlju propala. *Nisu valjda i to klinci polupali*, pomislio je.

Krenuo je ka dečijoj sobi ne bi li uradio procenu štete nastale tokom njegovog kraćeg odsustvovanja iz sveta budnih. Otvorio je vrata dečije sobe i pogledao unutra.

Gospođa majka je upravo završila spremanje ručka za svog ostarelog mezimca i krenula da zalije cveće u njegovoj spavaćoj sobi.

Popela se na sprat, onoliko brzo koliko su joj to noge dozvoljavale, a imale su prilično mnogo primedaba na ovu njenu aktivnost. Uzela je kanticu za cveće iz kupatila i došla do spavaće sobe svog sina.

Ušla je kroz širom otvorena vrata Markove sobe.

****

Nasred sobe stajao je On.

Skamenjen, raširenih očiju, stajao je nepomično i gledao u jednu tačku. Zastala je instinktivno, pokušavajući da shvati šta se dešava. Stajali su tako ukopani bezmalo čitav minut. On je gledao u jednu tačku, a ona u njega. Više nije znala ni koliko je vremena prošlo, kada se trgla i odlučila da progovori.

„Marko!"

Stajao je pred njom. Njen sin u kasnim tridesetim, prosede kose i neuredne brade, stajao je, pošto je prespavao još jedno popodne, na sredini svoje spavaće sobe i zurio u prostor ispred sebe.

Toga se najviše plašila, ali je očekivala da će početi pre ili kasnije.

„Marko, da li si uzimao nešto?", konačno je smogla hrabrosti da izgovori pitanje.

„Gde su deca?"

Marko se sada okretao izbezumljeno, nije bila sigurna da li je odgovorio pitanjem ili ga uopšte nije čuo.

„Niko nam nije svraćao danas, ne znam na koga misliš. Jesi li dobro?", pokušala je ponovo sa pitanjem u nadi da će dopreti do njega.

„Pokupila ih je i otišla sa njima. Ne mogu da verujem! Reci da se ovo ne dešava!"

Marko se i dalje izbezumljeno okretao oko sebe.

„Ovo se ne dešava", izgovorio je sada sniženim glasom, gotovo šapatom.

„Kada ih je odvela, jesi li je videla?", konačno se obratio njoj.

„Sine, da li si ti uzimao nešto?", pokušala je da iskoristi kontakt i pokrene pitanje.

„Govoriš neke nepovezane stvari, bojim se da ne naudiš sebi."

Marko se sada fokusirao na stvari, pokušao je da analizira situaciju, posle prvog šoka.

Dečija soba je izgledala potpuno drugačije. Dečijih kreveta nije više bilo, a to znači samo jednu stvar – da je unajmila nekoga da prenese stvari, a to nije moglo proći neopaženo. Koliko je on to dugo spavao?

„Koji je danas dan?", okrenuo se opet prema majci.

„Sreda", odgovorila je, već gubeći nadu da će tako lako dopreti do njega.

„O. K, sreda, ali koji datum?", nastavio je sa pitanjima.

„Sreda, 15. mart", preslišavala se u sebi da li je odgovor tačan.

„Da, danas je 15. mart", izgovorio je za sebe. Nije bio u komi, spavao je samo par sati. Kako je uspela da iznese sve za tako kratko vreme? Neko je morao da vidi da se iznose tolike stvari.

„Kako su izneli stvari?", pitao je gledajući je pravo u oči.

Majka je već počela da oseća grč u stomaku. Više nije mogla da prepozna svoje dete. *Šta li je uzeo*, pitala se. U stvari, pre se nadala da je nešto uzimao, jer ako nije, to znači samo jedno – da je potpuno sišao sa uma.

„Koje stvari, sine? Sve ti je tu, niko nije dolazio čitav dan", pokušala je da ga vrati u stvarnost.

„Gde su deca? Bila su tu pre par sati, nemoguće da ih je uzela a da nisi ništa primetila", gledao je pravo u nju, dok mu se u očima video tinjajući plamen besa.

„Čija deca, Marko?", pitala ga je, već sa suzama u očima. Kao da je namerno ubadao ranu koja je najviše boli.

„Moja deca, mama, moja", gotovo je prošaputao.

„Marko...", progovorila je sa knedlom u grlu. Sačekala je da joj se glas stabilizuje, a onda je ponovo progovorila: „Marko, ti nemaš decu."

Neobrijano lice sada je bilo razvučeno u zaleđen osmeh. Marko više nije znao šta da misli. Kroz glavu mu je prolazilo hiljadu slika. Prošle nedelje su Jelena i on išli u igraonicu da rezervišu termin za Anjin rođendan. Pre tri dana su Stefana vodili kod lekara da uzme potvrdu za vrtić.

Sada stoji u njihovoj sobi, a njih nema. Nikoga nema osim njegove majke, koja je potpuno poludela. Možda su je drogirali da bi ih izveli i izneli stvari.

Ali, pitao se, *ako su već izneli stvari, zašto su unosili ove druge? I to baš moje stvari iz vremena studija, gde su ih uopšte našli?*

Pogledao je u svoj krevet i odjednom osetio trnce kako prolaze od sredine stomaka i šire se ka rukama, nogama, glavi... vid je počeo da mu se muti, dok su se pred očima pojavile iskrice koje su nagoveštavale događaj koji je usledio.

Majčin vrisak se prolomio dok je Markovo mlitavo telo padalo na pod kao vreća. Tama je progutala svet oko njega. Pri padu je tresnuo glavom, srećom, na tepih.

✳✳✳✳

„Da li Vam je bolje", izgovorio je glas.

Slika se polako vraćala, ali je uz nju dolazio i bol u glavi. Nije bio nesnosan, pre neprijatan. Kada se slika izoštrila, iznad sebe je ugledao lice patronažne sestre u crvenoj uniformi. U istom momentu osetio je bol u ruci, verovatno je sestra upravo izvukla iglu za infuziju ili šta već.

„Vaša majka kaže da ste se čudno ponašali. Da li Vam je sada bolje?", upitala je sestra dok ga je gledala ispitivačkim pogledom, fokusiranim na njegove zenice.

„Bolje mi je, ne znam šta mi bi. Mora da sam nešto loše pojeo...", odgovorio je u želji da izbegne probleme. Sestra ga je pogledala sumnjičavo i odmahnula glavom ka vozaču. Nije mu verovala, ali se njena smena ionako uskoro završava, a još juče se dogovorila sa drugaricom da idu do tržnog centra na noć kupoholičara. Ona je svoj posao obavila, ostalo je još da popuni papire i mogu da krenu.

Dok je žvrljala nečitko po formularima, Marko je gledao oko sebe. I dalje je bio u svojoj spavaćoj sobi. Gledao je u krevet i trudio se da ne deluje izbezumljeno.

To je taj krevet, imao je na sebi fleku od mastila koje je prevrnula njegova mačka koju je imao u studentskim danima.

„Micko je ovo napravio, sećaš se?", majka je ispratila njegov pogled. Tačno je znala šta misli. „Vreme je da menjamo taj nameštaj."

„Da vreme je", odgovorio je Marko, čekajući da hitna pomoć završi svoj posao.

Složio se, iako je bio svestan jedne male nelogičnosti koja je parala konzistentnost stvarnosti oko njega. Već su zamenili taj nameštaj, a taj krevet je on lično rasturio u komade i ostavio pored kontejnera, prve subote u mesecu, kada se iznosi kabasti otpad.

A sada je stajao pred njim. Kao i cela soba. Sav nameštaj je bio iz njegovih studentskih dana, samo malo ofucaniji od onog što su đubretari odneli.

Ali on nije bio student. Bio je ono što je bio i juče. Marko u svojim kasnim tridesetim godinama, prosede kose, blago opuštenog stomaka. Majka nije bila ona iz studentskih dana, već ona od juče. Bar izgledom, pored toga što je pričala besmislice.

I nije bilo dečije sobe. Ni dece. Ni Jelene. I nisu pobegli, niko ga nije lagao. I ništa nije mogao da razume više.

Počeo je da plače...

Patronažna sestra i majka su se pogledale. Znale su šta sada mora da se desi.

Ništa od noći kupoholičara.

39.

Marko je sedeo na klupi u malom parku u centru grada, klupi koja je gledala pravo na ulicu. Prijalo mu je prolećno jutro, voleo je da gleda kako ulica diše, kontejneri zveče dok ih đubretari guraju, dostavljači užurbano nose svoju isporuku piljarnicama, ljudi kupuju novine i žure na posao.

Za razliku od njih, on se nije žurio. Prošlo je vreme žurbe, posla, projekata, revizija, kontrola. Sada je mogao da gleda druge i da uživa u slikama, zvucima, mirisima...

Gledao je u pegice na staračkim rukama. Njegovim rukama.

Bile su tu ispred njega, male i nežne.

Bile su tu ispred njega, jake, nežne i okretne.

Bile su tu ispred njega i kada su počele da rastu malje na njima.

Sada su tu ispred njega i tresu se. Tresu se zbog lekova. Zbog lekova i starosti.

Ali on može da prihvati starost.

Jedino što ne može da prihvati je stvarnost.

Ovo nije njegova stvarnost. U ovoj stvarnosti nema Jelene i nema njegove dece. Ona su sada odrasla, rade, imaju svoju decu. Tamo negde.

„A ja sam ovde...", pogledao je svet oko sebe. Nije verovao u njega. Ali on je ipak bio tu, i svojim konstantnim postojanjem je svaki dan pokušavao da ga ubedi da je stvaran. Ipak, Marko je verovao u drugi svet. Svet koga više nije bilo.

„Dobar dan, čika Marko!", doviknula su deca koja su prolazila pored njega. Javljala su mu se svaki dan.

Nastavila su niz ulicu, čuo je kako kroz kikot govore: „Ma on je fijuk totalni, bio je nekoliko godina u ludari. Ali je dobroćudan, ne moraš da se plašiš...", objašnjavala je devojčica svom novom drugu. „Meni i Stefanu stalno daje kintu za sladoled, kaže da su se i njegova deca zvala isto kao i mi."

„Koji bolid, pa pola grada se tako zove.", čuo se glas novog klinca u društvu koji je prosipao pamet, pun sebe, dok su zamicali iza ugla.

Jebote, šta mi se to desilo, pomislio je po milioniti put.

Sklopio je polako oči i prislonio leđa na naslon klupe, dok se buka saobraćaja gubila polako u daljini. Možda nije bio njegov, ali bilo je vreme da i ovaj svet nestane. I on sa njim.

Nije žalio za njim.

40.

Test

Sebastijan Braun je pažljivo proverio rezultate testa. Svi pokazatelji su govorili da je postigao ono što je želeo. Uspeo je da sačuva snimak uma jedne osobe iz virtuelnog sveta i da je posle ponovo kopira u tu istu osobu, nakon što je resetovao sistem i pokrenuo simulaciju iz početka. Izbor osobe je bio potpuno nasumičan. Švrljao je virtuelnom kamerom po ulicama, zavirivao kroz prozore, i u jednom momentu zaustavio simulaciju, da bi zatim označio osobu koja je spavala u krevetu male sobe u kojoj se nalazio još samo računar, dok je kroz vrata sobe provirivala starija gospođa. Nakon toga je poslao komandu računaru da kopira sve bitove uma označene osobe na rezervnu memoriju. Potom je selektovao čitavu sobu, i fiksirao je u simulaciji. Pustio je da simulacija vrati vreme do momenta velikog praska, i odmota ga ponovo do istog trenutka u kojem je kopirao um osobe. Vratio je kopirane bitove uma nazad u memoriju čoveka koji je i dalje nedužno spavao pred njim.

Posmatrao je na monitoru šta se potom dešavalo, pomerajući virtuelnu kameru kroz prostorije kuće u kojoj je njegov eksperimantalni kunić živeo. Čovek je bio potpuno izgubljen. Sačuvao je sećanja iz prethodne simulacije, koja su potpuno pregazila sva njegova sećanja na život u novoj simulaciji. Bilo je očigledno da je tražio izbezumljeno stvari koje su se nalazile u kući do pre par minuta, a sada su bile zamenjene drugim stvarima koje je simulacija stvorila u svojoj digitalnoj mašti.

Nakon što se uverio da je test u potpunosti uspeo, ugasio je virtuelne kamere i pošao mišem da klikne na dugme za odustajanje od nastavka simulacije. Miš mu je malo proklizao na stolu i, umesto odustajanja, kliknuo je na produžavanje rada simulacije. Sledeće sekunde program je završio simulaciju čitavog jednog univerzuma do kraja vremena.

Kako god, pomislio je, *test je uspeo.*

Ideje su mu sada samo navirale, imao je igračku iz svojih snova u rukama. I još oko sat vremena da se poigra sa njom. Toliko će trebati inženjerima „Krio-Budućnosti" da aktiviraju svoje uređaje. Posle toga neće biti vremena za odlaganje, virus se već širio gradom.

Otvorio je novi prozor na ekranu i počeo mahnito da kuca po tastaturi. Želeo je da unese još par modifikacija, pre nego što konačno aktivira program.

Kroz vrata je provirio Nejtan.

„Ne želim da te prekidam, da li sve napreduje po planu? Nema nikakvih problema?"

„Ne, sve je O. K, pripremam finalni skript, i možemo da aktiviramo aplikaciju."

„Imam dobru vest za tebe. Razgovarao sam sa bordom direkora, tvoja molba je prihvaćena. Biće sve O. K. Samo se potrudi da ta bebica odradi svoj posao kako smo se dogovorili."

Video je da je Sebastijanu laknulo posle ove vesti.

„Imam samo jednu malu molbu za tebe...", nekoliko listova papira su se pojavili u ruci iza Nejtanovih leđa, dok ga je Sebastijan zbunjeno gledao.

„Razmišljao sam o svojoj ulozi u tom tvom virtuelnom svetu, i imam neke ideje..."

Listovi su se sada našli na Sebastijanovom stolu. Po ručnim korekcijama i škrabotinama se videlo da je tekst na listovima bio napisan u žurbi. Sebastijan je pokušao da kriomice pročita bar delić teksta.

Nejtan je naglo okrenuo papire sa tekstom ka njemu i počeo da izlaže svoj plan.

Dvadesetak minuta kasnije Nejtan je, nakon završenog razgovora, ustao i krenuo ka vratima, a zatim se, kada je stigao do vrata, okrenuo ka Sebastijanu, nasmešio, namignuo mu, pogledao ga još jednom procenjivački i otišao. Ostavio je Sebastijana da, sa knedlom u grlu, završava svoje poslednje linije koda.

****

Sat je brzo prošao, ali Sebastijan je uspeo da uradi sve što je naumio. Ne i da završi testiranje, ali je bar završio programski kod. Na vrata je ušla Ema i pozvala ga da siđe u prizemlje.

„Sve je spremno. Pozvali su nas sve da se okupimo.”

Gledao ju je u oči i nije uspeo da pročita njena osećanja. Nije očekivao ništa, ali bi voleo da bar zna kako joj je sada. I šta oseća prema njemu.

„Idemo onda.”

Krenuli su žurno niz montažne aluminijumske stepenice.

Dok su silazili, ugledali su ostale članove ovog malog tajnog društva, koje je imalo samo jedan cilj – da preživi apokalipsu. Čitava grupa se okupila oko Nejtana, koji je davao kratak pregled razvoja situacije.

„Virus se širi gradom, preko veb kamera vidimo rasuta tela na ulicama. Trenutno je konstrukcija u kojoj se nalazimo hermetički zatvorena, i možemo samo da se nadamo da virus još nije prodro unutra. Počinjemo odmah sa fazom dva. Sa spiska će biti čitana imena, i kako neko bude prozvan, popeće se na treći sprat gde se nalazi već spremna oprema i tim stručnjaka koji će vam objasniti šta treba da radite.”

Sebastijan je stajao u gomili tik pored Eme. Želeo je nešto da joj kaže, ali se u prostor između njih utiskivao jedino zvuk Nejtanovog hrapavog glasa, koji je iščitavao imena osoba izabranih da prežive.

Ljudi koji su bili prozvani su mirno počeli da se penju stepenicama ka prostoriji sa opremom.

„Sebastijan Braun!"

Kada je čuo svoje ime, okrenuo se ka Emi, pogledao je u oči. Gledala ga je zbunjeno. Sačekao je jedan sekund, a onda je pribižio svoje lice njenom i poljubio je. Nakon toga je lagano krenuo montažnim stepenicama ka trećem spratu.

41.

Višnja je bila sama u stanu i taj osećaj joj nikako nije prijao. Ne sada. Pitala se kako se sve ovo desilo. I zašto je baš ona rođena u ovo prokleto vreme? Do pre nekoliko dana bila je obuzeta problemima oko ispita i nezavršenih radova, a onda, odjednom, njen mali svet je počeo da se raspada. Gledala je kroz prozor i pokušavala da sredi svoje misli. Prvo je krivila sebe i ideju o helikopteru-igrački kao poklonu. Od momenta kada je pokušala da isproba tu baksuznu igračku sve je otišlo dođavola. Prvo se ta igračka pridružila roju drugih letećih igračaka za koje se ispostavilo da su u stvari deo smrtonosnog oružja iskorištenog da sruši vladu njene zemlje. Zatim je otkrila da se slične stvari dešavaju širom sveta, i da se ništa ne bi promenilo i da ona nije izašla toga dana iz kuće, da je prespavala čitav dan.

Svet je već odavno bio osuđen na propast, tačno vreme početka je bilo već određeno mnogo ranije, možda dok je bila sa Danijelom na letovanju, ili možda i nekoliko godina pre toga. Ko zna šta je radila u momentu kada je u nekoj mračnoj sobi, neki još mračniji um odlučio da im svima zapečati sudbinu. Očigledno je bila suviše zauzeta problemima koji su joj delovali tako veliko i strašno da uopšte nije primećivala da se na horizontu skupljaju tmurni oblaci planetarne kataklizme.

Preuzimanje vlasti koje je izveo novi vladar iz senke se desilo munjevito. Međutim, taj događaj nije bio najveća nevolja koja je snašla unezverene ljude širom planete. Još nisu uspeli da otkriju da li će novi vladar planete biti dobar prema ljudima, ili će ih pretvoriti u svoje roblje i potčiniti čitav svet ličnim zadovoljstvima svog izvitoperenog uma, kada je već zbunjenu i prestravljenu populaciju pogodila nova, još mračnija vest. Počeo je da se širi novi virus, za koji nauka nije imala lek.

Na opšti šok, u prvih par dana virus je izgleda odneo živote novog vladara i njegovog najbližeg kruga saradnika. Svet je skliznuo u potpunu anarhiju i počele su da se šire pobune, protesti i ratovi. Pošto se novi predsednici država postavljeni od strane vladara nisu najbolje snalazili na svojim funkcijama, u stvari – nisu se snalazili uopšte, znali su samo da treba da rade ono šta im vladar naredi, a on je sada bio mrtav, ljudi koji su imali daleko više iskustva u politici ili kriminalu sada su videli priliku da se domognu vlasti. Kako je u gotovo svakoj zemlji bilo više grupa koje su imale istu ambiciju, sitne čarke oko vlasti su prerastale u oružane sukobe, a zatim i ratove.

Do pre mesec dana Višnja je birala u koji evropski grad bi mogla da otputuje za vikend, a sada se plašila da se prošeta par koraka do prodavnice prekoputa. U gradu je zavladala potpuna anarhija.

Nekoliko dana ranije prestale su da rade banke. Iz nekog razloga, svi bankomati, internet portali i šalteri prestali su da funkcionišu, tako da im je ostalo samo onoliko novca koliko su imali kod sebe u stanu. A to nije bilo mnogo. Odlučili su da ne plate račune, pošto pod ovim okolnostima verovatno niko neće moći da ih juri za naplatu dugova. Imali su za hranu za nekoliko narednih dana.

Ali, ni to nije bila najlošija vest koja je stigla do nje.

Najlošija vest se nalazila ispred nje, i Višnja ju je upravo posmatrala.

Gledala je kroz prozor na ulicu ispred zgrade. Po ulici i trotoarima su ležala rasuta beživotna tela ptica. Puzavica koja se godinama pela uz terasu bila je potpuno sasušena.

Višnja je bila svesna da sada više ništa nije bitno. Ni njen ispit. Ni poklon. Ni ko je vladar planete. Ni ko će pobediti u uličnom ratu.

Pa ni koliko im je novca i hrane ostalo. Novac im više neće trebati.

Virus je došao u njihov grad. U njenu ulicu. Verovatno i u njen stan.

Osetila je blag svrab na rukama ispod laktova. Pre petnaest minuta želela je da pozove Danijelu i čuje kako se ona snalazi za hranu, da li imaju vode u zgradi.

Sada više ni to nije bilo bitno.

Pogledala je svoje ruke. Videla je sitne ospice kako se šire od šaka prema laktovima.

To je značilo samo jedno. Da jutra neće biti. Virus je delovao veoma brzo, po onome što su izveštavali ljudi iz gradova koji su već bili pogođeni. Mnogi od njih su već ostali pusti. Sada je došao red i na njen grad. I na nju.

Majka je otišla do prodavnice ne bi li pokušala da nabavi bar najosnovnije namirnice, makar neko pakovanje brašna da zamesi hleb dok još imaju struje.

Nadala se da će se vratiti uskoro, da je vidi još jednom, poslednji put.

Sela je u fotelju češući ruku. Uzela je telefon i pozvala Danijelu. Telefon je dugo zvonio, ali se niko nije javio.

Višnja je osetila kako sva praznina univerzuma ponire u njene grudi. Grudi u kojima je srce sada tuklo nepravilnim ritmom. Niz njeno telo je mileo lagani prohladni talas jeze dok je gledala u televizor, koji je bio uključen ali je očigledno izgubio signal. Nije mogla da se seti u kom trenutku se to desilo, jednostavno je zurila u njega već neko vreme. Nije joj više bilo bitno da sluša vesti i sazna šta se dešava, što je neprekidno radila već nekoliko dana. Gledala je u taj prokleti aparat koji je čitav njen život zauzimao centralno mesto dnevne sobe njene porodice i krao im vreme, otimao duše i grabio njihove nikada neizgovorene reči iz etra, ubijajući tako ležerne popodnevne razgovore o životu, prošlosti, vasioni ili bar o novom receptu za kolače. Zauzvrat, poklanjao im je tuđu radost, tragedije ili uspehe nekih izmišljenih, ili nebitnih ljudi koje niko od njih nikada neće imati priliku da upozna.

Dok je razmišljala o propuštenom vremenu, kuvana jaja koja su stajala na trpezarijskom stolu još od Uskrsa pokazala su prve znake da su ispunila svoju ukrasnu svrhu – počela su da ispuštaju prilično neprijatan miris.

Dohvatila je daljinski upravljač, ne bi li prebacila kanal na nešto što ne ispušta neprijatan šum. Kada joj je pogled skliznuo prema komandama, shvatila je da na ruci koja je držala daljinski više nema ospica. Da li je moguće da je virus nestao sam od sebe?

Neprijatan miris je bio sve jači, pa je odlučila da se odmah reši tih jaja. Ustala je i okrenula se prema trpezariji. Od prizora koji je ugledala, noge su joj se odsekle.

Za trpezarijskim stolom je neko sedeo. Nije bila mama, iako se nadala da će nju ugledati.

Jezivi stvor koji se nalazio pred njom gledao ju je pravo u oči, dok se rep lagano uvijao iza njegovih leđa.

U tom momentu, na televizoru se ponovo pojavila slika. Prikazivao se neki film u kome se gomila ljudi ludo zabavlja, uz iritirajuće glasnu muziku.

Kroz prozor je ugledala kako plameni jezičci gutaju svet u kome je nekada živela. Svet u kome ne postoji đavo. Svet koji se pokreće zakonima gravitacije, inercije, koji robuje prirodnim silama.

Tek sada, kada je bila mrtva, shvatila je svoju najveću zabludu. Čitav svoj život provela je kao posmatrač – posmatrala je svet oko sebe i čekala da joj se stvari dese, da je svet vodi, da joj neko pokaže put kojim treba da ide. Verovala je da su putevi života već odavno dobro utabani i da je njeno samo da prati putokaze i sluša vodiče. Sada je bilo jasno da je sve bila varka, da je morala sama da traži svoju stazu. Sada, kada je već bilo kasno. Ipak, odlučila je da makar u smrti konačno nešto učini, da uzme sudbinu u svoje ruke.

Oduvala je strah poput prašine sa mamine komode i pogledala je Đavola direktno u zmijske zenice.

„Imam nešto za tebe", rekla mu je.

Đavo je neko vreme ćutke gledao u nju, kao da nije očekivao takvu reakciju pridošlice, a zatim je progovorio hrapavim glasom:

„Šta tražiš zauzvrat?"

„Da nestanem. Želim da me nema, kao što me nije bilo ni pre nego što sam postala. Ništa više", izgovorila je hladno Višnja.

Đavo je još neko vreme gladio svoju bradicu i lagano njihao repom.

„To bi bila velika usluga za tebe u ovom trenutku. Šta to imaš da mi ponudiš?"

Ovo je bio prvi put da mu se neko obrati na tako direktan način. Grešne duše su se prilikom prvog susreta sa njim obično grčile u neverici, brbljale o svom uzornom životu, pokušavajući da prikriju sve zlo koje su za života učinile. Da prikriju ono što se pred njim prikriti ne može. Gledao je sva njihova nedela njihovim očima, očima njihovih žrtava, bio je tu uvek kada je trebalo da bude tu, nije bilo mesta gde bi se čovek mogao sakriti i počiniti zlo krišom od Đavola. Zlo ga je privlačilo kao što miris nektara privlači pčele, voleo je tu prefinjenu aromu zla, žudeo je za njom. Još više je žudeo za nagradom koja mu je sledila kada isprati još jednu novu dušu u svoje igralište. Grešnici su mislili da će prilog crkvi, ispovest svešteniku ili neko dobro delo koje su učinili poništiti mizeriju koju su stvorili nekoj drugoj duši. Nisu razumeli da su od momenta kada su osetili prvi užitak u širenju nesreće i patnje njihove duše postajale njegovo vlasništvo.

„Izvoli, ovo je sve što imam", rekla je Višnja.

Sklopila je oči. Zavukla je ruku u svoja rebra, tik iznad srca, i iščupala dušu kanarinca koju je otela od tog malenog raspevanog stvora očevom vazdušnom puškom jednog prepodneva, kada je ostala sama u kući. Sve što je želela u tom momentu bilo je da ukrade taj zvonki glasić. Kada je ptica pala na zemlju, zamahnula je rukom kroz vazduh, uhvatila njenu dušu i gurnula je hitro u svoje grudi.

Nakon toga, pokušala je da zapeva, u nadi da će duša ptice njenom glasu dati kristalnu boju.

Poklonila mu je, zatim, miris greha koji je počinila sa najboljim drugom iz srednje škole na ekskurziji posle jedne duge i pijane žurke. Drugom koji je bio Miličina prva velika ljubav, a potom i dečko. Dečko koji je čuvao tajnu greha, za koji su znali samo on, Višnja i mračni stvor koji je stajao pred njom.

Poslednji poklon je bio kikot jednog dosadnog popodneva, mirisa vrelog uličnog asfalta i kamenog ivičnjaka na kom ga je provela sa Danijelom pre sedamnaest godina spaljujući mrave sunčevim zracima skupljenim u jednu tačkicu kroz staklo lupe. Sa uživanjem, i uz glasan kikot, gledale su malene životinje kako se grče i trzaju po poslednji put, dok im je velika bela tačka pržila tela.

Dala je sve vredno što je za života skupila Đavolu.

A potom je nestala, da ne bude, kao što je nije bilo, pre nego što je postala. Zauvek.

Đavo se blago nasmešio i nastavio da gladi kozju bradicu koja je visila sa ružnog crnog lica.

Uzeo je svoje poklone i krenuo dalje.

42.

Prokletstvo spasenja

Teodor je stajao na poslednjoj stanici prigradskog autobusa, odlučio je da ne ide dalje u grad. Na leđima mu je bio ranac u kojem je čuvao svoje bogatstvo, svoju kartu za bekstvo – vrećicu sa nekoliko zlatnika. Ostavio je Milicu na jedan dan u gradu i otišao do sela da uzme tu vrećicu, koju je ranije sakrio u jednoj od pčelinjih košnica postavljenih u vrhu dvorišta iza njegove kuće. Sada, kada novac neverovatnom brzinom gubi svoju vrednost jer je sve manje ljudi spremno da menja bilo šta za tu hrpu šarenih papirića, nekoliko zlatnika koje je posedovao vredeli su čitavo bogatstvo.

Teodor je sada čekao Milicu na pustoj stanici. Prvobitni dogovor je bio da se on vrati u grad po nju, ali smrtonosni virus je bio brži od njihovih planova. Na portalima sa vestima su se već pojavile prve fotografije tela mrtvih ljudi, rasutih po ulicama njihovog grada. Scenario koji se dešavao u drugim mestima u svetu sada se ponavljao i ovde. Znao je da nema mnogo vremena, da su u pitanju sati. Čim je to video, Teodor je pozvao Milicu i rekao joj je da krene odmah, da ne uzima nikakve stvari, već da samo istrči iz kuće i uđe u prvi autobus. Dok je stajao na stanici, proveravao je portale sa vestima na svom telefonu. Neki sajtovi su već bili zamrznuti, poslednje objave koje je mogao da pronađe na njima bile su stare nekoliko sati. Ljudi koji su ih održavali su ili pokušali da pobegnu negde, ili su već bili mrtvi. Poslednja vest na svim portalima je bila ispisana krupnim slovima: „VIRUS JE STIGAO! Predsednik je objavio mobilizaciju!"

Teodor je znao da nikakva mobilizacija neće sprečiti katastrofu koja galopira planetom. Novi predsednik je to uradio jer verovatno ništa pametnije nije uspeo da smisli. Jedina korisna stvar koju je učinio taj, do pre neki dan, potpuni anonimus, bilo je izdavanje naredbe da se posadi cveće u sve žardinjere u gradu. *To je bio baš simpatičan potez*, pomislio je, *i potpuno beskoristan u ovom trenutku.*

Teodor je imao rešenje, ali nije imao moć koja mu je bila neophodna da sprovede svoje rešenje u delo i pomogne drugim ljudima. Zato je pokušavao da bar pomogne sebi. I Milici.

Čuo je prepoznatljiv urlik motora gradskog autobusa i okrenuo se prema stanici. Jedan autobus je upravo pristizao na stanicu i, koliko je uspeo da razazna, u njemu se nalazio samo jedan putnik. U prvom momentu Teodor je video samo siluetu, i nije bio siguran da je to Milica. Srce je počelo da tuče kao ludo, nije valjda zakasnila?

Kada je došla do vrata, silueta je poprimila poznato obličje. Laknulo mu je. Došla je lagano do njega, gledala ga je nemirnim očima iza kojih je disalo biće spremno na poraz, na predaju. Iako su već imali nekoliko razgovora na ovu temu, i pored potpuno logičnih posledica onoga što se dešavalo u svetu, kao da nije htela da prihvati surovu sliku realnosti koja je bila zaklonjena iza šarene fasade njenog unutrašnjeg sveta. Sada je ta fasada pala i pred njom se prostiralo zastrašujuće polje uništenja, koje je sve vreme bilo tu, razdvojeno od njene svesti tankim zidom neznanja i neprihvatanja. Senka strepnje prikrila je prirodnu lepotu njenog lica.

„Šta ćemo sada?", upitala je.

„Imam plan."

Nije samo pokušavao da je umiri, Teodor je zaista imao plan.

„Ubedio sam jednog pilota da nas preveze do Osla."

„Do Osla? Ali virus je napao Oslo među prvim gradovima. Odande je sve i krenulo. Oslo je potpuno uništen. Idemo u sigurnu smrt. Zar nije bolje da krenemo prema Africi?"

„Znam da je virus krenuo iz Osla, ali, ako je moja računica tačna, tamo život više ne postoji. Dakle nema više ko da prenese virus. Tamo ćemo biti sigurni, bar neko vreme. Proveravao sam veb kamere sa ulica Osla, tamo više nema ničega. Ničega što bi moglo da prenese zarazu."

„A ako ti računica nije tačna?"

„E jebiga, Milice, onda smo mrtvi."

Raširio je ruke, slegao ramenima i pogledao je samouvereno.

„To je plan. Nemam drugi. Niko nema drugi plan. Moramo da uspemo."

„Predsednik je pozvao vojsku, dok sam izlazila iz zgrade naletela sam na neke ljude koji su ubacivali koverte sa pozivima u sandučiće.", rekla je uznemireno.

„Znam, video sam vesti. Sve je to potpuno uzaludno. Verovatno neće stići ni da se okupe oko logorske vatrice. Virus se neverovatno brzo širi. Po onome što se dešavalo u drugim gradovima, ostalo je još nekoliko sati..."

Bez obzira što joj se čitav svet srušio, i što je sve više osećala da se katastrofa bliži i njoj, i što je osećala sve veći i veći strah od smrti, verovala mu je. U stvari, verovala je u njegovu logiku. Sve što joj je rekao, ma koliko suluda ta predviđanja bila, desilo se.

„Hajdemo onda u Oslo!", izgovorila je odlučno i klimnula potvrdno glavom. Bila je srećna što kroz ovo ne mora da prolazi sama. Iz autobusa je pokušala da pozove Višnju, ali se niko nije javljao na telefon. Odlučila je da više ne razmišlja o tome, zamislila je da se nalazi na uskoj stazi kojom se penje uz planinu, dok ponor zjapi tik uz njene noge. Najvažnije je da ne gleda dole, i da se fokusira na sledeći korak.

Seli su u rasklimatanog *Juga*, za koji joj je Teodor jednom prilikom rekao da ima boju trule višnje. Shvatila je šalu tek kada je prvi put videla auto sa dušom, kako ga je zvao. Auto je zaista bio tamnocrven, ali je karoserija bila prošarana rupama sa zarđalim limom na obodu.

Ovom krntijom bi trebalo da se spasemo od svetske apokalipse, pomislila je. *Neka nam je bog u pomoći.*

„Šta ćemo posle Osla?"

„Idemo na sever, što dalje na sever. Plan je da dođemo do večitog leda. Napravićemo sebi pećinu u ledu i zatvoriti se hermetički sa svih strana. Virus neće moći da dođe do nas."

Milica ga je gledala u neverici.

„To je plan? Zajebavaš me? I šta ćemo onda, da živimo u pećini srećno do kraja života?"

Teodor je progutao knedlu, do sada je imao Miličinu bezrezervnu podršku, ali izgleda da će morati da bude malo jasniji sa ovim planom. Što je najgore, ni on nije stoprocentno verovao u njega, ali – nije imao ništa bolje da ponudi.

„Istina, moraćemo da se spremimo na to da živimo jako dugo u pećini. Godinama. Kada jednom virus završi posao na planeti, moći ćemo da izađemo..."

„Od čega ćemo da živimo sve te godine u ledenoj pećini?"

U Miličinom glasu se čulo da je već na ivici živaca, i videlo se da se lomi da li da odustane od svega, vrati se nazad u grad i sačeka svoju sudbinu.

„Sve sam smislio, ne brini. Evo ga i avion. Objasniću ti kasnije, ne želim da pričam pred pilotom."

Teodor je krenuo ka avionu, dok je Milica neko vreme oklevala, a onda odmahnula rukama terajući nevericu od sebe i krenula za njim.

Pilot je čekao ispred modernog *Cesninog* džeta. Sve je bilo spremno, tankovi su bili puni goriva. Nadao se da će ovaj mladić ispuniti svoj deo pogodbe. Ti zlatnici mu sada trebaju više nego ikada. Teodor je otrčao do pilota i iz džepa izvukao jedan zlatnik koji je ranije pripremio.

„Drugi ćeš dobiti kada stignemo, po dogovoru."

Mahnuo je Milici da dođe. Kada je prišla, pogledala je pilota. Bio je to sredovečan čovek prijatnog izgleda, uredno obrijan i podšišan.

„Hajde, deco, da požurimo. Večeras moram da se vratim kući. Moji klinci me čekaju. Vidite kakav se haos dešava."

Oboje su ga pogledali na momenat. Do pre par sekundi, ovaj čovek je bio deo plana, samo jedan od stepenika koje treba preskočiti da bi stigli do cilja. Sada su tu bila i deca. Deca koja verovatno neće dočekati večerašnji povratak svoga oca. Ali, ako mu to kažu, otkazaće let i otići po svoju porodicu, a jedini plan koji Teodor ima će pasti u vodu.

„Stići ćete večeras, ne brinite se", hladno je odgovorio Teodor, a onda ponovio, za sebe: „Stići ćete."

Uskočili su u avion i letelica je zarulala pistom.

„Uzletite odmah prema jugu, pa kada dostignete visinu, okrenite prema severu, tako je manja šansa da pokupimo virus iz vazduha. Na velikim visinama temperatura je suviše niska da bi opstao, tamo smo sigurni", doviknuo je Teodor dok su poletali.

Milica je gledala kroz prozor. Gledala je u svoj grad poslednji put. Prepoznala je svoju ulicu i zgrade u nizu, koje su bile uredno poređane pored nje. Sve ove godine njen čitav svet se preplitao oko tih nekoliko blokova. A sada, iz ove perspektive oni deluju tako malo i beznačajno, kao neke kockice, rasute na parčetu zemlje. Odlaze u fejdaut, pomislila je. Pokušala je da se nasmeši, ali joj je knedla zastala u grlu.

„Zbogom", izgovorila je bez glasa. Prislonila je prste na staklo prozora kao da želi da poslednji put dodirne svoju prošlost, svoj dosadašnji život. Svoje izlaske sa drugaricama, zajedničke sesije učenja i kafenisanja, svoju prvu cigaretu, krišom izvučenu iz mamine torbe, otrkrivanje novih klubova, skrovitih mesta koja su krila dragocene, interesantne, tako posebne ljude.

Trgnula je ruku ka sebi. *Ne smeš da gledaš dole, misli na sledeći korak.*

43.

Dok je veliki kamion grabio putem kroz ledeno belo bespuće, u njegovoj kabini su se nazirale dve siluete.

„Zar ovde nije dovoljno hladno da se spreči širenje virusa?", izgovorila je Milica kroz cvokot, jedva prevaljujući reči preko usana.

„Nažalost, nije. Moraćemo potpuno da se izolujemo od ostatka sveta. Čak i na ovoj temperaturi žive mnoge životinje, a one će nam, pre ili kasnije doneti smrt."

Kamionom su prelazili poslednju deonicu puta. Prethodnih par dana su obavili ogroman deo posla, prema Teodorovom unapred osmišljenom planu. U tovarnom prostoru kamiona nalazilo se nekoliko životinja, hrana u konzervama, seme biljaka i izvor enegije koji je mogao da traje godinama.

Teodor je na internetu, u potrazi za dugotrajnim izvorom energije, pronašao informaciju o postojanju mini nuklearnih reaktora, koji su se postavljali na izolovane svetionike izgrađene na usamljenim ostrvima, decenijama unazad. Ti uređaji, ne veći od prosečnog ranca, napajali su energijom svetionike, te su oni godinama mogli da upozoravaju brodove na opasnost bez potrebe za ljudskim prisustvom. Uspeo je da nabavi dva takva uređaja dok je pošta još funkcionisala. Malo se pomučio da ih pronađe na crnom tržištu, ali je zahvaljujući zlatnicima, koji su sada vredeli milione evra, lako sklopio dogovor sa prodavcima. Bar su ljudi koji su ih uzimali kao kompenzaciju za robu verovali da toliko vrede, ne shvatajući da ništa od toga što zarade neće imati kada da potroše.

Stigli su.

Mesto je izgledalo savršeno, po informacijama koje je prikupio, led na ovom mestu se nikada ne otapa. Pred njima se nalazilo masivno, bleštavobelo brdo, bez ikakve pećine u koju bi mogli da se sklone.

Teodor je računao sa tim, pećinu je planirao da izdubi sam. Sve što mu je trebalo bio je izvor toplote kojim bi topio led i na taj način stvarao prostorije u koje će se nastaniti. Kada se smeste u pećinu, iskoristiće ponovo nisku temperaturu da bi zapečatio ulaz ledom. Bio je svestan toga da će Milica i on morati da provedu godine u pećini potpuno izolovani od ostatka sveta, i morao je dobro da se pripremi na tako nešto.

Spremio je sve za preživljavanje. Pokazao je Milici uređaj kojim će kiseonik izdvajati iz leda unutar pećine, da ne bi uzimali kontaminirani vazduh iz spoljašnjeg sveta.

„Živećemo kao pećinski ljudi, ljudska vrsta se vraća na svoj prapočetak", konstatovala je Milica ravnodušno.

„To nam je jedina šansa."

Počeo je da vadi iz kamiona opremu, dok je Milica ušla u kabinu i zavukla se u vreću za spavanje ne bi li se malo ugrejala.

Par sati kasnije počeo je da dubi rupu u ledu tako što je okrenuo plamenik prema mestu gde je planirao da bude ulaz. Uzeo je kramp i posle nekog vremena počeo da udara po ledu koji je smekšao od toplote, kako bi ubrzao proces.

I pored opreme koju je imao na sebi, bol koju je hladnoća izazivala kidala mu je kožu na šakama.

Čitav proces je potrajao dva dana, uz vrlo malo pauza. Teodor je kopao kao u transu, znao je da vreme radi protiv njih. Nije se štedeo – ionako će imati godine za odmor unutar pećine.

Nakon dva dana počeli su da ubacuju opremu u prostoriju koju je napravio. Kada su sve uneli, nije im ostalo baš previše prostora za manevrisanje.

Milica ga je pogledala, razumeo je potpuno šta joj je na umu.

„Ne brini se, nastavićemo da proširujemo pećinu. Bitno je da se zatvorimo što pre. Ovo je moj najnoviji izum."

Pokazao joj je rukom na skalameriju u uglu pećine.

„Vidiš, ovde gore ubacuješ led, on ulazi u ove cevi, polako se topi i voda izlazi van pećine. Virusi ne mogu unutra, a led izlazi napolje. Tako ćemo vremenom da proširimo naš prostor ovde.”

Milica ga je gledala. Pitala se da li je Teodor oduvek izgledao kao ludak, ili joj se to nekako sada javilo. U svakom slučaju, ostatak planete nije imao tu sreću da ima dečka ludaka, niti da planira život u ledenoj pećini sa gomilom pilića i zečeva, odvojen od ostatka sveta koji ionako ubrzano nestaje.

Moraću da prestanem da pravim presek situacije u kojoj se nalazimo, postalo je zaista deprimirajuće, pomislila je.

„O. K, šta sada?”, upitala ga je pokušavajući da unese malo entuzijazma u svoj glas.

Teodor je stajao na ulazu u pećinu i gledao u belu pustinju prekrivenu kristalnoplavim svodom. Pogledao je na trenutak i kamion, koji je bio okovan ledenicama i zašećeren injem. Znao je da je ovo možda poslednji prizor spoljašnjeg sveta koji će ikada videti.

Izgledao je tako… tako hladno i bezlično, ali na neki način, ipak, privlačno.

Odjednom se trgnuo, ne bi li rasterao mračne misli. Moram da razmišljam pozitivno, samo pozitivne misli, pozitivne vibracije…

„Zatvaramo ulaz!”, viknuo je, kao da ima posadu kojoj komanduje. U stvari, komandovao je samome sebi. Sve do sada bio je uveren da radi pravu stvar, da je sve osmislio kako treba. Da ima rešenje.

Kada je pogledao bezgranični prostor ispred sebe, i prostoriju koju je iskopao u poslednja dva dana iza sebe, prvi put je ustuknuo pred sopstvenom vizijom.

Da li je vredno tolikog truda i muke, zapitao se.

Dok je analizirao situaciju i pravio planove koje sada sprovodi u delo, sedeo je u svojoj toploj sobi, a u trpezariji ga je čekao ručak gospođe mame. Sada sedi u prljavoj i mračnoj rupi u ledu, i treba da izdrži. Da izdrže oboje.

Situacija u kojoj smo se našli izgleda užasno. Da li je život posle svega što će se desiti vredan ovolike žrtve? Kada izađemo, ako ikada izađemo, napolju će nas sačekati pustoš. Moraćemo da oživljavamo planetu, biljku po biljku, životinju po životinju. Čekaju nas Tantalove muke.

Nemam odgovor na ovo pitanje. Sve što znam jeste da smrt dolazi sigurno, pre ili kasnije. Od nje ne mogu da pobegnem.

Čemu onda odustajanje sada? Sve oko mene izgleda očajno, bezizlazno, besmisleno. Ali možda još nešto mogu da uradim u ovom životu, u ovom svetu, pre nego što odem u nepoznato, zauvek.

44.

Kontakt

Sebastijan Braun se šetao besciljno po aerodromskim radnjama. Imao je još čitav sat i nije znao šta će sa sobom. Roba u radnjama je bila preskupa, a on je već sve te krpe, suvenire, pića i parfeme hiljadu puta video. Seo je na metalnu klupu okrenutu ka velikom staklenom zidu sa pogledom na pistu. Gledao je u avione koji uzleću, dok je ispred njih lebdeo odraz njegovog premorenog lica. Po mislima mu se opet, po ko zna koji put, vrzmao paralelni svet. Tolike nade su pale u vodu u trenutku. Jednostavno je sve nestalo.

Na početku karijere je uživao u šarenilu aerodromskih zgrada, ali mu je sada sve delovalo tako sumorno, promašeno. Kao da je zarobljen u promašenom svetu. Svom svetu. Osećao je da ne pripada ovde. Ispunjavao je sebi dane, ispunjavao je projektne ciljeve opservatorije i za to dobijao pristojnu platu, ali jedina stvar koja mu je stvarno značila, i jedina velika stvar koju je uradio u životu, bilo je otkriće paralelnog sveta. Uz sve to, svet nikada nije saznao da on stoji iza tog velikog otkrića. Toliko je vešto to izveo da mu niko ne bi verovao, čak i kada bi ispričao istinu.

Budala! Bio je i ostao samo beznačajni točkić u velikoj istraživačkoj mašini.

Mada, paralelnog sveta ionako više nema. Koga je više briga ko ga je otkrio? Tomas Guliver je već duže vreme bio nastanjen u jednoj od ustanova zatvorenog tipa. Tom gramzivom stvoru nikada nije bilo dosta para – iako je imao sve što poželi, morao je deo fondova za izučavanje paralelnog sveta da skrene na svoj privatni bankovni račun. Njegove sposobnosti da manipuliše i izvodi marifetluke i mahinacije ovog puta su udarile o zid kosmičke pravde. Otkriće pronevere pretvorilo se u planetarni skandal, propraćen od strane svih vodećih medija širom sveta. Isti oni ljudi koji su ga godinama podržavali i kovali u zvezde, sada su ga napustili, ili se čak okrenuli protiv njega, verovatno u pokušaju da prikriju i svoje učešće u mahinacijama koje je izvodio. Nije da se Sebastijan naslađivao Tomasovom nevoljom, ali činjenica je da je Tomas Guliver, kada je bio na vrhuncu svoje slave, mogao bar nekako da promrmlja ime Sebastijana Brauna negde u onim silnim samohvalospevima na TV-u, u novinama, naučnim kongresima. Ali nije. I sada je tamo gde jeste.

Naravno, anonimna prijava koju je Sebastijan poslao znatno je ubrzala istragu protiv Tomasa Gulivera. Inicirala, štaviše.

Dva sata kasnije Sebastijan Braun se nalazio u, očekivano, najdužem redu ispred carinske kontrole na izlasku iz aerodroma. Piljio je bezizražajno ispred sebe čekajući da vreme odradi svoje, i da se nađe sa druge strane žute linije.

Nakon prolaska kroz carinu, krenuo je ka izlazu, videvši da mu prilazi čovek. Verovatno taksista koji je primetio čoveka u odelu i shvatio da pred sobom ima interesantan plen za noćnu vožnju.

Međutim, čovek koji mu je prišao nije delovao kao neko ko pokušava da pregovara o bilo čemu, a ponajmanje o ceni vožnje.

„Poći ćete sa mnom", rekao je veoma oštrim i ubedljivim glasom. Pokazao mu je legitimaciju tajne službe. Bar je tako izgledala kartica koju mu je pokazao neznanac.

Delovalo je malo zastrašujuće, ali Sebastijan Braun zaista nije imao neprijatelja. Bar ne neprijatelja te vrste. Pošao je za neznancem bez rasprave. Izašli su sa aerodroma i seli u automobil koji ih je čekao ispred ulaza.

Sat vremena kasnije sedeo je u društvu nekoliko nepoznatih ljudi u kancelariji jedne, naoko, poslovne zgrade čija spoljašnost je, i pored moderne arhitekture, imala nešto sablasno u sebi. Verovatno je neznancima delovao potpuno izgubljeno i zbunjeno, ne bez razloga.

Ništa mu nije bilo jasno. Zašto bi ga, dođavola, privela tajna služba?!

„Gospodine Braun, pre nešto više od decenije dogodile su se izvesne stvari koje su poprimile globalni karakter, a koje su, duboko verujemo, na suštinski način povezane sa Vama", progovorio je konačno jedan od njih.

Sada je već bio šokiran. Jedina dva čoveka na planeti koja su imala ovu informaciju su Tomas Guliver i on lično. Ukoliko uopšte misle na ono što on misli.

„Nisam siguran da sam najbolje razumeo suštinu ovoga što ste..."

„Govorim o paralelnom svetu", prekinuo ga je naglo čovek hladnog pogleda. Nije imao razloga da okoliše.

„Vi ste inicirali eksperiment koji je doveo do otkrića paralelnog sveta", dodao je drugi neznanac, koji je do sada sve vreme ćutao i piljio u njega.

„Kako ste saznali za mene?", spontano je izustio pitanje, bilo je jasno da misle na iste događaje.

Očekivali su ovo pitanje, videlo se po brzini kojom je usledio odgovor.

„Znali smo od početka. Tomas nikada nije imao nijednu svoju originalnu ideju. Sve ideje na kojima je ikada radio je, najblaže rečeno, preuzeo od drugih naučnika, i na njima profitirao, što u pravom novcu, što u ličnoj promociji. Znali smo da je i ovo preuzeo od nekoga, samo je trebalo malo truda da dođemo do Vas. Shvatili smo da ne želite da se eksponirate, zato smo pustili da stvari idu svojim tokom."

Sebastijan ih je gledao u neverici. Sve vreme su ZNALI! Znali su da je on pokrenuo sve. Sve ovo vreme dok je živeo u ubeđenju da apsolutno niko ne zna za njegov uspeh, sve vreme njegovo ime je bilo upisano kao ime čoveka koji je otkrio paralelni svet. Sa jedne strane, bio je malo rezigniran, ali opet, sa druge i srećan jer je ipak deo slave pripao i njemu. Možda neće biti baš planetarno popularan, ali će za njega bar znati u uskom krugu ljudi u tajnoj službi. A i to je nešto. U stvari, nadao se da su ovi mračni ljudi zaista pripadnici tajne službe.

„Da", progovorio je Sebastijan, „lavina koju sam pokrenuo protutnjala je u veličanstvenom naletu čitavom planetom, a zatim nestala u jednoj jedinoj sekundi. Trajala je godinama, ali je nastala i nestala u trenutku."

„Nije nestala sama. Mi smo se potrudili da nestane – da je sklonimo od očiju javnosti, da budem precizniji."

Šok je ustupio mesto zbunjenosti. Kako nije nestala? Ceo svet je video da je nestala. Svi su već oplakali paralelni svet. Čitave megakorporacije su doživele totalni krah posle te jedne sekunde. Univerzitet za paralelni svet je sada opustošena, propala zgrada u kojoj se skupljaju beskućnici i narkomani.

„Paralelni svet i dalje postoji. Življi je nego ikad. Samo nije više toliko eksponiran. Morali smo to da učinimo, situacija se zakomplikovala."

„Zakomplikovala?!"

Da li je išta moglo biti komplikovanije od onoga što se dešavalo u poslednjim trenucima paralelnog sveta, pitao se Sebastijan.

„Da, ostvarili smo kontakt."

Ovog puta je ostao bez reči. I do sada je jedva mucao odgovore, ali ova informacija je izazvala pravi uragan u njegovoj glavi. Sebastijan Braun se pridržao za naslon stolice, činilo mu se kao da je čitava zgrada počela da se ljulja pod njegovim nogama.

„Shvatate šta to znači. Komunikacija više nije jednosmerna. Sada i oni znaju za nas. Nismo smeli da dozvolimo da čitava javnost utiče na zbivanja u oba sveta. Jasno Vam je da bi to moglo da prouzrokuje tragične posledice i za naš, a i za paralelni svet. Nisu baš svi ljudi dobronamerni, uostalom, mogli ste već da vidite..."

„Kako je uspostavljena komunikacija?"

„Oni nas i dalje ne mogu da vide kao mi njih, što nam daje određenu prednost, jer ne mogu da manipulišu nama, a to je veoma bitno. Zato je i isključena javnost. Našim kontaktima u paralelnom svetu ne želimo da damo više informacija nego što je neophodno, da bismo dobili informacije koje su bitne za nas."

Od tajne službe se mogao očekivati ovakav način rezonovanja, ali Sebastijanu nije bilo jasno čemu tolika tajnovitost.

To su dva odvojena sveta, šta to tako bitno mi možemo da im kažemo a da nam se to posle obije o glavu?

„Zašto sam vam baš ja sada potreban? Istina je da je paralelni svet otkriven mojom idejom, ali su tu ideju posle razvili drugi ljudi, čitavi timovi naučnika i istraživača. Sve je otišlo predaleko i... pa ne znam kako bih mogao da vam budem od korsiti", izgovorio je, gotovo u dahu.

„Saznaćete odgovor na to pitanje kada upoznate šefa", odgovorio je čovek hladnog pogleda.

„Šefa tajne službe?"

Šef tajne službe je bio najmisterioznija osoba na čitavoj planeti. Nikada se nije pojavljivao u medijima, njegovo ime je bilo kodirano jednostavnom reči od tri slova: „Šef". Teoretičari zavere su razvijali razne teorije o tome ko bi to mogao da bude, jedan od kandidata je bio čak i Tomas Guliver, sve do momenta dok nije zaglavio u zatvoru, naravno. Postojale su špekulacije da šef u stvari i ne postoji već da se radi o grupi ljudi, ili čak programu veštačke inteligencije.

A sada će ga Sebastijan Braun upoznati. Srešće se sa šefom licem u lice.

Još mu nije bio jasan motiv tog susreta. Možda je problem u tome što poznaje principe na kojima je sagrađen teleskop.

Osim par naučnika koji su ili već bili mrtvi, ili ostali uključeni u projekat, niko drugi verovatno nije bio ni približno sposoban da razume o čemu se radi, kako taj kompleksan sistem zaista funkcioniše. Srce sistema za pogled na paralelni svet je čuvano kao najstroža tajna. Svako je mogao da prati događaje iz paralelnog sveta, ali ne i da zna kako se zaista dobija slika koju su TV stanice prenosile.

Postojalo je neko grubo objašnjenje, ali za stvarno razumevanje procesa pretvaranja signala koji dolaze iz dubine svemira u slike života ljudi u paralelnom svetu, bilo je potrebno znanje koje je posedovala samo nekolicina ljudi na planeti.

Sebastijan Braun je bio jedan od njih.

Prošle su godine od kada je čitav svet magijom masovnih medija ubeđen da je ta veza prekinuta. Sebastijan se prisetio revolucije pokrenute u jednoj maloj zemlji trećeg sveta par dana nakon što je prekinut prenos događaja iz paralelnog univerzuma. Nakon naoko naivnog incidenta na auto-pijaci, u nesretnom sledu događaja, sukob je kulminirao u brutalni ulični rat odnevši živote stotinak hiljada ljudi. Tragične slike su preplavile ekrane, a ispovesti maltretiranih ljudi parale srca gledalaca. Dramatične vesti su, poput plašta, prekrile sećanja na sudbine ljudi iz te druge, nedodirljive stvarnosti. Nedužni stanovnici države pretvorene u žrtveno jagnje nisu bili svesni šta ih je snašlo.

„U paralelnom svetu postoji određen broj ljudi koji zna da postojimo. To su nam vrlo nedvosmisleno pokazali. Znaju da možemo da ih gledamo i čujemo. Ta činjenica ih je stavila u pomalo, hm, neprijatnu situaciju, ali smo im ponudili pomoć.”

„Pomoć?”

„Da, pomoć”, odgovorio je hladno čovek iz tajne službe.

„Niste ih ubedili da smo nekakvi svevideći i sveznajući bogovi?”, upitao je Sebastijan Braun, nasmešivši se cinično. Već u sledećem trenutku je zažalio zbog tako naivnog pristupa. Gledao je u kameno lice sagovornika, čije su sitne oči netremično, prodorno piljile u njega.

„Ne, nismo. Objasnili smo ko smo i u kakvoj smo poziciji. Želimo da nam veruju.”

„A šta mi imamo od toga?”

„Odgovor na to pitanje dobićete kasnije. Sada ćemo vas odvesti do šefa. Želi da razgovara sa vama, gospodine Braun.”

Izašli su iz kancelarije i krenuli praznim hodnicima poslovne zgrade do lifta. Dok je hodao sa grupom ljudi koji su se predstavljali kao pripadnici tajne službe, Sebastijan Braun je posmatrao prostor oko sebe. Prosto mu je bilo neverovatno da je čitava zgrada potpuno prazna. Nisu prošli ni pored portira, niti je bilo neprobojnih vrata koja bi se otvorila nakon skeniranja oka ili otiska prsta. Sišli su do parkinga gde ih je čekala crna limuzina. Seli su u nju i izašli iz zgrade.

Par minuta kasnije jezdili su auto-putem. Nakon kraće vožnje izdvojili su se na put koji je bio potpuno nov za Sebastijana. Dok su sedeli u tišini, hiljadu pitanja ga je bockalo i kljucalo poput izgladnelih vrana. Shvatio je šta su mu rekli, ali je isto tako vrlo dobro znao da to ne mora biti i istina. Bar ne sve.

Zašto sam im potreban?

To pitanje je počelo da mu bubnji u ušima ujednačenim ritmom. Izgovarao ga je čelični glas u njegovoj glavi koji, koliko god se trudio, nije mogao da ućutka. Na momenat je pomislio da je počeo da ludi.

Zašto sam im potreban?

Nije mogao da izbaci taj glas iz glave.

Pogledao je u ljude iz tajne službe, međutim, njihova okamenjena bezizražajna lica su ga odgovorila od ideje da postavi bilo kakvo pitanje.

Ostalo je samo da čeka susret sa šefom.

Zašto sam im potreban?

45.

Limuzina kojom su pripadnici tajne službe vozili Sebastijana Brauna sišla je sa glavnog puta i, nakon nekog vremena, ušla u jedno od udaljenijih predgrađa. Krstarili su gotovo praznim ulicama, zadubljeni u svoje misli. Automobil se zaustavio ispred kuće koja se ni po čemu nije isticala od ostalih u toj ulici.

Došli su do vrata, koja su se otvorila pre nego što su stigli da pozvone. Očigledno su ih očekivali. Vrata je otvorio čovek zdepastog tela, velike loptaste glave, koju gusta kratka kosa nije činila ništa prefinjenijom, sa ispraznim pogledom u očima. Sve ovo je Sebastijanu govorilo da je pred njim stajao neko od posluge. Bio je nestrpljiv da upozna šefa i konačno sazna zašto su ga uopšte doveli ovde.

„Da, to ste definitivno Vi. Izvolite, uđite, gospodine Braun", progovorio je posle kraćeg odmeravanja neznanac. Kao po komandi, agenti tajne službe su se okrenuli i uputili nazad ka limuzini.

Ušli su u kuću. Dok je Sebastijan zbunjeno šarao pogledom po prostorijama opremljenim jeftinim nameštajem, tipičnim za kuće pripadnika srednje klase, domaćin mu je predložio: „Kuvam odličnu kafu, ne one iz kesica ili automata, već pravu kafu, od samlevenih zrna. Nadam se da nemate ništa protiv."

Sebastijan je samo zbunjeno klimnuo glavom.

„Izvinite na nepristojnosti, potpuno sam zaboravio da se predstavim. Ja sam Nejtan."

Nejtan je delovao kao dobri komšija koji bi vam se uvek uz osmeh javio u prolazu, nasmejao dobroćudno detetu koje majka gura u kolicima, komšija koji subotom makazama za ogradu satima štricka zelene grančice, trudeći se da živahni zeleniš dobije pravilan geometrijski oblik.

Dobri komšija Nejtan je zurio u njega svojim prodornim plavim očima, i posle kraće pauze, uz prijatan osmeh, izgovorio kratko:

„Ja sam šef.”

Sebastijan je nekoliko trenutaka zabezeknuto gledao u Nejtana. Tek tada je shvatio da su njih dvojica ostali sami u kući. Nije bilo nikakvog obezbeđenja, visokih zidova ili žičanih ograda opasanih oko nje. Ko bi uopšte mogao pretpostaviti da je ovaj dobroćudni čikica, naoko obuzet svojim malim svetom, šef tajne službe, najmoćnije i najmisterioznije organizacije na planeti?

Dvadesetak minuta kasnije, pošto ga je uverio da je tvrdnja o kafi bila istinita, Nejtan ga je pozvao do svoje radne sobe. Soba je bila prilično jednostavno uređena, u njoj se nalazio jedan radni sto i na njemu najobičniji laptop. Nejtan ga je uključio, i posle par trenutaka mogli su da vide nešto što je Sebastijan već mnogo puta pre toga video. Povezali su se na paralelni svet. Čak je mogao da prepozna grad koji su posmatrali. Jedino mu nije bilo jasno gde je Nejtan krio ostatak skalamerije neophodne za povezivanje dva sveta. Da li je iskoristio internet i, preko nekog svog insajdera, ušao kroz namerno ostavljen bekdor na superračunar koji je obrađivao podatke iz paralelnog sveta? Znao je da su taj trik programeri ponekad koristili da bi mogli da pristupe spolja nekom sistemu na kojem su radili. Ostavili bi odškrinuta tajna vrata kroz koja bi mogli da se ušunjanju na sistem, bez znanja lozinke.

„Kako ste uspeli? Kako ste upali u sistem?”, konačno je izgovorio pitanje koje ga je mučilo.

„Upao?”, pogledao ga je Nejtan zbunjeno. „Ah, shvatam. Ne, ne radi se ni o kakvom upadu u sistem. Moje rešenje je bilo mnogo jednostavnije. Ili komplikovanije, kako se uzme. No, objasniću Vam to kasnije”, rekao je Nejtan.

„Šta ste hteli da mi pokažete? Mislim da je ostalo malo toga novog što bih mogao da vidim...”

Sebastijan je, dok je to bilo moguće, svakodnevno pratio prenos iz paralelnog sveta i malo šta mu je promaklo. Paralelni svet je bio istražen do detalja, nesretni ljudi tamo više nisu mogli mirno ni do toaleta da odu. *Doduše, pomislio je, bili su izloženi pogledima ljudi koje nikada neće upoznati, a osim toga, nisu ni znali da ih iko posmatra.*

„Pogledajte", izgovorio je Nejtan, neometen stavom Sebastijana Brauna.

Na ekranu se slika promenila i sada se videlo nešto što je najviše ličilo na skladište u pomalo oronuloj građevini, koja je izgledom podsećala na vojne bunkere. Sirovi, sivi, izbrazdani beton je bio oblikovan u masivnu kulu kružne osnove, sa izbočinama na vrhu.

„Ovo mi najviše liči na bunker, ako se igramo asocijacije..."

„U pravu ste, gospodine Braun. Da budem precizniji, objekat koji gledamo zove se Flak tauer. Više takvih objekata, to jest kula, napravljeno je za vreme Drugog svetskog rata u paralelnom svetu. Namena im je bila sklanjanje stanovništva u slučaju napada avijacije. Tačnije, koristili su ga Nemci, sećate se Nemaca? Beton od kojeg su bile napravljene je bio toliko debeo da nije mogla da ga probije nijedna tada poznata bomba. Kada je rat završen, one su ostale da svojim ruglom buduće vladare podsećaju na to da i najveća moć ima svoja ograničenja. Bile su toliko čvrste da bi njihovo miniranje ozbiljno ugrozilo naselja u kojima su se nalazile. Zato su ostavljene da sivilom svog betona narušavaju živahan izgled zgrada koje su podizane u njihovoj okolini u narednim decenijama. Ipak, ljudi su im vremenom nalazili neku upotrebnu vrednost. U prizemlju ove, kao paravan, otvorena je umetnička galerija sa postavkom Teslinih kalemova."

Sebastijan je dobro znao ko je bio Tesla, ali mu nije bilo jasno zašto je sve ovo bitno. *U svakom slučaju, bilo je prosto nestvarno slušati Nejtana kako govori o paralelnom svetu,* pomislio je Sebastijan. Ovo naizgled prostodušno biće iz komšiluka, za koje se ispostavilo da je u stvari šef tajne službe, sada ga je zasipalo detaljima iz paralelnog sveta na kojima bi mu pozavideli i ljudi koji su godine svog života posvetili njegovom proučavanju.

Šef tajne službe je bio impresioniran mojim pronalaskom!

Bacio je ponovo pogled na ekran. Pred njima su se nalazile naslagane crne kocke do kojih se pružao svežanj strujnih kablova, debeo poput brodskog konopca.

„Šta tačno gledamo?", zapitao je Sebastijan Braun, već pomalo nestrpljiv.

Nejtan ga je ponovo značajno pogledao, okrenuvši se od monitora.

„Nas."

46.

Sebastijan je sedeo sa šefom tajne službe u njegovoj radnoj sobi i gledao na ekranu laptopa sliku crnih kocki naslaganih u skladišnom prostoru u paralelnom svetu, za koje je Nejtan tvrdio da ne predstavljaju ništa drugo do – njih.

Ono što je oduvek kopkalo Sebastijana bila je neverovatna doza simetrije dva sveta. Bio je ubeđen da to ne može biti slučajnost, i nije jedini koji je to primetio – dva sveta su sličila jedan drugom poput blizanaca. Postojale su razne teorije koje su objašnjavale ovaj fenomen. Jedna od njih mu je bila najbliskija, i tvrdila je da je sam princip kosmičkog povezivanja takav da smo jedino i mogli da se povežemo na svet koji bi nam ličio kao jaje jajetu.

U naučnofantastičnim romanima i filmovima autori bi napregnuli svoju maštu do krajnjih granica ne bi li stvorili čitave neverovatne svetove koji su morali biti drugačiji od našeg. Izmišljali bi egzotične planete, oblike tela vanzemaljaca, njihovih očiju, boju kože ili šta bi već smislili umesto nje. A mi smo pronašli drugi svet koji je gotovo potpuno isti kao naš. Fizika je izgrađena na istim zakonima, ljudi i životinje izgledaju isto, mora, reke, šume, sve izgleda isto. Samo je geografija nešto drugačija, nazivi gradova, i jezici.

Kao da smo bili predodređeni jedni za druge. Naravno, mi smo bili u blagoj prednosti jer smo prvi pronašli njih.

„Nas?", upitao je Nejtana.

Sebastijanu Braunu ovaj odgovor baš i nije bio najjasniji. Crne kutije na ekranu su očigledno predstavljale neki računarski sklop, toliko je uspeo da razazna.

Da li je Nejtan uspeo da u paralelnom svetu nađe nekoga ko će uspeti da napravi mašinu sličnu onoj kakvu smo mi napravili ovde, kojom možemo prići svakom kutku paralelnog sveta? Koliko li već dugo imaju tu mašinu? Da li nas gledaju sve vreme kao što mi gledamo njih, pitanja su izvirala iz dubine uma Sebastijana Brauna.

„Da, nas. To smo mi."

Sebastijan je upravo shvatio da više ne čuje čelični glas koji ritmično izgovara jedno jedino pitanje. Bujica novih pitanja je odnela to jedno koje mu je do sada odzvanjalo po glavi.

„Kako mislite mi? Pronašli ste portal u paralelnom svetu kroz koji ljudi tamo mogu da vide naš svet? Oni gledaju nas dok mi gledamo njih?"

Šta li bi se videlo kada bih pogledao u ekran laptopa iz njihovog sveta? Verovatno bi izgledalo kao kada stavim ruku između dva ogledala, beskonačan broj odraza, kontemplirao je za sebe Sebastijan.

„Ne, odgovorio je Nejtan. Ne radi se o portalu. To smo mi, to je naš svet. Naš univerzum."

Nejtan je napravio malu pauzu da ove reči dopru do Sebastijanovog uma. Ni njemu nije bilo lako da prihvati istinu kada je prvi put saznao.

„Znam da Vas ovo malo zbunjuje, i verujem da će Vas ono što ćete sada saznati donekle uplašiti i nešto više razočarati, ali Vi ste na neki način bili izabrani kao neko ko bi ovo morao da zna. Čekao sam dan odmrzavanja da bih okupio grupu ljudi po kojoj je stvoren naš univerzum. Vi ste stigli prvi."

Nejtanov izraz lica je sada delovao pomalo zastrašujuće. Duh dobroćudnog čikice iz komšiluka je napustio sobu. Pred njim je sada bio šef. A ono što je šef govorio dolazilo je do ušiju Sebastijana Brauna kao povetarac pred buru. Očekivao je da se svakog momenta na njega obruši lavina nečeg lošeg, nečeg teškog, nečeg sumornog.

Nejtan nije čekao da Sebastijan prihvati upravo izrečene reči, već ga je pogledao pravo u oči i nastavio:

„Sebastijane, ti si napravio ovo! Ovo u šta sada gledamo! Pre nekoliko decenija si, sa nekoliko prijatelja, osnovao institut za prediktivno programiranje. Došli ste do zaključka da tehnologija toliko brzo napreduje da nema smisla čekati da se naprave brži i bolji računari kako biste tada pisali programe za njih. Pisanje programa traje godinama, a tehnologija se razvijala tolikom brzinom da su za to vreme računari već prevazilazili mogućnosti softvera koji je napisan. Odlučili ste tada da razvijate programe za računare koji još ne postoje, ali za koje ste pretpostavljali da će postojati za pet, deset ili petnaest godina. Pokušali ste da prognozirate koliko bi brzi bili njihovi mikroprocesori, koliko bi memorije mogli da imaju...”

„Ja nikada nisam bio na institutu...”, pokušao je da ga prekine Sebastijan.

„Upravo ti si bio taj kome je palo na pamet da će u jednom momentu biti otkrivena tehnologija koja će moć računara dovesti do beskonačnosti. Uz takvu pretpostavku mogli ste, pri izboru projekata, da pustite mašti na volju. Mnogi postojeći problemi bi bili rešeni na potpuno banalan način.”

Sebastijan Braun je slušao Nejtanovu priču, i istovremeno se pitao nije li ipak malo čudno da šef tajne službe živi u ovako skromnoj kući. Priča koju je slušao je zvučala nelogično. Nije se sećao nijednog događaja koje je Nejtan opisivao. Bar ne u ovom životu.

„Počeli ste sa malim algoritmima, otkrivanjem šifara kriptovanog teksta i 3D animacijama. Rešavali ste nerešive matematičke probleme i dokazivali nedokazane teoreme, ali ti si otišao korak dalje. Veliki korak dalje. Sve ono što ste radili pod pretpostavkom da postoji beskonačna mašina, a što je tvoje kolege veoma zabavljalo, za tebe je bio sitan ulov. Tvoja zamisao je bila mnogo veća od svih njihovih revolucionarnih ideja. Umesto kreiranja potpuno realnih animacija, izračunavanja tačne vremenske prognoze koju ni majušna krila leptira ne bi mogla da pokvare, umesto rešavanja vekovnih enigmi, stvaranja novih isceliteljskih supstanci koje bi lečile neizlečive bolesti... ti si došao na ideju da stvoriš jedan potpuno nov svet. Čitav novi univerzum! Tvoje kolege su u početku mislile da si naskroz pošašavio, a onda, nakon tvoje analize, shvatile su da to i nije tako nemoguć zadatak. Uz pretpostavku da postoji nemoguća beskonačna mašina, naravno."

Nejtan se okrenuo ka računaru i pogledao u zeleni kružić koji je počeo da treperi u gornjem levom uglu ekrana. Otvorio je jedan prozor i ukucao nešto.

Zatim se ponovo okrenuo ka Sebastijanu i nastavio:

„Radili ste grozničavo, potpuno opsednuti tvojom zamisli. Čitav tim si zarazio svojom vizijom i nove ideje su samo navirale. Beskonačno brz računar nije postojao, te niste imali na čemu da isprobate svoju tvorevinu. Pet meseci kasnije svetlo dana je ugledao program koji će na beskonačnoj mašini stvoriti virtuelni univerzum. Atom po atom, sekund po sekund, od velikog praska pa nadalje. Ipak, mogli ste samo da nagađate kako bi izgledao rezultat rada takvog programa. Da li bi kompjuterski simulirana kosmička evolucija iznedrila planetu nalik našoj ako bi početni parametri velikog praska bili izabrani potpuno nasumično?"

„Možda bi se dobile neke sasvim drugačije forme života...", uključio se Sebastijan.

„Upravo to si i tada rekao. Razmišljali ste šta da uradite i setili se inverznog inženjeringa. Ta metoda je podrazumevala da se počne od kraja – od onoga što želimo da dobijemo, a zatim – da se proces vrati unazad i tako dobiju početni parametri. Prvo je u računar trebalo kopirati ljude, životinje, biljke, Sunce, Zemlju i nebo, a na nebu zvezde, drugim rečima – kostur sveta koji nas okružuje. Zatim je vreme trebalo pokrenuti unazad, primeniti inverzne fizičke zakone na trenutno stanje virtuelnog univerzuma i doći do parametara početnog događaja – velikog praska. Kada bi početni parametri bili izračunati, vremenska strelica bi opet bila okrenuta ka napred, to jest, na dobijeno početno stanje bili bi primenjeni fizički zakoni kakve poznajemo i kompjuter bi izračunao, odnosno stvorio sva nebeska tela, a među njima i zemlju koja bi se postepeno hladila, na kojoj bi se formirala mora, reke, planine. U morima bi se pojavio život koji bi vremenom evoluirao do ljudskih organizama. Kostur bi bio tu baš onako kako je bio unet u memoriju računara na početku procesa, a program bi dodao meso – sve ono što nije uneto. U prazan prostor digitalne vaseljene bi na kraju procesa, pored onih koje smo uneli, bili utisnuti i potpuno novi ljudi, reke, mora, kontinenti, zvezde, pa čak i civilizacije na drugim planetama.”

Sebastijan ga je gledao otvorenih usta. Ovako nešto mu nikada nije palo na pamet, mada je, priznaje, ideja bila sjajna.

Kako se ovoga nisam setio umesto teleskopa i pogleda na veliku sliku univerzuma?

„Ali, kako bi čovek bio kopiran u memoriju računara, pre aktiviranja inverznog procesa? Za tako nešto bi bilo neophodno skenirati svaki njegov pojedinačni atom, a potom očitane informacije preneti u memoriju. Kako je to moguće?”, pitanja su se nadovezivala spontano.

Nejtan se nasmešio, ispred njega je zaista stajao Sebastijan Braun. Tvorac.

Čekao je ta pitanja, samo nije bio siguran da li će ga Sebastijan prekinuti usred rečenice.

„To je bila prva ideja, ali tehnologija koja bi skenirala svaki atom nekog čoveka nije postojala, niti je iko mogao da garantuje da će postojati kada se pojavi beskonačna mašina. Morali ste nekako da zaobiđete ovaj problem. Rešili ste da snimite karakteristike čoveka: spoljašnji izgled, organe, pokrete, procese u ćelijama, sve što je moglo da se prepozna tadašnjom tehnologijom. Zatim ste pustili računar da generiše slučajne rasporede atoma, i proverava da li dobijeni rezultat odgovara karakteristikama koje su unete, sa nekim malim odstupanjem.”

Sebastijan se namrgodio, ovo mu je zvučalo neverovatno. Ne neverovatno koliko mu je neverovatno delovala protekla decenija, rakete, sateliti-teleskopi, otkriće paralelnog univerzuma, nego gotovo nemoguće. Kao dobitak na lotou, recimo.

„Ali postoji beskonačno kombinacija, to bi trajalo čitavu večnost...”

Zna li ovaj čovek da započne rečenicu bez „ali”, pomislio je Nejtan i uzdahnuo.

„U stvari, broj kombinacija je konačan. Zaboravljaš da računar o kome govorimo ima beskonačnu brzinu i beskonačnu količinu memorije. Sve bi se završilo u deliću sekunde. Zapravo, čitava planeta, sa svim živim i neživim svetom: ljudima, životinjama, morima... sve bi bilo stvoreno u deliću sekunde. A u drugom deliću sekunde, bio bi stvoren i čitav univerzum. Vi biste samo postavili neka ograničenja. Na primer, broj ljudi na planeti podesili na oko pola milijarde...”

„Baš toliko nas i ima na Zemlji”, potvrdi Sebastijan.

„Pa da. Kažu da je to optimalan broj”, brecnuo se Nejtan.

„Naravno, ovo je bila samo teorija usamljene grupice programera-osobenjaka i puno besmislenih slova na ekranu. Divili ste se sopstvenim idejama, ali kada je bio završen, program nije imao računar na kome bi se izvršio. Ushićenje je uskoro splasnulo i vratili ste se drugim, manje revolucionarnim projektima.”

Nejtan se ponovo okrenuo ka ekranu laptopa kao da proverava nešto, i nastavio:

„Nedugo nakon toga, desilo se čudo. Vaša predviđanja su se obistinila. Najavljeno je predstavljanje prvog singularnog kompjutera pod nazivom *Infiniti*. Čitao si u neverici karakteristike najavljivanog računara, i shvatio da si upravo izvukao džekpot. Ono što ste radili je bila čista kocka, niste mogli znati da će neko stvarno napraviti mašinu vaših snova, *Infiniti* je mogao da se nikada i ne desi. Međutim, vaš broj je ovog puta bio izvučen. Imali ste poker kečeva u ruci, i sto zatrpan parama. I dok se narednih dana naučni svet budio iz sna, trljao oči, i polako shvatao mogućnosti najavljenog računara, tek osmišljajući zadatke za novo svetsko čudo, vi ste već imali sve spremno. Bile su potrebne samo manje kozmetičke izmene na kodu koji je već bio u vašim računarima.”

„*Infiniti* je računar iz paralelnog sveta. Hoćete da kažete da sam ja postojao u paralelnom svetu?”

Nejtan je sada zastao i duboko uzdahnuo. Spremao se da mu saopšti punu istinu o paralelnom svetu. Napravio je sasvim dovoljan uvod.

„Paralelni svet je stvaran. Jedini stvaran svet. Ovaj svet u kome mi živimo je virtuelan. Stvoren u računaru paralelnog sveta, u *Infinitiju*. Mi smo samo bitovi u računaru, u toj kutiji... crnoj kutiji koju vidiš na ekranu. To smo mi. Gledaš u naš univerzum, čitav naš kosmos je stao u ovih par kutija.”

Sebastijan je sada zurio u ekran laptopa. Ova soba, ova kuća, Nejtan, ja, čitav svemir, čitav moj život... sve je stalo u ovu kutijicu na ekranu. Sve što se ikada desilo je plod digitalne mašte ove crne kockice.

„Znači, tako smo stvorili ovaj svet. Ali, i dalje mi ništa nije jasno...”

„Sve će biti jasnije posle još jedne kafe”, izgovorio je Nejtan uputivši se ka kuhinji.

Sebastijan Braun je ostao potpuno sam sa računarom koji je davao sumoran prikaz paralelnog sveta. Tačnije, prikaz njegovog sveta u paralelnom svetu.

Mutilo mu se u glavi, ali je polako počeo da prihvata da je imao drugi život pre ovoga, i da je uspeo da osmisli program koji može da kreira sav beskraj jednog univerzuma unutar te crne kockaste elektronske naprave. Verovatno je nekako uspeo da ubaci samog sebe u taj univerzum, ali kakve veze ima šef tajne službe sa svim tim, i zašto bi uopšte morao da zna za spoljašnji univerzum, pitao se.

Hiljadu pitanja mu se motalo u glavi, kada je osetio miris vruće kafe.

Nejtan se vratio sa malim poslužavnikom na kome su se nalazile dve šoljice ispunjene crnom tečnošću, iznad kojih su se dizali prozirni jezičci pare doneseći odgovore na Sebastijanova pitanja.

„Virtuelni svet je bio tvoj projekat. Ali je *Infiniti* bio moj", izgovorio je Nejtan, gledajući ga kroz paru koja se podizala iznad šoljice u njegovoj ruci.

„I ti si bio naučnik u paralelnom... stvarnom svetu."

„Ne baš. Nisam rekao da sam ja napravio *Infiniti*. Samo sam rekao da je on bio moj projekat."

Sebastijanu nije bilo jasno čemu tolika mističnost odjednom.

„Bili smo toliko udubljeni u svoj projekat da nismo ni razmišljali kako sve ta mašina može da se zloupotrebi. Naši umovi jednostavno nisu tako funkcionisali. U želji da postignemo što bolji efekat, mašina je bila stavljena na raspolaganje svima. To je bila ogromna greška. Ni naučnici koji su je stvorili nisu mnogo razmišljali o mračnim dušama koje su vrebale iz prostranstva svetske gomile."

Kafa je bila prilično slatka, i ni nalik filter-kafi.

„Stvari su od tog momenta počele veoma brzo da se komplikuju. *Infiniti* je pušten u rad, i čitave horde developera i hakera su sa svih strana sveta počele da šalju i izvršavaju svoje programe koje su sklepali na brzinu. Bilo je tu i pokušaja vrednih pažnje, ali najveću pometnju su uneli programi za dekripciju koji su potpuno oborili internet poslovanje na čitavoj planeti. Ogromna količina novca je pokradena, ali ni lopovi se baš nisu usrećili, jer je elektronsko poslovanje potpuno prestalo da funkcioniše. Čitav svet je skliznuo u haos. Ono što nam nije bilo jasno, to jest, nismo znali da li ima ikakve veze sa *Infinitijem*, jesu masovne smene vladara širom sveta koje su se dešavale gotovo u isto vreme."

Sebastijan je gledao u Nejtana apsolutno nesvestan da već nekoliko minuta drži šoljicu sa kafom u vazduhu, ne prinoseći je ustima. Slušao je Nejtana u potpunoj neverici, takav razvoj događaja mu zaista nije bio ni na kraj pameti.

„Da nesreća nikada ne ide sama, pokazao je i smrtonosni virus koji se pojavio i počeo da se brzo širi čitavom planetom. Predsednik naše države je smenjen na isti način kao i ostali vladari, a nova vlada je obustavila vaš projekat i tražila da se *Infiniti* potpuno isključi. Bilo je najavljeno da će se novi vladar planete pojaviti pred kamerama i obratiti narodima sveta, ali to se, iz određenih razloga, nije desilo. Svet je skliznuo u potpunu anarhiju, i nas dvojca smo shvatili da moramo da radimo zajedno ako želimo da preživimo apokalipsu.”

Sebastijan je piljio u crne kocke na ekranu i pokušavao da obuhvati umom Nejtanovu bujicu reči i oblikuje ih u nešto razumljivo pre nego što naiđe novi talas. Ali talas je naišao pre nego što je bio spreman.

„Neko je stvorio virus koji je napadao svaku živu ćeliju. Svaku. Ćeliju po ćeliju, organizam po organizam. Smrt se širila svetom, dolazila je od čoveka do čoveka, od travke do travke, od grada do grada. Aerodromi su blokirani, granice zatvorene, što je malo usporilo širenje virusa, ali nije bilo moguće zaustaviti let ptica, insekata, migracije divljih životinja. Virus bi na kraju prelazio sve barijere i, jednom kada bi stigao u neki grad, u roku od par dana iza njega bi ostajala pustoš. Nikada nije otkriveno ko je napravio i pustio virus, niti zašto. Pretpostavljam da je i sam tvorac virusa postao njegova žrtva. Možda je iskoristio *Infiniti*, sve se dešavalo u isto vreme, i smene vlasti i širenje virusa... Ne postoje dokazi za ovu tvrdnju, ali suviše je poklapanja da bi sve bilo samo puka slučajnost.”

Sebastijan je konačno uspeo da se uhvati za poslednji vagon voza svojih misli.

„I? Kako su uspeli da unište taj virus? Jesu li napravili program koji pravi vakcinu?”

Nejtan ga je pogledao i zaćutao na momenat.

„Sebastijane, pokazaću ti sada nešto”, rekao je.

Nejtan je dodirnuo nerazumljivi simbol na ekranu i slika se polako zamenila drugim kadrom. Sada su gledali u metalne sanduke, koji su ličili na indrustrijske frižidere, poređane u niz.

„Šta sada gledamo? Liči na... na zamrzivače."

Nejtan je potvrdno klimnuo glavom.

„Zaista se radi o zamrzivačima. Razmišljali smo o vakcini, ali se virus širio toliko brzo da je odnosio čitave gradove, a sa njima i biologe, genetičare. Nismo mogli da računamo da ćemo imati ikoga da stvori a zatim i distribuira vakcinu. U stvari, nismo znali ni koliko je vremena ostalo za nas. Kada smo shvatili da nećemo uspeti da napravimo vakcinu koja bi nas zaštitila od virusa, lek koji bi pomogao da ga prebolimo, kada smo shvatili da je čitavo čovečanstvo na putu bez povratka, pa i mi sa njim, okupio sam naša dva tima da bismo napravili plan za spasavanje bar dela čovečanstva. Pošto nije postojala mogućnost da se smrtonosni virus uništi, bilo je samo pitanje vremena kada će dopreti i do nas. Organizovali smo sastanak izabrane grupice vizionara na kome je svako mogao da predloži bilo kakvu ideju koja bi mu pala na pamet. Izbacivali smo jedni pred druge sve čega bismo se setili u vezi sa virusom a što bi moglo da ga sputa u širenju i napadu na naš organizam. U potpunoj kakofoniji, u jednom momentu neko je digao ruke uvis, kao da se predaje, i izgovorio da nemamo nikakve šanse jer virus napada svaku živu ćeliju."

Nejtan je poslednju rečenicu posebno naglasio.

„Ovo smo već svi znali, međutim, neko se nadovezao, u šali, da je onda jedini spas da se ubijemo, pa će nas virus ostaviti na miru. Usledila je tišina od nekoliko sekundi, dok nismo svi glasno počeli da se smejemo. Da bismo preživeli, moraćemo da umremo! Sjajno."

Sebastijan ga je gledao dok je Nejtan raširio ruke i gestikulirao gotovo dramski objašnjavajući razvoj plana čije konture je njegov um još uvek nazirao kroz veoma gustu maglu.

„Morali smo da umremo da bismo preživeli?"

Nejtan se zamrzao na momenat. Izgledao je kao da je neko pritisnuo pauzu tokom gledanja videa. Njegove plave prodorne oči buljile su sada netremično u Sebastijana.

A onda je nastavio:

„Da. Morali smo da umremo! Ali tako da sačuvamo svoja tela kako bismo kasnije mogli da ponovo oživimo, onda kada bude rešen problem virusa. Naša tela bi tada bila odmrznuta i vraćena u život. Dok bi bila mrtva, virus im ne bi mogao ništa, jer ne bi mogao da koristi procese u ćelijama da bi se razmnožavao i uništavao ih. Ne bi mogao da ih koristi jer procesa ne bi ni bilo! Zato smo odlučili da zamrznemo svoja tela i sačuvamo ih u specijalnim krio-zamrzivačima pripemljenim za to. I ne samo svoja tela već i tela velikog broja životinjskih vrsta, seme biljaka je već bilo pohranjeno u sef sudnjeg dana. Duboko ispod leda. Bili bismo tehnički mrtvi. Ne bi bilo nijednog životnog procesa koji bi se odvijao u našim telima. Naši umovi bi stali. Naše duše... Kada virusa više ne bi bilo, mogli bismo da odmrznemo tela i oživimo ponovo.“

„Ali ko bi rešio problem virusa ako smo svi mrtvi, to jest zamrznuti?“

„Virus bi nestao posle nekog vremena sam od sebe. Jednostavno, ne bi imao više koga da napadne, kada bi uništio i poslednji organizam, nestao bi zajedno sa njim. Problem je što nismo mogli da znamo kada će tačno to da se desi. Morali smo da ostavimo nekoga ko bi nadgledao proces.“

Sebastijan je pogledao u ekran. Na njemu su nepomično stajali veliki krio-zamrzivači u kojima su bila pohranjena tela naučnika iz paralelnog sveta. Kada se malo približio ekranu, ugledao je pločice sa natpisima. Na jednoj se nalazila jedna ugravirana reč. Poznata reč.

Nejtan.

„Ali, ako bi neko ostao živ da nadgleda proces, on bi pre ili kasnije dobio virus i umro, kao i svi ostali na svetu.“

Nejtan je gledao u monitor i dodirivao simbole na njemu. Posle svakog dodira u desnom uglu bi preko ekrana skliznula traka sa ispisanim parametrima, koji su se menjali iz sekunde u sekund.

„U pravu si. To smo i mi shvatili. Ipak, neko je morao da ostane i nadgleda sve. Kada smo shvatili šta se dešava i da nemamo rešenje za virus, odlučili smo da malo modifikujemo vaš program za stvaranje virtuelnog univerzuma i, umesto imaginarnih ljudi koje bismo posmatrali kao u nekoj igrici, došli smo na ideju da kreiramo ljude koji bi bili stvoreni po našem liku i koji bi posmatrali nas. Tačnije, da sebe sačuvamo u virtuelnom svetu, van domašaja smrtonosnog virusa, dok se ne uverimo da je pravi svet siguran za život. Tada bismo aktivirali proces odmrzavanja i oživljavanja, koji bi nas vratio u život."

Sebastijanu je sinulo još jedno pitanje u glavi.

„Ali jedan od ljudi iz tajne službe je spominjao da mi krijemo informacije od ljudi iz paralelnog sveta... pravog sveta? Kako je to moguće ako su svi mrtvi?"

Opet to „ali", morao bi da poradi na svom izražavanju, pomislio je Nejtan.

Nejtan je shvatao Sebastijanovo nepoverenje. Ipak je ovo prevelik korak.

„Ljudi iz tajnih službi rade za mene i znaju ono što im ja prenesem. Nisu svi ljudi u virtuelnom svetu stvoreni po liku iz stvarnog, mnogi su nastali kao posledica prirodnih procesa u našem svetu – evolucije, selekcije... samo mali broj ljudi zaista postoji u stvarnom svetu. Svi ostali su fiktivni karakteri, plod mašte jedne elektronske mašine, posledica slučajnog niza brojeva izvučenih pri postavci velikog praska. Kada bi saznali pravu istinu o stvarnom svetu, stvari bi mogle da krenu pogrešnim tokom. Mogli bi namerno da sabotiraju vezu sa stvarnim svetom, kako bi sačuvali ovaj, virtuelni."

„Ali kako znamo da smo mi baš ti ljudi koji leže zamrznuti u frižiderima paralelnog sveta i čekaju da ih neko probudi? Da li će naša svest preći u ta tela iz jednog sveta u drugi? I šta će se desiti sa ovim svetom kada se probude, hoće li isključiti kompjuter? Šta ako se sam isključi, jer je, recimo, ostao bez struje?"

Sebastijan je konačno eksplodirao. Do ovog momenta pritisak je samo rastao, a sada su pitanja poletela iz njega, poput šrapnela, u svim pravcima.

„A kako da znamo da smo mi ovde isti kao mi tamo? Da je naša svest uspešno prebačena u ova, virtuelna, tela? Ti si me ubedio da je to moguće!", dočekao ga je Nejtan pitanjem.

„Ja?"

Sebastijan ga je gledao zabezeknuto. Naravno da se nije sećao da je ubedio Nejtana u tako nešto, čak ne zna zašto bi to uopšte bilo moguće. U stvari – ta ideja mu je delovala prilično neverovatno.

„Plan je bio da mi, koji smo stvoreni po likovima ljudi iz stvarnog sveta, dođemo do saznanja da pripadamo tom svetu, i na neki način budemo dovedeni do ovog mesta, do portala ka stvarnom svetu. Okidač koji je započeo uparivanje dva sveta je bilo proviđenje koje si imao, i koje te je navelo da nas povežeš sa paralelnim, to jest, stvarnim svetom. Ono se nije pojavilo slučajno na nebu iznad tebe. Taj događaj si pripremio u spoljašnjem svetu pre nego što je naš univerzum nastao."

Sebastijan je tek sada shvatio zašto ga je pratio taj čudan osećaj tokom svih ovih godina, nakon događaja koji je prelomio njegov život i usmerio ga u potpuno drugom pravcu. Događaj koji je delovao kao potpuno uobičajena igra oblaka na nebeskom svodu, zapravo je bio programiran unapred. Pitanje je da li je oblaka uopšte i bilo, ili je sve bila opsena koja ga je vodila po zapisanoj stazi, sve do ovog mesta, ove sobe. A možda je to bio momenat povezivanja sa umom Sebastijana iz stvarnog sveta?

Ipak, Sebastijan Braun i dalje nije osećao vezu sa paralelnim svetom. I dalje je bio onaj stari Sebastijan Braun, čitav život koji je držao grčevito u svojim sećanjima bio je vezan za ovaj svet, ljude koji ga okružuju, prijatelje... makar ih neko zvao i virtuelnim.

„Mogu li da vidim frižider, zamrzivač... taj uređaj u kome se nalazi moje telo?", prekinuo ga je Sebastijan nestrpljivo. Želeo je da se uveri da zaista postoji u stvarnom svetu, da nije samo skup nula i jedinica u nekom računaru, pa makar to bio i superkompjuter. I da pokuša da oseti vezu sa tim bićem, sa svojim drugim ja koje pripada drugoj dimenziji, univerzumu, svetu. Nije imao nikakva sećanja iz tog, drugog života, niti utisnute emocije. Možda će ga pogled na stvarnog sebe podsetiti na nešto, izvući neki događaj duboko zaključan u njegovom umu.

„Naravno", odgovorio je Nejtan, dodirujući prstima simbole na ekranu. Slika se malo pomerila i približila drugom krio-zamrzivaču. Na njemu se sada jasno video natpis na jeziku paralelnog sveta: „Sebastijan Braun". Podigao je kameru malo više i ugledao mali prozor na gornjem delu uređaja. Slika je na momenat bila zamućena, ali kada je dobila fokus, mogli su da vide šta se nalazi sa druge strane prozora, unutar kapsule krio-zamrzivača.

Ništa.

Frižider je bio prazan!

„Gde sam ja?", promucao je Sebastijan, „Mislim, gde je moje telo u paralelnom svetu?"

Tek kada je izgovorio ovu rečenicu, shvatio je koliko morbidno u stvari zvuči.

„Budan si", stiglo je novo iznenađenje iz Nejtanovih usta.

„Budan si već nekoliko dana. Dobio sam signal da treba da budim *uspavane lepotice*. Tvoje ime je bilo prvo na listi. Kada je izašao iz krio-zamrzivača, gledao sam tvog dvojnika iz stvarnog sveta, a onda tvoju fotografiju koju su mi dostavili moji ljudi. Sličnost je bila neverovatna. Nema sumnje da si ti stvoren po liku Sebastijana

Brauna. Onog Sebastijana Brauna koji je stvorio naš univerzum, a potom ubacio sebe u ovaj svet i sam sebi postavio zadatak. Poslao sam ljude da te pronađu i dovedu ovde."

Sebastijan je dalje u mislima rasplitao enigmu koja ga je kopkala čitav život. Dok su drugi ljudi jurili za novcem, provodom, putovanjima, on je pred sobom imao drugi cilj. Osećao je da ne pripada ovde, da ga čeka misija koju treba da ispuni. Nije razumeo koja je to misija, ni zašto treba da je ispuni, ali sada se magla konačno podigla sa tog dela njegove svesti. Osećao je da ima misiju zato što je programiran da ima misiju. Kada god bi radio na svom dostignuću, gotovo da bi ga hvatala groznica od uzbuđenja, iako nije imao nikakvu materijalnu korist od uspeha koji bi postigao. Čak ni slavu ili barem pohvalu. Uprkos tome sve vreme je osećao da radi baš ono što treba da radi.

Ipak, nešto se i dalje ne uklapa, pomislio je.

„Kako to da nemamo sećanja iz pravog sveta? Ja se ne sećam ničega iz tog... prethodnog života. Sva moja iskustva, slike moje prošlosti pripadaju ovoj stvarnosti. Od detinjstva, odrastanja, majke i oca, drugara iz vrtića... a oni, da li su i oni iz pravog sveta?"

„Nemamo sećanja jer nije bilo moguće preneti ih. Tehnologijom koja nam je bila na raspolaganju, kreirali smo digitalna bića čije su se osobine sa zadatim odstupanjima poklapale sa karakteristikama njihovih originala – živim stvorenjima iz pravog sveta. Nije bilo moguće preneti baš sve informacije u računar, pogotovo ne tako tanušne i prefinjene stvari pooput mikrostatusa nervnih ćelija – nedodirljivih sefova, čuvara naše prošlosti. Sećanja koja imamo pripadaju samo ovom – virtuelnom svetu."

Ovaj izraz „virtuelni svet" je već počeo da ide na nerve Sebastijanu. Taj virtuelni svet je bio sve što je predstavljalo njegov život do sada. Stvarni svet je otkrio kao nešto strano i tako ga je posmatrao godinama, sve dok danas nije saznao mračnu istinu. Istina je, ispostavilo se, bila sumorna u oba sveta. U jednom su bili mrtvi gotovo svi ljudi na planeti, dok je u drugom postojanje celokupnog univerzuma zavisilo od napajanja strujom misteriozne crne kocke – naprave koja se nalazi u svetu u kome su svi ljudi mrtvi. Ili zamrznuti. Osim njegovog... originala.

Ali ja sam i dalje ovde, a ne tamo! Vidim svoje ruke, ovu prostoriju, Nejtana. Ako je moj original – Sebastijan Braun iz stvarnog sveta – budan, to znači da je svestan i da njegova duša sada vodi svoj život nezavisno od moje, pomislio je Sebastijan. *Pred njegovim očima nalaze se slike stvarnog sveta, dakle – obojica postojimo u isto vreme.*

Nikakvog transfera svesti neće biti, konačno mu je sinulo.

Na neki način mu je laknulo zbog toga. Sebastijan čak i ne zna kako su mu izgledali roditelji, niti da li je imao braću i sestre u stvarnom svetu. U ovom su otac i majka bili ljudi koji su ga odgajali, učili ga kako da vozi bicikl, da radi na računaru... Oni ne postoje u stvarnom svetu. Ne bi mu bilo lako da se odrekne svoje prošlosti i prihvati neku drugu samo zato što je video svoje ime na krio-zamrzivaču, na plavičastom ekranu, koji ga je sada tako bezobzirno obasjavao u ovoj mračnoj prostoriji.

„Nejtane...”

Nejtan je je podigao pogled sa laptopa i okrenuo se ka Sebastijanu.

„Kako ti znaš sve ovo, ako nam nisu preneta sećanja?”

Gledao je u Nejtana i skenirao njegov govor tela. Činilo mu se da je pronašao glavnu nelogičnost u njegovoj priči.

„Sve ovo što sam ti pričao je zapisano u tekstu koji sam otkrio dok sam sledio svoj znak. Očigledno sam sebi odredio najodgovorniji zadatak, postavio sam sebe za šefa tajne službe u virtuelnom svetu. U početku mi je splet okolnosti pod kojima sam napredovao delovao krajnje neobično. Događaji koji su me gurali ka vrhu hijerarhije nameštali su se sami od sebe, upoznao bih prave ljude u pravom momentu. Kada god sam morao da napravim izbor, uvek bih izabrao dobitnu opciju koja bi me popela za jedan stepenik više. Činilo se da me nekakva luda sreća prati sve vreme, kao da je na mene budno motrio anđeo čuvar. Živeo sam u tom ubeđenju, sve dok jednog dana moji ljudi nisu doneli jedan dokument za koji su rekli da je namenjen lično meni. Mislio sam da se radi o nečemu što je pripremljeno par dana ranije, međutim, radilo se o drevnom tekstu koji je bio ugraviran u zlatne ploče, čiju starost nismo precizno mogli da odredimo. Tekst je bio napisan na nama potpuno nerazumljivom jeziku. Rečeno mi je da kriptografi već stotinama godina pokušavaju da otkriju šifru kojom je tekst zaključan, ali bez ikakvog uspeha. Pažnju mi je privukla gravura muškog lica na poslednjoj ploči. Kada su mi je pokazali, iako sam se pre toga svačega u životu nagledao, ostao sam potpuno zatečen. U rukama sam držao sopstveni portret izliven u zlatu, star bar nekoliko stotina godina. Kada su uvideli sličnost, kriptografi su se ponadali da je tekst namenjen meni i da ću prepoznati bar neke od reči sa ploča, te im otkriti ključ za dalje dešifrovanje.

Međutim, simboli koje su mi pokazali bili su mi potpuno nerazumljivi. Nisam imao apsolutno nikakvu asocijaciju. Ipak, zahtevao sam da mi ostave ove misteriozne ploče, koje se nisu uklapale ni u jednu verziju istorije na svetu.

Stajale su u sefu u mojoj kancelariji godinama, bez ikakve nade da će poruka zapisana na njima biti otkrivena, sve dok nije došlo do otkrića paralelnog sveta. Kao i ostatak populacije planete, i ja sam bio fasciniran ovim događajem. Dok sam pratio jedan od prenosa, na ekranu se prikazao tekst sa izloga neke prodavnice. Iako sam bio zabavljen događajima koje je prenos pratio, nije mi promakao jedan sitan detalj na ekranu. Tekst je neverovatno podsećao na simbole sa zlatnih ploča koje su ležale u mom sefu. Iako se ovo desilo kasno noću, nisam mogao da sačekam jutro. Iz istih stopa sam odjurio do kancelarije ne bih li što pre proverio svoju pretpostavku.

Bio sam u pravu. Kada sam izvadio prvu ploču iz sefa, na njoj sam već sasvim jasno prepoznao simbole iz paralelnog sveta.

Na moju sreću, malo ko je ostao imun na pojavu paralelnog sveta. Nisam morao dugo da čekam da vrsni stručnjaci iz oblasti lingvistike započnu izučavanje jezika i pisma njegovih žitelja. Samo nekoliko meseci kasnije, imao sam na raspolaganju prve rečnike jezika paralelnog sveta.

Nisam želeo da mešam moje ljude u ovu stvar. U stvari, nisam želeo da iko drugi sazna značenje teksta sa zlatnih ploča. Za ostatak sveta taj tekst je i dan-danas ostao tajna. Nije mi bila potrebna pomoć prevodioca, kupio sam rečnik u najobičnijoj knjižari i počeo da dešifrujem tekst.

Na moje zaprepašćenje, tekst je zaista bio namenjen meni. U tekstu sam često oslovljavan po imenu i prezimenu. Ispostavilo se da sam ga napisao ja lično, ali u svom drugom životu – životu u paralelnom svetu. U najkraćim crtama je objašnjeno ko sam i kako je ovaj naš svet nastao, a posebno šta se očekuje od mene. Po dužini teksta bilo mi je jasno da nisam imao previše vremena za pisanje tog pisma samome sebi. Zahvaljujući TV prenosima iz paralelnog sveta mogao sam da sklopim sve kockice i shvatim u kakvoj smo se situaciji našli tamo. Moja poslednja nada, nakon što je apokalipsa na Zemlji uzela maha, bila je da stvorim virtuelnog sebe u novom, virtuelnom svetu i prenesem svoju dušu na to novo biće. Zahvaljujući beskonačno brzom računaru, to je bilo moguće. Računao sam na to da, ako naša misija ne uspe i nestanem u stvarnom svetu, i dalje mogu da nastavim da živim u virtuelnom.

Obezbedio sam sebi mesto šefa tajne službe, čoveka koji kontroliše događaje u ovom svetu i ima pregled nad svim što se dešava. Nažalost, nemamo vremena da i ti prođeš kroz sve materijale koje sam sakupio u vezi sa nama u paralelnom svetu. Možeš da me pitaš sve što te interesuje, u brzini sam možda preskočio neki detalj.”

„Koliko još ljudi čekamo?”

„Ostala je još samo Ema. Ona je na putu ovamo, još ne zna istinu o svetu u kome živimo.”

„Samo nas troje je preživelo?!"

Sebastijan se trgao kao da ga je neko probudio iz dubokog sna.

„Ali čemu svi ostali zamrzivači, ako nas je preživelo samo troje?"

„U stvari – tačan broj je dva. Samo ti i Ema."

U mračnoj prostoriji obasjanoj plavičastom svetlošću čuo se samo zvuk hladnjaka Nejtanovog laptopa.

„U stvarnom svetu nema servisera koji bi popravili pokvarene uređaje. Većina krio-zamrzivača nije izdržala zub vremena. Tela u njima su nepovratno uništena. Njihova smrt nije bila privremena. Njihove duše su sedele u čekaonici potpuno uzaludno sve te godine."

„Čekaonici?"

Nejtan se nasmejao.

„Tako zamišljam prostoriju u koju se moja svest sakrije dok spavam bez snova. Na neki način – i oni su spavali. Bez snova."

Sebastijan se stresao zbog misli koja mu je ovlaš prošla kroz um.

„Da. A šta se dešava sa ostalim ljudima u našem svetu čija su tela uništena u pravom?"

„Nismo kontaktirali sa njima. Ostavili smo ih da bezbrižno žive svoje živote u ovom svetu. Baš kao što ću i ja nastaviti svoj. Moja duša nema gde da se vrati. Moje telo u stvarnom svetu je uništeno."

Nejtan se nasmešio.

„Da budem iskren, nisam siguran da bi mi se više svidelo da sada budem tamo nego ovde."

****

Živimo u tim crnim kutijama i zavisimo od napajanja strujom jedne galerije sa eksponatima Teslinih kalemova, u kuli pretvorenoj u tajno skrovište, poslednju odstupnicu grupe ljudi odlučne da preživi nalet nadolazeće pošasti – virusa koji listom kosi sve pred sobom, a zatim i nepogoda koje bi, bez ljudi koji bi ih zaštitili, vremenom srušile većinu građevina. Većinu da, ali ne i utvrde izgrađene od masivnih betonskih zidova, sposobnih da izdrže udare mnogo jače od vazdušnih.

Sebastijan je pokušavao da u glavi napravi kratak presek situacije.

Pored toga, ja i neka Ema smo jedini preživeli od čitave populacije paralelnog sveta. I sada treba da započnemo sve iz početka.

Zamutilo mu se u glavi. Opet.

Pogledao je Nejtana i primetio da je njegov pogled izgubio onu ledenu notu *šefa*. Imao je utisak da sedi u društvu starog poznanika. U svetu u kom mu je zaista bio poznanik, Nejtan je sada bio mrtav. A u ovom svetu bio je šef tajne službe, koji ovog šašavog naučnika tretira kao najboljeg prijatelja.

„Prvobitno je bio napravljen plan da se zaista skeniraju sve nervne ćelije i naši umovi presele u ovaj svet. Međutim, desio se veliki prevrat u svetu, i neki od sponzora projekata su ubijeni. Došlo je do revolucije na čitavoj planeti, što je naš projekat dovelo u ćorsokak. Zato smo uređaje krišom, u poslednjem trenutku, prebacili u ovu kulu koju si maločas video. Smestili smo se na ovo mesto, dovoljno sakriveno od radoznalih pogleda revolucionara, a utrošak struje smo prikrili galerijom koja je kao eksponate imala uređaje koji zahtevaju veliku količinu energije. Zbog manjka vremena, nismo stigli da prebacimo sve, tako da smo odustali od prebacivanja umova. Naša bića su stvorena po liku ljudi iz stvarnog sveta, ali umovi su nam... drugačiji. Zato se i ne sećamo ničega iz stvarnog sveta. Da bismo razumeli šta se dešavalo u stvarnom svetu, ti si dobio zadatak da napraviš portal ka njemu. Ja sam, kao šef tajne službe dobijao sve informacije o portalu. Portal koji si napravio nije prikupljao svetlosne signale iz dubokog svemira, kako su svi mislili, već je direktno hranjen informacijama iz računara paralelnog sveta. Stvarnog sveta, da budem precizan. Na jedan računar smo postavili pripremljene snimke, koji su strimovani u naš svet. Greškom je prvo pušten direktan prenos iz sobe nesuđenog vladara stvarnog sveta, ali to je brzo ispravljeno. Kada je, nakon što su pregledani svi snimci, pušten direktan prenos kataklizme, odlučio sam da isključim portal. Usledili su prizori potpunog uništenja, previše potresni za prikazivanje na televiziji."

Sebastijan je polako slagao deliće slagalice koje je dobijao kroz Nejtanovu priču. Prošlost mu je bila već mnogo jasnija. Ostalo je pitanje budućnosti.

„Šta će sada biti? Kakav je dalji plan?"

„Upoznaćeš Sebastijana Brauna. Tvog brata blizanca iz paralelnog sveta."

„Sada?"

„Da, spreman je. Sve vreme gledam u monitor i čekam znak da je spreman za razgovor sa tobom."

„A ti?"

„Ja odlazim. Moja misija je završena. U stvarnom svetu me nema već duže vreme, a ovde... O. K. mi je ovde. Uostalom, zaista ne bih voleo da se probudim u svetu u kojem ne postojim", izgovorio je uz kratak mig.

Nejtan je odložio šoljicu sa kafom na mali poslužavnik i uzeo mantil u ruke.

„Zamoliću te samo da opereš šoljice pre nego što napustiš kuću. Ne volim da ostavljam nered..."

„Ne vraćaš se ovde?"

„O ne, ne živim ovde, tu sam tek jedan dan. Čekam te od jutros."

Zastao je na momenat, a onda se okrenuo prema vratima.

„Pozdravljam te", dobacio je preko ramena i izašao napolje.

„Čekaj!"

Nejtan je provirio ponovo kroz vrata.

„A Ema?"

„Ema je bila tvoj zahtev. Vidi sada šta ćeš sa njom..."

Namignuo je i zatvorio vrata za sobom.

Još nekoliko trenutaka Sebastijan Braun je zurio u vrata kroz koja je upravo izašao Nejtan – šef tajne službe i kopija prijatelja njegovog brata blizanca iz stvarnog... ili paralelnog sveta.

Neko se nakašljao.

Okrenuo se prema laptopu i na ekranu ugledao – sebe.

47.

Tvorac

Dva izgledom gotovo indentična čoveka zurili su jedan u drugog preko monitora nečega što je najviše podsećalo na laptop računar. Činilo se kao da Sebastijan razgovara sa bratom blizancem preko aplikacije za video-poziv. Ali nije bilo tako. Dovoljan je bio samo jedan lagani dodir prsta Sebastijanovog dvojnika na jednu od poluprovidnih plavičastih ikonica koje su lebdele iznad slike na ekranu, i čitav njegov univerzum bi se raspršio u ništavilo nepostojanja u par otkucaja beskonačno brzog srca računara *Infiniti*. Sebastijan je bio potpuno svestan te činjenice, kao što je bio svestan da njegove usluge više nisu bile potrebne preživelim ljudima iz paralelnog sveta. Njegova misija je bila završena.

Kada isključi *Infiniti*, svi bitovi koji čine univerzum će se resetovati u jednoj iteraciji. *Bar smrt neće boleti*, pomislio je, *jednostavno ću nestati. Električni naboji koji predstavljaju nule i jedinice od kojih su izgrađeni atomi, elektroni, kvarkovi i ostala mitska mikrobića ovog sveta nestaće bez traga.*

Bestraga!

Odlučio je da započne razgovor, da pokuša da pregovara.

„Nejtan mi je pričao o prenosu... prenosu svesti, ali bih ipak rekao da je to nemoguće. Ti si već budan, a ja sam i dalje ovde, što znači da nikakvog transfera svesti neće biti. Naša misija je završena. Sada možeš i da nas ugasiš, ako poželiš, zar ne?”

Nije imao argumente kojima bi svog dvojnika iz paralelnog sveta odvratio od isključivanja crnih kutija iz struje. Energija mu je sada sigurno bila potrebnija za druge, za njega bitnije, stvari. Morao je da gradi svoj svet, dok je računar čiji procesor plete fino tkanje

Sebastijanovog univerzuma bio priključen na jedini funkcionalni izvor energije u okolini. Da bi počeo da vraća u život ostala zamrznuta stvorenja i biljke, nije mu bilo druge već da isključi superkompjutere, koji su crpili ogromnu količinu energije za simuliranje svih procesa u Sebastijanovom svetu.

„U pravu si, nema prenosa svesti."

Sebastijanov dvojnik je napravio malu pauzu, pogledao u parametre na ekranu, a zatim nastavio:

„Nejtana sam ubedio, tačnije – nisam sprečio da veruje u to. Izgleda da mu moj plan sa zamrzavanjem tela nije ulivao previše poverenja. Nažalost, tu je donekle bio u pravu. Nejtana više nema, ostala je samo njegova virtuelna kopija u tvom svetu", rekao je Sebastijan dok je prelistavao parametre na monitoru ispred sebe.

„U svakom slučaju, vi ste dobro obavili zadatak. Nažalost, niste mogli da izađete iz te proklete kutije i popravite ove frižidere kada su otkazali, ali ste ispunili misiju koja vam je bila dodeljena. Taj deo je završen baš onako kako je planiran."

„Sada smo suvišni."

„Na neki način – da."

Pogledao je svoju virtuelnu kopiju, i neko vreme zurio u skup piksela koji je formirao potišteno lice Sebastijana Brauna.

„Vidim da si neraspoložen. Ipak, mislim da imam dobre vesti za tebe, koje će ti, nadam se, vratiti osmeh na lice. Kraj tvog sveta se odlaže na neodređeno vreme", izgovorio je ne podižući pogled sa brojki koje su prekrivale dobar deo njegovog ekrana.

„Ne želiš da isključiš superkompjutere?", ponadao se Sebastijan. „Ali bez njih nećeš moći..."

„Moraću da ih isključim za neki minut", odgovorio je Sebastijanov dvojnik sa ekrana, i dalje čeprkajući po komandama na svom ekranu.

Ova rečenica se zabola kao nož u trbuh Sebastijana Brauna. *Znači, imamo još samo par minuta do kraja.*

„Ali, ne zaboravi na jednu činjenicu", lik njegovog dvojnika u monitoru sada je uperio pogled u kameru. Gledao je Sebastijana pravo u oči.

„Superkompjuter se ne bi zvao *Infiniti* da nema i neke vrlo zgodne supermoći. Ono što ga izdvaja od ostalih računara jeste njegova beskonačna brzina izračunavanja. Do sada je rad *Infinitija* bio usporen da bi vreme vašeg sveta išlo u korak sa našim. Upravo sada menjam parametre kako bih omogućio da superkompjuter proradi punom brzinom. Isključujem usporivače ubačene u programski kod. Kada poslednji bude ugašen, jedna sekunda u mom svetu pokloniće ostatak večnosti tvom. Dok dođe do trenutka da se Infiniti isključi sa napajanja, u tvom svetu proći će eoni. Vaša planeta će postati deo kosmičke istorije, nove galaksije će se rađati i umirati, nove civilizacije će se graditi, rušiti, ratovati... i pitati – zašto postoje."

Nastavio je da pipka komande na svom monitoru.

„Drugim rečima, možeš da nastaviš svoj život kao da se ništa nije desilo. Vaš univerzum će postojati sve do kraja vremena... kraj sveta se neće desiti! A najbolje od svega je što ću ja i pored toga dobiti nazad moje napajanje."

Sebastijan je zurio u monitor bez reči. Ovo je bio sasvim nov momenat.

Zaokret.

Iznenađenje. Nadao se – i poslednje.

Njegov dvojnik sa druge strane virtuelne žice je prekinuo kliktanje po monitoru. Pogledao je sada u kameru, bilo je jasno da je završio sva podešavanja.

„Povrh svega, spremio sam ti i jedan poklon, koji će te, verujem, obradovati. Istina – ne postoji direktna veza između naša dva bića, za mene si ti i dalje samo skup bitova, ali vrlo simpatičnih bitova. Zato sam rešio da ti poklonim malo magije koja će te izdvojiti iz mase, i dati figuru više na šahovskoj tabli. Dok smo radili na projektu virtuelnog sveta, palo mi je na pamet da bismo mogli da novostvoreni svet obogatimo jednom izuzetno korisnom napravom koja u našem svetu postoji – samo u mašti. Međutim, programiranje te mašine u virtuelnom svetu bilo je veoma jednostavno, jedan najobičniji kopi-pejst i – eto ga: teleport! Možeš da se teleportuješ na bilo koju lokaciju u svom univerzumu u trenutku. Dovoljno je da uneseš koordinate i aktiviraš ga.”

„Kako da unesem koordinate? Ja nemam pristup tvojoj tastaturi”, pokušao je da ga isprati Sebastijan.

„Mislio sam i na to, naravno. Postavljen je skener dešavanja u tvom svetu, i kada se određeni parametri poklope – aktivira se kopiranje. Najteže je bilo izabrati parametre tako da se ne dešavaju spontano u prirodi, da ne bi došlo do nasumične teleportacije. Zapiši formulu.”

Sebastijan Braun je potražio nešto čime bi mogao da piše i nešto po čemu bi mogao da piše. Otvarao je fioke frenetično, dok konačno nije pronašao jednu olovku i nekakav poluizvrljani notes.

„U cilindru jednog metra prečnika i jednog metra visine moraju se naći tri pozlaćena diska, tri srebrna diska i tri diska od aluminijuma. Tri pozlaćena diska određuju iks, ipsilon i zed koordinatu tela koje se teleportuje, relativno u odnosu na centar cilindra. Koordinate su određene zarezima na diskovima, udaljenost zareza od centra množi se sa sto da bi se dobila koordinata u stvarnom svetu. Tri srebrna diska određuju kocku koja će biti teleportovana sa centrom u tački određenoj zlatnim diskovima. Udaljenost zareza na ovim diskovima se množi sa deset. I na kraju, tri aluminijumska diska određuju koordinatu na koju će ta kocka biti teleportovana, to jest – pejstovana. Ovde se rastojanje množi sa deset miliona. Moraćeš da budeš veoma precizan kod aluminijumskih diskova. Teleportacija će se desiti kada iks diskovi dostignu broj obrtaja u rotaciji oko svoje ose od hiljadu, ipsilon diskovi pet stotina i zed diskovi sto obrtaja.”

Čulo se samo švrljanje olovke po papiru.

„Zapisao?”

„... zed diskovi sto. Zapisao, kasnije ću da sredim.”

Sebastijan Braun je zaklopio notes.

„Znam, nije baš previše inventivno, ali sam ideju sklepao na brzinu. Ništa drugo mi nije palo na pamet.”

„A na primer, zlatne kovanice sa utisnutim brojevima koji predstavljaju koordinate? Različite veličine za iks, ipsilon...”

„Daa... u pravu si, bilo bi nešto jednostavnije. Rekoh da nisam imao previše vremena za razmišljanje, sada je već kasno za izmene.”

Sebastijan je gledao svog dvojnika, i nesvesno se češkao iza uveta.

Poklonu se u zube ne gleda, pomislio je.

48.

Sablasna plavičasta svetlost je osvetljavala Sebastijanovo lice dok je zurio u monitor. Na digitalnom portretu njegovog dvojnika bila je primetna nagla promena raspoloženja. Razumeo ga je u potpunosti.

Nakon što ugasi računar, koji je bio jedina veza, ne samo sa njegovim čedom – virtuelnim svetom, već i sa njegovim prošlim životom, životom pre virusa, pre revolucija... pre Infinitija, čeka ga dug i mukotrpan put stvaranja nove civilizacije.

„Pa, moj virtuelni prijatelju", progovorio je konačno dvojnik, „moje drugo ja, moram ti priznati da nikada nisam bio vičan sklapanju oproštajnih govora. Čeka me mnogo posla ovde, moram da Zemlji ponovo udahnem život. Trenutno je ovo očajno pusto mesto. U ovoj osami jedino društvo mi praviš ti."

Sebastijan Braun je, ne spuštajući pogled sa monitora, razmišljao o užasnoj sudbini koja je zadesila njegovog Tvorca. Njegova misija je sada bila završena. Tvorac će za koji trenutak pritisnuti dugme i otići na drugi kraj večnosti, ostavljajući ga u ovom, za njega, virtuelnom svetu.

Na kraju krajeva, i nije se tako loše završilo, bar za njega ovde. Pre samo nekoliko trenutaka očekivao je ispunjenje proročanstva raznih čudaka koji su prognozirali propast sveta.

Izgleda da ipak nisu pogodili. Bar ne u ovom univerzumu.

„Očigledno je da si dobro kopirao svoj karakter na mene, ni ja nisam baš vičan smišljanju govora", nasmejao se.

Sada je već mnogo opuštenije ćaskao sa Sebastijanom Braunom iz paralelnog univerzuma, ali je negde u dubini njegove podsvesti kuckao satić koji je odbrojavao trenutke jedinstvenog momenta u njegovom životu. Neponovljivi sekund koji će mahnuti krilcima i nestati, kao propuštena prilika, sada je lebdeo u vazduhu oko njega. Pred njim se nalazi Tvorac – tvorac sveta u kome živi i živeće, i sada može da mu postavi bilo koje pitanje, sada, i kraj. Ta prilika će nestati jednim pritiskom Tvorca na ikonicu na ekranu.

Ali nešto u njemu se blokiralo. Stalo je, um mu se ukočio. Ostao je nekoliko trenutaka potpuno nem. Reči su bile tu negde, ispod površine, čekale su spremne, ali nisu otkrile pravi prolaz kroz koji bi navrle i zapljusnule bujicom čoveka koji ima odgovore.

Sebastijan Braun, Tvorac virtuelnog univerzuma, mustra po kojoj je on bio napravljen, ponovo se okrenuo ka monitoru i pogledao ga u oči.

„Ćao!", bila je to poslednja reč koju je izgovorio pre nego što je pritisnuo dugme nacrtano na monitoru. Slika Sebastijanovog dvojnika se zamrzla na ekranu, pri čemu je lice formiralo prilično smešnu grimasu. Oči su mu bile na pola treptaja, a usta blago iskrivljena. Otišao je u večnost na prilično smušen način. Ovakav izraz lica će imati do kraja univerzuma.

Zamišljam sebe kako okupljam ljude i saopštavam im istinu: „Ovo je vaš Tvorac, stvorio je čitav naš univerzum i postojaće večno! Stvorio je čoveka po liku svome. Stvorio je prvo nebo i zemlju...", dok na monitoru gledaju moj neuspeli selfi.

U um Sebastijana Brauna se tiho ušunjala pomisao na to da je celog života bio vatreni ateista. Verovao je isključivo u prirodne zakone, naučne metode, determinizam i kauzalnost stvarnosti. A sada je baš on, takav, upoznao Tvorca lično! Ne fizički zakon, ne neku formulu, ne skrivenu česticu, već Tvorca – entitet, biće, čoveka koji je stvorio svet, pokrenuo vreme, udahnuo dušu i utisnuo život u materiju. I baš on, takav, stvoren je po liku tog Tvorca. Čak se, da ironija bude veća, zove istim imenom kao Tvorac. Istina, religija se ne poklapa u svim detaljima sa večitom istinom univerzuma koju je upravo spoznao, ali u osnovi su njeni zagovarači bili u pravu.

A on u krivu.

Kada bolje razmislim, zvuči na prvi pogled besmisleno, ali – bili su u pravu i naučnici i religijski fanatici. Svet se upravlja prema osnovnim silama koje su programirane u superračunaru, a u isto vreme, postoji i Tvorac koji je te sile definisao. Tvorac je živeo pre postanja vremena i živeće večno, i posle kraja vremena, ali samo iz njihove perspektive. U svom svetu, on ipak ima konačan život. Ostalo je samo ono čuveno pitanje – a ko je stvorio Tvorca? To pitanje je bila slamka za koju se grozničavo uhvatio njegov ateistički um, uzvraćajući udarac činjenicama koje su ga privremeno oborile na zemlju.

Na momenat ga je ljutnula pomisao da su njegovi ateistički stavovi bili pogrešni, ali ona nije mogla da sruši zid oduševljenja koji se uzdizao nad saznanjem da je, pored Nejtana, bio jedini čovek na svetu koji je zaista video Tvorca vaseljene, i pri tome još i opušteno ćaskao sa njim. Više niko nikada neće imati tu priliku, jer je večnost njegovog sveta pretvorena u jedan jedini trenutak vremena u životu Tvorca – Sebastijana Brauna iz paralelnog univerzuma.

Razmišljao je o ideji da prenese ljudima upravo stečeno saznanje, i vrlo brzo shvatio da mu niko ne bi poverovao. To jest, verovanje u njegove reči bi se svelo na nivo religije. Nije imao više nijedan čvrst dokaz za te tvrdnje, kontakt sa paralelnim svetom je zauvek prekinut.

Gnušao se ideje da pokrene još jednu religiju – Ja znam istinu i verujte mi kad vam lepo kažem...

I ove dosadašnje, verovao je, samo su služile za osvajanje političke moći i prikupljanje materijalnog bogatstva.

Nije imao razloga da veruje da bi se nešto izmenilo sa još jednom novom, bez obzira što je znao da bi ova jedina zaista propovedala istinu. A i razrešila mnoge nedoumice.

Ipak, odlučio je da zatvori tu knjigu, da je ostavi iza sebe.

Da se vrati svom životu.

Ustao je sa stolice, ugasio laptop, izašao iz tajnog sobička i zaključao vrata iza sebe. Ostavio je prljave šoljice za kafu agentima tajne službe. Prošao je kroz sobu, kuhinju, i izašao napolje.

Ema, setio se. *Ko je uopšte ta Ema?*

Uostalom, ne znam ni šta bih rekao toj Emi. Misija je završena. Kada bi se i pojavila neka Ema sada, bilo bi mi pametnije da joj ne prepričavam današnji dan. Osim ukoliko ne želim da završim u društvu ljudi koji misle drugačije, izolovani od ostatka sveta, rukava vezanih iza leđa.

Zastao je na tremu ispred vrata i bacio pogled na prizor pred sobom. Rana jesenja kiša, koja tek što je prestala da pada, ostavila je svoje otiske na ulicama – barice u koje su uletali vrapci, skakutali žustro po njima, kvasili se a zatim protresali svoja telašca. Udahnuo je duboko miris njihove sreće kroz nos, i uz njega je povukao i aromu uličnog smoga izmešanog sa jesenjom nijansom trulog lišća. Sve ovo je budilo jedan novi osećaj u njemu.

Osećao je da pripada ovde.

Sa uživanjem je pljesnuo nogom u jednu od barica i krenuo niz ulicu. Čupnuo je listić žive ograde pored koje je prolazio i počeo da ga mrvi između prstiju. *Infiniti*, superračunar beskonačne brzine, program koji stvara univerzume, bitovi, fizičke formule – sve je to delovalo tako maglovito dok je gledao u listić koji se razmazuje po njegovim rukama.

Gledao ga je neko vreme, a onda misli usmerio na planove za budućnost.

Čekaju ga projekti. Nije da je bio nešto oduševljen njima, ali su donosili novac. A tim novcem bi mogao da uplati još neko putovanje.

Spuštao se polako niz ulicu u pravcu autobuske stanice. U mislima je proživljavao današnji dan, pokušao je da ponovo složi kockice u svojoj glavi.

Jedini sam stvoren po liku Tvorca, a opet živim na margini naučnog sveta. Mnogi mudri ljudi su milenijumima pokušavali da nađu odgovor na pitanja – zašto postojimo, koja je svrha naših života, koja je svrha univerzuma? Ja sam jedini čovek na svetu koji zna odgovor na ta pitanja.

Svet ima svrhu. Tačnije, sve do sada je imao svrhu! Od sada pa do večnosti sve što se dešava oko njega biće rezultat prirodnih procesa, čija su pravila definisana u superračunaru pod imenom *Infiniti*. Tvorac više neće imati uticaja na dešavanja u svemiru. U stvari, naš Tvorac je sada imao neke druge, veće probleme.

I onda je došao udar! Kao grom prolomilo se kroz njegovu svest pitanje.

Kako mi je to promaklo? Reči koje su spremno čučale u zasedi tik ispod površine njegove svesti, sada su konačno iskočile na brisani prostor. Njihov juriš bio je juriš u prazno. Znao je da su bile tu. Osećao ih je sve vreme. Gotovo da je mogao da omiriše njihov vonj. Ali sada je bilo kasno.

Tvorac univerzuma je morao da zna formule svih fizičkih zakona u univerzumu. On ih je uneo u *Infiniti* i sigurno su ostale negde pohranjene u memoriji računara. Samo je trebalo da ga zamolim da mi dâ deo algoritma koji pokreće fizičke procese u svetu. Da sam to dobio, imao bih u rukama ono za čim naučnici već vekovima tragaju – Teoriju Svega. Imao bih formulu iz koje bih mogao da izvedem sve ostale zakone fizike!

Ali nisam! Nisam se setio! Ne tada!

Prokletstvo!

Dok je koračao niz ulicu, gledao je sumorne grane drveća kako se nervozno meškolje na večernjem povetarcu, odbacujući lišće sa sebe koje izvodi svoj avetinjski ples na putu ka zemlji.

Sve ovo je rezultat operacija nad skupom bitova. Sve što vidim, osećam, sve je... a bio sam tako blizu. Mozak mi se blokirao u najvažnijem momentu u životu.

Nastavio je da korača, pokušavajući da se navikne na tu misao.

Atomi, bitovi... nek idu bestraga.

Sve oko mene je stvarno onoliko koliko ja osećam da je stvarno. Ovi ljudi na stanici kojoj prilazim, brka sa šeširom odsutnog pogleda, starija gospođa sa mačkom u rukama i devojčicom pored sebe... sve je to moj svet. Bes ga je polako prolazio, formule su se gubile u božanstvenoj izmaglici zaborava.

Sada je gotovo. Ne mogu da izgubim nešto što nikada nisam ni imao.

Vratio se ponovo zamisli da jednostavno uživa u ovom svetu, takvom kakav je. Pripadao je sada i ovde. Da je kojim slučajem prošao kroz nepostojeći portal i izašao u paralelni svet, tamo bi ga sačekala potpuna pustoš. Svet kojem je čitavog života stremio, u koji je hteo da pobegne iz ove realnosti, i nije bio baš najsrećnije mesto u multiuniverzumu.

Na kraju krajeva, ovo i nije tako loš ishod. Da je postojao transfer duše, sada bi sedeo u nekakvoj groznoj betonskoj kuli, okružen zamrznutim telima... i gomilom leševa.

Stresao se pri ovoj pomisli.

Pomazio je mačku koja se samo protegnula u naručju gospođe. Gospođa ga je pogledala i uputila mu blag ali srdačan osmeh. A zatim se odmaknula malo u stranu.

Stavio je ruku u džep i tamo napipao papirić sa nažvrljanim uputstvom koje mu je Tvorac izdiktirao. Počeo je da razmišlja o tome kako bi mogao da ga iskoristi. Nije baš bilo jednostavno nabaviti materijal za komponente mašine čiji je nacrt dobio. Njegov dvojnik se uopšte nije potrudio da pojednostavi proces teleportacije. Ali, u krajnjem slučaju, nije ni bilo nemoguće.

Čekao je autobus, šetajući nervozno sa kraja na kraj stanice, dok se u njegovoj glavi, šraf po šraf, gradila konstrukcija jedne nove ideje.

Đavo mu nije dao mira.

49.

Buđenje

Usamljena kreatura sedela je za radnim stolom ispred otvorenog laptopa u centru ovalne prostorije, unutar turobne, sive, betonske kule. Žmirkavo hladno svetlo probijalo se kroz tminu, otkrivajući prokletstvo prašnjavih metalnih sanduka raspoređenih ukrug, zabijenih uz zid prostorije. Nozdrve Sebastijana Brauna grčio je memljivi zadah smrti dok su ga, kroz malene otvore na vratima limenih sarkofaga, posmatrale iskolačene oči istrulelih leševa očajnika, čiji uređaji za beg od apokalipse nisu odoleli zubu vremena. Gledao je, odsutno, još neko vreme u monitor, nakon što je otpratio svoju digitalnu kopiju u zbeg beskonačne simulacije života. *Infiniti* je nadmašio sva njegova očekivanja. Razgovor sa likom iz najmoćnije video-igrice ikada napravljene delovao je toliko uverljivo da bi na momente zaboravio da se pred njim ne nalazi čovek od krvi i mesa. Uhvatio je sebe da, nakon prekida veze, po inerciji i dalje razmišlja o problemima svoje digitalne simulacije.

Pre nego što se uključio u video-sastanak, proleteo je virtuelnom kamerom kroz prostor sveta koji je njegov program stvorio. Dok je bez daha gledao predele formirane kalkulacijom sila erozije, vulkana ili sudara tektonskih ploča, dok je posmatrao gradove, arhitektonska remek-dela nastale civilizacije, prožimao ga je neopisiv osećaj ushićenja. Rađanje i smrt tog izmišljenog sveta zavisili su od jednog jedinog dodira njegovog prsta. Ipak je, sputavši sopstvenu gordost, uvideo da nije stvorio nešto iz ničega, nego prepisao već postojeću knjigu. Pravi Veliki Arhitekta, znao je, obitava u nekom drugom, paralelnom, svetu. Ili trećem. Osetio je kako talas emocija ruši njegovu hladnu proračunatu fizičko-matematičku branu i kako počinje da se povezuje sa svojom virtuelnom kopijom. Poželeo je da svom elektronskom dvojniku pokloni svetlu budućnost u toj kutijici, i da bar ta simulacija stvarnosti ne doživi krah kakav je doživela Zemlja.

Zadatak da oživi preostale članove tima stavio je na momenat u stranu, ne bi li proverio kako se razvio svet u čiji je nastanak uložio godine rada u prethodnom životu. Par minuta koje je potrošio na razgovor sa svojim dvojnikom bili su beznačajan gubitak vremena u odnosu na godine provedene u krio-zamrzivaču.

Pored toga, pogled na prepune gradske trgove, ljude zauzete svakodnevnim problemima, bar na momenat mu je odvukao pažnju od surovog okruženja u kojem se probudio.

Zatekao je sebe u polumračnoj prostoriji osvetljenoj sablasnim sjajem tinjalice, okruženog ljudskim telima, od kojih su sva, osim jednog, bila nepovratno uništena. To jedno je čekalo svog princa da pritisne dugme za buđenje.

Pod takvim sumornim okolnostima godilo mu je društvo, makar i kompjuterski iscrtanog karaktera, proizvoda generatora slučajnih brojeva i matematičkih formula, koje su on i njegov tim godinama utipkavali u računare.

Gledao je neko vreme u svog digitalnog blizanca, a zatim pritisnuo dugme na ekranu na kome je bio ucrtan simbol za beskonačnost. Ovime je ukinuo sve usporivače u superkompjuteru, i u sledećoj sekundi univerzum koji je superračunar simulirao proživeo je ostatak svoje večnosti. Video-igrica, koju je stvorio, prošla je kroz sve svoje nivoe.

Ti si, drugar, završio. Na mene je red da vidim šta ću da radim na ovoj opustošenoj planeti. Ostala je još samo jedna osoba, i to je, na sreću, osoba do koje mi je stalo. Sa njom će život ovde, život posle totalne apokalipse, dobiti neko značenje, imati smisao.

Par trenutaka kasnije isključio je računar sa napajanja. Sada mu je energija bila potrebna za druge stvari. Kvantno ništavilo je progutalo virtuelni univerzum u kojem je živeo digitalni otisak njegove ličnosti. Istina, ostale su zamrznute slike otisaka nebula, kvazara i virtuelnog uma Sebastijana Brauna na bekap disku *Infinitija*. Sada su to bili samo nepomični podaci upisani na kvantni disk beskonačne mašine. Vreme za njih je stalo. Digitalni Sebastijan Braun je postojao još samo kao puki skup informacija. Gomila nula i jedinica. Njegovo digitalno srce nije više pumpalo krv kroz vene, um nije smišljao nove projekte, niti razmišljao o misteriji paralelnog sveta. Ležao je rasut u binarnu prašinu po kutovima mikroskopskog kvantnog spremišta.

Sebastijan je odlučio da sačuva rezervne kopije delova virtuelnog univerzuma, i umova jednog broja likova iz te, njemu sada omiljene, video-igrice. Možda će mu zatrebati jednog dana, kada bude imao vremena da ih analizira i isproba nove ideje sa virtuelnim svetovima, jednom kada završi sa fazom preživljavanja i izgradi sebi novi dom.

Ustao je sa stolice i izašao iz prostorije. Dvorana u kojoj su se nalazile montažne prostorije sa računarima, napajanjima i frižiderima, sada je izgledala kao ogromna pećina. Na jednom njenom kraju zjapila su otvorena vrata, kroz koja su se spolja probijali sunčevi zraci. Došao je do vrata. Svež vazduh mu je zapahnuo lice.

Čitav dan, pre uključenja na virtuelni svet, proveo je ovde gledajući u okruženje kule u kojoj je proveo godine. Predeo koji se nalazio pred njim umnogome se razlikovao od onoga što je ostavio iza sebe pre nego što je, omamljen, zatvorio oči u metalnom sanduku zamrzivača.

U krugu od nekoliko kilometara oko njega formirana je oaza života na zemlji. Prostor koji je mogao da obuhvati pogledom već je bio pošumljen. Mlade, nežne stabljike borile su se da nametnu nov život opusteloj ravnici. Bile su potrebne godine da se biljni svet obnovi, nakon što je seme odmrznuto i rasuto raketama i dronovima po zemlji. Zatim još par godina da se raširi populacija životinja. Na kraju je trebalo probuditi preživele primerke ljudske vrste. On je bio prvi čovek koji je vraćen u život nakon apokalipse.

Dok je razgovarao sa svojim virtuelnim sobom u simulaciji, pregledao je parametre na monitoru ne bi li se uverio da više zaista nema opasnosti od virusa. Svi senzori na ekranu su bili obojeni zelenom bojom, što je bio znak da je opasnost prošla.

Vreme je da počne sa odmrzavanjem druge polovine čovečanstva.

Vratio se na treći sprat i prišao jednom od zamrzivača. Kroz staklo se nazirao poznati ženski lik. Ispod stakla se nalazio kratak natpis: „Ema". Ispod imena bio je ispisan broj 17. Vratio se do napajanja. Potražio je prekidač sa brojem 17 i pritisnuo ga. Bilo je vreme da se probudi i Ema.

Nažalost, Tara i deca nisu uspeli da se probiju kroz blokade, pomislio je. Poslednji put se sa Tarom čuo kada je ostala sa decom na aerodromu u karantinu. Nakon toga je izgubio svaki kontakt. Šanse za preživljavanje su bile ravne nuli. Shvatio je magnitudu tragedije koja ga je pogodila. Međutim, situacija u kojoj se našao nalagala je da iz rasuđivanja potpuno isključi emocije. Kada je sveo svoje misli na puki racio, ovakav razvoj događaja je otvorio mogućnosti na drugoj strani. Tako je Ema neplanirano ušla u program preživljavanja. Pošto je sada imao četiri slobodna krio-zamrzivača, mogao je da ih trampi za jedan koji bi dao Emi. To je bila sasvim fer ponuda, i znao je da ga Nejtan neće odbiti.

Sreća u nesreći bila je što ga je Ema oduvek privlačila. Postojala je hemija među njima od momenta kada su se prvi put upoznali na institutu. Kad god bi se našli na nekom od poslovnih sastanaka, prostorija bi se naelektrisala, osetio bi talase dobrih vibracija koje dolaze iz njenog pravca, poslovni razgovori bi dobili boju života. A onda se desila i ta žurka u organizaciji instituta, posle toliko napetosti na projektima koji probijaju rokove, alkohol je bio ventil koji je istisnuo zle duhove iz njih i natapao ih pozitivnom energijom. Karaoke su prešle u veselu muziku za ples, muziku koja ih je u uzavreloj gomili nosila jedno ka drugom. Jedna stvar je vodila sledećoj, i malo prljavog plesa na podijumu se završilo na prilično nestašan način u garderobi kluba.

A zatim su krenuli službeni putevi. Pa viđanja nakon posla. Tara je već počela da sumnja da nešto nije u redu. Morao je da joj posveti malo pažnje, priredi neko iznenađenje, bar dok ne odluči u kom pravcu se kreće njegova budućnost. Jednog dana joj je ostavio poruku napisanu prstom na staklu automobila. Izgledalo je, na prvi pogled, kao potpuno blesava, detinjasta ideja, ali je upalila. Malo se smirila neko vreme, dala mu prostora da razmisli o svemu. U međuvremenu je svet počeo da se raspada, sve ostalo je otišlo u drugi plan, i na kraju je sudbina donela odluku umesto njega. Ema. Definitivno Ema.

Kada Ema oživi, čeka ih veliki posao. Biljni i životinjski svet bili su obnovljeni, Zemlja je bila pročišćena od smrtonosnog razornog virusa. Život na planeti je počeo ponovo da buja, mnoge životinjske vrste su ostale bez pravih neprijatelja, a kako su imale kratak reproduktivni ciklus, brzo su preplavile velike oblasti. Ostalo je još da njih dvoje počnu da obnavljaju populaciju ljudi.

Zarekao se sebi da će, nakon što formiraju prvu koloniju, spaliti računare i sve uređaje u kuli, a zatim napisati novih deset zapovesti. Prva će biti – Ne bavi se naukom! Pre ili kasnije, nauka će doći do tog stepena razvoja na kom će uništenje čitavog sveta biti prepušteno volji nekog budućeg frustriranog ludaka. Mnogo je pametnije, razmišljao je, prepustiti svet primitivnim ljudima koji će živeti u skladu sa prirodom, mirisati cveće i piti izvorsku vodu. Jedan korak ispred životinja, ali ne dva. Drugi korak vodi u ponor.

Nešto nije bilo u redu.

Iz ledenog sarkofaga se čuo čudan zvuk. Tihi, piskutavi cijuk odskakao je od jednoličnog brujanja kompresora.

Proces se nije odvijao onako kako je trebalo, pomislio je.

Dotrčao je do Eminog krio-zamrzivača, i istog trenutka shvatio da je bilo već suviše kasno. Neka od komponenti uređaja je otkazala u odsudnom trenutku i temperatura se podigla suviše brzo. Umesto da dođe do postepenog odmrzavanja i istovremenog oživljavanja, zamrznuto telo je prebrzo odleđeno, pri čemu je tkivo potpuno uništeno. Ćelijske membrane su popucale i uništile i najmanju šansu da se Emin organizam ponovo aktivira. Ema nije uspela da se probudi.

Pre više od jedne decenije ona je uspavana, a zatim je njeno telo postepeno hlađeno do temperature od minus sto devedeset i šest stepeni, čime su svi biološki procesi u njemu potpuno zaustavljeni. Sada je postepeno odmrzavanje trebalo da prizove njenu svest u telo čuvano godinama na veoma niskoj temperaturi. To više nije bilo moguće. Gde god da je bio, njen duh je sve vreme čekao uzalud. Emin život je prekinut pre više od jedne decenije, ali ne privremeno.

„Mrtva je", izgovorio je tiho.

Sebastijan je sada bio potpuno sam na svetu. Stavio je šake iza potiljka i počeo unezvereno da gleda oko sebe, kao da traži pomoć. Pomoć, ali od koga? Bio je jedini čovek na čitavoj planeti.

Seo je na betonski pod.

****

Nekoliko sati kasnije, kad su sitne kapi kiše počele da hlade njegovo znojem obliveno telo, Sebastijan Braun je polagao poslednji kamen na svežu humku u kojoj je bilo položeno Emino telo, telo nesuđene Eve, jedine žene ostatka njegovog života. Uspravio se i istegnuo ruke uvis. Sve ga je bolelo, sve ovo vreme provedeno u zamrznutom stanju moralo je da ostavi traga na njegovim mišićima i ligamentima.

Seo je na isturenu stenu i gledao prizor preko gomile kamenja koju je upravo naslagao, u dolinu ispred sebe. Mlada šuma koja je izrasla poslednjih godina brujala je glasovima ptica i životinja. Oaza ispred njega delovala je tako bezbrižno bez čeličnih stega, plastičnih otpadaka, otrovnih barica motornog ulja ili hemijskih sredstava...

Vremenom će se oaza proširiti na čitavu planetu. Biće potrebne možda stotine godina, ali šta je to prema čitavoj večnosti bez uticaja ljudske ruke, koju sada Zemlja ima pred sobom?

Možda će ovaj svet biti manje gladan sopstvene propasti kada mu se ne budu servirali samoživost, pohlepa, zavist i mržnja, začinjene naučnim napretkom jedne od milion vrsta koje su gazile zemlju, pile vodu i disale vazduh.

Novih deset zapovesti su bile potpuno suvišan detalj na slici budućnosti planete na kojoj je sedeo.

Otvorio je flašicu koju je već dugo držao u ruci i otpio gutljaj tečnosti tugaljivog, neprijatnog ukusa.

Gledao je i dalje u novi vrli svet, i razmišljao o onom koji je ostavio iza sebe.

Setio se momenta kada je prvi put upoznao Taru. Bilo je to za vreme njegovih studija, dok se još borio sa neizvesnostima koje su nosili ispiti i hiroviti profesori na katedri. Nervozno je žurio na ispit kada se na vratima jednog hodnika na fakultetu gotovo sudario sa njom. Nije došlo do udara, uspeli su oboje da se zaustave na vreme, tek toliko da se ovlaš dodirnu telima. U tom momentu Sebastijan je osetio nešto više od proste fizičke interakcije, što je bilo potpuno neuobičajeno za njega. Čitavim njegovim telom prostrujala je do tada nepoznata energija. Ruke i delovi torza su dodirnuli nešto baršunasto, mekano, dok je veoma prijatan cvetni miris ispunio okolni prostor. Sve to je pratio ples Tarinih tanušnih ruku koje su skupljale skripta, koja su se rasula po podu, dok su dva srnasto nasmejana kestenjasta oka, poput dva leptira, lepršala u prostoru oko njega. Pojava Tare Volkovic je unela dašak čiste magije u njegov, do tada, proračunati svet. Sklad njenih pokreta, reči koje su se nestašno kotrljale kroz prostor, dok su ruke harmonično pratile ritam glasova, toplota njenog dodira i nežni mirisi su poput simfonije udarili iz svih instrumenata na Sebastijanova čula. Ono što je tada želeo više od svega bilo je da ta magija traje što duže.

I trajala je. Sve do dana kada je seo u auto i krenuo na aerodrom da se nađe sa Nejtanom, kada je konačno uvideo da svetska civilizacija broji svoje poslednje sate, i kada je pomislio da je suviše inteligentan kako bi dozvolio sebi takav luskuz da skonča zajedno sa ostatkom ljudske populacije.

Trebalo je da ostanem. Da ostanem sa njima do kraja...
Reči kajanja su mu odzvanjale u glavi.

Sedeo je još neko vreme, nije više mogao da proceni da li se radilo o minutima, satima ili danima, kada je osetio večernji povetarac koji mu je svežim dahom milovao lice. Zatvorio je oči na momenat i uživao u masaži nevidljivih nežnih ruku prirode. Niz vrat je, najednom, kliznuo ledeni osećaj jeze, prateći jedan hladniji lahor koji je došao niotkud, dok mu je nos zapahnuo oštar, odbojan miris sumpora.

Sebastijan je otvorio oči i ugledao u daljini decu, koja su se jurila po procvetaloj livadi. Džonatan je bio posebno nestašan, jurio je bele leptire po livadi, i toliko se razmahao nekakvom motkom koju je držao u ruci da se činilo kako će svakog momenta, umesto leptira, udariti Zoju njome. Morao je nešto da učini pre nego što se povrede. Ovde više nema doktora koji će ih lečiti.

Tek što je duboko udahnuo vazduh ne bi li iz sveg glasa dreknuo na Džonatana da se smiri, nešto je krcnulo sa njegove leve strane.

Okrenuo se instinktivno.

Na steni pored njega sedelo je biće koje je neopisivo podsećalo na đavola. Jeziva kreatura zagasitocrvene boje kože, sa kopitima umesto stopala i dva roga koja su štrčala iznad čela, sedela je opušteno zabačena unazad, naslonjena na laktove, zmijskih očiju uprtih u daljinu prema istoj dolini koju je Sebastijan Braun posmatrao već duže vreme. Đavo je sedeo i ćutao.

Nežni povetarac je nestao, dok je miris sumpora postajao sve jači i jači. Trava na livadi je sada pucketala u plamenu, a užarena gomila kamenja koju je Sebastijan naslagao na Emin grob topila se od vreline.

Đavo se nije okrenuo ka Sebastijanu, ali je osetio da negde u vrelom smrdljivom vazduhu koji je delio njega i klijenta vise pitanja bez odgovora. Klijent je delovao zaprepašteno, kao da ga nije očekivao, kao da je priželjkivao sasvim drugačiji ishod. Đavo se navikao na ovakvu reakciju. Većina klijenata je reagovala na sličan način na njegovu pojavu.

„Biće vremena za razgovor", progovorio je konačno Đavo i nastavio da gleda u crveni pejzaž pakla ispred sebe.

Sebastijan Braun je sklopio oči.

50.

Nastaviti proceduru

Žurio je!

Baš je žurio. Imao je zakazan sastanak u gradu udaljenom više od dve hiljade kilometara za pola sata, a još je bio zaglavljen u saobraćaju u blizini glavnog trga. Taksi je tvrdoglavo stajao usred neprekidne kolone. Imao je osećaj da su ga semafori mrzeli. Kad god bi se približili sledećem, baksuz bi upalio crveno.

Jutro je počelo potpuno pogrešno. Prvo je imao peh u trpezariji. Dok je pakovao papire za sastanak, u žurbi je oborio šolju sa tek skuvanom kafom sa šanka, i prosuo je po sebi, pri čemu je napravio fleku na rukavu tek opeglane košulje. Nije stigao da se presvuče, samo je ubacio prljavu šolju u sudoperu i izašao iz stana. A ta kafa mu je sada tako nedostajala. Ne i fleka na košulji. Ona je bila tu, sasvim nepotrebno zauzimajući potpuno pogrešan komadić prostora u univerzumu.

Odlučio je da izađe iz taksija. Platio je, trapavo izvlačeći novac iz novčanika, izašao napolje i potrčao prema novoj zgradi „Teletransporta".

Pored nezgode sa kafom, dodatni razlog za nervozu bila je teleportacija. Uvek je imao neki mučan osećaj nakon svake procedure, a zbog posla je često morao da putuje u udaljene gradove.

Avioni, kao masovno sredstvo prevoza, ukinuti su odavno.

Sve je počelo prilično naivno, prisećao se, izvršen je eksperiment koji je vodio čuveni fizičar Sebastijan Braun. Nekoliko atoma koji su se nalazili u jednoj prostoriji skenirano je novom tehnologijom, a zatim je u drugoj, susednoj prostoriji nekoliko drugih atoma raspoređeno u prostoru na isti način na koji su bili raspoređeni i skenirani atomi.

Nakon toga, kako obično biva sa novim prodorima u nauci, naprava kojom je izvršen prvi eksperiment je usavršavana, i nedugo nakon prvih atoma teleportovan je prvi molekul. Pa prva DNK. Pa prva bakterija. Samo mesec dana nakon prve bakterije teleportovan je i prvi insekt. Put napretka je već dobio svoje jasne obrise. Razdaljina između prostorija se povećavala, kao i veličina predmeta ili bića koja se teleportuju. Radilo se na optimizaciji potrošnje energije.

Nedugo potom na red je došao i čovek. Nakon uspešne teleportacije čoveka, u oblasti transporta i saobraćaja više ništa nije moglo da ostane isto. Ubrzo posle osvajanja i tog stepenika u razvoju nauke, usledile su ogromne promene u svim segmentima života ljudi.

Setio se obilaska muzeja teleportovanja. U jednoj od prvih prostorija muzeja pokazali su im staklenu posudu u kojoj su bila izložena dva insekta. Prvi je bio označen kao original, dok se ispod drugog nalazio trijumfalni natpis: „Prva teleportovana verzija višećelijskog živog organizma". Oba su bila tužno probodena čiodama i pričvršćena za podlogu. Dok ih je gledao, kroz um mu je prošla slika prvog psa koji je poslat u svemir. Ni njega nije zadesila lepša sudbina. Jedino mu nije bilo jasno kako su sačuvali original insekta, kada su ga već teleportovali. Kada je postavio to pitanje vodiču, vodič se na momenat zbunio, a zatim okrenuo i poveo grupu do sledećeg eksponata, ostavivši ga bez odgovora.

Tako je to, kada zapošljavaju priučene neznalice. Kakav amaterizam, pomislio je.

Jedna od pikantnih informacija koje je vodič podelio sa njima u muzeju bila je da niko od ljudi koji su razvili proces teleportacije, na svoju veliku nesreću, nije mogao lično da koristi sistem baziran na tom procesu kao sredstvo za putovanje. Ispostavilo se da su tokom rada na razvoju uređaja izazvali izvesne anomalije na sosptvenom tkivu, i na taj način sami sebe sprečili da koriste blagodeti izuma koji su podarili ostatku čovečanstva.

Kakva ironija sudbine! Podarili su svetu najveće otkriće u istoriji ljudske civilizacije, nakon vatre i točka, a sami su bili uskraćeni za njegovo korišćenje.

Da nesreća bude veća, eksperimentima je prisustvovao i vlasnik kompanije „Teletransport", Sebastijan Braun lično, tako da je i on bio primoran da isključivo putuje svojim privatnim avionom, jednim od retkih koji su i dalje ostavljali beličaste štrafte na nebu.

Kakvo žalosno ograničenje za čoveka koji je promenio način života ljudima na čitavoj planeti!

„Bar nije gužva na aerodromu!", bio je odgovor Sebastijana Brauna kada su ga upitali kako se oseća zbog te nesrećne situacije u kojoj se nalazi.

Kada je teleportacija postala komercijalno dostupna, u roku od godinu dana gotovo sve avio-kompanije su doživele neizbežnu propast – usud tehnološkog napretka. Teleportacija je bila sigurnija, brža i jeftinija. Avioni nisu mogli da se izbore sa tako moćnom konkurencijom.

Bio je nervozan kao i svaki put pred teleportovanje ali, sa druge strane, automobil nije dolazio u obzir za tolike razdaljine. Morao je da proguta knedlu i krene.

Šta ako nešto krene naopako, ako se moji atomi preslože na pogrešan način?

I pored toliko uspešnih teleportacija, i dalje je osećao nelagodu kada bi morao ponovo na put. Ponavljao je u sebi jednu te istu, zvanično potvrđenu činjenicu: „Do sada se još nije desilo da iko strada tokom teleportacije, a izvršeno je preko milijardu teletransporta!" Zašto bi sada bilo drugačije?

Došao je do ulaza „Teletransporta". Dok je prolazio kroz vrata koja su tiho skliznula u stranu, čuo je uvežban prijatan glas telehostese: „Teletransport je najbrži i najprijatniji način putovanja. Dobrodošli, vaša kabina je spremna. Kako se osećate?”

Pogledao je prijatno i nasmejano lice telehostese, na kojem su se, iza izveštačene fasade, krile hladne oči koje mu ni najmanje nisu umanjivale nervozu pred put.

„A kako se Vi osećate kada teleputujete?”, uzvratio je pitanjem.

„Telehostese ne smeju da putuju teletransportom, to je pravilo!”, odgovorila je odlučno, ali sa do savršenstva utreniranim osmehom na licu.

Teleportacija je bila zaista brz način putovanja, ali ne baš i jeftin. Zato su i birali najbolje profesionalce za telehostese. Krasila ih je savršena boja glasa, uvežbana mimika, prijatna pojava, ali i večita odlučnost u radu.

Iako je rekla da po pravilu ne smeju da koriste teleportaciju, više mu se činilo da, sa svojom platom, sebi uopšte i ne mogu da priušte jedan takav put. Pomalo ih je žalio zbog toga, kao i mnoge druge ljude koji su na taj način ograničeni u svojim putovanjima na bliža odredišta, na nekoliko stotina kilometara, koliko mogu da dosegnu automobilom.

Jutro na plaži, popodne na vrhu planine, a veče u svemirskoj stanici... to su bile samo neke od mogućnosti teleportacije. „Uskoro kabine i na Mesecu!”, reklame su iskakale na svim sajtovima. Skupljao je novac za taj događaj, nije mogao da priušti baš sve što se nudilo. Uglavnom je putovao poslovno, kada je korporacija plaćala.

Dok je prolazio pored reda kabina i tražio neku slobodnu, gledao je u telehostese u svetloplavim uniformama. Ispred svake kabine stajala je po jedna i gledala u providan ekran ispred sebe, na kojem su se otvarali prozori sa informacijama o teletransportu putnika. Na jednom od ekrana je zablinkao tekst: „Transport potvrđen!” Telehostesa, koja je do tog momenta budno pratila dešavanja na tom monitoru, rutinski je glasno izgovorila: „Nastaviti proceduru!”, i laganim dodirom resetovala ceo ekran. Nakon toga iz kabine se čuo jedan tihi „hssssss..." koje je potrajalo neku sekundu, a zatim je sve utihnulo. Boja svetla iznad kabine se iz crvene lagano promenila u žutu. To je značilo da se radi dekontaminacija kabine koja traje desetak minuta. Nakon toga bi se boja svetla promenila u zelenu, i kabina bi se otvorila, spremna za sledećeg putnika.

Ušao je pravo u kabinu sa upaljenom zelenom oznakom, ima još petnaest minuta, ako uhvati odmah taksi čim izađe iz kabine na svom odredištu – stiže na vreme.

Teška vrata su se zatvorila za njim. *Morala su da budu masivna jer se prilikom teleportacije stvarao veoma jak pritisak u kabini, dok su atomi skenirani i slati tamo gde treba, pa ponovo sastavljani... ili štagod,* razmišljao je. Nikada u stvari nije razumeo kako ovo čudo funkcioniše, zato je i imao tremu.

Na unutrašnjem zidu kabine se nalazio mali monitor sa zvučnikom iz koga se čula tiha ambijentalna muzika, kada je na ekranu počelo odbrojavanje. Kada stigne do nule, jednostavno će se pojaviti u kabini „Teletransporta" u centru, nedaleko od mesta sastanka. Ostaje mu samo da pozove taksi.

Uzeo je telefon i izabrao broj taksija. Postavio je palac iznad sličice slušalice na ekranu, spreman da je dodirne čim se materijalizuje na svom odredištu.

Brojevi su se polako smenjivali. Deset, devet... Gledao je u njih sa nestrpljenjem, držeći u ruci telefon.

... jedan, nula.

Nula!

Ništa!

Ništa se nije desilo! I dalje je bio tu. Da li je moguće da je on prvi baksuz kod kojeg je proces zakazao? Preko milijardu teleportovanja i baš sada nešto da se zaglavi.

Čitav život je osećao da ga prati nekakva loša sreća, baksuz, štagod, ali ovo je ipak previše. Kada god bi se delile krofne za užinu u školi, njemu bi uvek zapala ona sa najmanje krema.

Prevrnuo je očima. *Valjda će sada da otvore ta prokleta vrata,* pomislio je. Bio je nestrpljiv da vidi lice telehostese sada kada je njihov uređaj zakazao. Da li će i dalje biti tako smirena i samouverena?

„Nastaviti proceduru", iz monitora je do njega dopro hladan, rutinski glas njegove telehostese. Kako nastaviti? Pa on je još tu, nešto nije kako treba. Šta znači nastaviti?

„ZAUSTAVITE PROCEDURU!", počeo je da urla na sav glas, ali zvuk je ostao zarobljen u metalnoj kabini iza masivnih vrata. Šta je procedura? Da li će sada otvoriti da provere šta je ostalo u kabini? Da li ga možda snimaju kamerom?

Gledao je u monitor, jedini izvor svetla u mračnoj kabini, u pokušaju da nađe oko kamere. Dok je pokušavao da razazna detalje oko monitora, iznad ekrana se otvorila jedva vidljiva rupica. Iz nje je, uz tihi cijuk, izletelo nešto što je izazvalo jak ubodni bol u njegovim grudima. Na momenat se zgrčio od neizdrživog bola, a onda je počeo da se trese. Osetio je da umire. Čitavo njegovo telo je umiralo, svaka ćelija se opraštala od života. Srce je počelo da udara nekontrolisano.

Ugledao je zvezdice poput trnaca koje svetlucaju u mraku, dok su mu mišići gubili snagu. Pokušao je da se uhvati za nešto pre nego što se sruši dole, ali nije bilo ničega za šta bi se uhvatio, i stropoštao se svom silinom na pod kabine, pri čemu mu je iz ruke ispao telefon i raspao se na komade. Dok ga je svet polako napuštao, pred očima mu se pojavila slika ona dva insekta. Konačno ima i odgovor kako su sačuvali oba. Tako što nisu uništili prvog.

Dobili su kopiju i sačuvali original. Ne i u njegovom slučaju. Original je sada postao suvišan. Slika se mutila i nestajala pred njegovim ukočenim očima, dok se poneki mišić još nekontrolisano trzao. Osećao je kako njegov duh gubi kontakt sa ovim svetom.

A onda – mrak.

Pod kabine se otvorio i mlitavi leš je propao u cev koja se nalazila ispod. Vakuum koji je pri tome nastao povukao je sve preostale stvari iz kabine stvarajući glasan šišteći zvuk. Nakon toga, u kabinu se spustila prskalica koja je oprala zidove, a zatim je izvršen proces sušenja toplim vazduhom. Za nekoliko minuta kabina je bila spremna za sledećeg putnika.

Mladić u odelu, razbarušene kose, ušao je i unezvereno gledao oko sebe. Po odelu, koje je nosio kao urođenik cipele, videlo se već na prvi pogled da je pripravnik. Korporacija ga je poslala na službeni put, i ovo mu je bila prva teleportacija – sasvim novo iskustvo. Nije želeo da napravi nijedan kiks, te se pojavio u prostoriji teletransporta sat vremena ranije.

Odbrojavanje je počelo.

51.

Izašao je iz kabine „Teletransporta". Prst mu je već bio spreman na broju taksija, te ga je pozvao čim je prošao kroz vrata kabine. Pogledao je na sat, shvativši da je nezgodno pozicioniran tik ispod fleke od kafe na rukavu, koju duguje svojoj jutarnjoj trapavosti. Kada se vrati, moraće da očisti nameštaj koji je takođe pretrpeo posledice nemilog događaja, nije imao vremena da se jutros bavi time. Taksi stiže za dva minuta, što znači da će stići čak i malo ranije da pripremi filter-kafu. Ova misao ga je oraspoložila.

Sjajno, pomislio je, *do pre sat vremena sam se valjao po krevetu u svom stanu, a sada sam spreman za sastanak, u kancelariji udaljenoj dve hiljade kilometara.* Oduševljavala ga je ideja putovanja teleportacijom. Ali je i pored toga osećao blagu anksioznost svaki put kada pomisli na teleport. Više od milijardu putovanja i nijedan incident... više od milijardu i ... još ovaj jedan.

Ispred ulaza je stalo žuto vozilo sa oznakom taksija. Otvorio je vrata i seo u njega. Kada završi sastanak, ide na večeru sa kolegama, a zatim se vraća nazad. Već je rezervisao telekabinu za povratak. Sutra ima zakazan novi sastanak u hotelu na tropskom ostrvu Srednjeg Pojasa, na drugom kraju planete.

A do kraja godine... možda se prošeta po Mesecu. To bi bio doživljaj.

52.

Lea

Sebastijan Braun je izašao iz svog sportskog kupea, ispred glavnog ulaza velike, staklom obložene poslovne zgrade, i krenuo žurno ka ulaznim vratima. Staklena vrata su ga gotovo momentalno prepoznala, i nežnim ženskim glasom izgovorila: „Dobro jutro, predsedniče."

Otvorila su se bez zvuka, dok su se na staklu smenjivale slike animacije koja je podsećala na stilizovani grafički prikaz rada neuronske mreže, menjajući pri tome nijanse pojedinačnih ćelija prilikom pokreta.

Nastavio je hodnikom duž koga su se prostirali stakleni pregradni paneli, na kojima je bio projektovan lik Lee, Sebastijanove ljupke, lične, virtuelne sekretarice, danas kestenjastih očiju, koja ga je u stopu pratila, pritom skačući vešto kroz neelektronsko ništavilo stvarnog sveta sa jednog na drugi panel. Svaki put kada bi se pojavila na novom panelu, na sebi je imala potpuno drugačiji autfit i frizuru, u koji bi uklopila stil svoga kretanja i dinamiku glasa.

„Ovo nije bilo programirano, zaista je sama odučila da to radi", saopštio je dizajner veštačke inteligencije koji mu je predstavio Leu kada je prvi put izvela ovaj trik.

„Članovi borda te čekaju na pretposlednjem spratu, došao je onaj cvikeraš umotan u šarene krpe koje, pretpostavljam, smatra odelom. Valjda ima još grafikona za prikazivanje. I brojki. A brojke su taaako dosadne...", torokala je Lea dok ga je pratila do lifta. U početku ga je nervirala, ali mu se u međuvremenu podvukla pod kožu svojim neprekidnim koketiranjem. I beskonačnim šarmom.

Staklena vrata su se umilno otvorila pred njim čim je zakoračio ka njima. Kada je ušao u lift, Lea je stajala strpljivo pored njega, projektovana na zid lifta.

„Trideset i osam", izgovorila je glasno, pogledala nagore, i lift je krenuo. Nije morala ništa da izgovori, pošto je imala direktan kontakt sa centralnom kontrolnom jedinicom zgrade, ali – ovako je bilo interesantnije, kontemplirala je u svom virtuelnom digitalnom ženskom mozgu.

Na trideset osmom spratu, vrata lifta su se oprezno otvorila. Čitav sprat je bio jedna velika prostorija – sala za sastanke borda direktora „Teletransporta", te su Lea i Sebastijan izašli direktno u salu u kojoj je bord direktora već bio smešten za velikim prozirnim stolom. Ispred svakog direktora, na staklu je bila projektovana slika komandi, izbora kafa i pića koje je mogao da poruči, i agenda sastanka.

Sebastijan Braun je seo na čelo stola za sastanke u kancelariji. Svetlo je lagano utihnulo, ustupajući prostor slici sa grafikonima i tabelama koja je lebdela u vazduhu, prikazana na kristalno prozirnom zidu, koji je, osim što ih je delio od odeljka sa foteljama za ležernije razgovore, imao i ulogu velikog centralnog monitora. Kancelarija, kao uostalom i čitava zgrada, odisala je futurističkim stilom, tehnološkom superiornošću i napadnom razmetljivošću. Nijedan detalj nije bio zapostavljen, svi zidovi su bili napravljeni od specijalnog stakla na kojem je bilo moguće projektovati slike generisane grafičkim karticama centralne kontrolne jedinice koja je, pored toga, kontrolisala sva dešavanja u zgradi.

„Poštovana gospodo...", čovečuljak čije lice su krasile jake crne obrve, delimično sakrivene crvenim okvirom pomodnih naočara, obučen u napadno karirano odelo, preznojavao se dok se spremao da iz sebe izbaci informacije mukotrpno pripremljene da na što nežniji i afirmativniji način saopšte mračnu istinu koju je dobio iz sektora prodaje i finansija.

„Poštovani predseniče, članovi borda, neću praviti uvod, već ću odmah preći na konsolidovan prikaz profitabilnosti, i grafikon rasta produkcije...”

„Rekao bih da si ovaj grafikon greškom okrenuo naopako, rast je na njemu negativan...”, prokomentarisao je Sebastijan. Njegove reči je ispratio usiljen smeh ostalih članova borda direktora.

„Ne, gospodine predsedniče”, čovečuljak je zastao i skinuo naočare, ne bi li obrisao vlagu koja se nahvatala na staklima od znoja koji je isparavao sa njegovog lica, slivajući se ispod razbarušene crne kose.

Malo se smirio, a zatim nastavio staloženijim glasom:

„Profitabilnost nam je dramatično pala, prihodi padaju, troškovi ostaju isti, čak i rastu...”

„Sve zbog?”, Sebastijan je znao šta može da očekuje u konsolidovanim izveštajima. Već je bio obavešten o nemilom događaju. Pokušali su da izvedu kontrolu štete, ali bez većeg uspeha. Mediji su nanjušili krv i stvari su već izmakle kontroli. Gamad je ubacila istraživačke novinare i snimila ceo proces, razmišljao je besno.

„Da, zbog toga“, odgovorio je smireno čovečuljak, kao da mu je pao kamen sa srca što je užasna vest konačno izgovorena. Sjurila se sa njegovih usta u etar sa lakoćom koja ga je iznenadila. Odahnuo je poput prehlađenog deteta u doktorskoj ordinaciji koje je završilo sa injekcijom i sada može da ide kući.

Sebastijan ga je gledao besno. Do prošle nedelje verovao je u njegove priče, u njemu je video ekscentričnog marketinškog maga koji čini čuda sa njegovom kompanijom, prodaja je rasla, ideje za novi razvoj i kampanje su samo navirale. A sada... sada je pred njim stajao najobičniji pajac u svom cirkuzantskom odelu, koji mu prikazuje svoje šarene drangulije. Naravno da je izvodio marketinška čuda i donosio dobre vesti, kada je roba prodavala samu sebe. Čim se pojavio prvi problem, sve njegove teorije i metode iz mudrijaških knjiga su pale u vodu. Zajedno sa prodajom i profitom.

„Koliko još imamo vremena?", upitao je jedan od starijih članova borda.

Nakon kraće pauze, usledio je i odgovor.

„Oko dve nedelje. Supstanca se jako brzo topi, i to neće ostati nezapaženo. Akcionari već postavljaju pitanja. Bankari takođe...znaju vrlo dobro da je muzika već počela da svira, i samo je pitanje vremena kada će neko ostati bez stolice."

Prokleta zgrada, koštala je čitavo bogatstvo. Sve te novotarije, estetika, multifunkcionalnost, moderan dizajn, Lea, virtuelni asistent, sve me je koštalo kao da pravim kosmičku stanicu, a ne najobičniju zgradurinu. Ogroman novac je potrošen unapred, jer se računalo na prirodan rast kompanije. Pravljeni su planovi, ekstrapolirane linije dobiti i prihoda, matematika je delovala fantastično.

A onda je sve palo u vodu.

Sada se novac brzo topi. Niko ne voli gubitnike, a upravo to će mi uskoro ostati. Gubici i dugovi.

Lea ga je gledala sa zida naspram njega, i kao da mu je čitala misli. Na licu joj se ocrtavao izraz krivca. Iako sve to zaista nije imalo veze sa njom. Znala je to.

„U redu. Videli smo šta ste nam pripremili. Nažalost, moraćemo da prekinemo sastanak, u posetu mi stiže jedan od najvećih klijenata."

Sebastijan i članovi borda su se u tišini razišli, ostavivši čovečuljka ispred svojih grafikona. Spremio je još pedeset i tri slajda. Čitavo veče je radio na svojoj prezentaciji, vežbao u pidžami pred zamišljenim direktorima, hiljadu puta mucao iste rečenice ne bi li došao do pravog stava. A sada su se svi razišli već nakon prvog slajda. Doduše, nije mogao da im zameri, vesti su bile očajno loše. Kompanija je propala.

Lea je još neko vreme namrgođeno gledala čovečuljka koji se predstavljao kao vrhunski marketinški konsultant, a zatim mahnula krilima koja su joj se niotkuda pojavila na leđima, i žurno odletela niz zidove za Sebastijanom.

****

Nekoliko sati kasnije, Sebastijan Braun je završio hitan sastanak sa najvećim klijentom „Teletransporta" i besno krenuo ka krovu zgrade, gde ga je čekao helikopter čije su elise već tukle vazduh oko njega. Lea ga je pratila do samog izlaza na krov, do poslednjeg staklenog monitora.

Samo da stignem kući, pomislio je. U glavi mu se vrteo ringišpil na kome su na sablasnim konjićima, ukočenih izvitoperenih lica sedeli direktori borda, klijenti, marketinški pajac i televizijski voditelji. Glava mu je zvonila od njihovih glasova. Prosto mu nije bilo jasno kako je Tvorac uspeo da napravi takav previd. *„Kat-end-pejst", a ne „kopi-pejst"! Nije ni čudo što su upropastili svoju planetu,* pomislio je.

Sada mu je ovo zadavalo velike glavobolje. Stvorio je čitavu imperiju izgrađenu na procesu teleportacije koji je savršeno funkcionisao, ali taj proces eliminisanja suvišnog originala, ta mala neprijatnost mu je baš stvarala probleme. Da li bi iko želeo da ima hiljadu kopija samog sebe koje se šetaju okolo i nalеću jedne na druge? Morao sam to nekako da rešim.

„Zamisli da kreneš kući kasno nakon izlaska sa drugarima u pab, i lepo se svučeš, istuširaš, kreneš da legneš u krevet – kad tamo ti već spavaš pored svoje ženice. Ko je sad tu kriv?", pitao ga je jedan od prijatelja i najbližih saradnika. Potrudio se da anuliranje originala bude što bezbolnije, ali nije bilo lako tu činjenicu objasniti klijentima, i pritom održati vedru atmosferu tokom prezentacije. Klijenti su sve posmatrali sa, pa... previše emotivne strane. Zato je morao da malo savije istinu u pravcu postizanja rezultata. Naravno da mu nije bilo prijatno zbog takvog kreativnog pristupa prezentovanju proizvoda, pogotovo kada to savijanje istine dođe do tačke pucanja, ali – nije imao izbora.

Tamni oblaci nad korporacijom su počeli da se skupljaju kada su se umešali mediji. Tajno, bez najave, poslali su novinara koji je sve vreme procedure teleportovanja imao uključenu kameru na telefonu. Iako se kabine uredno čiste nakon završetka procedure, nekako su ipak uspeli da se domognu kartice i snimka iz kabine za teleportaciju. Nakon toga su napumpali priču do neslućenih granica, pokrenuli su rasprave o etičkoj strani teleportacije. Na njih su dodavali intervjue običnih ljudi koji su teleportovani, u kojima su kroz suze svedočili o krizi identiteta kroz koju prolaze nakon saznanja da su samo kopije kopija svojih davno ustreljenih originala. Neki mediji su već grabili tiraž bestijalnim optužbama da je kriv za ubistva miliona ljudi. Najgore u svemu je što ni njegov pokušaj da ih ućutka diskretnim, ali krajnje darežljivim donacijama nije urodio plodom. Svi koje je pokušao da kontaktira, od generalnih urednika do vlasnika medija su, kao za baksuz, takođe koristili blagodeti teleportacije, sa svim njenim nuspojavama.

Na nesreću Sebastijana Brauna, isti vid transporta su koristile i sudije, državni tužioci, kongresmeni, čak i sam predsednik. Šanse za fer i nepristrasno suđenje su mu bile jedan prema ostatak svemira. Ne radi se samo o tome da bi mogao da izgubi svoju kompaniju koju je godinama gradio. Bio je na putu da izgubi sve. Verovatno i život.

Kada bi bar Nejtan još bio živ, postojale bi neke šanse da se izvuče. Na Sebastijanovu žalost, Nejtana je pokosila iznenadna smrt i u ovom univerzumu, i to samo nekoliko dana nakon njihovog prvog susreta. Ironija sudbine – bio je najmoćniji čovek u dva različita sveta, ali ne dovoljno moćan da prevari smrt u ijednom od njih.

Uzleteli su sa heliodroma i prošli pored velikog staklenog tornja u obliku igle. Gledao je staklaste svetlucave kutijice koje su lagano promicale pored njih. Sebastijan Braun se odavno odvikao da uživa u noćnom pogledu na svoj grad iz vazduha. U ovom momentu postojala je samo tačka B do koje se upravo kreće iz tacke A. Tačka B je bio krevet. Nije spavao već više od dvadeset sati, i umor ga je lomio. Bacio je pogled kroz staklo nadole, i u tom momentu ispod njega se ukazao neverovatan prizor. Gradska svetla koja su žmirkala iz prozora kuća, zgrada, radionica, restorana, formirala su prepoznatljiv simbol:

:)

Video ga je do sada bezbroj puta u tekstovima elektronske pošte na mestima na kojima bi režiseri komedija obično ubacivali snimljeni smeh – u nedostatku svih dimenzija, ova jednostavna kombinacija karaktera korištena je da nadoknadi nečije odsustvo smisla za humor i obavesti ga da razvuče usne u osmeh, jer prethodno napisano nije bila uvreda na njegov račun.

Ovoga puta ga je video tamo gde ga je najmanje očekivao. U prvom trenutku nije bio sasvim siguran da je to zaista ono što misli. Ali sada se već videlo vrlo jasno. Kao da se postepeno formirao.

:)

Grad mu se smejao u lice. Čitav grad mu se smejao u lice.

Luzer.

Pilot helikoptera se okrenuo ka njemu: „Jeste li videli? Uspelo im je...”

„Šta im je uspelo? Kome je uspelo?”

„Da naprave smajlija... da nateraju grad da se smeje. Nazvali su sebe – smajli zajednica. Sve je išlo preko društvenih mreža. Meni je stiglo bar trideset poziva da učestvujem.”

„Da učestvuješ? U čemu?”

Sebastijan Braun kao da se probudio iz dubokog sna.

„U crtanju smajlija. Kakvo gubljenje vremena...” začuo se Lein glas, dok joj se slika materijalizovala na komandnom monitoru helikoptera, zamenivši pokazivače parametara leta, koji su trenutak ranije zauzimali njeno mesto.

„Vidim...”

Tišina.

Misterija je rešena.... nekakva akcija zgubidana opet na delu. Bože, koliko ima dokonih ljudi na ovom svetu.

„Pa dobro, hoćeš li mi reći kako su to izveli?”

Dok je pilot, iznenađen nestankom komandnih parametara sa ekrana, trapavo pokušavao da se fokusira na let i vrati letelicu u uspravan položaj, Lea je počela da razjašnjava misteriozni poduhvat povodljive mase.

„Nisi pratio mreže? Tamo je objašnjenje... poslali su sliku smajlija preko mape grada koju su skinuli sa interneta. Sve što je trebalo da uradiš kada dobiješ poziv je da pogledaš mapu i vidiš da li tvoja kuća pripada tamnom ili svetlom delu. Ako pripada svetlom, danas tačno u devet uveče treba da upališ sva svetla u kući... a ako pripada tamnom – gasiš svetla”, izgovorila je Lea u jednom dahu, ne skrivajući dosadu u glasu.

Leu je dobio gratis uz zgradu. Njen lik je bio samo avatar ispod kojeg se krila veoma napredna tehnologija veštačke inteligencije, povezana sa internetom, iz koga je svakog sekunda napajala blokove svojih neuronskih mreža milionima novih činjenica. Uz sve to, Lea je bila prilično emotivno AI stvorenje. Posebno ju je deprimiralo što je bila tako jedinstvena, tako moćna, a ipak usamljena, u svom svetu, potpuno drugačija od onog koji je izučavala. Ponekad bi se pitao da li je Lea njegov virtuelni ljubimac, ili obratno.

I pored neverovatnih sposobnosti da pronađe i upije informacije iz okruženja, Lea je ipak bila uskraćena za jedno bitno saznanje, koje nije bilo zapisano ni u jednoj knjizi, nijednoj stranici na mreži, niti ga je mogla čuti od bilo koga drugog, sem od Sebastijana. Samo on je znao da Lea u stvari nije ništa drugačija od njega i ostatka živog sveta. Svi oni su bili samo gomila treperavih bitova, pohranjenih na beskonačno skladište beskonačnog računara. Ovu informaciju nije mogla da nađe nigde jer je Sebastijan odlučio da to svoje saznanje sebično zadrži za sebe.

„Jasno.... radi se o procentu, procentu ljudi koji su prihvatili izazov. Na mestima gde su svetle tačke, ima više upaljenih svetala nego tamo gde su tamne tačke. Zato se sa zemlje i ne vidi ništa, ali kada smo se digli više u vazduh... interesantno. I šta je motivisalo tolike ljude.... čekaj, pa kako ja nisam dobio nijedan takav poziv?"

„Ne znam, zaista ih je bilo po svim mrežama, svi koje znam su ih primili... i slali opet dalje – meni. Nastala je prava euforija! Priča se da ćemo čak dobiti i sliku sa satelita: noćni nasmejani grad...", pilot se ponovo uključio u razgovor, nakon što se pribrao od prvog šoka – nakon pojave Lee.

Nekoliko minuta kasnije počeli su da se spuštaju. Sletali su pravo u oko ogromnog smajlija. Sebastijanu sada nije trebala mapa, njegova kuća je bila u svetloj oblasti.

Ovaj dan je bio baš katastrofalan za posao. I ne samo posao.

Ali ipak nije ostao bez opcija. Posle svih ovih godina moraće da aktivira plan B.

Ko zna, pomislio je, *možda ovo i nije tako loš razvoj situacije, u krajnjem slučaju. Previše sam se opustio. Trebalo je da me neko šutne u guzicu da bih se pokrenuo i nastavio dalje.*

Dobio sam moć – vreme je da počnem da je koristim.

Sebastijan Braun je izašao iz helikoptera i ušao u kuću. Hodao je umorno kroz hodnike kao omamljen, dok ga je Lein lik, transformisan u žive srednjovekovne portrete, dočekivao iza svakog ogledala. Tihim glasom je zamolio Leu da upali sva svetla u kući i otišao pravo u krevet.

Svetlo u spavaćoj sobi je lagano utihnulo, i Lein hologram, koji ga je pratio sve do kreveta, rasuo se u hiljade zvezda koje su sada treperile na plafonu njegove sobe, dok je centralni klima-uređaj ubacio dodatnu količinu svežeg, jonizovanog vazduha koji je njegovu svest ljubazno pratio ka vratima sna.

Nasmešio se. Baš kao i grad.

53.

Kancelarija

Civilizovan svet nije oduvek bio ujedinjen u jedinstvenu moćnu imperiju. Dugo je bio podeljen na imperije tri kontinenta, koje su bile neprijateljski nastrojene jedna prema drugoj. Pre ujedinjenja, svaka imperija prirodno je videla druge dve kao suparnike i težila ka tome da ih eliminiše, ili bar značajno oslabi. Tenzije su zbog svakodnevnih incidenata, špijunskih smicalica, ekonomskih sabotaža rasle iz godine u godinu. Kada se formirala kritična masa zle krvi među njima, pripreme za totalni rat približile su se finalnoj fazi. Situacija je bila veoma zapaljiva i stremila je kulminaciji sa katastrofalnim posledicama po ljudsku civilizaciju. Bila je dovoljna samo jedna varnica da bure baruta eksplodira i čitavu planetu pretvori u prilično pusto i ne previše zabavno mesto.

Nakon analiza svojih pozicija, i nekoliko bezuspešnih pokušaja da obore ruku protivnicima, tri neugledna stranca su se našla na neutralnom terenu. Izgledalo je kao da su se izdvojili iz neke od turističkih grupa koje su špartale centralnim ulicama grada, i krenuli nekom svojom rutom u razgledanje. Da se neko malo bolje zagledao, i dalje ne bi prepoznao nijednog od njih iz vrlo jednostavnog razloga – oni zaista nisu bili poznate ličnosti. Bila su to tri sasvim prosečna čoveka sa tri kontinenta, koji su, svako u svom svetu, vodili sasvim prosečne živote, neinteresantne široj javnosti. Nisu bili slavni, niti bogati, niti su vladali nekim od veština koje bi privukle pažnju mase, ali ipak su po nečemu bili posebni. Bili su to pravi vladari tri imperije.

Ušli su u kafić koji se nalazio na kamenom popločanoj terasi, a koja je sa visine gordo gledala na ušće dve velike reke, i zauzeli jedan izdvojen sto. Dok je vetar donosio topao miris ravnice, gledali su u simboliku prizora koji se nalazio pred njima. Do juče su planirali najefikasniju strategiju kojom bi eliminisali jedni druge, a sada su odlučili da naprave veliki preokret i, umesto smrti, svojim protivnicima podare prijateljstvo i zaštitu. Došli su da sklope dogovor o ujedinjenju njihovih carstava u jednu veliku imperiju, kojom će vladati zajedno. Dok su jedan drugom pokazivali slike iz obilaska grada i suvenire koje su usput kupili, razgovarali su o tačkama sporazuma, a zatim ih zapisivali u sveščice koje su poneli sa sobom.

Kako se veče bližilo, listovi u sveščicama su bili sve ispunjeniji precrtanim i podvučenim rečima, dodavanim pa išvrljanim stavkama. Dogovor se gradio pažljivo, red po red. Reč po reč.

Do zalaska sunca sporazum je napisan u tri sveščice. Razmenili su ih i ritualno stavili svoje potpise na svaku od njih. Nakon obavljenog posla vladari su naručili još po jedno piće, koje su popili uživajući u toplom večernjem povetarcu i mirisu vlažnog kamena, trave i lavova iz obližnjeg zoološkog vrta. Kada su ispraznili čaše, pozdravili su se učtivo i razišli, svako na svoju stranu, ostavivši konobara da gunđa sebi u bradu zbog male napojnice koju su ostavili. Ono što konobar nije mogao da pretpostavi jeste da su stranci potrošili gotovo svu svoju ušteđevinu na put, i da im od prosečnih plata od kojih su živeli u svojim zemljama nije ostalo baš mnogo novca za rasipanje.

Sutradan su, pred kamerama, sporazum o ujedinjenju potpisali predsednici tri imperije, obasjani blicevima stotina fotoaparata, uz buran aplauz prisutnih zvanica. Tri najjače sile su se ujedinile u jednu, a tajna društva koja su ih kontrolisala ujedinila su se u jedno tajno društvo sa novim nazivom – Kancelarija.

Od tada imperija nije imala pravih neprijatelja, i velikim ratovima je suđeno da postanu deo prošlosti, osim ako se, naravno, iznenada iz dubine svemira ne bi pojavila stvorenja preke naravi, superiorno tehnološki razvijena, željna kavge, moći i zlata.

Tri predsednika su se nakon potpisivanja sporazuma povukla, a na čelo nove države, koja je pokrivala gotovo čitavu planetu, postavljen je novi predsednik izabran glasanjem na sva tri kontinenta.

54.

Prošao je rukama kroz gustu, prosedu kosu. Naslonio se na sto i pogledao kroz prozor u noć. U staklu je, ispred iskričavih svetala grada, lebdeo odraz umornog lica, lica koje njegovi glasači nemaju prilike da vide u ovakvom stanju. Iz nekog razloga njima je delovao privlačno. Njegova harizma izbijala je iz svakog njegovog pokreta, osmeha, uzvika. Njegov lik se nalazio na plakatima širom države, uskakao je u domove tokom kratkih vesti planetarne televizije, otimajući pažnju gledalaca od avantura poznatih glumaca na svakih sat vremena, svakoga dana. Kada bi ga ugledali za govornicom, zatreštao bi gromki aplauz uz vrisku i zvižduke ushićene mase. Izgleda da je jedini čovek u državi koji nije bio raspoložen da gleda to lice bio on sam. Lice starca, koje ga je poput duha gledalo sa druge strane stakla, prikazivalo je slabašan odblesak stvarnosti koji mu je zlobno grickao ego. Lažne stvarnosti. Istina je bila ono što je osećao, a ne puke informacije koje su dolazile iz spoljašnjeg sveta u vidu igre senki i odblesaka svetlosti. A osećao je da ga glasači vole.

Sada ga je tištilo saznanje da će – umesto da se uvali u fotelju i uživa u prenosu utakmice finala Svetskog prvenstva, koji samo što nije počeo – morati da se pozabavi minornim problemom koji je iskrsao niotkud, u potpuno pogrešno vreme.

„Laku noć, predsedniče!"

Ispratio je pogledom vrata koja se zatvaraju. Jedan od glavnih savetnika ga je ostavio nasamo sa idejama koje su zajedno razrađivali već više od sat vremena.

****

Posao predsednika je poslednjih godina postao prilično monoton. Od kada su se Sile Tri Kontinenta ujedinile, nije bilo pravog protivnika koji bi mogao da ugrozi novu imperiju. Desetine tajnih službi su pratile, podsticale, pa zatim eliminisale svakog ko bi iznutra pokušao da im stane na put, a osim njih... pa praktično nije bilo nikoga osim njih. Ostalo su bile male, razjedinjene i nadasve primitivne državice. Ostale su van Sila Tri Kontinenta, ne zato što ih nije bilo moguće pripojiti. O da, to bi bio više nego lak zadatak za novu imperiju, ali je procenjeno da bi im samo predstavljale balast, a narodi tri kontinenta nisu želeli takav teret na svojim plećima. Nisu želeli siromašne i primitivne u svom komšiluku.

Od momenta ujedinjenja, narodi tri kontinenta su živeli ugodne živote u svom komforu tehnološki razvijenog i dobro organizovanog društva, i nisu iskazivali ni najmanju želju da to stanje menjaju.

Pored toga, on je bio jedan od retkih ljudi na planeti koji znaju pravu istinu o ujedinjenju.

Nakon potpisivanja sporazuma o ujedinjenju, održani su izbori na kojima su pobedili njegov šarm i harizma uz malu pomoć veoma moćnih, ali ne preterano eksponiranih prijatelja. Na prigodnoj svečanosti on je proglašen za predsednika naroda tri kontinenta, što mu je zaista činilo veliku čast. Postigao je nešto čemu je čitav život stremio – popeo se na najviši stepenik u društvenoj hijerarhiji. Nakon toga, duže vreme je vladao planetom bez nekih velikih trzavica. Njegov život nije bila večita borba, hod po ivici brijača, već najobičnija predstava za mase, iluzija slobodnog izbora. Išao je sa prijema na prijem i čitao tekstove koje su mu poturili, upoznavao se sa poznatim sportistima, muzičarima, glumcima. Manje-više, dani su mu prolazili u glamuru i zabavi, i nije imao mnogo razloga da se žali.

Ipak, pojavio bi se i poneki kamenčić spoticanja na toj lagodnoj, dobro utabanoj stazi. Trenutno ga je mučilo to što za pola sata počinje utakmica koju je želeo da gleda, a u isto vreme trebalo bi da napiše naredbe i spremi govor povodom pošte koja je stigla na adresu Predsednika jutros.

Na stolu mu je stajao demarš jedne od državica koje ne pripadaju imperiji. Pobunila se jer im je u posetu došlo par većih brodova sa opremom za eksploataciju prirodnih sirovina, u pratnji grupe nosača aviona. Krajnje bezazlena posetica, a oni tako grube reči, i pljas – pravo na papir, pa papir u kovertu i adresirano na predsednika. Ni manje ni više!

Trebalo je da mu ih bude pomalo žao u tom momentu. Ali nije. Jednostavno – bio je takav, i zato je bio to što je bio. Predsednik. Umeo je da pravilno dozira svoju empatiju prema slabima. Za posao kojim se trenutno bavio jedina ispravna doza je bila – nula. Držao se tog broja i sve je savršeno funkcionisalo.

U krajnjem slučaju, ukazala se sjajna prilika da momci koji besomučno troše novac iz državnog budžeta, šetajući se sa rukama u džepovima po nosačima aviona, malo protegnu noge, i zarade svoje, ne male, plate. Uostalom, podeliće im poneki orden pred TV kamerama. Znao je odlično da pogodi pravi momenat i prave reči koje teraju ljude da se naježe i – gotovo da im je video suze u krajičku oka dok se kreveljio, praveći patetične grimase, pogleda uprtog u objektiv kamere, obraćajući se požrtvovanim herojima, njihovim najmilijima, svom narodu, najkraće rečeno – glasačkom telu. U stvarnosti, s obzirom na to ko će im biti protivnik, veća je opasnost da se okliznu na pseće...

Prekinuo ga je rezak zvuk glasnih žica koje, bio je siguran u to, nisu pripadale njemu. Nije voleo taj osećaj, pogotovo u trenucima kada bi bio ubeđen da je potpuno sam – kao sada, na primer.

„Dobar dan!"

Okrenuo se zaprepašteno, i ugledao nepoznatog čoveka u svojoj kancelariji. Pred njim je mirno stajao stranac i gledao ga pravo u oči. Bio je sam u kancelariji do pre nekoliko sekundi, uopšte mu nije bilo jasno odakle se stvorilo ovo stvorenje.

„Ko si ti? Kako si, uopšte, dospeo ovde?!", izgovorio je besno i iznenađeno. Bio je u šoku, to se videlo, i ta činjenica ga je još više razbesnela. Kako je uljez uopšte uspeo da se uvuče ovde, kada postoji nekoliko prstenova obezbeđenja, i sve prostorije se nalaze pod video-nadzorom i senzorima?

Sem ako ga nije poslao neko iznutra? Moguće je da je došlo do nekakve unutrašnje zavere, mada je i za to verovatnoća gotovo zanemarljiva, pošto je on kao predsednik ipak bio samo izvršilac. Pravi vladari sebe su zvali *Kancelarija*, živeli su nešto dalje od očiju javnosti i, koliko je znao, nisu se među sobom sukobljavali. Zato je i bilo nejasno ko bi uopšte mogao da organizuje zaveru, da ovlasti obezbeđenje da propusti ovog... ovog...

„Izvinite na grubosti, iznenadili ste me. Dakle, sa kime bih imao čast da razgovaram?", spustio je malo loptu, pošto se privikao na činjenicu da nije sam.

Umesto odgovora, neznanac je izdavao naredbe dubokim, ali ne i izveštačenim glasom.

„Slušaćete moja uputstva. Vrlo je bitno da me pažljivo slušate, znam da ste u ovom trenutku malo zbunjeni pa ne bih voleo da napravimo neku grešku."

Lice uljeza je bilo potpuno smireno, delovalo je kao da meditira. Tamna, ravna, kratko ošišana kosa, koščato, grubo lice, ne potpuno svetla put – podsećali su ga na slike pripadnika naroda neke od malih država koje su ostale van civilizovanog sveta.

„Ah, razumem. Ali od koga dobijam ta uputstva? Koga zastupate?", pokušao je da dobije na vremenu dok obezbeđenje ne dođe. U stvari, pitao se zašto momci, kojima je i sam morao da dokazuje identitet, već nisu upali u kancelariju i eliminisali uljeza.

Umesto odgovora, iz usta neznanca dobio je prvo uputstvo, izgovoreno istim samouverenim tonom.

„Uzmite svoj telefon i pozovite obezbeđenje, potpredsednika, ili koga već želite. Budite slobodni da pozovete i proverite nasumično."

Nije shvatio šta tačno treba da proveri. Ukoliko se radi o nekoj unutrašnjoj zaveri, verovatno će mu obezbeđenje reći da je uhapšen. Nije bio siguran da li je neznanac bio naoružan, i da li je sposoban da ga sam savlada. Ako mu je već ponudio da pozove obezbeđenje, biće najbolje da to i uradi. Možda se neznanac jednostavno preda obezbeđenju, i sve se reši samo od sebe. Za sada je stajao u mestu, posmatrao ga, i nije pokazivao znake želje da ga napadne.

Uzeo je svoj telelefon i pozvao šefa obezbeđenja. Posle drugog zvona javio mu se poznati glas. Ali nije bilo ohrabrenja u onome što je čuo sa druge strane linije. Prekinuo je vezu i pozvao potpredsednika. Nakon par sekundi razgovora ponovo je prekinuo vezu. Nekoliko trenutaka je zurio u jednu tačku na zidu. Posle kraćeg razmišljanja pozvao je svog dobrog prijatelja, koji se nalazi na jednoj od viših pozicija u kongresu. Ni on nije bio sam.

Čovek ispred njega je izvadio pištolj iz futrole sakrivene ispod sakoa. Ovakav razvoj situacije nije mu pao na pamet dok je razmišljao o mogućim opcijama.

„Možemo li sada da nastavimo?"

Kako su došli? Očigledno da nisu raspoloženi da daju odgovore. Nalazili su se kod svih ljudi koje je mogao da kontaktira, drugim rečima – bio je odsečen od sveta. Svaka osoba koju je pozvao imala je sličan problem kao i on. Svi su pored sebe imali nekog neznanca koji se pojavio niotkuda. I bili su zbunjeni. I preplašeni. Namerno je pozvao nasumično prijatelja kojeg uljez nije naveo... želeo je da proveri da nisu napadnuti samo obezbeđenje i potpredsednik, a da je cilj ove predstave da se stvori utisak da se radi o masovnom napadu. Nije se radilo o blefu, zaista su se nalazili svuda, bar kod svih ključnih ljudi – svih ljudi s kojima je on mogao da kontaktira. Bio je odsečen. Bio je sam. I nenaoružan. Morao je brzo da razmišlja

„Pre ili kasnije, neko će primetiti šta se dešava!", progovorio je nakon duže pauze.

Svi ljudi na visokim pozicijama, uključujući i njega, predsednika, bili su službenici *Kancelarije. Kancelarija* je nastala kada je došlo do spajanja imperija tri kontinenta. Tada su se tri tajna društva ujedinila u jedno, i stvorila zajednički mozak koji je vladao gigantskim organizmom, a koji je predstavljao civilizaciju na ovoj planeti. Imali su sve u rukama, kontrolisali su bezmalo sve medije, posedovali su vrhunsku opremu za praćenje i kontrolu javnog mnjenja, vojsku, policiju, svemirske snage, svaki pokret na planeti je nadgledalo nekoliko automatizovanih sistema koji su komunicirali među sobom i sve rezultate prosleđivali ključnim političarima, a svi oni su radili za *Kancelariju*. Iako su postojale političke partije i pokreti koji su se sukobljavali, imali različite stavove, čak pravili proteste i izazivali nemire, svi čelnici tih buntovničkih pokreta su, u stvari, bili službenici *Kancelarije*.

„Ne znam šta vam je na umu, ali nećete uspeti. Možete i da me ubijete, nikakvu štetu Sili nećete napraviti. Objasniću vam, ja sam potpuno nebitan...”

„Znamo sve to, ušli smo i u *Kancelariju*”, na licu neznanca razvukao se blag osmeh, tek toliki da ne ostavi utisak da je slučajno izgovorio tu reč.

Shvatio je da je situacija ipak mnogo ozbiljnija nego što je u početku mogao da pretpostavi. *Prosto je neverovatno da su uspeli da dopru do članova Kancelarije*, pomislio je. Čak ni on, predsednik, nije poznavao nijednog od njih. Poruke sa uputstvima iz Kancelarije je dobijao preko drugih ljudi, kurira. Jedno od prvih uputstava koje je dobio kada je počeo da radi kao službenik bilo je da ne sme da istražuje odakle stižu poruke. Znao je da je pod prismotrom, i nikada nije ni pokušavao da to uradi. Ali su stranci nekako ipak uspeli da dođu do njih. Do članova *Kancelarije*.

Znao je samo da su članovi te vlade iz senke živeli rasuti po zemljama tri kontinenta, kao potpuni anonimusi. Radili su prosečne poslove. Nisu smeli da se ističu, baš da bi se izbegla ovakva situacija. Da su bili bogati, u slučaju zavere ili prevrata, relativno lako bi bili eliminisani, jer broj bogatih ljudi nije prevelik. Ovako su bili stopljeni sa masom, statistički nevidljivi. Sa druge strane, njihovu anonimnost su štitile moćne sile, koje su bile pošteđene saznanja kome uistinu pružaju zaštitu, jer su dobijali zadatke da štite i nasumične osobe koje nisu bile članovi Kancelarije.

„U redu, predivni čoveče, jasna mi je vaša pozicija. U tom slučaju mogu da vam izložim svoju ponudu. Neću okolišati – bila bi mi čast da radim za vas. Očigledno ste se pokazali kao snaga koja je sposobna da vodi ovu civilizaciju u novi napredak i...”

Odustao je od kupovine vremena. *Sada mi je preostalo još samo da otkupim svoj život, ostali su očigledno već bili...*

„Naravno, računali smo sa time da ste racionalna osoba. Nastavićete da dobijate uputstva iz Kancelarije. Radićete po njima...”

Ovo mu je jasno stavilo do znanja da su ušli u *Kancelariju*. Verovatno su svi članovi već mrtvi ili negde utamničeni. Jedna stvar ga je još kopkala.

„Zašto ste uopšte došli kod mene? Ja ionako radim po uputstvima *Kancelarije*. Bilo je dovoljno da preuzmete samo Kancelariju i već biste imali svu vlast u svojim rukama”, sada je već pomirljivo, ali pomalo zbunjeno upitao. *Čemu ova predstava,* pomislio je. *Mogli su samo da zauzmu Kancelariju, svi ostali ionako rade po njihovim uputstvima, pri čemu i ne znaju ko ih šalje.*

„Želimo da budemo uvereni da sve ide kako je planirano. Nalazimo se u veoma osetljivom momentu za naš mali narod. Naredbe koje ćete dobiti mogle bi da vas zbune na prvi pogled, i dovedu u situaciju da izvedete neku ishitrenu akciju, koja bi imala previsoku cenu za naš, kako rekoh, mali narod.”

Iako je došljak zaista ličio na pripadnika neke od malih država, sumnjao je da bi ipak moglo da se radi o vanzemaljcima. Male države nisu imale ništa od tehnologije koja bi i približno mogla da se meri sa onime što je posedovala Imperija.

„Koju akciju prvo sprovodimo u delo, ako se sme znati?”, upitao je sa strepnjom. Ono što mu se motalo po glavi bilo je da bi moglo da dođe do potpunog uništenja ljudske civilizacije, u slučaju da se njegove sumnje pokažu istinitim.

Neznanac je na momenat zastao, kao da je razumeo njegove strahove. A zatim konačno izgovorio:

„Povlačenje grupe nosača aviona koje ste upravo poslali u akciju."

Kockice su se konačno složile. Setio se poslednje rečenice u demaršu koji su dobili jutros: „Nema potrebe da dolazite kod nas, doći ćemo mi kod vas."

Nisu lagali!

Upravo ta mala država, kojoj su hteli da uzmu jedini resurs od kojeg je živela, sada je preuzela vlast nad čitavom planetom.

Gledao je u neznanca zabezeknuto. Do pre pola sata je mislio da će se poigrati sa tom državicom kao mačka sa tek ulovljenim mišem, radio je svoje vežbe anuliranja empatije ne bi li svoj zadatak obavio što profesionalnije, pošto bi čitava teritorija njegove žrtve posle završene akcije izgledala kao da ju je poharao udarni talas cunamija. A sada...

„Kako ste uspeli?", gledao je u čoveka jedne primitivne zemljice kako stoji isped predsednika Imperije – Sile Tri Kontinenta. Zurio je u tu neprefinjenu pojavu, potpuno zaprepašten situacijom u kojoj se našao.

„Vaša imperija je veoma moćna. Međutim, igrom slučaja mi smo došli u posed tehnologije od koje ste vi odustali pre nekog vremena, a koja nam je dala veliku prednost u odnosu na vaše veoma moćne i skupe ratne mašine. Mi nemamo nosače aviona, ni superiorne letelice. Nemamo rakete, robote, superkompjutere, sisteme za praćenje, zbog kojih se vi osećate tako sigurno i nadmoćno. Sve to impresivno naoružanje postaje potpuno nemoćno pred oružjem koje smo dobili na poklon od jednog bivšeg građanina Imperije."

Predsednik ga je gledao zabezeknuto. Upravo je saznao da je neko izdao čitav civilizovani svet.

„Dobili smo na poklon teleport."

Sebastijan Braun, sinulo mu je. Taj gad je nestao u momentu kada je njegova kompanija počela da se raspada i kada je svet odustao od teleportacije, i vratio se tradicionalnim vrstama transporta. Izbegao je sjajnu šansu da provede ostatak života iza rešetaka, nakon što je ojadio mnoge velike investitore. Svi su mislili da je sam sebi presudio u nekom zabačenom budžaku planete. Umesto toga...

„Naš Vladar je tada osmislio plan. Dok se izum usavršavao, mi smo godinama skupljali informacije o vašim vladarima, pronašli smo lokacije svih vodećih ljudi u vašoj imperiji. Nakon praćenja vaših najviših dužnosnika na vlasti, saznali smo za *Kancelariju*, što je značajno zakomplikovalo plan, ali nismo odustali i počeli smo da tragamo za načinom da otkrijemo sve njene članove. Teleportom smo prebacivali naše agente koji su potom pratili kurire *Kancelarije*. Kada god bi se javila mogućnost da neko od naših ljudi bude otkriven, teleportovali bismo ga nazad i poslali drugog da nastavi posao. Kada smo locirali sve članove *Kancelarije*, bili smo spremni za smenu. Smena je morala da se obavi brzo i sinhronizovano. Napravljeno je hiljadu teleporta i spremljeno hiljadu vojnika. Svakom članu *Kancelarije* smo teleportovali po jednog vojnika naoružanog najobičnijim pištoljem. Pored njih, posetioce su dobili i političari koji se nalaze u prvom prstenu, to jest, oni koji primaju poruke direktno od Kancelarije.”

Hiljadu ljudi... pa to je manje od broja kuvara na našim nosačima aviona, pomislio je. *Sa hiljadu pištoja su pobedili ovakvu silu. Desetine nosača aviona, svemirske snage, vrhunsko oružje, topove, tenkove, lasere, nadzvučne avione, rakete... sve zahvaljujući jednom propalom izumu!*

I Sebastijanu Braunu.

„Ne želimo da razorimo Imperiju”, progovorio je neznanac. „Naša mala zemlja će biti uskoro priključena Sili Tri Kontinenta. Planiramo da glavni grad i finansijske centre preselimo kod nas. Nećemo ništa uništavati. Odlučili smo da odgovorno preuzmemo vlast nad čitavom planetom. A Vi, Vi ćete i dalje biti predsednik! Ljudi Vas vole. Ne znam zašto, ali Vas vole. Simpatični ste im. Baš iz tog razloga ne želimo da Vas menjamo, sve dok nas slušate. Većina neće ni shvatiti šta se desilo."

Predsednik se osmehnuo. U tome je bar bio dobar. Slušao je sve vreme. Zato je i bio ovde. I oni su to dobro znali.

Tenzija u prostoriji je malo splasnula. Neznanac se opustio i u jednom momentu seo u fotelju. I dalje je držao pištolj u ruci.

Predsednik je takođe seo. Uzeo je daljinski upravljač za TV. Do pre par minuta je mislio da živi poslednje trenutke svog života, a sada je naprasno shvatio da ne samo da neće umreti nasilnom i ne baš bezbolnom smrću, ne samo da će ostati predsednik, imati svoj avion sa džakuzijem u kabini i nastaviti da se druži sa poznatim glumcima i sportistima, već će moći... ne mora da piše govor za sutra.

Moći će da odgleda utakmicu.

Kada je uključio TV, na ekranu je ugledao fudbalere kako stoje mirno i pevaju himnu drugog kontinenta.

Ipak ne mora da je propusti. Zavalio se u naslon fotelje ne bi li zauzeo što ugodniji položaj. Pitao se samo da li mali narodi prate fudbal, da se neznanac ne uplaši kada on iznenada skoči i počne da urla zbog promašenog gola.

Dok je zadovoljno gledao kako njegov tim kreće u napad, setio se zašto se nikada ne treba nervirati unapred.

Nikad ne znaš šta može da iskrsne niotkud i popravi tvoje već upropaštene planove.

55.

Boemski kvart, jedan kafić i flaša dobrog vina

Sebastijan Braun je sačekao veče sedeći na terasi malog kafea u boemskom kvartu, okružen umetnicima na početku karijere koji su izlagali svoje slike sa druge strane malenog sokaka popločanog kaldrmom. Za stolom pored njegovog sedela je grupa nadahnutih pesnika koja se zabavljala tako što su majstori reči vodili bitke jedan protiv drugog stihovima, šibajući protivnike njihovim manama i porocima, gađajući precizno u slabe tačke, držeći se forme koju bi jedan od njh izabrao. Svaki izgovoreni stih pratio bi groteskni kikot jedine dame u tom veselom društvu, koju su krasili prilično slobodni maniri.

Niko nije prepoznao Sebastijana, iako je njegov lik odavno bio utisnut duboko u podsvest svakog iole informisanog bića na planeti. Niko ga nije prepoznao jer se sakrio iza velikih okruglih sunčanih naočara, ispod prigodnog boemskog šešira, duboko ušuškan u iznošen kaput.

Sve vreme je kuckao nervozno prsitma po stolu i razmišljao šta da radi ako stvari počnu da se odvijaju u pogrešnom pravcu. Detalje plana bio je isplanirao do tančina, i prošao kroz sve korake milion puta, ali...

U tom momentu iz njegovog džepa oglasio se telefon setnim zvukom usamljene violine. Čitav dan je proveo za kafanskim stolom, i morao je nečim da se zabavi, pa je našao melodiju zvona koja se sjajno uklapa u atmosferu koja ga okružuje.

„Čovečuljak", pisalo je na ekranu.

Ovaj poziv je čekao sve vreme.

Javio se i pokušao da, kroz buku koja ga okružuje, razazna reči sagovornika. Nakon par sekundi, shvatio je da to nije moguće, ustao je i izašao na ulicu, gde je našao nešto mirniji kutak iza ćoška zgrade.

„... rekao sam da je akvizicija završena po planu", čuo se glas osobe označene kao čovečuljak.

„Kakav je bilans?", izgovorio je tiho u slušalicu, okrećući se oko sebe.

„Nije bilo gubitaka. Sve je prošlo savršeno, sve tačke konture su povezane. Olovka je sada u Vašim rukama, gospodine Braun. Poštari će od sada Vama donositi poštu. Kancelarija je promenila adresu. Stara filijala je zatvorena", čulo se sa druge strane slušalice.

Plan je uspeo, pomislio je ushićeno.

Dosadašnji vladari sveta – bivši članovi Kancelarije – mogu da nastave da žive svoje male živote kojima su prikrivali svoju stvarnu moć, samo što će jedina vlast koju će sada imati biti vlast nad sopstvenom sudbinom. Niko u svetu ne zna ko su oni, sva moć koju su imali crpila se iz naredbi koje su prosleđivali po kuririma. Nijedan kurir više neće pokucati na njihova vrata, tako da njihove odluke neće stizati do ključnih ljudi Sile Tri Kontinenta. Umesto njima, kuriri će od sada po naredbe dolaziti na adresu Sebastijana Brauna.

Sebastijan Braun se vratio u kafić i zatekao konobara kako se unezvereno vrti oko njegovog stola. Verovatno je pomislio da je taj čudak, koji nosi sunčane naočare u sumrak, pobegao ne plativši poručenu kafu.

Platio je kafu i naručio flašu dobrog vina. Zavalio se u stolicu i gledao veselu gužvu oko sebe. Sedeo je potpuno sam za stolom i osećao koliko je nebitan čitavoj toj veseloj gomili u čijem se srcu nalazio. Uživao je u tom osećaju neko vreme.

Upravo je postao vladar planete.

Prisetio se šoka koji je spazio na licu kralja jedne od malih država kada mu je izložio svoj plan. Pored njega izložio je još jedan plan, plan tadašnjih vladara Imperije po kome je trebalo da ta državica bude rashodovana. Odlučeno je da je to divlje pleme, taj mali narod, suvišan na ovoj planeti, i da prisustvo tih primitivnih ljudi izaziva velike neprijatnosti čak i njima samima. Pored toga, nevešto sklepana naselja u kojima su živeli nezgodno su bila pozicionirana baš iznad rude izuzetno retkog i komercijalno veoma upotrebljivog metala. Slanje flote i mašinerije za eksploataciju nafte trebalo je da bude samo uvod u potpunu urbanizaciju tog dela planete, sa svim konsekvencama koje ta aktivnost sa sobom povlači.

Vladar male države je, i pored početnog nepoverenja, nakon pažljive analize uverljivih dokaza koje je Sebastijan poneo sa sobom, shvatio da nema mnogo izbora ukoliko želi da njegov narod nastavi da postoji.

Sebastijan Braun je ponudio vladaru te male države tehnologiju koju je dobio na poklon od svog dvojnika iz paralelnog sveta – tehnologiju koja mu je donela bogatstvo i slavu, mnoga interesantna poznanstva, otvorila vrata za koja nije ni slutio da postoje. A zatim se, kada je njegov uspon na društvenoj lestvici bio na vrhuncu, okrenula protiv njega, i pretila – ne da ga vrati tamo gde je bio, već baci na samo dno. Dno neke tamnice.

Ponudio je teleport, koji je pokazao svoje ružno lice investitorima. Zbog jednog gotovo beznačajnog nedostatka oni su počeli da zaziru od te, zaista superiorne, tehnologije. Sve što mu je teleport doneo, počeo je polako i da odnosi. Novac je nestajao sa bilansa „Teletransporta", dugovi su se gomilali, a prihodi topili. Znao je šta sledi. Prvo će početi da ga napuštaju najbliži saradnici. Ljudi sa tetoviranim osmesima na dvoličnim licima otrčaće do prvog sledećeg Deda Mraza koji bi se pojavio sa punom vrećom poklona na leđima. Zatim će ga napustiti i ljudi koje smatra prijateljima. I na kraju će, jedna po jedna, početi da se zatvaraju vrata koja su se otvorila pred njim.

Dok se uz metalni odjek ne zatvore i ona poslednja. Čelična vrata ćelije u kojoj bi proveo sumorni ostatak svog beznačajnog života.

Nije mogao da sedi skrštenih ruku i čeka da brod potone. Nakon toga bi se broj opcija koje bi imao pred sobom mogao opisati jednom jedinom cifrom, uz to prilično okruglom. Morao je brzo da reaguje. Već je imao spreman plan B kao odstupnicu, smišljen odavno, ali mu je do tog momenta delovao suviše smelo da bi se upustio u njegovu realizaciju.

Nije postojao bolji trenutak za aktiviranje smelog plana od onoga kada je shvatio da više nema šta da izgubi.

Onog momenta kada je prvi teleport proradio, shvatio je koliku moć ima u rukama i koje mu se mogućnosti otvaraju. Još tada su počele da mu se vrzmaju po glavi ideje o preuzimanju vlasti na čitavoj planeti. Naravno, i pored moćne mašine, nije mogao sam da sprovede ideju u delo, bili su mu potrebni lojalni saradnici. Ljudi iz njegovog okruženja to sigurno nisu bili. Sa druge strane, ko bi mu bio lojalniji od vladara male nacije kojoj preti potpuno uništenje ako bi mu on ponudio poslednju slamku spasa?

Odlučio je da aktivira plan B.

Vladar male države je pažljivo saslušao Sebastijana kada je čuo šta mu donosi. A doneo mu je mogućnost da pobedi silu koja ih je sve vreme gazila, ponižavala i tretirala kao vreću za boks. I ne samo to, već i da zavladaju tom silom, prebace novac u svoju državu i pretvore svoje primitivne naseobine u moderne gradove.

Jedino što je tražio zauzvrat bilo je da on, Sebastijan, preuzme ulogu vrhovnog vladara sveta. Nakon što su se složili da je to jedino ispravno rešenje za obojicu, vladar malog naroda i Sebastijan su razradili zajedno plan do detalja.

Plan je upravo sproveden u delo i Sebastijan je konačno bio zaštićen od progona. „Teletransport" sada može i da propadne, on će u svakom slučaju ostati na vrhu. Tačnije, on je bio vrh. Neprikosnoveni vladar planete – Sebastijan Braun!

Okrenuo se oko sebe. Već je bilo prilično kasno, bio je poslednji gost u kafiću. Vesela družina pesnika je završila svoju igru i razišla se po uzanim uličicama, dok je on bio zabavljen razmišljanjima o svojoj novoj poziciji. Dok je skupljao stvari sa stola i trpao ih nespretno u džepove, pokušao je da svoje misli prebaci na drugi kolosek, da prestane da se bavi prošlošću i razmisli o prvim potezima u ulozi koju mu je sudbina upravo namenila.

Možda je teleportacija sada zaista postala teret civilizacije.

<h1 style="text-align:center">56.</h1>

U ledenoj dvorani, čiju unutrašnjost je obasjavalo sablasno, slabašno svetlo, dve prilike bile su obuzete svojom svakodnevnom rutinom.

Teodor i Milica su završili sa hranjenjem pilića i zalivanjem biljaka. Život u ledenom svetu bio je u početku veoma naporan za njih. Škiljave sijalice čije je štedljive led-diode napajao minijaturni nuklearni reaktor bile su jedini izvor svetlosti. Istina, uspeli su da obezbede dovoljno toplote da u svojoj ledenoj pećini naprave sebi dom u kojem su mogli da uzgajaju neophodne biljke – savršen izvor hrane za njih, ali i za životinje dovedene u pećinu prilikom bega pred destruktivnim kôdom koji je počistio planetu od samoorganizovane materije, čije je postojanje milionima godina prkosilo logici entropije. Milica je u međuvremenu na njihov mali i izolovani svet donela četvoro dece. Nadali su se da će ta malena bića, potpuno nesvesna događaja koji su prethodili njihovom rođenju, taman stasati za život kada budu mogli da izađu iz svoje ledene tamnice nazad na površinu zemlje. Teodor je procenio da će virusu trebati dvadeset godina da isisa sav život iz materije na površini planete, nakon čega bi i sam postao žrtva svoje savršenosti. Zato je odlučio da sačekaju dvadeset i pet godina pre nego što ponovo udahnu svež vazduh i osete blag sunčev dodir na svojim licima.

Teodor, međutim, nije mogao znati da je virus nekoliko godina ranije već doživeo sudbinu svojih žrtava, niti je mogao da pretpostavi da planeta više nije bila tako pusta i nenaseljena. Novi život je počeo da se širi planetom, nakon što je pušten iz krio-zamrzivača koji su se nalazili u sivim betonskim kulama u srcu Evrope. Život se neumoljivo širio opustelim krajevima gde je smrt prethodno odnela pobedu, ali je osim pustoši iza sebe ostavila i plodnu zemlju bogatu hranljivim mineralima koji su nadolazećoj magiji mladog života davali izdašan obrok i napajali svaku mladu ćeliju neophodnom energijom da krene dalje, da neživo ponovo i ponovo pretvara u živo. Život je bujao u svim pravcima, i svako novo proleće je u nove predele donosilo zelenilo, kreštanje, šištanje, cvrkut, groktanje i zavijanje. Zemlja se ponovo pretvarala u rajsko mesto koje je vrvelo od izobilja. Jedina vrsta koja više nije gazila travu po novonastalim livadama, niti se provlačila kroz šume mladog drveća, bila je upravo ona koja se milion godina ponosila svojim nadmoćnim intelektom, vrsta koja je sa visine gledala na sve druge organizme sa kojima je delila svoj habitat.

Poslednji primerci ljudske vrste, poslednje jedinke ovog nekada najmoćnijeg roda, nalazili su se u ledenoj pećini samovoljno zatvoreni, izolovani od ostatka sveta, čekajući momenat kada će moći da izađu i ugledaju veličanstven prizor koji je nastajao u njihovom odsustvu – prizor nabujalog, raznovrsnog, slobodnog života koji se bori da prebrodi dan u divljem svetu koji ga okružuje, ali istovremeno uživa u trenucima lepote koje im taj isti svet pruža.

Teodor i Milica su ponosno stajali ispred anemičnog drveta koje je izraslo pod veštačkim svetlom. Ni u jednom momentu nisu izgubili nadu – gajili su ovo drvce gotovo kao jedno od svoje dece, a sada su konačno gledali malene modre plodove koji su visili sa njegovih nežnih grana. Teodor je pažljivim pokretima ruke ubrao jedan plod, a zatim su doveli decu iz sobe za igru i okupili ih oko drveta. Zajedno su seli pod njegovu krošnju da bi odozdo gledali čaroliju koja se u njoj odvijala. Krošnja je bila mala, i jedva da je uspela da ih sve natkrije krhkim grančicama. Dok je gledao u drvo, Teodor je osetio snažnu povezanost sa ovom nekada tako svakodnevnom biljkom, čije je bledunjavo stablo sada delovalo kao dašak čiste magije u ovom polumračnom, hladnom prostoru. Gledao je šljivu u svojoj ruci. Njen plavičasti odsjaj se video čak i pod ovim prigušenim svetlom.

„Preživela je. Ima nade za nas", izgovorio je, dok su ga dečica zbunjeno gledala.

„Kada izađemo, imaćemo šta da ponesemo sa sobom kao poklon pustoj planeti. Posadićemo je kao simbol novog početka, ali i u znak izvinjenja za sve ono što smo joj učinili."

57.

U ledenoj pećini živeli su već skoro deceniju i po. Iz dana u dan, svih tih godina, Teodor je u svojim mislima vodio žustre rasprave sa Teodorom, svojim nestrpljivim dvojnikom. Ubeđivao je sebe da još nije pravi trenutak da izađu, da skupi još snage. Da bude strpljiv. U stvari, nije zaista znao kada je pravi trenutak, sam je procenio da treba da čekaju dve i po decenije, bez ikakvog racionalnog razloga niti objašnjenja zašto je baš dvadeset i pet taj magičan broj. Dvadeset godina je, procenio je, vreme za koje će virus uništiti sve, pa samim tim i sebe, a onda je dodao pet radi sigurnosti.

Problem, o kojem u tom momentu nije previše razmišljao, bio je što se iza broja dvadeset pet nalaze godine, u godinama dani, u danima sekunde... a sekunde jako sporo protiču u mraku, hladnoći i izolaciji. Tada nije razmišljao o mogućnosti da će sa njim u pećini vreme provoditi i njegova deca, koja su rasla u polumraku i slušala priče o spoljašnjem svetu, kao bajke izmišljene da ih zabave i uljuljkaju u san. U stvari, teško da su uopšte verovala da spoljašnji svet zaista postoji. Za njih je ova pećina bila sve što su ikada videli, dodirnuli, iskusili, omirisali. Ta spoznaja mu je polako grickala jetru. Sa Milicom je imao već bezbroj rasprava na tu temu, ona bi na momente čak ubedila sebe da su ljudi nekako pobedili virus i da civilizacija sada napreduje dalje, ljudi žive svoje živote, rade, putuju, zabavljaju se, dok oni sa svojom decom čame u ledenoj pećini kao čopor ludaka. „Uostalom, ne bi bio prvi put da se tako nešto desi", govorila je. Ipak bi na kraju prihvatila realnost. Bili su samo nekoliko kilometara udaljeni od manjeg naselja. U prvim danima su imali signal na mobilnim telefonima, a onda je nakon mesec dana signal nestao, i nikada se više nije pojavio. Pored toga, nisu mogli da uhvate niti jednu radio-stanicu. Da je bilo živih ljudi napolju, neko bi se oglasio u poslednjih petnaest godina. Ali nije.

A onda se nešto prelomilo u njemu.

Presekao je.

Danas izlazi napolje! Ne može da čeka još deset godina da deca odrastu u pećini, moraće da rizikuju, pa kud puklo da puklo.

Pozvao je Milicu i decu da im saopšti svoju odluku.

Nakon što im je izložio svoj plan, deca su stajala pred njim poput malih kipova, širom otvorenih usta, gledajući ga sa nevericom u očima.

„Stvarno postoji spoljašnji svet?", upitao je prvi Živorad, najmlađi od svih.

„Da, Žile, postoji. Došlo je vreme da ga i vi upoznate."

„Vozićemo se avionom?", Ljubinka je počela da skakuće od sreće pri pomisli na avanture koje joj je opisivala mama.

„Ne verujem baš, mama i ja nismo piloti, čak i ako nađemo avion, ne bismo znali šta da radimo sa njim."

„Siguran si u svoju odluku?", izustila je hladno Milica. Nije se opirala, život u pećini joj je dozlogrdio, i jedva je čekala da izađe napolje. „Ili ću izaći iz ove pećine, ili ću izaći iz sopstvene kože", ponavljala je u nastupima očaja i besa.

„Da."

Nije bio siguran. Nije mogao da zna da li je virus zaista potpuno nestao ili će, nakon svih ovih godina provedenih u mučnoj samoizolaciji, na kraju i oni doživeti sudbinu ostatka populacije. Doživeti, ali ne i preživeti. Izaći će, pa šta bude. „Od neke smrti mora da se umre", govorio je njegov deda. Već bezbroj puta se zapitao šta mu je ovo trebalo, činilo mu se da izreka „neznanje je blagoslov" u njihovom slučaju dobija pravo značenje. Zašto je umislio da baš on mora da očuva ljudsku vrstu?

U svakom slučaju, bili su tu.

I sada je vreme da bace kockicu i okušaju sreću.

Doneo je alat do nekadašnjeg ulaza, i počeo da kopa. Led se stegao posle svih ovih godina, i morao je često da pravi pauze.

Nakon desetina pauza i ponovnog upinjanja, ludačkog udaranja krampom po ledu, desio se i taj sudbonosni udarac koji je decu, koja su čitavu predstavu posmatrala sa drugog kraja ledene prostorije, na momenat naterao da ustuknu u prirodnom strahu od nepoznatog.

Zrak sunca je obasjao unutrašnjost prostorije.

Teodor se nasmejao. Prvi put posle petnaest godina njegove oči su uživale u izvornoj lepoti kosmosa koja se sažela u jedan jedini zračak svetlosti. Zastao je na nekoliko minuta, naslonio se na kramp i gledao u tanki bleštavi snop koji je parao prostor pećine, kada mu se približila i Milica sa osmehom na licu. Zagrlila je decu i poljubila Žileta u glavicu.

Teodor je osetio novi nalet snage u svojim mišićima, koji se stvorio niotkud, i navalio je da ludački udara po ledu koji je prštao na sve strane. Rupa je u početku počela polako da se širi, a onda je odjednom otpalo veliko parče leda i pred njima se ukazao fantastičan prizor.

Gledali su u bleštavo ledeno belo prostranstvo pritisnuto plavetnilom vedrog neba. Čitava porodica se skupila oko novonastalog izlaza, žmirkajući prema veličanstvenoj slici koja se ukazala pred njima. Trebalo je nekoliko minuta da se priviknu na jarku svetlost, a zatim su, jedno po jedno, izašli napolje.

Počeli su da skaču od sreće, vrište, grle se i euforično valjaju po snegu. Teodor je u jednom trenutku stao, primetio je nešto. Kamion je i dalje stajao na istom mestu gde ga je ostavio pre petnaest godina. Bio je prekriven snegom, koji se delimično istopio pod uticajem sunčevih zraka.

Nakon što je prokrčio sebi prolaz do vrata kabine, ušao je unutra i pokušao da upali kamion.

Bezuspešno.

„Šta ćemo sada?", upitala je Milica. Ona nije imala nikakav plan, znala je samo da želi da izađe napolje. Planovi su bili Teodorovo zaduženje.

„Idem do gradića peške. Nije daleko, trebaće mi možda sat vremena. Pokušaću da nađem nešto čime ćemo se prebaciti tamo, za početak.”

„Tata, ostavićeš nas same?”

„Samo nakratko, idite nazad u pećinu i sačekajte me. Doći ću pre mraka.”

Okrenuo se i pošao – žmirkajući, nenavikao na bleštavo dnevno svetlo – prema mestu koje su poslednje ostavili iza sebe pre ulaska u samoizolaciju. Zastao je na momenat da baci još jedan pogled na svoju porodicu, okupljenu ispred malene rupe u velikom belom brdu. Milica mu je mahnula, a zatim skupila ruke ispod grudi. Okrenuo se ponovo i nastavio prema gradu.

58.

Kada su se na horizontu pojavili prvi obrisi kuća, prizor pred njim je delovao potpuno uobičajeno, sve je izgledalo upravo onako kao kada su taj maleni grad pogledom ispratili pre petnaest godina, pre nego što su ušli u svoje improvizovano sklonište. Ni tada nije bilo zelenila oko kuća, pošto su se nalazili na krajnjem severu, gde je zelenilo i inače retka pojava.

Konačno je prišao prvoj grupi kuća u naselju. Sada je bilo jasno da ovde već dugo niko ne živi – poluraspadnuti prozori su visili o šarkama, krovovi su ulegli i propali na nekim mestima, vrata su bila poluotvorena, a daščani trem pred prvom kućom bio je potpuno urušen. Boja na zidovima kuća se oljuspala sa dasaka od kojih su zidovi bili napravljeni.

Dok je stajao pred jednom od kuća, osetio je kako mu ledene iglice prodiru kroz telo pri pomisli da će morati da uđe u nečiji dom u takvom stanju, ne znajući kakav prizor će ga tamo dočekati. Nije imao izbora, zbog toga je i došao i, pre ili kasnije, to će morati da se desi.

Otvorio je širom ulazna vrata i zakoračio u nepoznato. Unutra, polumrak je skrivao detalje i moguće zamke. *Nakon svih ovih godina, pod u prostorijama je verovatno potpuno istrulio*, pomislio je. Morao je da ima jasniju sliku unutrašnjosti kuće pre nego što počne da je istražuje. Prišao je pažljivo prozorima i širom ih otvorio, tako da je sunčeva svetlost zapljusnula čitavu prostoriju.

Stvari su unutra bile prilično uredno postavljene, ništa nije bilo ispreturano, ali je čitavu sobu prekrivao debeli sloj prašine. Pregledao je pažljivo ćoškove – nije pronašao paučinu u njima, što je znak da je bio u pravu. Bilo je jasno je da ni insekti nisu preživeli virus.

U jednom uglu sobe ugledao je stvar koja mu je izmamila osmeh na usnama, prvi put posle dužeg vremena. Na komodi je ponosno stajao dokaz retro orijentacije vlasnika kuće – gramofon iz osamdesetih godina prošlog veka. U otvorenom delu komode bile su složene ploče, stotine ploča. Izvukao je jednu od njih iz omota i stavio je na obrtnu ploču uređaja. Digao je glavu gramofona i prineo je lagano ploči iako je znao krajnji rezultat. Znao je da struje nema i da ploča neće početi da se okreće. Ipak je spustio iglu na glatku liniju koja je razdvajala treću i četvrtu pesmu na ploči, a zatim je nežno prstima počeo da je okreće. Kada je primakao uho igli, koja je sada klizila po kanalima ucrtanim na vinilni disk, čuo je škriputavi zvuk pesme „Love Song" od benda „The Cure". Zvuk nije bio baš ujednačen, ali je mogao da prepozna uvodne taktove pesme i nastavio je da okreće ploču do kraja pesme. Osećao se kao dete, kao da je dobio poklon koji je čitave godine čekao. U pećini nisu imali muziku, ništa od muzičkih uređaja nisu poneli kada su panično bežali od smrti. Petnaest godina nije čuo nijednu od pesama sa kojima je odrastao i živeo, koje su davale boje danima u njegovom prethodnom životu. Sada je muzika opet bila tu. Ako ni zbog čeg drugog, rizik izlaska se isplatio kroz ovu jednu pesmu.

Skinuo je ploču sa gramofona i pažljivo je vratio u korice, a zatim i u komodu. Nije želo da je uništi, planirao je da se kasnije vrati po nju.

Nastavio je da ispituje prostor u kući. Popeo se na sprat, i tu konačno zatekao ukućane. Ležali su u kupatilu mumificirani, u položaju u kom ih je smrt zatekla, već duže od jedne decenije. Prizor nije bio nimalo prijatan. Zatvorio je vrata kupatila i nastavio dalje. Ukoliko su njegove računice bile pogrešne i ispostavi se da je virus ipak preživeo, ostao mu je još najviše jedan dan života. Sada više nema povratka, znao je, može samo da se nada najboljem i nastavi da radi kao da se ništa nije desilo.

Kada je završio sa sobama, sišao je u garažu. Tamo je zatekao pikap vozilo u prilično dobrom stanju.

Još kada bih uspeo da ga upalim!

Okretanje ključa, naravno, nije dalo rezultata. Akumulator je bio potpuno prazan, tako da su lampice ostale mrtve i nije mogao da vidi da li uopšte ima goriva u rezervoaru. U svakom slučaju, vredelo je probati bilo šta. Njegov stari *Jugo* je često imao slične probleme, i već se izveštio u pokretanju automobila sa ispražnjenim akumulatorom. Spustio je ručnu kočnicu i polako izgurao auto napolje. Garaža je izlazila na ulicu koja se spuštala niz padinu ka drugoj grupi kuća. Dogurao je auto do nizbrdice, uskočio u njega i pustio da se kotrlja niz ulicu dok ne uhvati dovoljno ubrzanje, ključ je stavio u položaj kao da je auto uključen, a menjač u drugu brzinu, dok je nogom i dalje pritiskao kvačilo. Na sredini padine, pustio je naglo kvačilo i auto je počeo da poskakuje. Desilo se čudo kojem se nadao! Motor automobila je proradio. Zaustavio je auto i pogledao kontrolnu tablu, koja je sada bila prošarana raznobojnim svetlima. Imao je goriva do četvrtine kruga na pokazivaču. Okrenuo je vozilo i uputio se nazad prema pećini. Neće mu trebati mnogo vremena da se vrati, a želeo je da iskoristi priliku, plašeći se da bi dotrajala mašina mogla svakog trenutka da stane.

Desetak minuta kasnije bio je ispred pećine. Milica i deca su istrčali napolje čim su čuli zvuk motora. Dok su deca uzbuđeno trčkarala oko metalnog čuda koje je dovezlo tatu, i koje sada stoji u mestu i reži poskakujući nepravilnim ritmom, Teodor je utovario najvažnije stvari na mali kamionet. Ušli su svi u kabinu i zaputili se nazad, prema gradiću.

Kada su stigli do kuće koju je Teodor već istražio, rekao je Milici i deci da počnu da iznose stvari iz automobila, dok je on krišom otišao do kupatila i izneo mumificirane ostatke nekadašnjih vlasnika kuće na zadnja vrata u dvorište. Prekrio ih je ciradom koju je tamo našao i vratio se nazad. Plašio se da će Milica odustati od svega ako ih bude videla u ovakvom stanju. *Sada kada su već izašli*, mislio je, *više nema povratka nazad. Moraće da se suoče sa onim što je ostalo od civilizacije. Ovo neće biti poslednji takav prizor, ko zna šta nas još sve čeka u spoljašnjem svetu,* pomislio je.

Kada su izneli stvari, smestili su se u dnevnu sobu, koja je bila najbolje očuvana. Dok je Milica čistila i raspoređivala njihov imetak donet iz pećine, Teodor je okupio klince oko čudesne stvari koja je, kada bi prstom okretao disk, ispuštala čudne škriputave zvuke, koji su pomalo podsećali na muziku. Gledao je kako se odraz sreće u njihovim očima pretvara u gorivo koje je pokretalo njegov motor i guralo ga napred. Današnji dan je bio pun iznenađenja za njih.

„Napolju je već suton", rekla je Milica. „Deca neće još dugo moći da izdrže bez sna."

Pripremili su sobu za spavanje. Premestili su krevet na sredinu dnevne sobe, pronašli prekrivače u jednom od plakara i legli svi zajedno u krevet. Pravi krevet. Prvi put posle petnaest godina.

Niko nije kinuo niti se zakašljao čitavo popodne, pomislio je, *niko se nije ni počeškao – to je dobar znak.*

****

Nakon prospavane noći, uzeli su nešto od zaliha koje su poneli sa sobom iz pećine i pripremili doručak na trpezarijskom stolu. Dok je Milica postavljala tanjire, na momenat joj se učinilo da su se kazaljke na satu vratile unazad, godinama unazad, u vreme pre katastrofe. Klinci su se uz vrisku jurili oko stola, dok su se glatki jutarnji zraci sunca probijali kroz prozor. Teodor je otvarao konzerve i vadio komadiće mesnog nareska na tanjire koji su se nalazili na stolu prekrivenom cvetnim stolnjakom. Prizor je bio gotovo idiličan i, iako je znala da je samo varka, želela je da bar neko vreme uživa u njemu.

Nakon doručka, čitav dan su proveli obilazeći puste kuće. U njima su pronalazili mumificirana tela vlasnika, koja su ostavljali na mestima gde bi ih pronašli. Morali su da odbace stare običaje, nisu gubili vreme na sahranjivanje. Planirali su da što pre napuste ovo mesto i krenu ka jugu. Dosta im je bilo hladnoće i leda. U jednoj od kuća našli su gomilu igračaka koje su odneli deci da imaju čime da se zabavljaju dok njih dvoje istražuju gradić.

Dok su pretraživali okolinu u potrazi za stvarima koje bi mogle da im poslužile za nastavak puta, Teodor je ugledao prizor koji ga je potpuno prenerazio. U zadnjem dvorištu kuće, koje je bilo puno starudije i alata, na zemlji je pronašao nešto što mu se u prvi momenat učinilo kao potpuno normalna pojava, da bi mu već sekund kasnije kroz glavu proletela misao na to kroz kakvu je kataklizmu čitava planeta prošla. Ono u šta je sada gledao bilo je nešto što ruši čitavu njegovu teoriju o događajima koji su se dešavali poslednjih godina.

Na tlu je ugledao testeru i učinilo mu se korisnim da je ima pri sebi. Kada se žurno sagnuo ne bi li je podigao i ubacio u već skoro puna građevinarska kolica sa stvarima, ugledao je pored nje maleni izdanak cveta. Nije bio stučnjak za botaniku i nije znao da odredi o kojoj vrsti se radi, ali je bio siguran da se radilo o pravom cvetu. Pravom, živom cvetu. Cvetu koji nije smeo da postoji, ako su njegove pretpostavke bile tačne.

Stajao je skamenjeno i prolazio kroz činjenice u koje je do sada bio siguran. Virus je zasigurno uništavao sve pred sobom, u gradiću nisu našli nijednu preživelu osobu, niti životinju. Sva tela nesretnih stanovnika gradića ostala su cela, netaknuta, jer su i životinje koje se hrane lešinama takođe izumrle. Nije video nijednu biljku. Do sada. A sada je tu bio taj cvet. Cvet koji ruši logiku. Ako je taj cvet živ, a živ je, onda je virus još uvek aktivan. U tom slučaju bi trebalo da cvet bude odavno mrtav.

Najednom je osetio veoma oštar bol iza oka, ali je bio siguran da nije bio uzrokovan virusom. Boleo ga je nedostatak razumnog objašnjenja za ovako nešto. Ako je cvet živ, znači da su preživele još neke biljke i da virus više nije bio aktivan.

Sada je još više želeo da krenu na jug. Ne toliko zbog hladnoće na koju se, vremenom, navikao, već iz radoznalosti. Interesovalo ga je kako izgleda svet na jugu. Da li je još nešto preživelo apokalipsu.

Naredna dva dana nastavili su sa pripremama, i trećeg jutra otisnuli su se na put ka jugu. Gomila konzervi sa hranom, koje su uzeli iz skladišta lokalnog supermarketa, zveckala je u zadnjem delu pikapa. Pored hrane, poneli su nešto alata sa sobom i dodatnu zalihu goriva. Nakon sat vremena truckanja po lokalnom drumu, uključili su se na auto-put.

Dok su putovali ka jugu, stajali su na benzinske pumpe iz kojih bi Teodor uspeo da izvuče dovoljno goriva za nastavak puta. Usput je skupio gomilu mapa da bi mogao da se snađe ukoliko naiđu na srušen most, ili put zatrpan odronom. Tada bi potražili na mapi lokalne puteve kojima bi zaobišli prepreku. Dok su prolazili kroz ono što je nekada bila Austrija, oko njih je već mogao jasnije da se vidi povratak života na planeti. Povremeno bi prolazili pored nekog mladog borića sa zelenim iglicama koji se bojom izdvajao u odnosu na pejzaž. Što su duže putovali, drveća je bilo sve više, neka brda su bila potpuno prekrivena žbunjem, a u Grčkoj su prvi put ugledali i životinje koje su pasle na livadama pored puta.

U jednom momentu, dok su se vozili auto-putem, ispred auta se iznenada pojavio zec u pokušaju da pretrči na drugu stranu. Teodor je skoro izleteo u livadu pokušavajući bezuspešno da ga izbegne. Kada je konačno zaustavio vozilo, izašao je napolje i vratio se do mesta gde je udario zeca. Nesrećna životnja je ležala mrtva nasred kolovoza.

„Mico, je l' ti ono beše znaš da spremiš neko jelo od zeca? Mislim da sam upravo pregazio našu večeru", doviknuo je Milici.

„Znam jaje na oko od zeca. Verujem da ćemo se snaći, ljubavi", odgovorila je Milica, kojoj se raspoloženje poslednjih dana umnogome popravilo. Sve više je ličila na onu Milicu koju je upoznao nekada davno u jednom zadimljenom klubu.

Nekoliko dana kasnije bili su na teritoriji koja je vrvela od života. Bilo je toplo i vlažno, neki delovi puta su bili skoro zarasli u žbunje. Brda su bila prekrivena livadama po kojima su pasle krave i trčali konji. Drveće je bilo prepuno ptica, čiji je cvrkut zvučao kao simfonija posle godina provedenih u tišini. Jedino su ljudi nedostajali. Njima, ne i životinjama.

Odlučili su da se nastane na obali moreuza koji je razdvajao dva kontinenta. Prijatna klima je pogodovala živom svetu, koji je bujao u tim uslovima i polako čistio prostor od ostataka nekadašnje civilizacije. Provozali su se gradom u potrazi za pogodnim mestom, a potom izabrali jednu vilu na obali, uz samo more, nešto dalje od srušenog mosta koji se nekada nadvijao nad moreuzem. Nakon par dana čišćenja i sređivanja, vila je zasijala u punom sjaju. Svako dete je dobilo svoju sobu, punu igračaka. Teodor je pronašao električni generator koji je vilu snabdevao energijom, trošeći pritom gorivo koje su sada imali u izobilju. Narednih dana su obilazili supermarkete i prikupljali stvari neophodne za novi život.

59.

Novi početak

To veče, nedelju dana nakon što su se naselili u svoj novi dom, dok je prijatan, topao povetarac donosio miris morskih talasa, postavili su veliki sto za ručavanje na prostranoj terasi vile sa pogledom na moreuz. Odlučili su da proslave svoj povratak u svet i prirede malu svečanu večeru za čitavu porodicu. Okupili su se oko stola u čijem centru se nalazio veliki srebrni svećnjak sa tri sveće, iznad kojih su plamičci plesali sa vetrom. Dečaci su bili podšišani, očešljani i obučeni u odela sa leptir-mašnicama, dok su devojčice imale bele haljinice i mašnice u kosi. Pored velikih otvorenih francuskih vrata koja su izlazila na terasu, počasno mesto zauzimao je gramofon, na kojem se okretala ploča, ovog puta bez pomoći prstiju. Tonovi koji su dopirali iz zvučnika šarali su večernje nebo slikama prošlosti.

Kada su završili sa večerom, dečiji kikot se raspršio po terasi, dok su njih dvoje ostali da sede za stolom i uživaju u prizoru.

„Šta se ovo desilo?", Milica je prekinula tišinu koju je remetio samo hor cvrčaka koji se čuo iz daljine. „Kako su sva ova stvorenja uspela da prežive, a ipak nismo naleteli ni na jednog jedinog čoveka?"

„Ne znam...", odgovorio je Teodor, dok je udubljeno pisao nešto u svesku.

„A šta pišeš to, ljubavi? Spisak namirnica za nabavku?"

„Ne...ne. Ne pravim spisak namirnica. Pišem nešto drugo... nešto mnogo važnije."

Zastao je.

„Pošto će naša deca porasti u ljude čiji će zadatak biti da obnove našu vrstu, želim da im ostavim u amanet neke savete, to jest da ostavim savete čitavoj budućoj ljudskoj civilizaciji. Ne želim da opet dođe u istu situaciju za par hiljada godina.”

Milica se na sekund blago namrštila. Nešto joj se nije svidelo u toj celoj postavci, ali je znala da je Teodor bio u pravu. Sada su njih dvoje dobili ulogu začetnika nove civilizacije. Nikada joj ne bi palo na pamet da sebe tako zamišlja.

„To je baš lepo od tebe, ljubavi, ali trebaće nam i spisak namirnica. Šta si zapisao do sada?”

Teodor je gledao u papir ispred sebe i ćutao neko vreme, a zatim slegnuo ramenima i pročitao svoj zapis:

„Samo: Poštujte prirodu!”

Gledao je još neko vreme u svoj „spisak”, a zatim u brda koja su se uzdizala iza moreuza.

„U pravu si. Ionako mi ne ide. Šta god da krenem da pišem, čini mi se da je isti scenario neizbežan, pre ili kasnije.”

Još jedan momenat je zastao zagledan u jednu tačku, da bi potom izvukao drugi papir.

„Dakle, namirnice. Šta nam treba od konzervi?”

60.

21. avgust, godina 3156.

Dug, braonkast oblak prašine vukao se za terenskim vozilom koje se borilo sa ruralnim kolskim putem, razbacujući širokim gumama kamenčiće oko sebe, pritom poskakujući po neravninama i ljuljajući vozača i njegovog saputnika levo-desno po kabini.

Nakon ne baš nežnog kočenja, vozilo se konačno zaustavilo pred betonskom konstrukcijom pravilnog geometrijskog oblika. Suvozač je hitro iskočio napolje i krenuo ka konstrukciji, dok je vozač ugasio motor i ostao u vozilu. Spustio je prozor na kabini i promolio glavu napolje.

„Tanasije, ljubim te, dokle misliš da danas ostanemo ovde? Dolazimo već peti dan, juče samo što nismo zanoćili.”

„Ne brini se, vraćamo se u grad pre sumraka. Mislim da sam na tragu nečemu veoma vrednom.”

Tanasije je kružio oko betonske konstrukcije, dok nije došao do čeličnih vrata usađenih u nju.

„Trebaće mi tvoja pomoć. Donesi mi onu torbu sa alatom, to mi je juče nedostajalo – već bismo završili da sam je imao.”

Kada je vozač gunđajući doneo alat, raspakovali su ga i počeli da seku čelične šarke na vratima.

„Slušaj, ako je blago u pitanju, nemam ništa protiv da ga podelimo... onda mogu i da zanoćim ako treba.”

„Dogovoreno, meni devedeset i devet posto, a tebi sve ostalo.”

„Pa ajde da razumem onih devet, al’ gde nađe tih devedeset?”

„Nema blaga šefe, radi se o istorijskoj vrednosti.”

„Pa što ne reče, Tanasije, da se radi o tome? Onda uzmi i moj deo. Jedan posto istorije ja častim!”

U tom momentu, šarka je pukla i vrata su se izvalila iz ležišta.

Podigli su ih sa naporom i zavirili u rupu koja je zjapila u betonu ispod njih. Iz rupe ih je zapahnuo težak miris memle. Tanasije je uzeo baterijsku lampu i uperio je u otvor, rasterujući mrak koji je krio sadržaj konstrukcije. Ugledali su prostoriju ispod njih, visoku nešto više od pet metara, u kojoj su se nazirali ostaci nečega što je izgledom najviše podsećalo na metalne sanduke.

Tanasije je šarao svetlom po prostoriji dok u jednom momentu nije osvetlio belu konturu ljudskog kostura koji je ležao pored jednog od sanduka.

„Tanasije, šta misliš da pozovemo još nekoga, da ne ulazimo dole sami?"

„Nas je dvojica..."

„Pa to ti i kažem! Nas dvojica smo sami."

„Ostani ti ovde, ja ću se spustiti dole. Želim da se uverim da je ova građevina ono što pretpostavljam da jeste."

Tanasije je izvukao iz torbe sa opremom merdevine od konopca, zavezao jedan kraj za obližnje stablo, zatim ih ubacio kroz otvor i krenuo da se spušta niz njih u mračnu prostoriju, koja je, po njegovoj proceni, bila zatvorena više od hiljadu godina.

„Tanasije, ako se merdevine otkače, nemaš problem – ja ću ti javim!"

Kada se spustio do dna prostorije, Tanasije je uzeo lampu i počeo da ispituje prostor oko sebe. Preskočio je pažljivo ljudski skelet i prišao jednom od sanduka. Kucnuo je po njemu – bio je od metala, baš kako je i mislio. Svetlom je sada detaljno istraživao površinu sanduka ne bi li našao neku ručicu kojom bi ga otvorio. Konačno je našao nešto u šta može da uglavi prste. Zavukao je prste u prorez i osetio kako su upali u nešto ljigavo i hladno. Povukao je naglo, nešto je škljocnulo, i sanduk se otvorio, pri čemu su teška vrata, oslobođena iz ležišta, počela da padaju na njega. Pošto se refleksno izmakao u stranu, tresnula su na pod uz glasan odjek koji je odzvanjao prostorijom.

„Tanasije, je l' sve u redu?"

„Jeste!"

„Oduvek sam govorio da je istorija teška!", dobacio je vozač.

Tanasije je uperio svetlost prema unutrašnjosti sanduka.

U sanduku se nalazila samo jedna sveska, prilično očuvana. Na sebi je imala natpis, na drevnom engleskom jeziku. Tanasije je dobro poznavao taj jezik. Mnoge knjige starog sveta su bile napisane tim pismom, pa je njegovo izučavanje bilo obavezno na studijama istorije. Uzeo je svesku u ruku i odmah uspeo da prepozna šta natpis znači.

Radilo se o dnevniku.

Lagano je otvorio korice i bacio pogled na prvu stranu. U gornjem desnom uglu nalazio se datum.

Bio je u pravu.

Dok mu je srce glasno dobovalo u grudima, spakovao je svesku u torbu koju je nosio preko ramena i krenuo da se penje ka izlazu.

Minut kasnije, vratili su vrata na otvor i zaključali ih novim katancem.

„Možemo da idemo. Sutra ćemo dovesti još ljudi, sada želim da prevedem zapise iz sveske koju sam pronašao", objasnio je vozaču koji je pakovao opremu nazad u vozilo i kolutao očima.

61.

Godinu dana kasnije

Svet se polako budio oko Sebastijana Brauna. Veoma, veoma mamuran svet. Misli su mu tumarale i odbijale se od zidova stvarnosti uz bolno treperenje. Dok su se senke ispred njega polako pretvarale u boje, a boje u šarene mrlje koje su zatim poprimale oblike predmeta, pokušavao je da shvati šta mu se dešava.

I onda mu je odjednom sinulo. Sve se razbistrilo i shvatio je.

Umro je.

Ne baš na prijatan način, i na svoju nesreću, ne odjednom. Uspeo je da, za života, ugosti starost, a starost je sa sobom dovela i bolest. I nemoć. Nadao se da će, zahvaljujući tajni koju je čitavog života sebično čuvao za sebe, moći da prevaziđe tu narodsku, prozaičnu, neprefinjenu, prizemnu pojavu koja njemu, jedinstvenom stvorenju u čitavom univerzumu, nekako baš nije pristajala.

Jer je baš on, Sebastijan Braun, stvoren po liku Tvorca univerzuma. I baš je on, Sebastijan Braun, imao jedinstvenu priliku da opušteno ćaska sa Tvorcem. I baš je on, i samo on, znao koja je svrha postojanja univerzuma, svrha postojanja ljudske civilizacije, i na kraju – svrha njegovog ličnog postojanja. Jedino on je znao ko je stvorio univerzum i kako ga je stvorio. I znao je pravo ime Tvorca. I baš on, takav, postao je vladar planete, vladar iz ugodne senke suncobrana kafea sa lepim pogledom na morsku luku malog pitoresknog gradića, vladar iz planinske kućice u pauzi između dva spusta niz ski-stazu, vladar iz šatora planinarske ekspedicije...

I na kraju – vladar iz bolničke postelje.

Zaista mu nije priličilo da umre.

Ali je ipak umro.

Geknuo je.

Otegnuo je papke. Kao neka priprosta šušumiga, skorojević, poluinteligent, izbačen je iz igre, i svi njegovi bitovi su setovani na nulu. Prašina prašini, pepeo pepelu, bit u nulu. S obzirom na navedene okolnosti, smrt je bila zaista ponižavajući događaj, koji je zapečatio njegov život.

„A duša?", pomislio je.

„Gde li se sada nalazim?", konačno se zapitao. „Po osećaju bih najpre rekao da se radi o paklu, mada ne vidim neki valjan razlog za takav ishod. Valjda bi Tvorac pronašao neko zgodno mesto za kopiju njegove duše."

Sevanje pred očima mu je nagovestilo da njegov kreator možda nije posvetio previše pažnje tim, iz perspektive paralelnog sveta minornim, ali njemu ipak bitnim, detaljima. Munje su se pretvarale u svetlost, a svetlost u bol. Užasnu bol. Dante ovo ne bi umeo da opiše, bio je ubeđen, sve i da je doživeo taj osećaj.

A onda se odjednom sve smirilo. Slika se izbistrila i ispred sebe je video čoveka.

Izgledao je sasvim obično, nimalo đavolski. *Možda je neki Luciferov pripravnik*, pomisli. *Praktikant. Početnik.* To bi tek bio novi nivo poniženja za njega. Zar on, Sebastijan Braun, da dobije početnika?

„Kako se osećate?", progovorio je sasvim običan čovek, sasvim običnim glasom u sasvim običnoj prostoriji u kojoj su se, valjda, nalazili.

„Sasvim obično", odgovorio je.

„Logično", nadovezao se sasvim običan čovek.

„Ne logično, nego sasvim obično", pecnuo ga je Sebastijan.

„Mislio sam – logično, s obzirom na Vaše stanje", nastavio je uporno sasvim običan čovek. Na sebi je imao sasvim običnu majcu i sasvim obične farmerke. Ćelavo teme, i kratka kosa sa strane, koja se spajala u gustu bradu, podsećali su ga na ljude koje je viđao u svojim poslednjim danima. Više je ličio na doktora nego na Đavolovog pripravnika. Nedostajao je samo beli mantil.

„Vaše ime?"

„Da, moje je, hvala na pitanju. A Vi imate svoje, zar ne?", Sebastijanovo raspoloženje se popravljalo nakon što je bol utihnuo.

„Sebastijan Braun", progovorio je sasvim običan čovek posle kraćeg uzdaha.

„Stvarno? Interesantno, i ja se tako zovem."

„Na Vas sam i mislio", prevrnuo je očima sasvim neduhoviti čovek. „Ja se ne zovem Sebastijan. Moje ime biste nešto teže izgovorili."

Šta sam ja sada, vampir, zombi, živi mrtvac, upitao se Sebastijan. *Možda mogu da letim i prolazim kroz zidove.*

Pokušao je da poleti. Nije išlo. Pokušao je da rukom prođe kroz zid. Nije imao ruku.

Pogledao je oko sebe. Video je sasvim običnu prostoriju i sasvim običnog čoveka u sasvim običnoj prostoriji, međutim, ipak je bilo nečeg jako neobičnog u ovoj sasvim običnoj prostoriji. Nije video sebe. Nijedan deo sebe.

Da li sam duh, pomislio je.

„Niste duh", odgovorio je sasvim običan čovek.

„Drugar, ako ja nisam duh, onda si ti u problemu. Vidiš, u problemu si jer upravo pričaš sam sa sobom, pošto mene nema. A i logično je da me nema pošto sam umro", izgovorio je u dahu. Ili je pomislio da izgovori u dahu, što je praktično bilo isto, budući da komunicira sa sasvim običnim šizofrenikom koji čuje glasove ljudi koji ne postoje, a uz to ti glasovi pripadaju nepostojećem njemu.

„Ja sigurno nisam taj koji je u problemu, jer me, kao što rekoh, NEMA. Vidiš – nemam ruke!"

Pokušavao je da mahne ničime.

Nakon svega sam postao glas u glavi šizofrenika. To je sve što je ostalo od mene?

„Ima te više nego što misliš, ali manje nego što bi voleo", izgovorio je sasvim običan čovek zamišljeno, gledajući u nekakav starinski notes, po kom je sve vreme nešto zapisivao.

U tom momentu Sebastijan je shvatio da je bol, koja ga je mučila od kada se ponovo probudio, potpuno nestala. U stvari, nije mu bilo jasno šta ga je bolelo, pošto ništa nije ni imao. Imao je samo vid. I sluh. I moć govora, to jest, misli.

„Šta ima za užinu?", upitao je.

„Gladni ste?", raširenih očiju je promucao, sada već pomalo zbunjen, ali i dalje sasvim običan čovek.

„Šalim se. Vic, humor, šala... čuo nekad?"

Konačno je shvatio zašto sasvim običan čovek gleda u svoju beležnicu. Zato što ne može da vidi njega.

Pokušao je da se pomeri malo i proviri u beležnicu ne bi li otkrio šta je to toliko revnosno zapisivao sve vreme. Na svoje ushićenje, uspeo je. Čak je čuo blago zujanje prilikom promene pozicije. Usledilo je razočarenje. Cela stranica je bila prekrivena žvrljotinama. To sasvim obični ljudi rade kada im je dosadno na predavanjima ili sastancima. Cela stranica je bila prekrivena škrabotinama jedne jedine reči, zapisane na sto raznih načina: „Infiniti".

„Infiniti!"

Zvučalo je poznato. Odjednom je klupče misli počelo da se odmotava. Pa ponovo zamotava. Pojavile su se neke bitne scene iz njegovog prethodnog života. *Infiniti*. To je bio naziv svemoćnog računara iz paralelnog sveta koji je nosio u svojim bitovima čitav Sebastijanov univerzum.

„Koja je sada godina?", upitao je Sebastijan.

„Konačno pravo pitanje", uzdahnuo je sasvim običan čovek, „Sada je 3157. godina."

I nije tako loš rezultat za nekoga ko nije planirao svoju budućnost više od tri meseca unapred.

U tom momentu je shvatio da svi njegovi prijatelji koje je stekao za života sada više nisu među živima. Ili možda jesu?

„Nisu", odgovorio je sasvim običan čovek na nepostavljeno pitanje.

„Čitaš mi misli?", upitao je pomalo rezignirano.

„Čujem ti misli. Možemo to danas da radimo sa aktiviranim umovima", odgovorio mu je hladno.

„Počećemo sa jednim testom. Ništa komplikovano, za razgibavanje vijuga, kao jutarnja fiskultura", reče sasvim običan čovek poput učitelja u školi.

„Više volim jutarnju kafu od jutarnjih vežbi", uzvratio je Sebastijan malo mrzovoljno.

„Zamisli da piješ kafu dok ih radiš. U stvari, mogu i da ti generišem miris kafe", ustao je i otišao do table u uglu sasvim obične prostorije. Pritisnuo je dva dugmeta.

Zavodljivi miris vruće kafe ispunio je prostoriju. *Konačno jedan momenat uživanja u novom životu,* pomislio je.

„A šećer?", nedostajala je jedna aroma.

Sasvim običan kafedžija je pritisnuo još jedno dugme.

Nakon kafe-pauze, usledilo je i prvo pitanje:

„Prvo pitanje se odnosi na jednu osobu iz tvog okruženja. Interesuje me ko je bio Nejtan i šta znaš o njemu?", krenuo je sa razgibavanjem sasvim običan čovek.

„Šef tajne službe", odgovorio je ravnodušno Sebastijan.

„Dovoljno tačno, iz Vaše perspektive", potvrdio je, udubljen u svoje škrabotine, sasvim običan učitelj.

„Da li ste našli rešenje?", konačno je smogao snage da ga prekine i postavi pitanje koje ga je kopkalo sve vreme.

„Koje rešenje? Rešenje čega?", upitao ga je sasvim običan čovek, podižući prazan pogled prema njemu.

Shvatio je da ga ipak vidi, ili vidi nešto njegovo.

„Pa mog problema... kako da ostanem u životu", odgovorio je spustivši gard.

„A to", zastao je, „doći ćemo i do toga. Moramo prvo da završimo testove."

Opet testovi. Nadao se da će, kada se probudi, već imati rešenje i nastaviti da živi normalnim životom. Poslednjih par godina života je proveo na ne baš prijatnim i bezbolnim testovima.

„Ne brinite se, ovi testovi neće boleti. Više će biti... pa, intelektualne prirode."

„A čega ste Vi doktor, ako nije tajna?", upitao je, već pomalo gubeći strpljenje, Sebastijan.

„Istorije", odgovorio je sasvim običan čovek.

„Istorije?"

„Da."

„U redu..."

Ovaj odgovor ga nije baš ohrabrio.

„Da li postoji šansa da ponovo dobijem svoje telo?", upitao je sa zebnjom oko nepostojećeg srca.

„A čemu bi Vam uopšte služilo? Vaš svet je danas... drugačiji", odgovorio je pitanjem sasvim običan čovek, sada već toplijim glasom, spremajući se da Sebastijanu saopšti istinu o sudbini njegovog univerzuma.

„Vaš svet je nestao pre više od hiljadu godina. Naša civilizacija je nestala u isto vreme, bili smo primorani da počnemo iz početka, od prvog para ljudi, Adama i Eve – nazovimo ih tako."

„Mislite Sebastijana i ..."

„Sebastijana?" , na momenat se zbunio sasvim običan istoričar.

„A taj Sebastijan. Čovek koji je programirao vaš virtuelni svet – Sebastijan Braun. Vaš imenjak se, po onome što smo uspeli da saznamo, najverovatnije otrovao. Kako smo uspeli da rekonstruišemo događaje na osnovu iskopavanja i zapisa u dnevniku izvesnog Nejtana R, taj Sebastijan je imao plan da preživi veliku kataklizmu sa nekoliko prijatelja, ali je izgleda bio jedini koji je uspeo da se probudi nakon odmrzavanja. Nakon saznanja da je ostao potpuno sam, najverovatnije, odlučio je da sebi oduzme život. Bio je ubeđen, pogrešno naravno, da je jedini preživeo veliku apokalipsu", prisetio se svojih nedavnih otkrića sasvim običan istoričar. „Teodor i Milica, naši praprapreci, bili su ljudi sa potpuno drugog kraja planete. Oni nisu imali nikakvog kontakta sa Sebastijanom i njegovim prijateljima."

Sebastijan Braun bi ga razrogačeno gledao da je kojim slučajem imao oči. Sve vreme, do ovog trenutka, živeo je u ubeđenju da će se njegov imenjak iz paralelnog sveta, njegov Tvorac, izvući i spasiti ljudsku rasu od potpunog uništenja. Znao je da je čitav njegov univerzum napravljen sa razlogom, da je imao svrhu. Njegova planeta, gradovi, ljudska vrsta, a na kraju i on sam, postojali su zato da obezbede sigurnu aktivaciju procesa oživljavanja njegovog dvojnika i ostalih ljudi čija su tela bila pohranjena u krio-zamrzivačima u paralelnom svetu. Sebastijan je bio ubeđen da je uspešno obavio svoj zadatak, da je svemir ispunio svoju misiju. A sada se koncept koji je imao u glavi urušio u ponor jedne jedine informacije.

Njegova misija je propala! Njegov svemir nikada nije ostvario cilj svog postojanja. Ljudska rasa u paralelnom svetu je ipak preživela kataklizmične događaje, ali ne njegovom zaslugom.

„Nakon apokalipse stvoren je Novi Svet, na temeljima Teodorovog koda", nastavio je istoričar. „Ljudi Novog Sveta žele da nauče lekcije prošlosti i da izbegnu greške koje su pravili savremenici Teodora i tvog imenjaka Sebastijana. Baš zbog tih lekcija mi se bavimo izučavanjem Starog Sveta."

Napravio je kratku pauzu, a zatim svatio da će ipak morati da napravi malo duži uvod za svog novog prijatelja.

„Pre oko godinu dana su radnici, prilikom gradnje novog naselja, raščišćavajući teren, naišli na betonske kule prekrivene debelim slojem zemlje. Kada smo uklonili zemlju i ušli u njih, našli smo, pored kutija sa skeletima Sebastijanovog tima, i nešto čemu u prvom momentu, na osnovu izgleda, nismo mogli da odredimo svrhu. Postojao je samo osećaj... i nada koju sam gajio potajno u sebi. Posle analiza misterioznog objekta, ispostavilo se da se zaista radi o uzroku propasti stare civilizacije. Pronašli smo nultu tačku – računar pod nazivom *Infiniti*. *Infiniti* je bio Sveti gral za kojim su godinama tragali arheolozi i istoričari širom sveta. Teodor je ostavio neke zapise o njemu, ali se dugo verovalo da se radi samo o mitu. Kada smo naleteli na crnu metalnu kocku u betonskoj kuli, nismo bili sigurni da je to zaista zloglasna mašina koja je dovela do uništenja civilizacije. Oformio sam tim vrunskih stručnjaka iz oblasti računarstva koji su uspeli da ga osposobe za rad i aktiviraju njegove komponente, nakon čega smo se uverili da zaista imamo istorijsko otkriće veka!"

Sasvim ushićeni istoričar je izgubio oreol smirenosti, i nastavio uzbuđeno svoju priču:

„Već godinu dana izučavamo *Infiniti*. Uspeli smo da oživimo deo memorije tog računara. U jednoj od rezervnih kopija našli smo zapise umova ljudi iz virtuelnog sveta. Među njima se nalazila i kopija Vašeg uma. Tela za sada nismo uspeli da rekonstruišemo, bekap neuronskih mreža je sačuvan na posebnim particijama", sada se već raspričala sasvim obična pričalica.

„Na osnovu zapisa, kao što rekoh, uspeli smo da rekonstruišemo šta se dešavalo u to vreme i zašto je *Infiniti* napravljen. Čini se da je grupa naučnika napravila plan kako da preživi apokalipsu, ali je taj plan propao. Najverovatniji uzrok tome je bilo otkazivanje mašina, pretpostavljam da uređaji koji su ih održavali u životu nisu uspeli da opstanu tolike godine bez intervencije čoveka. Istina, uspeo je da se ostvari jedan veoma bitan deo plana, a to je spasavanje biljnog i životinjskog sveta. To je znatno olakšalo zadatak našim praprapraprecima."

Ovo bi našem univerzumu verovatno bila utešna nagrada, što se tiče smisla njegovog postojanja, pomislio je Sebastijan.

„Iz nekog, nama nepoznatog razloga, od milijardi koje su živele u virtuelnom svemiru, na bekapu su sačuvane kopije samo određenog broja ljudi, to jest vaših umova, što znači da ste bili važni grupi naučnika koji su stvarali *Infiniti*. Od svih osoba čije su kopije sačuvane, Vaši podaci su prvi na listi i, gle slučajnosti, baš Vi se zovete isto kao i vođa projekta *Infiniti*. Logično je pretpostaviti da imate neka saznanja o našem, za Vas spoljašnjem, svetu. Ono što je moja namera jeste da razgovaram sa Vama i saznam od Vas što više informacija o događajima koji su prethodili apokalipsi.”

„Pretpostavljam da Vas interesuje i kako sam postao vladar planete?”

„Postali ste vladar?”, nasmešio se sasvim neinformisani istoričar. „Čestitam. To je baš lepo.”

Sasvim običan čovek je sada ćutao i vrteo olovku u ruci, verovatno smišljajući sledeći korak.

„Vidite, iskreno, to nama i nije od nekog značaja. Razumećete našu poziciju, i da mi na Vaš svet gledamo više kao na... bez uvrede, ali kao na, pa neku, recimo, video-igricu.”

„Video-igricu?!”

„Pa da... razumem Vašu uznemirenost tom idejom, ali stavite se u naš položaj. Vi postojite samo kao naelektrisanje mikroskopskih elemenata koji se nalaze u jednoj crnoj kutiji, koja je bila isključena i zatrpana više od hiljadu godina. Ne očekujete valjda da će se naša civilizacija baviti previše događajima u kreiranom virtuelnom svetu? Nas interesuje ono što se dešavalo u našem svetu u to vreme, a koliko smo uspeli da saznamo, vi ste na neki način posmatrali naš svet.”

„U pravu ste. Zaista imam dosta toga interesantnog što bih mogao da vam ispričam u vezi sa vašim svetom.”

Sebastijan je napravio kratku pauzu ne bi li dao na značaju pitanju koje je pripremio.

„Naravno, to je sjajna ideja, i potpuno se slažem sa Vama. Ipak, postavlja se pitanje – šta ja dobijam zauzvrat? Mogućnost da se prisećam prošlosti i lebdim po ovoj sobi? Ne zvuči mi zabavno, uopšte...”

„Dobićete priključak na virtuelnu realnost koju su stvorili naši eksperti. Pokušali su da izvuku što su više mogli sa rezervnih kopija *Infinitija*, ostalo su prepustili svojoj mašti i kreirali novi svet za Vas. Nećete verovati koliko su ti ljudi umešni u svom poslu. Dobićete kao nagradu svet u kome ćete imati svoje telo. Ako mi pomognete, možda ćemo uspeti da na bekapu pronađemo podatke i nekog od Vaših prijatelja. Vi nam samo dajte imena i pretražićemo rezervnu kopiju. Moći ćete da birate zemlju u kojoj ćete živeti. I ulogu koju ćete imati u njoj.”

„Baš ste se potrudili oko mene. Ne utiče na moju odluku, ali mi nešto govori da iza svega sledi objava Vašeg naučnog rada, visoko priznanje uručeno pred velikim brojem novinara, ili već nešto slično, kako se to već zove u vrlom, novom paralelnom svetu.” Sebastijan je naslućivao da neke karakterne osobine ne nestaju vremenom, niti dimenzijom.

Sasvim šokirani istoričar, uskoro nosilac najprestižnijeg priznanja koje jedan istoričar može da dobije, skamenjeno ga je gledao svojim nebeskoplavim očima.

„To je sada potpuno nebitna informacija za Vas. Ja sam istoričar, mene interesuju istorijske činjenice. Te činjenice bi mogle da nam pomognu da izbegnemo ponavljanje grešaka prethodne civilizacije. Mi nemamo način da jednostavno pročitamo Vaš um, Vaša sećanja. Neuronske mreže nisu isto što i programi ili baze podataka. Jedino što možemo da uradimo jeste da razgovaramo sa Vama, i tako saznamo bar deo činjenica o događajima koji su se desili pred Veliko Uništenje Civilizacije. Imamo rezervne kopije još mnogo ljudi iz Vašeg sveta. Da bih ograničio broj ljudi koje sam planirao da intervjuišem, napravio sam analizu ličnosti umova, i potom filtrirao one koji su mi neophodni za studiju. Vi ste jedan od dve stotine srećnika koji su aktivirani na moj zahtev. Vaše ime Vas je izdvojilo iz mnoštva. Učinili biste mi zaista veliku uslugu kada biste želeli da odgovorite na neka moja pitanja u vezi sa vremenom u kojem ste živeli...", verglao je sasvim običan smarač dok se Sebastijanu već pomalo mantalo u glavi od vrtloga reči u koji je upao.

„A gde sam ja u celoj toj priči?", izletelo je iz Sebastijana.

„Pa u virtuelnoj stvarnosti. Naravno, tek nakon što odgovorite na moja pitanja. Ja nisam prevarant, već istoričar. Meni su potrebne informacije koje posedujete. A Vi možete da birate budućnost kakvu želite. Vaša mašta je jedina granica."

Pogledao je Sebastijana samouvereno.

„Dogovoreno?"

„A ukoliko odbijem?"

„Uvek se možete vratiti nazad u memoriju rezervne kopije i čekati novo vaskrsnuće. Vratili smo milione virtuelnih umova sa rezervne kopije i stalno izvlačimo nove. A samo dve stotine je aktivirano."

Samouverenost istoričara je odvratno rasla.

„Znači – Veliko Uništenje?", odgovorio je Sebastijan pomirljivo, kontemplirajući za sebe da to, na kraju krajeva, možda i nije tako loša ponuda.

„Civilizacije", potvrdio je sasvim fer čovek.

„Je l' može još jedna kafa?"